Piper Rayne

The Banker

Das Buch

Wer hätte gedacht, dass ein Mann mal mehr als nur ein One-Night-Stand für mich sein würde?

Mein Bruder wollte mir Jasper nicht vorstellen, deshalb gebe ich ihm die Schuld. Wenn er es getan hätte, hätte ich nicht solche Probleme bekommen. Ich meine, es interessierte mich nicht, wie Jasper aussah, nein, ich wollte nur sein Geld. Bevor ihr mich jetzt verurteilt, ich hatte ein legitimes Geschäftsangebot für Jasper, ich brauchte ihn als Investor. Deshalb nahm ich die Sache schließlich selbst in die Hand. Erst als ich dem attraktiven Banker gegenübersaß, wurde mir klar, dass mich mehr interessierte, als sein Geld ...

Von Piper Rayne sind bei Forever by Ullstein erschienen:

The Bartender

The Boxer

The Banker

Die Autorin

Piper Rayne ist das Pseudonym zweier USA Today Bestseller Autorinnen. Mehr als alles andere lieben sie sexy Helden, unkonventionelle Heldinnen, die sie zum Lachen bringen, und viel heiße Action. Und sie hoffen, du liebst das auch!

Piper Rayne

The Banker

Roman

Aus dem Englischen
von Dorothee Witzemann

FOREVER

Forever by Ullstein
forever.ullstein.de

MIX
Papier aus verantwortungsvollen Quellen
FSC® C083411

Deutsche Erstausgabe bei Forever.
Forever ist ein Verlag der Ullstein Buchverlage GmbH, Berlin
September 2018 (1)

Titel der amerikanischen Originalausgabe: The Banker

Umschlaggestaltung: zero-media.net, München
Titelabbildung: © FinePic®
Innengestaltung: deblik Berlin
Gesetzt aus der Quadraat Pro powered by pepyrus.com
Druck- und Bindearbeiten: CPI books GmbH, Leck

Übersetzung: Dorothee Witzemann
ISBN 978-3-95818-953-9

Kapitel 1

Ich klatsche mein Portfolio auf den Mahagonitisch im *Thirsty Monk*. Whitneys blaue Augen weiten sich und Thalias Weißwein schwappt in ihrem Glas. Ihre manikürten Hände halten ihn vom Überlaufen ab. Natürlich. Ich sollte nicht überrascht sein, denn ihr Leben läuft gerade scheißgroßartig.

»Was ist los?«, fragt Whitney. Sie beugt sich in ihrer elfenbeinfarbenen Bluse und dem farblich darauf abgestimmten Hosenanzug vor.

Meine beiden besten Freundinnen sitzen am Tisch und schauen mich an. Bei ihnen läuft alles super. Traumberuf: check. Traumtyp: check. Okay, abgesehen davon, dass sie beide ihre Einhornschwänze gefunden haben, bin ich nicht besonders neidisch auf den Monogamie-Aspekt in ihrem Leben. Ich meine, eines Tages werden sie mich wahrscheinlich darum beneiden, dass ich jede Woche einen neuen Kerl nageln kann, aber im Moment genießen sie den einen magischen Schwanz im Universum, der ihnen die Art Orgasmus liefern kann, von dem jede Frau träumt – daher der Ausdruck Einhornschwanz.

»Mich hat schon wieder eine Bank abgeschossen.« Ich platziere meinen Hintern in der Sitzecke und stoße einen langen Seufzer aus. »Ich dachte, San Francisco soll so liberal sein. Aber hier hat echt jeder Banker einen Stock im Arsch. Dabei könnte er ihn doch einfach gegen einen von meinen Dildos tauschen, dann würde er wahrscheinlich auf Knien darum betteln, in meine Sexspielzeugfirma investieren zu dürfen.« Ich sacke auf meinem Platz zusammen.

Whitney hebt die Hand, um die Bedienung zu rufen.

Kurz darauf steht ein Whiskey vor mir. Ja, wir kommen oft hierher. Hier haben sich Whitney und Cole kennengelernt, ganz zu schweigen davon, dass es Coles Bar ist, die er dem Imperium seines Vaters abgekauft hat. Lange Geschichte, aber nur ein weiteres Beispiel dafür, dass jeder seinen Traum erfüllt bekommt, nur ich nicht.

Ich leere das Glas und genieße das Brennen in meiner Kehle bis hinunter in den Magen. Vermutlich habe ich in letzter Zeit ein bisschen zu viel gesündigt, aber schließlich zählt keiner meine Drinks. Ich kann auch gleich »Alkohol« auf die Liste meiner Schwächen setzen.

»Schon wieder?« Tahls Mundwinkel verzieht sich nach unten, während sie über den Tisch hinweg voller Mitleid meine Hand drückt. »Soll ich mir mal deinen Businessplan anschauen?«

Das bietet sie mir nach jeder Ablehnung an, und ich lehne jedes Mal ab. Sie hat als stellvertretende Geschäftsführerin in der Wurstfabrik ihres Vaters gearbeitet – ich weiß, ich kann das auch kaum mit ernstem Gesicht sagen – und hat jetzt mit Erfolg ihre eigene Eventplanungsagentur aufgemacht. Sie würde wahrscheinlich alles umschreiben, was ich habe, aber ich war auch auf dem College. Hab mein Hauptfach von Kunst zu Betriebswirtschaft gewechselt. Vielleicht nicht *magna cum laude* wie Tahl, aber ich bilde mir ein, ich bin auch nicht der stumpfeste Buntstift in der Schachtel. Außerdem ist es befriedigend, das allein zu machen, ohne die Hilfe meiner Freundinnen.

»Nein. Ich hab's im Griff.« Die forsche rothaarige Bedienung stellt mir noch einen puren Whiskey hin, den ich sofort an den Mund hebe. »Mit dem hat sich Cole selbst übertroffen.« Ich hebe anerkennend das Glas und Whitney lächelt stolz über mein Kompliment an ihren Freund.

»Er kommt auch gleich, dann kannst du es ihm selbst sagen.« Sie nippt an ihrem eigenen Mixgetränk, das sicher auch *Rock Hard Whiskey* aus Coles Destillerie enthält.

»Super.« Jeder Anflug von Begeisterung in meiner Stimme ist unecht.

»Lucas auch. Wir dachten, wir könnten heute Abend alle zusammen ins Kino gehen«, sagt Tahlia, und ihre Stimme hüpft vor Begeisterung durch alle Oktaven.

Noch ein Abend als fünftes Rad am Wagen? Nein, danke.

»Ich habe vielleicht andere Pläne.« Ich beäuge den neuen Barmann.

Whitney und Tahlia drehen beide die Köpfe und wenden sich dann mit breitem Grinsen wieder zu mir um.

»Slade«, seufzt Whitney. »Er ist neu.« Ihre Stimme klingt gedehnt und sinnlich.

»Hallo Cole.« Ich winke zur Tür hinüber, als wäre er wirklich hier, und Whitney wird schlagartig wieder nüchtern und sucht ihn mit Blicken, bevor sie mir einen finsteren Blick zuwirft. »Du solltest nicht nach anderen Männern schielen, Whit«, sage ich mit falscher Ernsthaftigkeit.

»Ich bin mir sicher, er schaut auch nach anderen Frauen«, kommentiert sie, lehnt sich zurück und nimmt einen Schluck.

»Glaubst du?«, fragt Tahl, eindeutig nicht so entspannt beim Gedanken, dass sich der Blick ihres Liebsten Lucas auch nur eine Sekunde woandershin verirren könnte.

Whitney runzelt die Stirn. »Tahl, du hast doch auch kein Problem damit, Slade anzustarren, oder?«

Tahlia wirft ihm einen Blick über die Bar zu, bevor sie ihre Aufmerksamkeit wieder uns zuwendet. »Nein, aber ich denke auch nicht darüber nach, mit ihm nach Hause zu gehen.«

Whitney lacht und ich lehne mich zurück und genieße den Schlagabtausch zwischen meinen beiden Freundinnen, die nie wirklich die Freuden unverbindlicher Sexkapaden genossen haben. Sie sind diejenigen, die heiraten wollen, Kinder, ein Haus. Von uns dreien bin ich das schwarze Schaf.

»Natürlich nicht. Das ist, wie wenn du in einen Stripclub gehst. Schauen ist erlaubt, aber gegessen wird zu Hause«, sagt Whitney.

Ich spöttle: »Aber ich wette, ihr vögelt eure Freunde wie ganz, ganz böse Mädchen, nachdem euch der Typ im Club geil gemacht hat.« Beide starren mich an und ich ziehe herausfordernd die Augenbrauen hoch. Sie wissen, dass ich recht habe.

»Nein«, widerspricht Whitney, während Tahlia Zuflucht bei ihrem Weißweinglas sucht.

»Hmm ... Ich glaube, eine von uns tut es.« Ich lache.

Whitney dreht sich zu Tahl um, aber die ist total damit beschäftigt, ihren Muskateller zu schlürfen, und tut, als hätte sie nicht aufgepasst. Whitney senkt den Kopf, um in Tahlias Blickfeld zu sein.

»Einmal, okay. Es war Chase, also zählt es nicht.« Sie nippt wieder an ihrem Wein, ihr Gesicht passt farblich zu ihrer roten Bluse.

»Du kannst deine Vergangenheit nicht auslöschen, Tahl, aber ich sehe dich jetzt in einem ganz neuen Licht.« Ich hebe das Glas in ihre Richtung und nippe dann an meinem Whiskey.

Sie verdreht die Augen und schaut starr in die andere Richtung, ganz die höhere Tochter, die zu gehemmt ist, um sich fallen zu lassen. »Neues Thema, bitte«, murmelt sie.

»Reden wir darüber, dass du mir eins deiner Sexspielzeuge geschenkt hast und nur meinem Freund von der App erzählt hast.« Whitney knallt mit einem tadelnden Blick ihr Glas auf den Tisch.

Ich pruste vor Lachen. »Er hat es endlich getan, was?« Ich hatte Cole heimlich erzählt, dass er das Spielzeug mit seinem Handy steuern kann. Genau diese Art von spontanen Sexspielzeugen liebe ich so.

»Mitten beim Abendessen mit meinen Großeltern! Jetzt glauben sie, ich liiiiiebe Thunfischauflauf. Danke!« Whitney legt den Kopf schief, aber ich bin zu sehr mit Lachen beschäftigt, um sehen zu können, ob sie sauer ist oder nicht.

»Super, oder?«, frage ich und Tahl beugt sich vor, genauso interessiert an der Antwort wie ich.

»Der Hammer!« Whits Mundwinkel wandern nach oben. »Genial natürlich.«

»Dann schreib mir eine Produktbewertung«, erinnere ich sie und sie nickt.

»Ich lasse Cole auch eine schreiben. Ich weiß nicht mal genau, wer von uns dabei mehr Spaß hatte.« Die Bedienung bringt Whitney noch etwas zu trinken und stellt dann Chips und Salsa auf den Tisch. Ist wohl

Happy Hour. »Produzier noch eine Version für Kerle, dann kann ich mich ein bisschen rächen.« Sie wackelt mit den Augenbrauen und ich nicke zustimmend.

»Rächen? Wofür?«, fragt Cole, beugt sich vor und gibt seiner Freundin einen Kuss.

»Hi«, sagt Lucas, beugt sich herunter, um mich mit einem Arm zu drücken und geht dann zu Tahlia.

»Hallo, Jungs«, sage ich, aber sie sind viel zu beschäftigt damit, ihren Einhornschwanz-Inhaberinnen Hallo zu sagen.

Lucas knöpft sein Jackett auf, streift es ab und legt es hinter sich über den Stuhl. Als er sitzt, beugte er sich hinüber und küsst Tahlia. »Hi, Baby«, sagt er und sie nimmt sein Gesicht zwischen die Hände und lehnt sich an ihn. Verdammt, bei denen sieht Monogamie gut aus.

»Also, Cole. Whit hat mir gerade von der App erzählt.« Ich verberge mein Lachen hinter der Hand. Jetzt sollte ich wohl besser einfach gehen und sie ihren Pärchenmist machen lassen, aber ein bisschen Lob für meine Sexspielzeuge zu bekommen, hat nach dieser beschissenen Woche Vorrang.

»Wahnsinn. Ernsthaft, Len. Du hast echt eine Gabe.« Cole schlägt mit der Hand auf den Tisch und wirft lachend den Kopf in den Nacken.

»Hab ich was verpasst?« Lucas nimmt einen Schluck von dem Bier, das die Bedienung gerade gebracht hat. Wie gesagt, wir sind oft hier.

»Haben sie keins bekommen?«, fragt mich Cole, als wäre es das neueste Spielzeug auf dem Markt, das jeder haben kann. Das ist zwar die Idee, aber kapitalistische Arschlöcher machen es mir schwer.

»Nö, nur ihr beide«, sage ich.

»Oh, du solltest ihm auch eins schenken.« Cole wendet sich Lucas zu. »Es gibt da so ein Spielzeug, das man die Frau tragen lässt, und dann kann man es mit einer App steuern. Whitney hatte praktisch Splitter unter den Fingernägeln, so hat sie sich an den Tisch gekrallt.« Wie ein Teenager, der sein Idol getroffen hat, zieht er sein Handy heraus und zeigt es Lucas.

»Wie hast du sie dazu gebracht, es zu tragen?«, fragt Lucas, und Cole schaut zu mir herüber.

Ich zucke mit den Schultern. »Ich habe Whit erzählt, es soll einen den Abend über leicht stimulieren, damit man es beim Nachhausekommen eiliger hat.«

Tahlias Blick aus großen Augen wandert zu Whitney. »Du hast es getragen, während du zum Abendessen bei deinen Großeltern warst?«

»Ich habe es ausprobiert. Ich habe nicht geglaubt, dass es funktioniert, und Cole hat mich gedrängt, es zu tragen.« Sie wirft ihm aus dem Augenwinkel einen finsteren Blick zu und er legt ihr den Arm um die Schultern.

»Es hat funktioniert«, sagt er mit leuchtenden Augen, und der ganze Tisch lacht.

Ich liebe meine Freundinnen, und ihre Freunde sind tolle Erweiterungen unserer Gruppe. Jeden hätte ich selbst auch für sie ausgesucht.

»Ich will auch eins!« Lucas klingt, als wäre er sechs und ich der Eiswagen.

»Dann investieren Sie, Herr Präsident.« Ich nenne Lucas mit Begeisterung so, weil er es hasst. Aber kommt schon. Er ist jetzt Vorsitzender des ehemaligen Wurstimperiums von Tahlias Eltern. Die Witze schreiben sich quasi von selbst.

Ich schaue ihn mit hochgezogener Augenbraue an, und er wirft Cole einen Blick zu. »Hast du?«

Cole zuckt die Achseln. »Ich verbessere gern meine sexuellen Erfahrungen.« Cole benimmt sich sehr korrekt, oder *webberlich*, wie ich es nenne. Cole stammt aus der Königsfamilie von San Francisco, der Webber-Familie.

Lucas schaut Tahlia an, dann mich. »Ist gekauft. Komm morgen im Büro vorbei.«

Ich lächle. Auf keinen Fall würde ich mir je von den Freunden meiner besten Freundinnen Geld geben lassen. Geld und Freunde sollte man auseinanderhalten.

»Aber vergiss das Spielzeug nicht.« Seine Augen leuchten und Tahlia versetzt ihm einen Ellbogenstoß in die Rippen. Er rückt näher an sie heran und flüstert ihr etwas ins Ohr. Was auch immer er sagt, sie lächelt und ihr Gesicht nimmt wieder einen ähnlichen Ton wie ihre Bluse an.

»Möchtet ihr uns vielleicht einweihen?«

Tahlia schüttelt den Kopf.

»Also, der Film.« Lucas wechselt genau wie sie vorhin das Thema und ich lächle, weil er Tahlia so gut kennt. Sie will auf keinen Fall ihre Sexkapaden vor uns allen ausbreiten.

»Ich bin raus«, sage ich, stehe auf und nehme mein Portfolio vom Tisch.

»Warum?«, quengelt Whitney.

Aller Augen sind auf mich gerichtet. »Weil ich keine Lust mehr habe, das fünfte Rad zu sein.« Ich schaue zu Slade an der Bar hinüber und tätschle Cole die Schulter. »Dein neuer Barmann gefällt mir.« Ich wackle mit den Augenbrauen und er lacht.

»Er hat die strenge Auflage, die Kundinnen nicht anzurühren«, fügt Cole hinzu. Sein Gesichtsausdruck ist ernster, als es ihm guttut.

Es gab eine Zeit, da war Cole ein größerer Player als Dan Bilzerian. Nie von ihm gehört? Googelt ihn, dann wisst ihr, was ich meine. »Ach, Cole. Dabei solltest du doch ein Vorbild sein.« Ich lächle ihn und Whitney zuckersüß an.

Whitney lacht, denn ich habe ihn erwischt. Die beiden haben sich kennengelernt, als Cole hinter der Bar aushalf. Er verdreht die Augen und schüttelt den Kopf.

Lachend gehe ich zur Bar hinüber, von wo aus mich zwei blaue Augen beobachten.

»Worauf hast du Lust?«, fragt Slade mit tiefer, rauer und kräftiger Stimme.

Ich beuge mich so weit vor, dass nur er mich hören kann. Seine Arme ruhen auf der Bar, als er näherkommt. »Auf dich, nackt in meinem Bett. Ach ja, und natürlich auf deinen Schwanz in meinem Mund.«

Kapitel 2

Eines muss ich Slade zugutehalten: Er hat gewartet, bis Cole weg war, bis er mir auf die Toilette gefolgt ist. Selbst da beließ er es beim Fummeln und erlaubte mir nicht, ihn zu mehr zu verleiten, als ich ihn in eine Kabine zog.

Als die Rothaarige später sagte, jemand solle früher gehen, weil der Laden an dem Abend so tot sei, ergriff er die Chance, sprang über die Bar, nahm meine Hand in seine und führte mich aus dem *Thirsty Monk*. Ich mag Männer, die die Initiative ergreifen.

Auf der Taxifahrt zu seiner Wohnung waren seine Zunge in meinem Mund und seine Hände unter meinem Shirt. Das Ganze war sexy, und ich freute mich auf sein Sixpack unter dem weißen T-Shirt.

»Du bist so verdammt heiß«, flüstert er jetzt im Treppenhaus seines Mietshauses.

Ich springe ihm in die Arme, er umfasst meinen Hintern, und ich packe seine dunklen Strähnen mit beiden Fäusten. Unsere Lippen treffen sich und er torkelt mit mir auf dem Weg nach oben von einer Seite der Wand zur nächsten. Er ist stark, und das turnt mich mehr an als die Beule in seiner Hose. Als wir vor seiner Tür anhalten, löse ich die Beine und gleite an seinem Körper herunter, bis meine Füße fest auf dem Boden stehen. Er nimmt die Lippen nicht von meinen, während er sich mit dem Schlüssel abmüht.

»Endlich«, sage ich, als ich hinter ihm in seine Wohnung schlüpfe. Ich nehme mir keine Zeit, sie mir anzuschauen. Solange die Tür hinter uns zu ist, ist mir alles recht. Die Tür knallt zu, er hakt die Finger in meine Gürtelschlaufe und zieht mich an sich, und während meine Lippen auf seinen landen, knöpft er mir die Jeans auf. Ich lasse die Finger über sein weißes T-Shirt nach unten gleiten, fühle die Wölbungen seiner Bauchmuskeln, während ich mich seinem Ziel anschließe: so schnell wie möglich die Klamotten loszuwerden.

Er zieht mir die Hose herunter und das Höschen gleich mit, und ich streife meine Ballerinas ab und winde mich vollends aus der Jeans. Ich bin heiß und bereit. Seine Hände umschließen meine nackten Hüften, er führt mich rückwärts, bis ich auf eine weiche Couch falle. Vor mir stehend lässt er die Finger an seinem Reißverschluss heruntergleiten. Ich lecke mir die trockenen Lippen, warte auf den Anblick seines Schwanzes, an dem ich mich heute Nacht gütlich tun werde.

Die Beule in seiner Unterhose ist nicht so groß, wie ich sie auf der Treppe gespürt habe, aber vielleicht ist er noch nicht ganz hart – und dann würde ich ihm nur zu gern zur Hand gehen.

Ich sollte euch jetzt vielleicht sagen, dass ich mich nicht für meine offene Sexualität entschuldige. Ich bin eine erwachsene Singlefrau – warum sollte ich das nicht so oft und so sehr genießen, wie ich kann? Weil mir irgendein Mann erzählt, das mache mich zu einer Schlampe? Oder weil irgendeine verklemmte Frau, die ihre Klitoris nicht von einem Lichtschalter unterscheiden kann, glaubt, es sei falsch, Sex zu genießen?

Scheiß drauf. Ich lasse mich nicht mit vergebenen Kerlen ein, und solange alle freiwillig mitmachen, habe ich nichts gegen ein bisschen Spaß. Und hoffentlich einen Orgasmus. Denn wer liebt die nicht?

Egal, wo waren wir?

Ich bedenke Slade mit einem heißblütigen Blick und spreize die Beine, damit er sich dazwischen stellen kann. Hake die Finger in den Bund seiner Boxershorts und streife sie ihm ab, während ich ihm mit Blicken verspreche, wie viel Spaß wir heute Nacht haben werden. Die Vorfreude darauf, zu spüren, womit ich arbeite, ist zu stark, also werfe ich einen Blick nach unten und finde einen dünnen Penis, der kein Kribbeln zwischen meinen Beinen auslöst. Er schiebt mir die Finger in die kurzen, dunklen Haare und hebt meinen Kopf wieder, damit ich ihm in die Augen schaue.

Ich bin mir sicher, dieser Typ war der Running Gag in seiner Umkleide. Aber ich bin keine, die andere schikaniert oder hänselt, also setze ich ein Lächeln auf. Es geht nicht darum, wie groß er ist, sondern wie er ihn einsetzt ... oder?

»Nur zu«, sagt er und schiebt die Hüften vor, sodass sein Schwanz meine Lippen erreichen würde – wenn er ein paar Zentimeter länger wäre.

Wieder mustere ich ihn und überlege mir, wie ein Kerl über eins achtzig mit riesigen Muskeln und einem Sixpack so ein enttäuschendes Gehänge haben kann. Er ist jetzt richtig hart, seine winzige Eichel zeigt nach oben.

Meine Hände zittern leicht, als ich sie um ihn lege, die Finger überlappen sich und ich pumpe.

Er stöhnt. »Ja, genau. Mund, du kleine Schlampe«, sagt er und bewegt wieder die Hüften. Ich löse die Hand, bevor ich so fest zudrücke, dass er auf die Knie sinkt.

Ich habe sicher nichts gegen Dirty Talk; der richtige Kerl kann mich im Schlafzimmer herumkommandieren und ich werde mich bestimmt nicht beschweren. Aber es gibt die heiße Art, und es gibt die Arschlochvariante. Slade benimmt sich wie ein Arsch.

»Ich lasse mir ungern Befehle erteilen«, kommentiere ich, lehne mich zurück und warte auf seine Entschuldigung.

»Oh, du willst die Unnahbare spielen?« Über seine Lippen huscht ein wissendes Lächeln und ich ziehe die Augenbrauen hoch.

Ich glaube, wir sind nicht auf einer Wellenlänge. »Ich sitze auf deiner Couch, meine Muschi ist weit offen, ich glaube nicht, dass man das unnahbar nennt.«

Er packt mich am Arm, zieht mich wieder an die Sofakante und legt meine Hand an seinen Bleistiftpenis. »Ich verspreche dir, ich belohne dich dafür.« Er schiebt sich nach vorn, und zum ersten Mal seit Jahren bin ich nicht geil, obwohl ich einen Penis vor dem Gesicht habe.

»Lass mich raten.« Ich stehe auf und zwinge ihn damit, rückwärts zu stolpern. Weil er die Hose noch um die Knöchel hat, verliert er den Halt und fällt auf den Hintern, aber er bleibt sitzen und versucht nicht, sich die Hose hochzuziehen.

Ich schnappe mir meine Hose und das Höschen vom Boden, ziehe sie an und rede dabei weiter: »Ich blase dir einen und du erwartest von mir, dass ich schlucke, wogegen ich gar nichts habe, aber dann sagst du mir, du musst dich kurz erholen. Hast du nie von Ladies First gehört?« Ich knöpfe die Jeans zu, streife die Ballerinas über und kann mich jetzt endlich in der Wohnung umsehen, in deren Mitte ich stehe.

Zierdeckchen auf dem Tisch.

Blumenvasen.

Kleine Kinderfiguren aus Keramik.

Sofa mit Blumenstoffbezug und rosa Überwurf.

»Oh. Mein. Gott. Wo sind wir?«, frage ich, gehe zur Tür und lege die Hand auf die Klinke.

»Meine Wohnung«, antwortet er achselzuckend.

»Und wessen noch?« Ich schaue ihn mit zusammengekniffenen Augen an.

Kurz senkt er den Blick, aber als er ihn wieder hebt, sehe ich Wut in seinen Augen. »Du bist eine von denen, die Männer anmacht und dann abblitzen lässt. Frauen wie du glauben, sie hätten so viel Macht, aber ihr seid Nutten, mit denen Männer nur ihren Spaß haben.« Er steht auf und zieht sich die Hose hoch.

»Wenn du mich mit ein bisschen Respekt behandelt hättest, wäre ich eine sichere Sache gewesen. Die Bemerkung mit der Nutte lasse ich dir durchgehen, weil dir dein Ständer vermutlich nicht genug Testosteron bietet. Aber eines will ich mal klarstellen.« Ich trete näher an ihn heran und schaue ihn unverwandt an, damit er weiß, wie ernst ich es meine. »Wenn du mich noch einmal respektlos behandelst, wickle ich diesen bleistiftdünnen Penis um eine Zehnkilohantel und lasse los.«

Er lacht, ein hohles und übertrieben sarkastisches Lachen. »Lieber einen kleinen Schwanz haben als die Stadtmatratze sein.«

Bevor ich mich zurückhalten kann, habe ich ausgeholt und ihm ins Gesicht geschlagen. Er hält sich die Wange und zeigt zur Tür.

»Verpiss dich!«, brüllt er.

Da klickt im Flur eine Tür. »Stevie?«, fragt eine ältere Dame.

»Geh wieder ins Bett, Oma.«

»Ist alles in Ordnung?« Sie kommt in einem rosa Morgenmantel und mit Lockenwicklern um die Ecke. Als sie mich sieht, reißt sie die Augen auf, dann blickt sie Stevie aka Slade düster an. »Ich habe dir doch gesagt: keine Mädchen!« Sie droht ihm mit zitterndem Zeigefinger.

»Ich bin weg«, sage ich, reiße die Tür auf und verlasse die Wohnung, bevor uns Oma noch beide übers Knie legt. Die Tür schließt sich hinter mir und ich höre seine Entschuldigungen und ihr Geschrei.

Krise abgewendet.

Unten auf der Straße versuche ich herauszufinden, wo genau ich bin, und bemerke, dass die Nacht noch jung sein muss, denn Paare gehen Hand in Hand mit Take-Away-Essen die Straße entlang. Eine Gruppe von Leuten kommt aus einer Wohnung und sieht aus, als finge für sie die Nacht erst an. Ich mache ein paar Schritte zur nächsten Kreuzung und lese die Straßenschilder. Slades Oma wohnt viel zu nah bei mir. Ich hoffe, ich begegne ihr nie in einer dunklen Seitengasse.

Ein paar Straßen weiter ist mein Stamm-Starbucks, und ich öffne die Tür und lasse mich von dem warmen, tröstlichen Duft von Kaffee einhüllen. Ich wünsche mir, ich hätte mein Skizzenbuch dabei. Zeichnen hat bei mir schon immer gegen Stress geholfen. Vielleicht entwerfe ich ein Spielzeug, das Männern wie Slade aus dem Nanometer-Club helfen könnte.

Ich gehe zuerst auf die Toilette und stelle mich dann in die Schlange. Die meisten vor mir bestellen Eistees und andere Getränke, die nicht heiß oder voller Koffein sind. Missy, die gewohnte Barista, lächelt zu mir auf, als ich dran bin. »Mal wieder 'ne schlimme Nacht?«, fragt sie und zieht einen ihrer Mundwinkel nach oben.

Es könnte sein, dass ich nach miesen Nächten zu oft herkomme.

Was in letzter Zeit irgendwie viel zu oft passiert. »Bleistiftpenis«, sage ich trocken.

Sie verzieht schmerzlich das Gesicht, und hinter mir grollt ein tiefes Lachen. Ich werfe einen Blick über die Schulter und sehe einen Mann. Ich schenke ihm ein schiefes Grinsen und er zwinkert, die Lippen nur mit halber Kraft nach oben gezogen.

»Grande black«, sage ich.

»Name?« Sie zieht die Augenbraue hoch und wartet, was kommt.

»Katniss Everdeen.«

Lachend gibt sie es ein und ich bezahle. »Ich stelle mich als Tribut zur Verfügung«, sagt sie, und jetzt lachen wir gemeinsam. »Ist gleich fertig.«

»Danke, Missy.«

Ich stecke das Geld ins Portemonnaie zurück und ziehe mein Handy heraus, um mich zu beschäftigen, dabei checke ich meine Facebook-Benachrichtigungen. Whitney und Tahlia haben beide etwas über ihre Pärchen-Abende gepostet. Ich spüre einen eifersüchtigen Stich und werde wieder einmal an die Unterschiede in unserem Freundeskreis erinnert. Ich meine, sie werden für immer meine Freundinnen sein, aber wenn sie erst heiraten und anfangen, Kinder zu bekommen, werden wir wahrscheinlich nicht mehr viel gemeinsam haben. Ziemlich bald werde ich einfach die verrückte Tante sein, die zu Geburtstagen auftaucht, und alle Kinder fragen sich, wer ich bin. Nein, verspreche ich mir. Sie werden mich immer kennen, und ich werde die coole Tante sein, die ihnen teure Geschenke macht, weil ich es mir leisten kann. Ich werde die sein, zu der sie aufblicken, weil ich die ganze Welt bereise, nach meinen eigenen Regeln lebe und Affären mit exotischen Männern habe.

Der Mann hinter mir lehnt am Tresen und hat auch sein Handy in der Hand. Er lächelt beim Tippen. Sein Jackett ist offen und die Krawatte hängt lose herunter, aber seine Weste ist noch zugeknöpft. Wer trägt heute noch einen vollen dreiteiligen Anzug? Ich muss aber zugeben, dass er an ihm verflucht heiß aussieht. Er hebt die Hand und streicht sich durch seine sowieso schon wirren braunen Haare. Das Funkeln von Manschettenknöpfen fängt meinen Blick ein, und ich überlege, für was für einen Job er sich wohl so in Schale werfen muss. Trägt man in den meisten Firmen inzwischen nicht Business Casual? Ich stelle ihn mir an einem Tisch in der Vorstandsetage vor, wie er Befehle bellt, und das gedankliche Bild von ihm in einer Machtposition löst ein Kribbeln zwischen meinen Beinen aus. Ich wette, dieser Kerl ist gut bestückt und wüsste, wie er mich im Schlafzimmer beherrscht.

»Katniss Everdeen«, ertönt Missys Singsang.

Bevor ich ihr und meinem Kaffee meine Aufmerksamkeit zuwende, blickt der Typ auf und unsere Blicke treffen sich. Ein Lächeln umspielt seine Lippen, und ich weiß nicht so genau, ob es von den Nachrichten auf seinem Handy kommt oder von mir. Aber egal, was es ist, es lässt sein Gesicht leuchten und er steigt auf der Attraktivitätsskala, bis oben die Glocke läutet. Das Kribbeln in meinen unteren Regionen wird zu einem schmerzlichen Ziehen.

Ich reiße den Blick los und schnappe mir meinen Kaffee. »Schönen Abend noch, Missy.«

»Wir sehen uns morgen«, sagt sie und ich nicke, denn ich bin hier mindestens einmal, wenn nicht zweimal am Tag.

Während ich zur Theke hinübergehe, um mir Süßstoff und Milch zu holen, versuche ich zu ignorieren, wie sich die Härchen in meinem Nacken aufstellen. Und ich gebe auch nicht zu, dass ich seinen Blick spüre. Stattdessen beschäftige ich mich mit Gießen und Rühren. Wenn er mich will, kann er den ersten Schritt machen.

»Peeta Mellark«, ertönt Missys Stimme wieder und sie unterdrückt ein Lachen.

Abrupt wende ich den Kopf und stelle fest, dass mich haselnussbraune Augen mit hochgezogenen Augenbrauen anschauen. Das belustigte Lächeln auf seinen Lippen ist jetzt noch deutlicher als eben. Mein Blick schießt zu Missy hinüber, und sie zeigt mit einem Lächeln von Ohr zu Ohr auf seinen Rücken. Sie schlingt die Arme um sich und küsst die Luft. Ich verdrehe die Augen, und als der Typ sich umdreht, um zu sehen, wohin ich schaue, reckt sie eilig den Rücken und tut so, als ordnete sie den Strohhalmbehälter.

»Einen schönen Abend«, sagt sie mit zuckersüßer Stimme, und der Mann nickt und kommt auf mich zu.

Ich schlucke den Kloß in meinem Hals hinunter. Ich habe keine Zeit, mir zu überlegen, warum ich plötzlich nervös bin. Egal, wie viel Mühe ich mir gebe, mich zu entspannen, ich bekomme meinen Herzschlag nicht unter Kontrolle. Nur fünf Schritte trennen uns, deshalb habe ich keine Zeit, darüber nachzudenken, warum der Typ eine Seite in mir weckt, die selten, wenn überhaupt je, zum Vorschein kommt. Ich warte darauf, dass er etwas sagt – tut er aber nicht.

Er stellt sich nur neben mich an den Stand mit den Zutaten, und ein Hauch seines Parfums dringt in meine Nase. Der Duft ist berauschend. Nach Moschus und Mann. Ich kreuze die Knöchel und presse die Schenkel zusammen.

Er beschäftigt sich mit dem Zucker, keine Milch, und rührt ungewöhnlich lange um. Sein Handy piepst, während er den Deckel auf den Becher setzt.

Ich will ihn stoppen, aber etwas hält mich zurück und ich ducke mich, fasziniert von seinen Händen. Stark und manikürt. Nie hätte ich gedacht, dass mich manikürte Nägel anturnen könnten. Er erstarrt in der Bewegung, und als ich aufblicke, stelle ich fest, dass er mich ansieht. Langsam mustert er mich von oben bis unten und wieder zurück, bevor er sich vorbeugt, seine Lippen nur Zentimeter von meinem Ohr entfernt. Unsere Körper berühren sich nicht, und irgendwie ist das heißer, als wenn er mich an sich gezogen hätte.

»Ich dachte, das würden Sie vielleicht wissen wollen ...«

Seine Stimme verklingt und der Duft seines Aftershaves lässt mich die Augen schließen, während ich voller Vorfreude auf den Rest des Satzes warte.

»... Sie haben Toilettenpapier am Schuh.«

Dann weicht er zurück und ich reiße die Augen auf. Er zwinkert mir zu, und bevor ich etwas sagen kann, bimmelt die Türklingel und er schaut durchs Fenster zu mir herein, während er am Telefon spricht und ich verzweifelt versuche, das Klopapier mit dem anderen Schuh abzustreifen.

Gott, kein Wunder, dass er mich angestarrt hat.

»Du meine Güte«, sagt Missy, die Hand am Herzen.

Ich halte mich an der Kante hinter mir fest, um senkrecht zu bleiben – halb aus Scham und halb, weil meine Knie immer noch weich sind. »Wer war das?«

»Ich glaube, er ist dein Peeta Mellark«, sagt sie auf den Tresen gelehnt mit verträumtem Unterton in der Stimme.

Ich schüttle den Kopf. »O Missy. Lennon Hart kann keinen Peeta Mellark haben. Sie vögelt nur mit einer Menge Gale Hawthornes herum.«

Eines kann ich nicht leugnen: Er hat mich in ein fahriges Etwas verwandelt, und er hat nur eine Handvoll Wörter gesagt. Das ist wirklich mal ein Mann, der mich im Bett herumkommandieren dürfte.

Kapitel 3

Ich betrete die Venture Bank und warte, bis die Rezeptionistin mit dem Tippen aufhört und mich tatsächlich anschaut. Irgendwann nimmt sie den Stift aus dem Mund, ihre Finger halten still und sie fixiert mich. Ihr Blick wandert an mir auf und ab.

Ja, ich weiß, ich bin heiß, aber ich bin über meine lesbische Phase hinweg. Sie darf also schauen, aber anfassen ist nicht erlaubt.

»Wie kann ich Ihnen helfen?« Sie kratzt sich mit ihrem Stift unter ihren aufgetürmten kastanienbraunen Haaren am Skalp.

»Ich habe einen Termin bei Jacob Hart.«

Missbilligend mustert sie mein T-Shirt und ich verdrehe die Augen. Sie ist wahrscheinlich so eine verklemmte, versnobte Frau, die in ihrem Leben noch nie richtig durchgevögelt wurde.

»Und Sie sind ...?« Sie nimmt den Hörer ab, die Finger schweben in der Luft, bevor sie Jacobs Nummer wählt.

»Lennon Hart«, sage ich. Sofort streckt sie den Rücken und ein Lächeln ersetzt ihren finsteren Blick. »Seine Schwester.«

»Oh, ich rufe ihn an.«

»Danke.«

Ich setze mich in den kleinen Wartebereich mit vier Stühlen und einer Zeitschriftenauswahl. Ich war noch nie im Büro meines Bruders, aber es ist ganz hübsch hier. Er ist Vizedirektor und so ungefähr das glatte Gegenteil von mir. Alle dachten immer, Zwillinge müssten sich ähnlich sein, aber Jacob und ich könnten nicht weiter voneinander entfernt sein.

Wie ich erwartet habe, kommt er selbst heraus, um mich zu begrüßen. »Danke, Mrs Mendez«, sagt er mit einem Lächeln und wendet sich dann an mich. »Lennon.« Er nickt, dreht sich auf dem Absatz um und geht in sein Büro zurück.

»Danke, Mrs Mendez«, sage ich zuckersüß und sie schenkt mir ein höfliches Lächeln, steckt den Stift wieder in den Mund und tippt weiter.

Jacob winkt und tauscht Freundlichkeiten aus, während wir uns zwischen den Schreibtischen zu seinem Büro durchschlängeln. Er öffnet die Tür und lässt mich vorgehen.

»Keine Umarmung?« Ich lasse mich vor seinem Schreibtisch auf einen Stuhl fallen.

Er schließt die Tür und umrundet seinen Schreibtisch, um sich in seinen riesigen Sessel zu setzen. Kleine Überkompensation?

»Soll der Riesensessel ein Ausgleich für andere Unzulänglichkeiten sein?«, frage ich, und sein Blick bohrt sich in meinen. Er zeigt nicht die Spur von Humor, worauf ich eigentlich abgezielt habe.

Spaßverderber.

»Ich habe dir doch gesagt, du sollst nicht zu mir ins Büro kommen.« Er verschränkt angestrengt die Hände vor sich.

»Ach, komm schon, Brüderchen, du liebst mich doch.« Ich schlage die Beine über und zucke mit den Schultern, als wollte ich ihm sagen: *So bin ich und das musst du akzeptieren.*

»Ich hab dich ja lieb, Len.« Er schaut aus dem Fenster. »Aber das ist mein Arbeitsplatz, und ich habe mir den Arsch abgearbeitet, um da zu landen, wo ich bin. Die Leute hier verstehen Leute wie dich nicht so ganz.«

»Leute wie mich?« Nach diesem Blödmann Slade jetzt auch noch mein Bruder – so langsam bin ich beleidigt.

»Schau dich an.« Seine Hand weist meinen Körper hinab. »Deine Haut ist eine Scheiß-Kunstausstellung. Deine Jeans sind zerrissen. Auf den Zehennägeln hast du Totenköpfe. Und das Shirt. Was zum Geier ist das? Ein Hahn mit einem Einhorn?« Er schüttelt den Kopf mit demselben Blick wie früher, wenn unsere Mom ihn zwang, Haferbrei zu essen.

»Zunächst einmal sind meine Tattoos ein Ausdruck meiner Persönlichkeit. Zerrissene Jeans sind in, Mr Brooks Brothers. Was mein Shirt angeht: das ist ein ›Unicorn Cock‹. Das verstehst du nicht, du bist ein Mann.« Ich löse die Beine und ziehe sie in den Schneidersitz hoch.

»Unicorn Cock? Einhornschwanz? Heißt so eines von deinen neuen Sexspielzeugen?«

Das ist keine schlechte Idee.

Jacobs Telefon klingelt und er nimmt ab. »Bitte keine Anrufe durchstellen, Mrs Mendez.« Er hört kurz zu. »Sagen Sie Jasper, ich rufe ihn in fünf Minuten zurück. Danke.« Er legt auf.

»Jasper Banks?«, frage ich mit einem unschuldigen Augenaufschlag.

»Nein«, erwidert er ausdruckslos und ich kann nicht anders, ich bin verletzt, weil mein Bruder versucht, mich anzulügen. Ist das nicht ein No-Go unter Zwillingen?

»Mom hat uns beigebracht, nicht zu lügen, Jacob«, ermahne ich ihn und er verdreht die Augen. Jasper ist kein alltäglicher Name wie Mike, deshalb weiß ich, es muss der Typ sein, der nach dem College auf dem Weg in den Beruf der Mentor meines Bruders war.

»Len, du kriegst Jasper Banks' Telefonnummer nicht«, sagt er ärgerlich. Jacob hat mir einmal aus Versehen verraten, dass Jasper nicht mehr bei den normalen Darlehen ist, sondern inzwischen Partner in einer Risikokapitalfirma. Möglicherweise habe ich ihn ein paarmal damit genervt, mich ihm vorzustellen. Im Unterschied zu damals bin ich jetzt nüchtern und lasse mich nicht darüber aus, dass meine Familie meine Vision nicht versteht.

»Und warum investierst du dann nicht in meine Firma?«, frage ich ihn zum tausendsten Mal. Es gab mal eine Woche, in der ich ihm zehn Nachrichten am Tag geschrieben habe. Natürlich blockte er meine Nummer nach fünf Tagen. Dann erzählte ich es meiner Mom, und sie zwang ihn am nächsten Tag, die Sperre aufzuheben, falls ich ihn in einer Notlage erreichen müsse. Ich weiß, wie ich mit meiner Familie umgehen muss.

»Ich hab dir schon mal gesagt, ich kann es mir nicht leisten, dass mein Name mit so was in Verbindung gebracht wird. Das sind ein Haufen Dildos und Vibratoren. Denk mal ein bisschen nach.« Er tippt sich zur Verdeutlichung an die Schläfe.

»Jetzt wirst du gemein.« Ich gebe mich entrüstet, dabei kenne ich Jacob. So ist er eben. Er ist prüde und korrekt, und ich bin irre und sitze in einem Pulverfass.

Er lässt die Schultern hängen; er erträgt es nicht, mich aufgebracht zu sehen. So ist das, seit wir acht waren und er mich von einer Schaukel geschubst hat und ich mir den Arm gebrochen habe. Deswegen wird er sich ewig schuldig fühlen. Nicht, dass ich diese Schuldgefühle nicht ab und zu ausnutzen würde, so wie jetzt gerade.

»Hör zu, ich weiß, du willst diese Firma gründen, aber ich verstehe es nicht. Das Tattoostudio läuft super. Und falls du dich erinnerst: Dafür habe ich dir den ersten Kredit gegeben.« Ich lasse die Füße auf den Boden sinken und er steht auf, kommt um den Tisch herum und setzt sich neben mich. »Len, ich glaube an dich, aber du musst verstehen, dass ich jetzt, wo ich gerade stellvertretender Geschäftsführer geworden bin, nicht gleich dein Darlehen genehmigen kann. Wie würde das aussehen? Gib mir ein bisschen Zeit und ich schaue mal, ob mir etwas einfällt.«

Ich blicke zu meinem eigentlich sechs Minuten jüngeren Bruder auf, der sich ständig benimmt, als wäre er mein älterer Bruder. »Wie wär's, wenn du mir einfach Jaspers Nummer gibst? Vielleicht ist er interessiert.«

Er schüttelt den Kopf und seufzt.

Ein Klopfen an der Tür unterbricht uns.

»Herein«, sagt mein Bruder, und herein kommt eine Frau ungefähr in meinem Alter. Ihr Wickelkleid ist blumig und fließt hübsch um ihre zierliche Gestalt. Ich bemerke, dass sie passende Ballerinas trägt. Außerdem bemerke ich, dass sie meinen Bruder auf eine Art ansieht, die nicht so ganz beruflich ist. Sie ist hübsch und ich beschließe sofort, dass ich sie mag.

»Oh, tut mir leid«, sagt sie und senkt den Blick, als sie mich entdeckt. »Ich wusste nicht, dass jemand bei dir ist.« Ihr Blick trifft meinen und sie begutachtet mich, aber ich sehe keine Wertung darin. Schnell schaue ich zu Jacob, der sie nicht aus den Augen gelassen hat, seit sie die Tür geöffnet hat.

»Ist in Ordnung, Megan, das ist Lennon, meine Schwester.«

Die Hoffnungslosigkeit in ihrem Blick schwindet und sie kommt mit federndem Schritt auf mich zu und hält mir die Hand vors Gesicht.

»Ich bin Megan Channing«, sagt sie.

Ich schüttle ihr die Hand. »Lennon.«

»Ich freue mich, Sie kennenzulernen. Jacob erzählt nicht viel von seiner Familie, aber Sie haben die gleiche Nase.« Sie schaut von mir zu Jacob und wieder zurück.

Ich werfe einen kurzen Blick auf Jacobs Schreibtisch und sehe dort sein Handy liegen, als auch schon eine Idee in meinem Gehirn Form anzunehmen beginnt. Ich lehne mich auf meinem Stuhl zurück. »Was tun Sie hier, Megan?«, frage ich. Ich weiß genau, wie ich Jacob auf die Nerven gehen kann.

»Ich arbeite am Schalter.«

»Am Schalter? Also ist Jacob Ihr Chef?«, frage ich und ihre Mundwinkel fallen nach unten. Einen Moment lang tut es mir leid, dass ich sie in unseren Geschwistermist hineinziehe.

»Ja.« Sie nickt ein wenig unsicher.

Mit hochgezogenen Augenbrauen schaue ich zu Jacob hinüber. »Interessant«, sage ich und er schnaubt.

»Gib mir eine Sekunde, okay?«, sagt er zu mir und winkt Megan zur Tür hinüber.

Auf dem Tisch piepst sein Handy, ich beuge mich vor und sehe Jasper Banks' Namen auf dem Bildschirm. Ernsthaft, das wird noch einfacher, als damals im ersten Jahr im College Professor Hendred dazu zu kriegen, meine Note zu ändern. Denkt jetzt nicht schlecht von mir.

»Nicht«, warnt Jacob, als ich nach dem Handy greife.

Verdammt. Mein Bruder kennt mich gut.

»Megan, gib mir bitte einfach ein paar Minuten Zeit«, flüstert er.

Ich stehe auf und tue so, als wollte ich gehen. Ich schaue von den beiden heimlich Liebenden zum Handy. Jacob dreht mir jetzt den Rücken zu, die Hände an ihren Armen. Sieht aus, als gäbe es Ärger im Paradies.

Ich drücke den Home-Button auf dem Handy und es leuchtet auf und zeigt ein paar Nachrichten an, die er heute Morgen bekommen hat. Junge, Megan war ganz schön fleißig. Von Jasper ist die oberste Nachricht, und ich ziehe das Handy näher zu mir heran und schnappe die Worte *Richmond's heute Abend um acht* auf. Na, das war ja einfach.

Jacob greift sich sein Handy und steckt es in die Tasche. »Du bekommst seine Handynummer nicht«, sagt er und durchbohrt mich mit Blicken aus seinen blauen Augen, die aussehen wie meine.

Ich verdrehe die Augen. »Wollte nur sichergehen, dass du keine wichtigen Anrufe verpasst.« Ich drehe den Kopf und stelle fest, dass Megan weg ist. »Die Angestellte vögeln, Jacob?« Ich schüttle den Kopf. »Ich hätte eigentlich mehr von dir erwartet.«

»Musst du nicht Dildos verkaufen?«, fragt er und ich nehme meine Handtasche.

»Ich glaube, ich gehe Megan anmachen. Mal sehen, ob sie zu haben ist.« Als ich in Richtung Tür gehe, folgt er mir, wahrscheinlich, um sicherzugehen, dass ich wirklich verschwinde.

»Mach dir keine Sorgen um sie, sie ist mehr als zufrieden.« Er lächelt und ich bin überrascht, dass er sich nicht noch in den Schritt greift.

»Soweit ich mich erinnere ...« Ich sage nichts weiter, rümpfe aber die Nase und schüttle den Kopf, während ich nur den kleinen Finger hebe.

»Wir waren fünf, als du meinen Schwanz das letzte Mal gesehen hast«, sagt er und greift an mir vorbei, um die Tür zu öffnen. »Tschüss, Schwesterchen.«

»Lass uns doch heute Abend treffen, wie wär's? Ich könnte Megan besser kennenlernen«, schlage ich vor.

Wieder trifft mich sein missvergnügter Blick. Ernsthaft, Megan muss ihren Job besser machen, denn mein Bruder braucht eindeutig mehr Spaß. Er ist viel zu verkrampft. »Ich gehe mit Megan aus, ihren Geburtstag feiern. Nur wir zwei.«

»Wohin?«, frage ich, ganz die besorgte Schwester. Ich schiebe die Schuldgefühle darüber, dass ich nur wissen will, wo er heute Abend sein wird, von mir.

»Das geht dich nichts an. Hör zu, ich bringe sie zu Dads Ruhestandsparty mit. Halt mir den Rücken frei, ja?« Er wechselt das Thema, aber ich weiß, mein Bruder würde eine Frau, an der er interessiert ist, nicht in eine Bar mitnehmen. Was bedeutet, ich kann Jasper heute Abend *zufällig* kennenlernen, ohne mir Sorgen machen zu müssen, ihm über den Weg zu laufen.

»Aber klar, kleiner Bruder.« Ich kneife ihn in die Wange und er ächzt. »Wir sehen uns.« Er schließt die Tür und ich gehe los. Noch bevor ich zur Tür der Bank hinaus bin, piepst mein Handy.

> Jacob: Liebe dich. Ich überlege mir eine andere Möglichkeit.

Ich lächle.

> Ich: Liebe dich. Kein Problem, ich glaube, ich bin da was auf der Spur.

Ein zynisches Lachen entschlüpft mir und mein Handy piepst wieder.

> Jacob: In der letzten Minute?

> Ich: Wir sehen uns nächste Woche.

> Jacob: Lennon.

Ich lache wieder, denn er kennt mich zu gut. Als ich in meinen Einhorn-Van steige, drehe ich Eminem auf und fahre los. Heute Abend werde ich endlich Mister Jasper Banks kennenlernen, und er wird alle meine Probleme lösen.

Kapitel 4

»Ich brauche einen hübschen Hosenanzug. Ernsthaft, konservativ, aber auch ein bisschen sexy.« Ich dränge mich an Tahlia vorbei in ihre Wohnung.

Lucas blickt vom Fernseher auf.

»Hi, kümmere dich nicht um mich, ich hol mir nur schnell was ab. Euer *cincinnati bowtie* kann in zehn Minuten beginnen.« Ich winke Lucas zu.

»Ich will nicht mal wissen, was das ist«, sagt Tahl hinter mir.

»Wo ist mein Spielzeug?«, fragt er, und ich wühle in meiner Handtasche und werfe es ihm zu.

Er begutachtet die Verpackung mit einem breiten Grinsen, dann wirft er sie Tahlia hinüber. »Zieh es an, Baby.« Sein Lächeln könnte dem eines Kindes am Weihnachtsmorgen Konkurrenz machen. Er zieht sein Handy heraus, während wir den Raum verlassen.

Ich gehe in Tahlias Schlafzimmer und sie verdreht die Augen. Sie wirft das Spielzeug auf die Matratze und betritt ihren begehbaren Kleiderschrank. Sie und Lucas sind letzten Monat zusammengezogen, und mit seinem Einkommen können sie sich mehr leisten, was heißt, dass sie endlich einen begehbaren Kleiderschrank hat. Lucas' Anzüge hängen auf der linken Seite aufgereiht und ihre Kleider und Blusen rechts. Sämtliche teuren High Heels stehen auf Regalen am hinteren Ende neben Lucas' Turnschuhen und Slippers, die so gar nicht dazu passen wollen.

»Das muss dich doch verrückt machen.«

Sie folgt meinem Blick zu den Schuhen. »Wir streiten über zwei Dinge: Familienabendessen bei meinen Eltern und das.« Sie zeigt darauf und verzieht das Gesicht, als röche es wie ein Müllauto in New York City an einem heißen Sommertag.

»Er mag die Familie nicht so, was?«, frage ich, während ich mich durch ihre Klamotten wühle.

»Doch. Ihm macht es nichts aus. *Ich* bin das Problem. Er hat irgendwie eine Bindung zu meinem Dad entdeckt, das ist so nervig.« Mit einem Schnauben zieht sie einen schwarzen Seidenanzug heraus.

Jetzt bin ich diejenige, die die Nase rümpft. Sie hängt ihn zurück. »Ist doch toll, dass sie sich gut verstehen, Tahl.« Ich freue mich ehrlich, dass sich alles für sie so gut gefügt hat, und doch sticht mich wieder kurz die Eifersucht unerwartet in die Brust. *Was soll der Scheiß? Ich bin auch glücklich. Ich will nicht mal das, was sie hat.*

Sie zuckt die Achseln. »Und wofür ist der?«

Ich setze mich auf den Boden ihres begehbaren Kleiderschranks. Ja, so groß ist er. »Ich treffe mich heute Abend mit einem Investor, aber in einer Bar.«

Sie kneift die Augen zu Schlitzen zusammen, dann zieht sie einen hellrosa Anzug heraus und hält eine marineblaue Bluse davor.

Wieder schüttle ich den Kopf und sie schnaubt und hängt ihn wieder auf. »In einer Bar? Ist das sauber?« Sie geht weiter ihre Kleider durch.

»Na klar ist das sauber. Er weiß nur nicht, dass ich komme.«

Ihr Blick schnellt zu mir herüber. Sie sieht besorgt aus.

»Entspann dich. Ist schon in Ordnung.« Ich springe auf und fange wieder an, in ihren Klamotten zu wühlen.

Sie lehnt sich an ihre eingebaute Kommode mitten im Schrank. »Ich will nicht, dass du enttäuscht wirst«, sagt sie leise. Nichts weniger sollte ich erwarten. Sie ist schließlich meine beste Freundin. »Ich habe mit Lucas gesprochen …«

»Nein, Tahl.« Ich hebe die Hand und wehre sofort ab, dass einer meiner Freunde mir hilft.

»Komm schon, Len. Wir sind Freunde und wir wollen helfen. Lucas hat genug Geld«, bittet sie, aber ich will nichts davon hören.

Ich habe Vertrauen in mein Können und diese Firma, aber zu viele Faktoren könnten schiefgehen. Wenn es nichts wird, will ich nicht, dass meine Freunde irgendwie davon betroffen sind. »Ich weiß das zu schätzen. Ehrlich. Aber nein.« Ich ziehe einen Hosenanzug von Chanel heraus. »Kann ich den leihen?«

»Natürlich, was du willst.« Sie verschränkt die Arme; sie versteht eindeutig nicht, warum ich das Geld ihres Freundes nicht nehmen will.

Ich lasse die Schultern hängen und warte, bis sie mir in die Augen schaut. »Hör zu, Tahl. Ich muss das allein machen.«

Sie nickt. »Okay.« Dann nimmt sie mir den Hosenanzug ab und legt ihn auf die Kommode. Nimmt meine Hand und drückt sie. »Sei aber nie zu stolz, um Hilfe zu bitten, okay?«

Diesmal nicke ich, und unser Gespräch endet mit der Abmachung, dass sich nichts ändern wird. Ich werde weder ihres noch das Geld ihres Freundes nehmen.

»Babe? Trägst du es?«, brüllt Lucas aus dem Nebenzimmer, und als wir ins Wohnzimmer kommen, hat er den Finger auf dem App-Bildschirm.

Sie versetzt ihm einen spielerischen Klaps auf den Hinterkopf, und seine kürzeren, jetzt gegelten Haare rühren sich nicht. »Wir haben einen Gast.«

»Lennon ist kein Gast«, scherzt er und ich setze mich ihm gegenüber auf den Sessel. Er legt sein Handy hin.

»Oh, ich habe eine tolle Kette, die du mit dem Outfit tragen solltest.« Tahlia eilt zurück in ihr Schlafzimmer und lässt Lucas und mich allein.

Lucas setzt sich auf, stützt die Ellbogen auf die Knie und wirft einen Blick auf die Schlafzimmertür. »Also, Lennon. Ich habe nachgedacht.«

Ich hebe die Hände. »Deine Freundin war schon schneller.«

Er zieht die Augenbrauen zusammen, und zum ersten Mal fällt mir auf, wie makellos sie sind. Ich frage mich, ob er sie mit Wachs oder mit dem Faden trimmen lässt. Vielleicht hat er sich lasern lassen?

»Ich möchte investieren. Irgendwo muss ich mein Geld investieren. Dann kann es auch deine Firma sein.«

Ich weiß es zu schätzen, dass meine Freunde mir aushelfen wollen, und es wäre so einfach, das Geld von Lucas und Cole anzunehmen, aber nein. Ich habe meinen Stolz.

»Ich treffe heute Abend einen Investor.« Ich hebe die gekreuzten Finger. »Hoffen wir, dass er Sexspielzeug genauso liebt wie du und Cole.«

Lucas nimmt sein Handy hoch, drückt die App, und Tahlia kommt mit dem vibrierenden Spielzeug in der Hand aus dem Schlafzimmer.

»Ehrlich, Lucas. Warte, bis Lennon weg ist!« Sie wirft es auf den Tisch und ich frage mich, ob sie es je für ihn tragen wird. Obwohl ich mir ziemlich sicher bin, dass sie hinter verschlossenen Türen ein wildes Sexleben führen. Tahl tut nur gern so, als könnte sie es auch bleiben lassen, aber ich kann mir nicht vorstellen, dass es je Kopfschmerznächte mit Lucas gibt.

Er lacht und sie kommt herüber und reicht mir die Kette.

»Wer ist der Player?«, fragt Lucas, kreuzt die Beine über den Knöcheln und legt die freie Hand auf Tahlias Bein.

»Sein Name ist Jasper Banks«, sage ich, und Lucas' Augen leuchten auf.

»Echt?«, fragt er. Tahlia und ich schauen ihn beide fragend an.

»Ja.« Meine Stimme klingt gedämpft. »Kennst du ihn?«

Er nickt und lächelt. »Ich bin mit ihm zur Schule gegangen. Er war ein Jahr älter als ich, aber wir waren in derselben Verbindung.«

Verdammt. Ich hätte es gar nicht heimlich hinter dem Rücken meines Bruders machen müssen. Ich hatte die ganze Zeit eine Verbindung zu Jasper.

»Wie perfekt. Lennon, erzähl ihm, dass du Lucas kennst!« Tahlia hüpft vor Begeisterung praktisch auf ihrem Sessel.

»Hast du schon gepitcht?«, fragt Lucas.

Ich beiße mir auf die Unterlippe und schüttle den Kopf.

»Warum trefft ihr euch dann in einer Bar?«, fragt er, und ich komme mir langsam ein bisschen dumm vor mit meinem Plan.

»Ähm. Er weiß nicht, wer ich bin, aber er war der Mentor meines Bruders. Ich habe eine SMS gesehen, die er meinem Bruder geschickt hat, und ich gehe in die Bar und hoffe, ihn zu erwischen.«

Lucas lacht wieder, und auch wenn ich es immer super fand, wie entspannt Lucas ist, würde ich ihm jetzt am liebsten die Lippen verschließen.

»Du weißt, dass er ein Kontrollfreak ist, oder? Ganz zu schweigen von einem aufgeblasenen Arsch? Er würde dich vor einer Menschenmenge in Fetzen reißen, ohne auch nur mit der Wimper zu zucken«, sagt Lucas.

Ich sinke in meinem Sessel zusammen. »Er ist ein Idiot?« Ich frage, weil ich nicht viel über ihn weiß, außer dass er in Firmen investiert, bei denen es sonst keiner tut. Ich meine, er hat ein Küchengerät auf den Homeshopping-Kanal gebracht und dem Erfinder einen Haufen Geld beschert.

Lucas nickt, und Tahlias Begeisterung ist jetzt deutlich gedämpft. Sie schaut mir eindringlich in die Augen und bittet mich wortlos, mir das Geld von Lucas geben zu lassen.

»Na ja, ich kann eine ganz schöne Zicke sein, und wenn ihm die Idee nicht gefällt und er versucht, mich zu blamieren, wird er schon sehen, was er davon hat.« Ich stehe auf und hänge mir den Hosenanzug über den Arm.

»Sei vorsichtig, Lennon«, sagt Tahlia, löst sich von Lucas und bringt mich zur Tür.

»Warte kurz.« Lucas steht auf und tätschelt Tahlia den Hintern, damit sie aus dem Weg geht. »Ich bring dich zum Aufzug.« Lucas öffnet die Tür und Tahlia umarmt mich.

»Viel Glück. Nicht, dass du es brauchen würdest, denn du wirst diesen Jasper umhauen, sobald er dich sieht.« Bevor sie loslässt, drückt sie mich noch mal fester. »Ruf an, wenn du fertig bist.«

»Mach ich. Danke für den Hosenanzug, ich lasse ihn dann reinigen.«

Kichernd schüttelt sie den Kopf. »Nein, tust du nicht, aber es ist nett, dass du daran glaubst.« Ich verdrehe die Augen, weil sie wahrscheinlich recht hat.

Lucas geht neben mir her zum Aufzug. Ich will ihm gerade sagen, dass ich keinen Babysitter brauche, aber als meine Hand zum Aufzugsknopf geht, hält er mich auf. »Lennon, ich habe das mit dem Investieren ernst gemeint. Falls du dir Sorgen machst, dass du Tahl und mich in die Bredouille bringst, falls die Firma gegen die Wand fährt – das musst du nicht.« Er sieht gequält aus, als wollte er mir seinen achtstelligen Kontostand nicht unter die Nase reiben.

Du meine Güte, was, wenn er wirklich achtstellig ist? Ich sollte Jacob ein bisschen forschen lassen. Aber ich lasse den Gedanken sofort wieder fallen und schüttle den Kopf.

»Ich glaube nicht, dass ihr beide den Rest eures Lebens Instantnudeln essen müsst, wenn es nichts wird. Aber beim Geld hört die Freundschaft auf.«

Er nickt, den Blick starr auf den Boden gerichtet. »Lass mich heute Abend mitkommen. Ich stelle dich vor. Wir tun so, als wäre es ein Zufall.«

Natürlich hat sich Tahlia in diesen Mann verliebt. Wie könnte sie auch nicht? Ich schüttle den Kopf. »Nein, Lucas, aber danke.«

Er lässt die Schultern hängen und schiebt die Hände in die Taschen seiner abgetragenen Jeans. »Okay«, sagt er resigniert.

Das ist der Unterschied zwischen ihm und Tahlia – er drängt mich nicht, was ich zu schätzen weiß. »Aber trotzdem danke.«

Ich drücke den Knopf für den Aufzug, und diesmal lässt er mich, bleibt aber neben mir stehen. Der Aufzug läutet, und als ich eintrete, hält Lucas die Tür fest.

»Benutz mich wenigstens als Referenz. Sag ihm, du kennst mich und ich schwöre auf deine Produkte.« Er lässt ein höschenerweichendes Lächeln mit weißen Zähnen aufblitzen. Also, höschenerweichend für Tahl, nicht für mich.

»Schreibst du mir eine Rezension?«, scherze ich, aber er nickt.

»Wenn mir dieses neue Spielzeug so viel Spaß macht wie Cole und Whitney, verdammt, ja, dann miete ich dir eine Werbetafel!«

Die Türen schließen sich und ich winke.

»Tschüss, Lucas, danke.«

»Viel Glück!« Er winkt zurück.

Aufgeblasener Kontrollfreak oder nicht: Jasper Banks soll sich besser warm anziehen, denn er hat noch nie jemanden wie Lennon Hart gesehen.

Kapitel 5

Ich steige in meinem Chanel-Hosenanzug und den High Heels aus dem Taxi. Okay, in Tahlias Chanel-Hosenanzug und ihren High Heels, aber heute gehören sie mir. Es passt mir nicht, dass ich mich in jemand anderen verwandle, aber es ist mein letzter Ausweg.

Ich war noch nie in dieser Bar, und von außen sieht sie viel nobler aus, als ich gedacht hätte. Soweit ich weiß, gibt Jacob sein Geld nicht für Sinnlosigkeiten aus, was ihn zu einem guten Banker macht, schätze ich. Er ist eher der Bier-Typ als einer, der die Weinkarte herunterbeten kann. Klar ist er spießig, aber nicht auf die großkotzige Art.

Ich betrete die Bar, die innen dunkel ist, mit blutroten Wänden und schwarzen Tischen und Stühlen. Sie ist voller Geschäftsleute, die ihre Jacketts hinter sich über die Stuhllehnen gehängt haben. Ihre teuren Uhren und Manschettenknöpfe blitzen unter den Ärmeln ihrer Hemden hervor, wenn sie die Longdrinkgläser anheben, die Alkohol ohne Eis enthalten. Frauen gibt es hier wenige. Ich zähle nur fünf auf zwanzig Männer. Sie sind ebenfalls für die Businesswelt angezogen, und ich danke Gott, dass ich einmal eine gute Entscheidung getroffen und mir ein Outfit von Tahlia geliehen habe.

Mit schwingenden Hüften gehe ich zur Bar und setze mich auf einen Hocker. Der Barmann, der schätzungsweise ein paar Jahre jünger ist als ich, nähert sich mir sofort. Gott, ich wünschte, ich könnte mein Jackett ausziehen, aber dann säße ich hier nur in einer ärmellosen Bluse, und ich bin mir nicht sicher, ob die Leute hier etwas für meine Tattoos übrighaben. Andererseits wäre das dann eine Situation nach dem Motto:

»Was passt nicht in diese Reihe?« Einsatz: die Titelmelodie der Sesamstraße.

»Was darf ich Ihnen bringen?« Er beugt sich über die Bar und dringt in meine Privatsphäre ein. Er ist süß, und normalerweise würde mich das nicht stören, aber ich versuche hier, Miss Schick zu sein. Miss Schick flirtet nicht mit dem süßen Barmann, während ihre Mission die Rettung ihres Noch-nicht-mal-ein-richtiges-Business-Business ist.

»Scotch. Pur«, bestelle ich und er nickt, stellt ein Glas auf die Bar und gießt den Scotch vor meinen Augen ein. »Danke.« Ich schiebe meinen Zwanziger über den Tisch und er lässt ihn liegen, um einen andere Kunden zu bedienen.

Verstohlen werfe ich über den Rand meines Glases ein paar Blicke zu der Gruppe und versuche herauszufinden, welcher davon Jasper ist. Es ist halb acht, also könnte er genau genommen auch erst in zehn Minuten hier sein, aber ich bezweifle, dass ein Mann wie Jasper Banks je zu spät kommt. Noch toleriert er Verspätungen bei anderen, möchte ich wetten. Ich habe Jasper nie kennengelernt, und als ich ihn gegoogelt habe, kamen keine Bilder. Wie kann man heutzutage kein einziges Foto in den Sozialen Medien haben? Klar gibt es viel über ihn zu lesen, aber nicht einmal ein Foto bei einer Wohltätigkeitsgala. Hält der Mann nichts davon, auch etwas zurückzugeben? Sein Privatleben wird nicht ein einziges Mal erwähnt, es geht allein um sein Geschäft. Also suche ich nach einem Typen in Lucas' Alter, nur ein paar Jahre älter als ich selbst.

Die Silberfüchse schließe ich aus. Damit bleiben zehn Männer im Rennen. Es sei denn, er wäre vorzeitig ergraut. Das könnte passieren. Ich kenne einen Dreißigjährigen mit komplett grauen Haaren. Den habe ich wirklich immer Silberfuchs genannt. Von meinem Aussichtspunkt aus habe ich einen ziemlich guten Überblick über alle Männer und füge mich der Tatsache, dass ich den Raum werde abarbeiten müssen. All diese Männer sehen aus wie passende Karten in einem Memoryspiel. Teurer Anzug, Gel in den Haaren, auffällige Uhren.

Der Barmann schiebt mir den Zwanziger zurück. »Ladies' Night, die

Drinks gehen aufs Haus.« Er zwinkert und ich weiß nicht so genau, ob das nur für mich gilt oder für alle Frauen.

Ich meine, müsste nicht draußen ein Schild hängen, das auf diese sehr willkommene Tatsache hinweist? Vielleicht lassen sie das die Mundpropaganda übernehmen, weil das hier so ein stilvoller Laden ist. Werbung könnte ja *alle* Frauen anziehen. Ich bin dafür das perfekte Beispiel.

»Danke«, sage ich, stecke das Geld in mein Portemonnaie und reiche ihm dann einen Fünfdollarschein.

Er nickt und hinter mir geht die Tür auf. Ich drehe mich auf meinem Hocker um und sehe eine Gruppe Frauen hereinkommen, alle aufgemotzt – Kleider, Haare, Schmuck an allen Gliedmaßen und mehr Make-up als eine Mary-Kay-Fabrik. Diese Gruppe von Klonen wirkt ein bisschen seltsam, und warum kommen sie gemeinsam? Vielleicht ist es ein Junggesellinnenabschied.

Ich schaue auf mein Handy und sehe, dass es fünf vor acht ist. Ich muss vorbereitet sein, um einen guten ersten Eindruck zu machen. Ich hole tief Luft und kippe den Rest von meinem Scotch. Der freundliche Barmann füllt sofort nach. Er ist sehr aufmerksam.

Um Punkt acht Uhr tritt ein Mann von hinten in die Bar, schließt die Vordertür und klatscht in die Hände, um die Aufmerksamkeit der Anwesenden auf sich zu ziehen. Alle Köpfe drehen sich in seine Richtung, und als ich die anderen mustere, sehe ich kein überraschtes Gesicht, bis auf mein eigenes. Ganz im Gegenteil: Sie lächeln, die Frauen sitzen auf den Kanten ihrer Stühle, die Männer ziehen die Jacketts wieder an.

Habe ich was verpasst?

Der Mann, der das Sagen hat, wirkt wie über fünfzig, mit grauen Haaren und Bart. Er schaut sich im Raum um und entdeckt mich. »Sieht aus, als hätten wir heute Abend ein paar neue Gesichter hier.«

Angst schnürt mir die Kehle zu, dass er auf mich deuten und etwas fragen wird, was ich nicht beantworten kann. O Mist, ist das eine Speakeasy-Bar oder bin ich in eine private Party geraten?

In diesem Moment klopft jemand an die Glastür. Der Mann geht sie öffnen und schüttelt dem Neuankömmling die Hand.

Das kann doch wohl nur ein Scherz sein.

Herein kommt der Typ aus dem Starbucks. Klar. Das sind definitiv die richtige Art von Laden und Publikum für ihn. Er schaut sich nicht um, sondern setzt sich an einen Tisch mit zwei anderen Typen. Sie alle schütteln sich die Hände und sagen Hallo, bevor sie sich wieder dem Mann vorn zuwenden.

»Ich bin mir ziemlich sicher, dass wir für heute Abend vollzählig sind.« Er klatscht wieder in die Hände. »Für die neuen Mitglieder: Ich bin Gage und heute Abend euer Speeddating-Veranstalter.«

Speeddating? Ähm ...

»Die Tische sind hinter dem Vorhang vorbereitet.« Gage deutet zu einem mit einem Vorhang verhängten Durchgang am anderen Ende der Bar. »Die Regeln sind dieselben wie immer: die Jungs bleiben, die Mädchen springen. Ihr habt fünf Minuten an jedem Tisch. Nur die Vornamen. Keine Einzelheiten darüber, wo ihr wohnt oder arbeitet. Auf den Tischen liegen Listen mit Fragen, die ihr stellen könnt, falls das Gespräch nicht in Gang kommen will. Füllt am letzten Tisch den Fragebogen aus und kommt wieder hier raus. Wir sagen alle Übereinstimmungen hinterher an, und ihr könnt dann sehr gern mehr übereinander erfahren.« Als er mit seiner Rede fertig ist, winkt er hektisch mit den Händen in der Luft, damit sich alle in Bewegung setzen.

Ich stehe auf. Jetzt ist wohl der Zeitpunkt gekommen, um mich aus dem Staub zu machen. »Ähm, Gage.« Ich berühre ihn am Arm, und er dreht langsam den Kopf nach mir um. »Ich glaube, ich bin in der falschen Bar«, sage ich, bereit, an ihm vorbei zur Tür zu schlüpfen.

»Ach, Süße, ich weiß, du hattest dich nicht angemeldet, aber es hat jemand abgesagt. Wie wär's, wenn du einfach bleibst? Kostenlos.« Als er lächelt, erscheint in seinem Mund eine Goldkrone. »Heute Abend liegt eine Beziehung in der Luft, ich fühle es.«

Ich schnaube. »Ich suche eigentlich nicht nach einer Beziehung.« Aus dem Augenwinkel sehe ich, wie der Mann aus dem Starbucks aufsteht und den anderen nach hinten folgt. Warum braucht so ein Mann Speeddating? »Darf ich dir eine Frage stellen?« Ich beuge mich zu ihm und er tut dasselbe, als wäre er der Paparazzo und ich würde ihm gleich sagen, wo Rihanna und Drake heute Abend feiern gehen.

»Natürlich.«

»Ist Jasper Banks hier?« Ich muss in der falschen Bar sein. Auch wenn ich keine Ahnung habe, wie er aussieht, kann ich mir nicht vorstellen, dass Jasper Banks auf Speeddating zurückgreifen muss.

Auf Gages Gesicht breitet sich ein strahlendes Lächeln aus und er nickt. »Ist er. Kennst du Jasper?«

Die Raupen verwandeln sich in meiner Magengegend zu Schmetterlingen. Na endlich. »Könntest du ihn mir zeigen?«, frage ich, und seine Augen blitzen verschmitzt auf.

Er schüttelt den Kopf.

»Nein?«, frage ich und presse die Lippen zu einer dünnen Linie zusammen.

»Das wirst du selbst herausfinden müssen. Am besten gehst du dafür nach nebenan und setzt dich an einen Tisch.« Er entfernt sich von mir und betritt den Raum hinter dem Vorhang.

Der Barmann räuspert sich, und mein Blick schwenkt zu ihm. »Wenn du dort nicht findest, was du suchst: Ich bin frei.« Seinem selbstgefälligen Lächeln entnehme ich, dass er öfter Angebote bekommt und nach diesen Veranstaltungen nie allein nach Hause geht.

»Mir geht's gut, aber danke.« Ich klemme mir die Clutch unter den Arm und meine Absätze klappern, als ich auf den Vorhang zugehe.

•••

Hier hinten ist das Licht gedimmt. Schwarze gepolsterte Bänke säumen die Wände, davor kleine Tische und Stühle.

»Die Frauen setzen sich auf die Bänke«, weist uns Gage an, und ich frage mich, warum wir auf der Bankseite sitzen müssen.

Alle Frauen sind aufgeregt, als wäre es Zeit für die Fotos beim

Abschlussball, während ich mich niederlasse, die Beine überkreuze und mich zurücklehne, bis diese Folter vorbei ist.

Sobald ich Jasper gefunden habe, folge ich ihm, wenn er geht, und spreche ihn an. Ich meine, wenn ich ihn damit erpresse, dass er Speed-dating macht, investiert er sicher.

»Und jetzt setzen sich die Männer auf die Stühle, die euch am nächsten stehen«, sagt Gage und Stühle werden vorgezogen, Männer setzen sich.

Ich Glückliche bekomme den Bestaussehenden.

Scherz. Ist es euch noch nicht aufgefallen? Das Glück ist nicht auf meiner Seite.

Ich kriege den grusligen älteren Mann mit dem Ring am kleinen Finger. Tragen Männer die immer noch? Andererseits könnte er auch Italiener sein. Ich sollte mich benehmen.

Ich setze mich auf, verschränke die Hände und lasse sie auf dem Tisch ruhen.

Gage geht zu einer riesigen Uhr an der Wand, drückt ein paar Knöpfe, und dann ruft er: »Es geht los!«

»Hallo, ich bin Bill.« Er streckt die Hand aus und ich schüttle sie.

»Lennon«, antworte ich, bevor mir klar wird, dass ich einen falschen Namen hätte benutzen können.

»Ist das dein erstes Mal?«, fragt er. »Ich habe dich noch nie hier gesehen.«

Ich nicke. »Ja.«

»Normalerweise sind mehr Leute hier, aber wegen des Feiertags ...«

»Memorial Day?«, frage ich.

»Ich suche jemanden, der dieses Wochenende in mein Haus in Napa mitkommen möchte. Warst du mal da?« Er lächelt strahlend.

Im ersten Moment denke ich: »Widerling« – er lädt mich laut Uhr nach einer Minute zu einem Wochenendtrip ein –, aber dann denke ich, eigentlich ist es traurig. Er möchte sein Leben mit jemandem teilen und findet die Richtige nicht. Ich verstehe, dass es erschütternd ist, wenn man sich so etwas wünscht und es nicht findet.

»Ja. Napa Valley ist wunderschön. Ich kann mir nicht vorstellen, wie es ist, dort ein Haus zu haben.«

Seine Augen leuchten auf. »Ich habe dort ein Weingut. Klein und ruhig.«

»Produzierst du auch?«, frage ich. Das fasziniert mich.

»Nur genug für mich und Freunde. Wenn du mal dort bist, such nach *Ginger's Winery*.«

»Was für ein toller Name.«

»Ich habe das Weingut nach meiner Frau benannt. Sie ist vor fünf Jahren gestorben.« Er schaut auf den Tisch. Er ist einsam.

Ich spüre einen Stich im Herzen. Da urteile ich über diesen Mann, und er hat mehr durchgemacht, als ich vielleicht je erleben werde. *Denk mal drüber nach, Lennon.* »Das tut mir so leid«, sage ich, und das Signal ertönt, bevor ich noch etwas ergänzen kann.

Er nickt und ich rutsche die Bank entlang zum Nächsten. Als ich die Tischreihe entlangschaue, bleibt mein Blick an einem Paar haselnussbrauner Augen hängen, die mich am Vorabend mehr aus dem Konzept gebracht haben, als ich zugeben möchte. Jetzt fällt mir auf, dass sein humorvolles Lächeln wieder leuchtet, aber diesmal blinzelt er mir zu, was meine Maschine da unten ernsthaft zum Schnurren bringt. Wer ist dieser Mann?

Wieder ertönt das Signal und ich habe keine Wahl, ich muss mich auf meinen Speeddating-Gefährten konzentrieren. Er ist jünger als der Erste, sieht aber viel zu puritanisch für mich aus. Pullunder unter dem Jackett, und auch wenn eine gewisse Retro-Eleganz für ihn spricht, fühle ich mich, als würde jemand mit den Nägeln über eine Schiefertafel kratzen, als er den Mund aufmacht.

»Ich bin Bec«, sagt er. »Die Abkürzung von Beckett Humphrey III.«

Ein Junge aus reichem Haus, und er will sofort sein Revier abstecken. »Lennon«, antworte ich und schüttle ihm die Hand. Sie ist weich und eingecremt. Kein Ring am kleinen Finger, aber ein hübscher Abdruck eines Eherings.

Er ertappt mich dabei, wie ich seine Hand mustere, und piepst zögerlich: »Sie hat sich zwei Wochen nach der Hochzeitsreise von mir getrennt.«

»Wann war eure Hochzeitsreise?«

»Letzten Monat«, sagt er ausdruckslos, und ich schwöre, ihm steigen die Tränen in die Augen.

»Und warum bist du hier?« Okay, vielleicht hätte ich den sarkastischen Tonfall aus meiner Stimme streichen sollen.

Er verschränkt die Arme. Sein Jackett hat sogar verstärkte Ellbogen. Was tun die Leute mit ihren Ellbogen, dass sie da extra Stoff brauchen? »Ich versuche, die Schlampe zu vergessen.«

Mann, das hier ist ganz schön schräg. »Ich geb dir mal einen Rat. Geh rüber zu *Sundowners*. Du brauchst was zum Abschleppen, keine Freundin. Amüsier dich da eine Weile, und wenn du fertig bist, komm wieder hierher, um die einzig Wahre zu finden«, schlage ich ihm vor, und das weckt sein Interesse. »Und sonst gibt es immer noch Tinder.«

»Ich kenne sie seit der siebten Klasse. Sie war meine erste Freundin.« Sein Gejammer in Kombination mit der Kreissägenstimme – so muss sich eine Hundepfeife für einen Hund anhören.

»Ach, Bec, sammle ein bisschen Erfahrung. Der einzige Weg ist, massenhaft verschiedene Frauen zu vögeln. Du bist jung. Zumindest siehst du jung aus, und jetzt ist die Zeit, herauszufinden, was du magst.«

Er bekommt große Augen und wirkt wie ein Hund, so interessiert ist er an allem, was ich sage. »Was machst du später?«, fragt er, und mein Blick geht zu Haselnussauge hinüber.

»Ich bin in einer anderen Mission hier. Tut mir leid.«

»Oh«, sagt er. Ich tätschle ihm die Hand.

Gage kommt herbeigeeilt und beugt sich herab. »Keine Berührungen bis auf einen Handschlag zu Beginn.«

Ich nicke. »Okay.« Ich hebe die Hände in die Luft, aber ich glaube, das Gespräch zu meiner Linken stockt, weil die Teilnehmer uns anstarren.

Der Summer ertönt. Gott sei Dank.

»Viel Glück, Bec«, sage ich und rücke weiter.

Der Song »Slide to the Right, Slide to the Left« erklingt in meinem Kopf, und ich kichere vor mich hin.

»Was ist so lustig?«, fragt mein drittes Date und ich winke ab.

»Nur ein Song in meinem Kopf.«

»Oh.« Er zieht den Kopf ein, und wieder schweift mein Blick ab, aber sein Blick ist auf die Frau vor ihm gerichtet. Haselnussauge ist immer noch zwei Leute von mir entfernt, und ich kann es kaum erwarten zu hören, was aus seinem Mund kommen wird.

Noch zwei Typen und zwei herzzerreißende Geschichten von verschmähten Männern später sitze ich neben ihm. Er ist mein nächstes Date. Ich spüre praktisch, wie mein Körper summt, weil er so nahe ist. Er schenkt seinem Date seine volle Aufmerksamkeit, während sich unsere Blicke bei den vorherigen zwei ab und zu fanden. Das spielerische Lächeln auf seinen Lippen reizt mich permanent. Ich überlege, was ich wohl machen muss, damit es weniger spielerisch wird.

Statt ihn anzustarren, schaue ich die Frau ihm gegenüber und neben mir an. Sie ist eine Blondine, große Brüste und kokette Persönlichkeit. Keine Berührungen, von wegen. Ich bin kurz davor, Gage herüberzurufen, weil sie seinen Arm nicht weniger als fünfmal dezent berührt hat. Schlimmer ist, dass er ihn nicht weggezogen hat. Er könnte ganz einfach die Arme unter den Tisch nehmen, aber er ist wie eine Statue, und die ganze Zeit dieses Lächeln. Er mag sie, und aus irgendeinem Grund durchbohrt ein eifersüchtiger Stich mein Herz und es rutscht mir in die Magengegend.

In dem Moment, als mich die Eifersucht überkommt, wird mir klar, dass ich mir Gedanken über diesen Mann mache, von dem ich nichts weiß, während Jasper irgendwo in diesem Raum ist. *Prioritäten, Lennon. Prioritäten.* Mein Blick wandert wieder, und ich merke, die nächsten fünf Typen nach Haselnussauge sind alle in Jaspers Alter, danach kommen nur noch weiße Haare. Also müsste ich in der nächsten halben Stunde ein Gesicht und einen Namen dazu haben.

Wieder der Summer.

»Hat mich gefreut, dich kennenzulernen.« Ich nicke wie eine Südstaatenschönheit auf dem Ball eines Herzogs. Einmal nach links rücken, und seine Hand ist schon ausgestreckt, bevor ich richtig sitze.

»Katniss.« Er nickt.

»Peeta.«

Seine Hand ist rauer als die von Bec, aber weicher als die von Bill. Kein Schmuck an den Fingern, keine Abdrücke, die darauf schließen lassen, dass er kürzlich geschieden wurde. Eine teuer aussehende Uhr, deren aktuellen Preis Tahlia wahrscheinlich wüsste. Was das Ziehen zwischen meinen Schenkeln intensiver macht, sind seine Manschettenknöpfe in Form eines Totenkopfs mit gekreuzten Knochen. Er ist nicht der Typ Mann, für den ich ihn gehalten habe. Heute trägt er keine Weste unter dem Jackett und keine Krawatte. Ein Teil von mir fragt sich, ob er direkt von der Arbeit kommt und sie in die Tasche gestopft hat.

»Und, willst du mir deinen echten Namen verraten?«, fragt er mit einer tiefen, sonoren Stimme, die mich an Fässer voller Whiskey denken lässt.

»Lennon«, sage ich, bevor mir auffällt, dass es Spaß gemacht hätte, ein Spiel zu spielen, bei dem wir unsere echten Namen nicht kennen. »Und du?« Ich frage, weil ich nicht vorhabe, ihm etwas umsonst zu geben.

»Jasper.«

Auf keinen Fall. Ach du Scheiße.

Kapitel 6

Der charmante Typ aus dem Starbucks ist Jasper Banks. Das einzige männliche Exemplar auf diesem ganzen Planeten, das die Fähigkeit besitzt, mich zu verunsichern. Ich setze mich zurecht, und seine Haselnussaugen beobachten meine Bewegungen.

»Ist es heiß hier drin?« Ich fächle mir mit der Hand Luft zu. Vor einer Sekunde war es noch nicht heiß, aber plötzlich bin ich meine Oma, die mitten im Winter vor einem Ventilator steht, um sich abzukühlen.

»Ein klein wenig vielleicht.« Seine Mundwinkel rücken nach oben, er weiß genau, warum ich schwitze wie eine Hure in der Kirche. »Katniss also?«

Ich lache und er lehnt sich auf seinem Stuhl zurück, die Hand vor sich gelegt, seine manikürten Nägel trommeln auf den schwarzen Tisch.

»Ich habe mich an dem Abend besonders angriffslustig gefühlt.«

»Warum?«

»Ich fühle mich oft angriffslustig.« Ich zucke die Achseln. Ich werde diesen Mann nicht abschrecken, indem ich preisgebe, dass ich mit jemand anderem zusammen war. *Ernsthaft, Lennon. Reiß dich zusammen! Wen stört's?*

Warum stört es mich, wenn er mich für eine Schlampe hält? Das könnte mir geschäftlich sogar helfen – ihr wisst schon, Erfahrung. Der Krieg in mir tobt weiter, während er geduldig auf meine echte Antwort wartet. »Kurz davor hat mich jemand sauer gemacht.«

»Ex?«, fragt er mit einem Anflug von Schroffheit in der Stimme.

»Ich habe keinen Ex«, schmuggelt sich die Wahrheit heraus.

»Du bist aber sicher keine Jungfrau?« Das unbeschwerte Lächeln kommt wieder zum Vorschein.

»Sehe ich wie eine Jungfrau aus?« Ich wackle mit den Augenbrauen. *So ist es gut, Mädchen. Du bist auf dem besten Weg.*

»Wenn ich gedacht hätte, du wärst Jungfrau, wären wir jetzt nicht hier.«

»Warum das?« Ich ziehe die Augenbraue hoch und gluckse. Verdammt, ich will ihm die Zunge in den Hals stecken und sein Stöhnen schlucken.

»Ich glaube nicht, dass ich mit einer Jungfrau machen könnte, was ich mit dir machen möchte.« Seine Zunge fährt aus seinem Mund und er benetzt sich beide Lippen.

Mit zitternder Hand greife ich nach meinem Wasserglas und hebe es an die Lippen, um den Durst nach ihm zu stillen. Dann streife ich das Jackett ab, bevor ich Tahlias teuren Anzug durchschwitze. Sein Blick konzentriert sich auf meine Arme. Mist.

Der Mann bringt mich aus dem Konzept. Ich sollte nicht mit *Jasper* flirten, aber ich will auf jeden Fall mit dem Typ flirten, den ich bei Starbucks gesehen habe. Es ist wie ein Tauziehen zwischen dem Teufelchen auf der einen Schulter und dem Engelchen auf der anderen. »Wie kommst du darauf, dass ich dir erlauben würde, solche Dinge mit mir zu machen?« Meine Stimme sollte eigentlich nicht so schwach klingen, ich habe mir gerade Mut zugesprochen.

Ein selbstbewusstes Glucksen verlässt diese kusswürdigen Lippen. »Glaubst du wirklich, du würdest es mir nicht erlauben?«

Verdammt, dieser Mann hat mich anscheinend schon völlig durchschaut. Wo ist der Summer und warum summt er nicht? Ich habe zwanzig Minuten gewartet, um diesem Kerl gegenüberzusitzen, und jetzt kann ich es nicht erwarten, von ihm wegzukommen, damit ich mich sammeln kann. »Na ja, ich bin nicht wie andere Frauen. Ich bin nicht der Typ, der daliegt und wartet, bis du kommst.« Du meine Güte, ich kann mich anscheinend nicht bremsen.

»Genau das hatte ich gehofft.« Seine Augen versprechen Dinge, die er mit meinem Körper anstellen würde. Ich rutsche auf meinem Sitz herum, das PVC dämpft das Ziehen in meinem Unterleib auch nicht. »Ich bezweifle, dass du mit mir umgehen könntest.«

Er zieht beide Augenbrauen hoch und der Summer ertönt. Ich will weiterrücken, aber er ergreift meine Hand. Und diesmal habe ich nicht vor, bei Gage zu petzen, denn seine Berührung ist warm, wohlig und dominant. Genau, was ich brauche.

»Ich hätte dich nach einem Kuss auf den Knien«, verspricht er mir und weitet einladend die Augen.

Mir ist jegliche Sprachfähigkeit abhandengekommen. Ich ziehe meine Hand weg und rutsche zum nächsten Typen weiter, dessen Blick zwischen mir und Jasper hin und her geht, weil wir einander immer noch nicht aus den Augen lassen.

»Entschuldigung, jetzt bin ich dran«, sagt die Frau, die meinen Platz einnehmen soll, bitter.

Jasper zwinkert und schenkt seine Aufmerksamkeit dann der nächsten Frau, deren Finger sofort eine Haarsträhne zwirbeln.

Je weiter ich weg bin, desto mehr fange ich mich wieder. Fünf Männer später muss ich ihm auf den Hinterkopf starren. Was glaubt der eigentlich, wer er ist? *Du*, denke ich, aber ich verscheuche den Gedanken gleich wieder, denn ich bin nicht wie er. Ich bin nicht fordernd wie er. Ich bringe Leute nicht dazu, sich unwohl zu fühlen.

Doch, tust du. Whitneys und Tahlias Stimmen erklingen im Chor in meinem Kopf. Wie zum Geier sind sie da reingekommen? Schnell wird mir klar: Er ist die männliche Version von mir. Nein, streicht das – er ist besser als ich. Seine Sprüche durchweichen mir das Höschen, seine gezielten Berührungen sind wie Volltreffer beim Schiffeversenken. Tja, mein Schiff hat er versenkt, denn die gesamte äußere Hülle meines Wesens hat Risse.

Die Vorstellung, mit ihm zu schlafen, ist ganz oben in meinen Gedanken, aber meine Firma auch. Ich hatte nicht damit gerechnet, so viel Chemie mit ihm zu haben – so war das noch mit niemandem vorher.

Ich glaube, ich muss entscheiden, wen ich mehr will – Jasper in meinem Bett oder Jasper im Sitzungssaal.

• • •

Eine Stunde später kommt Gage mit einem kleinen Blatt Papier in der Hand wieder herein. Ich überlege, ob Jasper mich wohl auch ausgewählt hat. Ich habe nur ihn genommen, weil hallo, ich muss ein bisschen mehr Zeit mit ihm verbringen, damit ich mit ihm über seine Investition in meine Firma sprechen kann. Das rede ich mir jedenfalls ein, denn als ich seinen Namen aufschrieb, war mein einziger Gedanke, wie der Stoff seines Jacketts seinen Bizeps umschloss und wie seine Augen funkelten, als er mit mir flirtete.

»Wir haben heute Abend nur eine Übereinstimmung«, fängt Gage an. »Jasper und ...« Sofort steht eine Frau auf der anderen Seite des Raums auf und schlendert auf Jasper zu. Haben sie ausgemacht, dass sie einander wählen? Denn sie wirkt sehr erwartungsvoll. »... Lennon.«

Als ich einen kleinen Entzückensschrei ausstoße, dreht die Frau abrupt den Kopf zu mir. Entspann dich, Lady. Ihrem tödlichen Blick nach zu urteilen könnte man meinen, ich hätte ihr gerade den Freund ausgespannt.

Jaspers Augen machen wieder dieses Funkelding, während er aufsteht und die Frau im Vorbeigehen keines Blickes würdigt. Mir läuft das Wasser im Mund zusammen, als mir auffällt, wie seine breiten Schultern sein Jackett ausfüllen. Gott, ich muss meinen Kopf wieder klar kriegen, bevor ich versuche, ihn zu überzeugen, dass ich eine Handelsware bin, in die er investieren sollte.

Er kommt zu mir herüber, und als er vor mir steht, streckt er mir die Hand hin.

»Jasper, wenn ihr ins Hinterzimmer gehen wollt –«, bietet Gage an, aber Jasper schüttelt den Kopf, ohne mich aus den Augen zu lassen.

»Wir gehen raus.« Er neigt den Kopf, um mich zu fragen, ob das okay ist.

Ich springe von meinem Hocker, nehme meine Clutch und dann seine Hand.

»Einen schönen Abend wünsche ich euch.« Gage zwinkert, als ich an ihm vorbeigehe. »Hab's dir doch gesagt«, flüstert er.

Wir verlassen die Bar und treten in die Nacht hinaus. Es ist immer noch ein bisschen kühl, denn der Sommer ist noch nicht ganz in San Francisco angekommen. Jasper hält immer noch meine Hand in seiner, während wir schweigend die Straße entlanggehen.

Jetzt kommt der Teil, wo ich Farbe bekennen sollte – ihm von meiner Sexspielzeugfirma, die ich gründen möchte, erzählen und ihn fragen sollte, ob er an einem Investment interessiert wäre. Plötzlich kommt mir alles zu real vor, und vielleicht zum ersten Mal überhaupt sage ich keinen Piep mehr. Wie soll ich es ansprechen? Lucas' Worte über Jasper klingeln wie Alarmglocken in meinem Kopf.

Andererseits denke ich, so wie er vorhin geredet hat, hat er vielleicht Lust, ein paar Sexspielzeuge mit mir auszuprobieren, denn es steht komplett außer Frage, dass da etwas zwischen uns ist. Etwas anderes als alles, woran ich gewöhnt bin. Und was ist, wenn ich das versaue, weil ich übers Geschäft rede? An jedem anderen Abend und mit jedem anderen Typen wäre mir das scheißegal. Aber irgendwas ... irgendwas in meiner Magengegend sagt mir, ich solle bei Jasper nicht so oberflächlich sein.

»Bist du mit dem Auto da?«, reißt er mich aus meinen Gedanken. Ich habe die ganze Zeit kein Wort gesagt. Der Mann fragt sich wahrscheinlich, ob ich stumm bin.

Ich schaue mich um und merke, dass wir vor einem Parkhaus stehen. »Nein.« Ich schüttle den Kopf.

Er wirft einen Blick auf das Parkhaus und schaut mich an. Dann lässt er meine Hand los und kratzt sich augenscheinlich verwirrt am Hinterkopf.

»Gibt es ein Problem?«, frage ich. Mist. Habe ich ihn ganz falsch verstanden? Das kommt fast nie vor. Wenn es zwei Dinge gibt, in denen ich gut bin, dann ist das zu wissen, welche Männer in einer Bar schwul sind und welche mich vögeln wollen. Vielleicht lasse ich nach.

Jasper atmet lange aus. »Kaffee. Wie wäre es mit Kaffee?« Sein Blick von vorhin – der, der mir sagte, er wäre am liebsten bis zum Anschlag in mir, bis ich seinen Namen schreie – ist eine ferne Erinnerung, ersetzt durch einen resignierten Ausdruck, aber ich weiß nicht recht, warum.

»Ähm, klar.«

Er nickt, nimmt wieder meine Hand und führt mich über die Straße zu Starbucks. Der Laden ist praktisch tot, denn es ist fast elf. Die Angestellten sind merklich genervt von uns, denn einer von ihnen wischt schon den Boden und der andere packt den Müll zusammen. Die beiden wechseln einen Blick. Ja, sorry, Baristas, heute Abend gehören wir zu *den* Leuten.

Wir gehen zum Tresen und die Frau dort lächelt uns strahlend an. Im Vergleich zu den beiden anderen sieht sie so glücklich aus, dass sie sicher jeden einzelnen Monat zur Angestellten des Monats gewählt wird. »Willkommen bei Starbucks«, sagt sie mit einer schwungvollen Stimme, von der ich dachte, sie sei nur für die Sendung *My Little Pony* reserviert, die meine Nichte anschaut.

»Kann ich bitte einen Grande black haben?«, frage ich.

Sie tippt die Bestellung ein. »Name?«

»Vivian Ward.«

Die Frau lächelt, wahrscheinlich geht sie davon aus, das sei mein richtiger Name. Ich bin nicht alt genug, um mich an *Pretty Woman* zu erinnern, und ich bin mir sicher, sie ist es auch nicht. Der einzige Grund, warum ich den Namen kenne, ist, dass mich Tahlia fünfhundert Mal gezwungen hat, den Film anzuschauen.

Während Jasper bestellt, gehe ich weiter und warte am anderen Ende des Tresens. Er zahlt und kommt kurz darauf zu mir.

»Wolltest du dich setzen?«, fragt er und ich muss fast kichern über den entsetzten Blick des Angestellten, der wischt und stumm betet, dass ich ablehne.

»Wie wäre es stattdessen mit einem Spaziergang durch die Stadt?«

Mir entgeht nicht, wie das Highschool-Kid die Schultern entspannt, als ich antworte. Er hat heute Abend wahrscheinlich ein heißes Date. Keine Sorge, Junge, ich bin die Letzte, die jemandem eine Nummer versauen würde.

»Ich bin schon seit Ewigkeiten nicht mehr zu Fuß durch die Stadt gegangen«, sagt Jasper mit einem Lächeln, das zeigt, dass er sich freut.

»Vivian Ward«, ruft die Barista und stellt mein Getränk auf den Tresen.

Ich gehe zu Milch und Zucker, aber Jasper kommt mit.

»Und woher kommt der Name?«, fragt er; sein Duft überdeckt alle anderen Sinne.

»Das weißt du nicht?«, frage ich, während ich Milch in meinen Becher rühre.

Er zuckt die Achseln, und eine Sekunde später ruft die Barista: »Edward Lewis.« Jasper reißt die Augen auf und das übliche sonnige Lächeln erscheint.

Lachend schüttle ich den Kopf. Ich glaube, er kann mir das Wasser reichen.

Nachdem er seinen Kaffee so hat, wie er ihn mag, gehen wir hintereinander zur Tür hinaus und hören das Klicken des Schlosses, eine Sekunde nachdem die Tür hinter uns zugefallen ist.

Jasper probiert, ob sie zu ist. »Kein Wunder, dass sie uns so böse angeschaut haben, die schließen sicher um elf.«

Ich kichere. »Ich hab gesehen, wie der Typ mit dem Mopp hinter dir die Daumen gedrückt hat, nachdem du gefragt hast, ob ich mich hinsetzen will.«

Wir gehen ein paar Schritte den Gehweg entlang, bevor Jasper wieder etwas sagt. »Ich weiß noch, wie ich in der Highschool in einem Sandwichladen gearbeitet habe, und die Schüler kamen absichtlich fünf Minuten vor Ladenschluss, damit wir den ganzen Aufschnitt wieder rausholen und alles noch mal saubermachen mussten.« Der Ärger schwingt in seiner Stimme mit.

»Ich habe während der Highschool in einer Reinigung gejobbt.

Meine Arbeitszeiten waren gut, aber ein paar von den Klamotten …« Ich schüttle mich und er nickt lachend. »Ich weiß noch, wie ich die Taschen von einem Männeranzug überprüft habe und ein Kondom herausgezogen habe. Benutzt.«

»O Gott«, sagt er angewidert und hält sich den Mund zu.

»Ja, das vergisst man nicht so leicht.«

»Ach, Highschool-Jobs. Die waren schon echt scheiße.«

In Erinnerungen daran vertieft, wie schrecklich die Highschool war, gehen wir ein paar Straßen weit. Schließlich kommen wir am Pier an und seine Hand schiebt sich in meine. Die Wärme seiner Haut zieht meinen Arm hinauf. Am Ende des Piers bleiben wir stehen und ich setze mich dort auf eine Bank.

Ich verschränke die Beine und zapple ein bisschen unruhig herum. Jetzt wäre ein guter Zeitpunkt, um das Geschäft zu erwähnen, aber ein Teil von mir – ein großer Teil – will verlängern, was auch immer da zwischen uns passiert.

Er setzt sich neben mich auf die Bank, den Kaffeebecher zwischen den Händen, und konzentriert sich auf den weißen Deckel statt auf die Bucht.

Drauf geschissen. Jetzt oder nie, wie man so schön sagt. Ich hole tief Luft und öffne den Mund, aber Jasper ist schneller.

»Ich muss dir was gestehen.«

»Ich bin kein Priester«, scherze ich und er wirft mir einen Blick zu und lacht in sich hinein.

»Aber du bist schon etwas Seltenes.« Er sagt, was ich schon oft gehört habe, aber ohne den wütenden oder genervten Blick, der sonst damit einhergeht. Seine Stimme klingt fast sehnsüchtig, als fände er das gut an mir.

»Das sagen alle.« Ich versuche, es achselzuckend abzutun.

Er schüttelt den Kopf. »Ich glaube, das mag ich an dir.«

Mein Herz macht irgendeine komische, ungewohnte Salto-Sache in meiner Brust. Was soll das denn, Herz? Was ist los mit dir? »Normalerweise mögen die Leute genau das nicht an mir«, gebe ich zu. Ich schaffe es, dass man den Schmerz, den ich tief in mir fühle, nicht in meiner Stimme hört. Nichts vergrault einen Typ schneller als emotionaler Ballast – oder Babys.

»Darf ich ehrlich sein?«, fragt er. Ich nicke und er dreht sich zu mir um. »Ich will nichts mehr, als dich in meine Wohnung mitzunehmen und mit der Zunge, den Fingern und dem Schwanz zu vögeln, bis du keine Stimme mehr hast, weil du so oft meinen Namen geschrien hast.«

Wow.

Ich blinzle.

Und ich blinzle noch mal.

»Oh«, ist meine superintelligente Reaktion.

Währenddessen sammelt sich Nässe zwischen meinen Schenkeln und meine Nippel stellen sich unter meinem BH auf, denn die Wahrheit ist: Ich will das auch. Unbedingt. Mehr als ich ihm meine Firma schmackhaft machen will. Zumindest in diesem Moment.

Es liegt etwas verführerisch Erotisches darin, wenn so ein seriöser und niveauvoller Mann wie Jasper schmutzige Dinge zu mir sagt.

»Aber ich werde es nicht tun«, fügt er hinzu – vollkommen ernst.

Wenn ich eine Cartoonfigur wäre, würde jetzt ein kleines Emoji mit traurigem Gesicht über meinem Kopf schweben. Jasper hat gerade eine Nadel in den Ballon mit all meiner aufgestauten sexuellen Energie gestochen.

»Warum?« Ich nippe an meinem Kaffee, damit meine Lippen etwas anderes zu tun haben, als sich missbilligend zu verziehen.

»Weil ich nicht will, dass das hier vorbei ist.« In seinen Augen tanzen Aufrichtigkeit und ein Hauch Unfug.

»Wieso gehst du davon aus, dass es vorbei wäre, wenn du alles mit mir machen würdest, was du mir gerade gesagt hast?« Ich lege den Kopf schief und warte darauf, dass er mich auf einen Typ festlegt. Viel Glück damit. Meine Familie analysiert mich seit Jahren und versteht mich immer noch nicht.

»In meinem Arbeitsumfeld muss ich Leute lesen können. In kurzer Zeit. Normalerweise weniger als eine halbe Stunde. Wenn ich falsche

Vorhersagen mache, verlieren sie und ich verliere. Ich verliere nicht gern, Lennon.« Er hat sich in einen eindringlichen, ernsthaften Kerl verwandelt, alles Spielerische von vorhin ist jetzt gut versteckt.

»Okay. Ich weiß nicht so recht, was das mit mir zu tun hat.« Das ist die Stelle, an der ich fragen sollte, was er beruflich macht, denn eigentlich sollte ich das ja gar nicht wissen.

»Du würdest wahrscheinlich in meine Wohnung mitkommen, wir würden vögeln, du würdest mir ein paar Tricks zeigen – und ich zweifle nicht daran, dass sie spektakulär wären –, aber es wäre eine einmalige Sache. Ich gehe davon aus, dass du Aufgewärmtes meidest, und ich glaube, nachdem ich dich hatte, würde ich mich wie ein Verhungernder fühlen, wenn du mich keinen Wiederholungstäter sein lässt.«

Die meisten Frauen wollen wahrscheinlich blumige Worte und aufrichtige Gefühle, aber Jasper spricht meine Muttersprache. Wer hätte geahnt, dass er auf seine Art ein Süßholzraspler ist?

»Also glaubst du, ich wäre leicht zu haben?«, kontere ich.

Er schüttelt den Kopf. »Ich glaube, du bist frei.«

»Du meinst, mein Körper?«

Er lacht in sich hinein. »Okay, ich fange noch mal von vorn an.«

Er greift sich wieder mit der Hand in den Nacken, bevor er seinen Kaffee vor sich auf dem Boden abstellt. Als Nächstes nimmt er meinen und stellt ihn daneben. Er schaut mir in die Augen und hebt seine große Hand an meine Wange. Bevor ich eine Chance habe zu kapieren, was er vorhat, streichen seine Lippen leicht über meine. Dann gleitet seine Zunge zwischen meine geöffneten Lippen und leckt an ihnen entlang. Die andere Hand legt er mir an die Hüfte und hält mich fest. Seine Finger streichen direkt über der Hüfte über meine nackte Haut, und Gänsehaut rast mir übers Rückgrat. Ich wusste, er ist ein toller Küsser, aber was mich in Brand setzt, ist das Verlangen, das von ihm ausstrahlt. Mir entschlüpft ein Stöhnen, als die Lust zu groß wird und seine drängenden Hände meine Haut versengen, bis es sich anfühlt, als würde er sich bewusst zurückhalten.

Er will mich und will mich gleichzeitig nicht. Der Typ macht mich an und lässt mich dann stehen.

Langsam zieht er die Zunge aus meinem Mund und ich wünsche mir, es würde nicht enden. Als er die Hand wegnimmt, wird meine Hüfte kalt, und nachdem er wieder ein bisschen Abstand zwischen uns geschaffen hat, möchte ich ihn am liebsten zurückzerren. Dann nimmt er meinen Kaffee, reicht ihn mir, nimmt seinen eigenen und trinkt davon.

Was war das denn gerade?

»Verstehst du mich?«, fragt er.

»Ich verstehe, dass du gerade mein Höschen durchweicht hast und den Job nicht zu Ende bringen wirst. Ich verstehe, dass du erst anmachst und dann sitzen lässt.« Okay, vielleicht bin ich ein bisschen verbittert. Auch wenn ich das nicht sein sollte, denn habe ich mir nicht vor ein paar Minuten noch selbst gesagt, dass so etwas nicht passieren darf?

»Ich kenne dich kaum, und trotzdem bist du die faszinierendste Frau, die ich je kennengelernt habe. Glaub mir, Lennon, ich will nichts mehr, als dass du unter mir kommst, aber ich weiß, einmal wäre nicht genug. Also werde ich etwas tun, das ich seit dem College nicht mehr getan habe.«

»Ich nehme an, du meinst nicht fesseln und auspeitschen«, sage ich trocken.

Sein verführerisches Lächeln erscheint wieder. »Würdest du nächste Woche mit mir ausgehen? Auf ein Date?«

Mir stockt der Atem und mein Herz schlägt schneller. Ich weiß nicht, ob ich mich je so gefühlt habe, seit Jimmy Twendle mich nach meinem ersten Studienjahr zum Ball eingeladen hat. Zum ersten Mal seit langer Zeit freue ich mich darauf, nicht mit jemandem zu schlafen. Streicht das. Zum ersten Mal in meinem ganzen Erwachsenenleben.

»Sehr, sehr gerne«, sage ich, und ja, wenn wir jetzt in einem Cartoon wären, hätte ich große herzförmige Augäpfel, denn ich schaue ihn an, als wäre er das Einzige, was ich sehe.

Er lächelt, und dann klingelt das Handy in seiner Tasche. Er zieht es heraus und hebt den Finger. »Kurzen Moment.« Er steht auf, und während er weggeht, meldet er sich: »Jasper Banks.«

Sobald er ein Stück weg ist, trifft es mich wie ein Hammerschlag: Ich sollte nicht mit ihm ausgehen. Mein ganzer Plan ist gerade über die Kante des Piers gekippt und versinkt in den Tiefen des Ozeans. Wie hat er es geschafft, dass ich vergesse, dass ich nicht will, dass er Geld für ein Date ausgibt, sondern für Dildos?

Kapitel 7

Ich klingle am Haus meines Bruders und höre die kleinen Schritte näherkommen, bevor die Tür weit aufgerissen wird. »Tante Lennon!« Meine Nichte Katie springt mir in die Arme, und mein Neffe Ethan, ihr dicht auf den Fersen, umklammert mein Bein.

»Wie geht's euch, ihr beiden?« Lachend humple ich ins Haus und lasse Katie im Flur an meinen Beinen herunterrutschen.

Schon von hier aus kann ich den Tumult in der Küche hören – das Klappern von Geschirr und Besteck, den Streit über Absprachen.

Katie wickelt sich schnell um mein anderes Bein, und bald taumle ich hin und her auf dem Weg in Richtung des Lärms.

»Hat jemand Katie und Ethan gesehen?«, frage ich, als ich in der Küche ankomme.

Kurt wirft einen Blick zu meinen Knöcheln hinunter und lacht. »Mann, bist du schwanger? Denn deine Elefantenfüße sind dicker als die von Tina kurz vor der Geburt.«

Ich bleibe stehen und warte. Keine Sekunde später kommt Tina und versetzt ihm einen Klaps auf den Kopf.

»Das war ein Witz«, sagt er und folgt ihr ins Esszimmer.

Während die beiden zu zanken anfangen, eilt Jacob herüber, pflückt Ethan von meinem Bein, dreht ihn um und lässt ihn kopfüber wie ein Pendel schwingen. Ethan quietscht.

»Katie, möchtest du Kekse?«, fragt meine Mom, und Katie lässt mich los und klettert eilig auf einen Hocker, der neben meiner Mom an der Frühstücksbar steht.

Ich mache die Runde und sage allen Familienmitgliedern Hallo, die heute hier sind, weil sie die Ruhestandsparty meines Dads nach seiner Laufbahn bei der Polizei zur besten aller Zeiten machen wollen. Meine Runde endet bei meiner Mom.

»Hi, Mom«, sage ich und küsse sie auf den Scheitel, denn sie schrumpft auf ihre alten Tage.

»Lennon, meine Süße.« Sie tätschelt mir die Hand, mit der ich ihren Oberarm umfasse, bis sie mein T-Shirt bemerkt, auf dem steht: ICH MACHE GERN LANGE SPAZIERGÄNGE AN DIE BAR. »Lieb von dir, dass du dich extra für uns schick machst.«

Ich verdrehe die Augen, aber sie sieht es nicht, weil Katie ihre Aufmerksamkeit fordert. Sie möchte, dass sie ihr Milch einschenkt, also schnappe ich mir einen Keks und setze mich an den Tisch.

Meine Familie gibt mir nicht das Gefühl, eine Außenseiterin zu sein, aber ich werde bestenfalls missverstanden und bin im schlimmsten Fall das schwarze Schaf. Ich bin das schrullige Familienmitglied, das alle lieber verschweigen und das sich immer wieder in die Bredouille bringt. Kurz gesagt: Ich liebe meine Familie, ich habe nur nie richtig hineingepasst.

Abgesehen von Jacob, meinem Zwilling, gibt es noch Kurt, der zehn Jahre älter als ich und mit seiner Collegeliebe Tina verheiratet ist. Mark, mein anderer Bruder, ist vier Jahre älter als ich und hat schon mit achtzehn seine Highschool-Freundin geheiratet. Kurt und Mark sind als Polizisten in die Fußstapfen meines Dads getreten und ihre Frauen blieben zu Hause. Sie haben alle nicht viel Geld, aber sie sind voller Liebe – wenn ich also je darüber nachgedacht hätte, sesshaft zu werden, wären meine Brüder und meine Eltern Aushängeschilder dafür, wie es funktionieren kann.

»Was hast du gestern Abend gemacht?«, frage ich Jacob und beiße von dem Keks ab. »Oder besser, mit wem hast du es gemacht?« Prompt fange ich mir einen Klaps auf den Hinterkopf von meiner Mom. Das ist so ein Familiending. »Sorry.«

Jacob schaut über die Kante seines Laptops und verdreht die Augen.

»Ich finde Megan süß«, sage ich, und ich weiß genau, was als Nächstes passieren wird.

Jacob wirft mir einen bösen Blick zu und ich grinse.

»Megan?« Mom schnappt den Köder, den ich ihr hingeworfen habe, lässt Katie auf dem Hocker sitzen und geht zum Tisch hinüber.

Ethan kommt angerannt, holt sich einen Keks von Katies Teller und läuft davon. Sie quengelt, als Tina in die Küche zurückkommt. »Ach, hört schon auf, ihr zwei«, sagt Tina, nimmt die restlichen Kekse weg und stellt sie neben die Spüle.

Das ist mein chaotisches Leben, und dabei sind mein Dad und die Familie meines Bruders noch gar nicht da.

»Wer ist diese Megan, Jacob?«, fragt meine Mom, während sie meine Füße von dem freien Stuhl schubst.

Jacob schießt noch einen Blick auf mich ab, als wollte er mich umbringen, aber das ist meine Rache, weil er mir Jaspers Nummer nicht geben wollte. Hätte er das getan, wäre ich vielleicht nicht so hin- und hergerissen wie ich es jetzt bin.

»Sie ist eine Kollegin.« Er wiegelt die Frage ab, aber alle können sehen, dass sich seine Wangen rosa färben.

»Warum wirst du rot?«, weist Kurt darauf hin, und Jacob versteckt den Kopf wieder hinter dem Laptop.

»Werde ich nicht. Ich muss an diesem Angebot arbeiten.«

Eilig tippt er weiter, während meine Mom ihm einen extralangen Blick zuwirft, nur um sicherzugehen, dass er sich bewusst ist, dass sie weiß, dass etwas im Busch ist. Zweifelsohne wird sie am Montagmorgen in der Bank auftauchen. Irgendwie schaffe ich es, mein inneres Kichern zu unterdrücken.

»Es ist nicht mein Angebot, oder?«, frage ich so leise, dass niemand mithören kann.

Jacob verdreht die Augen, bevor er sich wieder auf den Bildschirm konzentriert.

»Was für ein Angebot?«, fragt meine Mom.

Verdammt. Meine Mom hatte schon immer die unheimliche Fähigkeit, alles aufzuschnappen, was sie nicht hören soll. Ethan steht unter ihr und wedelt mit einer Orange vor ihrem Gesicht herum, also nimmt sie sie und fängt an, sie zu schälen.

»Für meine Firma«, sage ich. Bis jetzt weiß meine Familie nur, dass ich ein neues Projekt habe, das mich begeistert. Jacob ist der Einzige, der weiß, worum es dabei geht, und auch wenn ich weiß, dass alle Frauen meiner Familie sich in meine Produkte verlieben würden, bin ich mir nicht sicher, ob ich schon so weit bin, es ihnen zu erzählen.

Jacob blickt auf, lehnt sich auf seinem Stuhl zurück und verschränkt die Arme vor der Brust. »Weißt du das nicht, Mom?«

Ach, jetzt hat er also doch Zeit für das Familiengespräch?

Sie hebt den Blick von der Orange und konzentriert sich auf mich. »Das Tattoostudio?«, fragt sie. »Expandierst du?« Beinahe leuchten ihre Augen, denn das wäre wenigstens etwas. Leuten zu erzählen, dass die Tochter Tätowiererin ist, ist ungefähr so erfüllend wie zu sagen, dein Kind sei Berufsmusiker.

»Nope.« Jacob betont das P und ich kneife die Augen zusammen, denn ich weiß, dass er mich gleich outen wird. Kann ihm aber keinen Vorwurf machen. Ich habe dasselbe mit ihm getan, und ich habe ihm die Granate in die Hand gelegt. Er muss nur noch den Ring ziehen.

Ethan steht neben meiner Mom, den Blick fest auf die Orange gerichtet, und wippt auf und ab, während er wartet.

»Gehen wir doch ins andere Zimmer.« Ich mache eine Geste in Richtung Wohnzimmer und meine Mom wirft einen Blick auf Ethan.

»Katie und Ethan, geht nach oben und schaut euch einen Film an!«, befiehlt sie. Schnell schält sie die Orange fertig und reicht sie meinem Neffen. Beide Kinder quengeln, folgen aber der Anweisung ihrer Großmutter, denn man widerspricht meiner Mom nicht. Zumindest nicht, wenn man sieben und vier ist. In meinem Alter testet man gern den unsichtbaren Elektrozaun und schaut, ob der Stromschlag so schmerzhaft ist, wie man ihn in Erinnerung hat. Scheiße, ich teste meine Schmerzgrenze schon, seit ich acht war. Vielleicht kommt Katie nach mir und kann dann diejenige sein, der ständig gesagt wird, sie solle sich beruhigen und ihre Träume auf die Realität beschränken.

Tina und Kurt setzen sich zu uns an den Tisch und Jacob klappt seinen Laptop zu. Er grinst, als wollte er uns gleich die Pointe eines mörderischen Witzes erzählen.

»Hallo!«, ruft Mark von jenseits der Küche, ich nehme an, von der Haustür aus. Ich war nie glücklicher, meinen Bruder zu sehen, denn vielleicht vergessen sie mich über seiner Ankunft.

»Mark, setz dich.« Meine Mom deutet auf den Stuhl neben Tina. »Lennon hat eine Mitteilung zu machen.«

Er beäugt mich. »Das wird sicher gut«, sagt er lachend, setzt sich und legt seinen Hut auf den Tisch.

»Es ist keine Mitteilung«, ächze ich.

Meine drei Brüder tauschen Blicke.

»Dürfen wir raten?«, fragt Mark. Wir haben beide das Sarkasmus-Gen unserer Familie geerbt. »Schwanger?«

»Vom Priester?«, fügt Kurt hinzu.

Meine Mom zieht ein finsteres Gesicht und sie lehnen sich zurück. Sie wissen, sie überschreiten eine Grenze. Meine Familie ist so katholisch wie der Papst. Ach, ihr wisst, was ich meine.

»Lennon hat ein neues geschäftliches Projekt und versucht, euren Bruder dazu zu bringen, zu investieren.«

Kurt und Mark schauen Jacob an, der die Augen aufreißt: *Passt auf, Mom wird sie ans Kreuz nageln. Buchstäblich.*

»Mom, noch ist nichts in Stein gemeißelt. Das kann warten, bis ich mehr weiß.«

Sie legt die Hand auf mein wippendes Knie. »Schatz, wenn es dir wichtig ist, dann ist es uns allen wichtig. Wir möchten dich unterstützen.« Umgekehrte Psychologie. Sie ist gut. Aber jedes Mal, wenn ich darauf hereinfalle, kommen die missbilligenden Blicke und langen Seufzer trotzdem.

»Ähm ...« Jacobs Grinsen nervt mich, und ich kann es kaum erwarten, ihm zu zeigen, wie sehr er sich bei meiner Firma irrt. »Es ist eher Unterhaltung für Erwachsene.«

Tina schnappt nach Luft und ihre Augen werden groß.

»Lennon, Prostitution ist in San Francisco illegal«, sagt Mark, und auch wenn ich mir nicht ganz sicher bin, ob er scherzt, gehe ich davon aus, dass er nicht so schlecht von mir denkt.

Jacob lacht, bis meine Mom ihm einen warnenden Blick zuwirft.

»Erwachsenenunterhaltung«, sagt meine Mom vollkommen frei von Begeisterung.

»Ach, Mensch, Len, ich bin demnächst auf der Junggesellenparty eines Kumpels und will nicht meine Schwester an der Stange sehen.« Tina versetzt Kurt einen Klaps auf den Hinterkopf.

»Glaubt ihr wirklich, das würde ich machen?« Ich schreie fast und sie verstummen. Scheiße noch mal, sie meinen es ernst. »Tja, wenn ihr schon denkt, ich würde meinen Körper für Geld verkaufen, sollte es euch nicht überraschen, dass ich eine Firma für Sexspielzeug gründe.«

Ich stehe auf und die Hand meiner Mutter rutscht von meinem Knie. Ich brauche einen Moment für mich, um Verletzung und Scham zu unterdrücken, damit sie sie nicht sehen. Auf keinen Fall kann ich sie jetzt ansehen, aber das widerhallende Schweigen um den Tisch herum sagt mir, dass ich sie verblüfft habe. Lennon schlägt wieder zu.

Als ich die Kühlschranktür öffne, läuft mir beim Anblick des Biers das Wasser im Mund zusammen, aber ich nehme mir eine Limo.

»Sexspielzeug?«, fragt meine Mutter als Erste, vermutlich verwirrt.

Ich drehe mich um und stelle mich dem Exekutionskommando.

»Wie bei den Partys?«, fragt Tina, und Kurt dreht sich panisch nach ihr um. Sein Gesichtsausdruck sagt: *Tu vor meiner Mom nicht so, als wüsstest du irgendwas über solche Dinge.*

Mark und Jacob lehnen sich zurück; sie warten darauf, dass die Show beginnt.

»Ja, Mom. Batteriebetriebene Spielzeuge, die dem Liebesleben im Schlafzimmer Würze verleihen.« Das war konservativ genug, oder? Ich konzentriere mich auf meine Schwägerin. »Nein, Tina, es ist kein Party-Ding. Um genau zu sein, habe ich selbst welche entwickelt.«

Sie bekommt große Augen. Jetzt ist sie eindeutig beeindruckt. Ich hätte gute Lust zu sagen: *Ja, ich bin schlauer, als ihr mir alle zugesteht.*

»Warum?«, fragt meine Mom, und man könnte meinen, ich hätte gerade gestanden, alle Hostien für die Heiligabendmesse gegessen zu haben.

»Weil es mich interessiert, Mom. Weil ich sie benutze.« Ich zucke die Achseln.

Sie legt kurz die Hand aufs Herz, und ich bin überrascht, dass ich es nach all den Jahren immer noch irgendwie schaffe, sie zu schockieren. Sie erholt sich aber schnell wieder. »Wenn du einen Mann hättest, bräuchtest du kein Spielzeug«, sagt sie. »Ich verstehe nicht, warum du nicht mehr wie deine Geschwister sein kannst. Was ist in meiner Gebärmutter mit dir passiert?« Sie verbirgt den Kopf in den Händen und Jacob legt ihr die Hand auf den Rücken, während Kurt auf den Platz rutscht, auf dem ich eben noch gesessen habe, um sie von der anderen Seite zu trösten.

Währenddessen beäugt mich Tina mit einem breiten Grinsen, und ich weiß, sie wird mich später um ein paar Kostproben anhauen. Genau das ist der Grund, warum ich möchte, dass dieses Geschäft ein Erfolg wird. Frauen sollten sich nicht schämen müssen, dass sie Sex haben und ihn genießen wollen. Abgesehen davon gibt es einen riesigen Markt dafür, und auch wenn meine Mom es nicht zugeben möchte, hätte auch sie wahrscheinlich richtig Spaß mit meinen Produkten. Nicht, dass ich so über meine Eltern nachdenken will, denn ... igitt.

»Mom«, sage ich seufzend und haue Kurt, bis er auf seinen ursprünglichen Platz zurückrutscht und aufhört, Mom in den Arsch zu kriechen.

Sie blickt auf, und ich sehe keine Tränen, keine Spur von Traurigkeit, denn so ist sie. Ich liebe sie, aber sie ist theatralisch. Noch mehr als ich, denke ich manchmal, und das sagt einiges.

»Ich bin ein guter Mensch. Ich gebe Obdachlosen mein Geld, ich lasse ältere Leute vor mir durch Türen gehen, ich bin nett und rücksichtsvoll. Ich kann von dem leben, was ich verdiene. Meine Firma ändert nichts daran, wie ich im Inneren bin.«

Sie nickt, glaubt mir aber nicht. Alles, was sie interessiert, ist, was sie ihren Kirchenfreunden erzählen muss. Sie hat zwei Söhne, die bei der Polizei sind, und einen, der Banker ist, aber die tätowierte, Sexspielzeug verkaufende Tochter macht die ersten drei zunichte.

»Es ist nur ... Ich werde gerade erst langsam mit dem Tattoo-Ding warm.«

Ach, wenn wir nur alle wie meine Mutter sein könnten, deren einzige Sorgen es sind, dass das Abendessen um fünf auf dem Tisch steht, der Ehemann glücklich ist und sie beim Mittagessen jeden dritten Donnerstag im Monat vor ihren Freunden angeben kann.

»Es tut mir leid, dass ich dich immer enttäusche.« Es stimmt, es tut mir leid, dass ich sie enttäusche, aber wer ich bin, tut mir nicht leid. Der Zug ist abgefahren, als ich dreizehn war und mein Date für den Schulball versuchte, mich im Flur in die Ecke zu drängen. Da wurde mir klar, dass ich nicht das adrette, mustergültige Mädchen bin, von dem man mir immer sagte, ich müsse es sein – im Inneren war ich alles andere als das. »So, ich muss dann mal los«, sage ich und stehe auf. Könnte ein Rekord sein – es hat weniger als eine Stunde gedauert, bis ich mich so unwohl fühle, dass ich gehen möchte.

»Was ist mit Dads Ruhestandsparty?«, fragt Mark. »Vielleicht könntest du die Gastgeschenke übernehmen?«

Jacob überspielt schon wieder sein Lachen mit einem Husten und Kurt ist zu sehr damit beschäftigt, zuzuhören, was Tina ihm ins Ohr flüstert, um aufzupassen.

»Es reicht. Setz dich wieder hin, Lennon«, sagt meine Mom. »Du gehst jetzt nicht.« Sie zeigt auf den Stuhl und ich lasse mich darauf plumpsen.

»Vielleicht sollten wir das ein andermal planen«, biete ich an, aber ihre schwarzen Haare, meinen eigenen nicht unähnlich, schwingen schon hin und her.

»Nein. Das ist diese Woche der einzige Tag, an dem wir das machen können. Die Feier ist schon bald und ich will das geklärt haben.«

Also bleibe ich sitzen. Und wir reden. Ironischerweise über Gastgeschenke. Statt über Analketten reden wir über Pralinenschachteln. Statt um Gleitmittel geht es um kleine Fläschchen Desinfektionsmittel. Gute Optionen für einen guten Katholiken, der jeden Tag seines Lebens hart gearbeitet hat.

»Also.« Meine Mom schaut auf ihre To-do-Liste und dann wieder zu uns. »Wir müssen immer noch einen Vorwand finden, um Dad dorthin zu lotsen.«

Dafür will keiner verantwortlich sein, denn meinen Dad an seinem freien Tag aus dem Haus zu bekommen, ist ungefähr so schwierig, wie einen Löwen von einer frischen Beute wegzulocken.

»Warum machst das nicht du, Ma?«, fragt Jacob, dessen Laptop jetzt wieder läuft, da die »Lennons enttäuschende Lebensentscheidungen«-Show vorbei ist.

»Ich muss im Restaurant sein, um alles vorzubereiten. Was ist mit dir, Mark?«

»Ich werde direkt vom Revier kommen. Ich hoffe, ich werde nicht aufgehalten«, sagt er.

»Ich rede mit dem Chief«, sagt sie, den Stift wieder auf dem Papier.

»Mom«, jammert Mark, als hätte sie über den Schulrektor gesprochen und nicht über seinen Chef. Ich glaube, wenn Mark der Präsident der Vereinigten Staaten wäre, würde sie zu den Vereinten Nationen gehen. Das Beste an meiner Mom ist, dass sie direkt ist und keine Angst vor irgendwem hat. Was glaubt meine Familie eigentlich, woher ich das habe?

»Kurt?«, fragt sie.

»Katie hat direkt davor Tanzen und Ethan hat Baseball. Das schaffe ich zeitlich nicht.«

Sie schaut Jacob an, aber der hat sich auch schon mit einer Ausrede bewaffnet. »Ich muss am Samstag arbeiten, aber ich werde rechtzeitig da sein.«

Sie schnaubt. »Okay, dann werde ich das wohl übernehmen müssen. Ich schaffe das schon.« Sie kritzelt Notizen auf ihr Blatt Papier.

Ich wäre verletzt, weil sie nicht daran denkt, mich zu fragen, aber ich bin es gewöhnt. »Das kann ich doch machen«, biete ich an, und sie atmet lange aus. »Was denn?« Ich kann doch wohl meinen Dad zu einem Restaurant fahren, um Himmels willen.

»Ich bezweifle, dass er in deinem Höllengefährt mitfahren will«, sagt Kurt.

»Dad liebt meinen Van. Er hat sich den Arsch abgelacht, als ich ihn ihm gezeigt habe.«

Mein Van ist mit einem Einhorn beklebt, das Regenbogen kackt und kotzt. Es ist lustig und einmalig, und ich meine, wer kann schon was gegen Einhörner haben? Kommt schon. Es mag ein klein wenig übertrieben sein, aber je mehr mich jemand in die Perfektionismus-Schublade stopfen will, desto wilder kämpfe ich mich heraus.

»Vor all seinen Freunden? Das bezweifle ich«, fügt Kurt hinzu.

»Bist du sicher, dass du ihn rechtzeitig dorthin bekommst?«, fragt meine Mom, und jede Falte, die sie sich erarbeitet hat, gräbt sich tiefer in ihre Stirn, während sie mich anschaut.

»Ja«, sage ich trocken. »Ich bin erwachsen.«

Am Tisch ist allgemeines Seufzen zu hören. Wenn sie nicht aufpassen, werde ich jeden Einzelnen von ihnen auf die Leichen ansprechen, die sie im Keller haben. Vielleicht wüsste Mom gern, wie Kurt früher Mädchen durch die Hintertür hereingeschmuggelt hat, wenn meine Eltern schliefen, damit sie »Zeit zusammen verbringen« konnten. Vielleicht fände sie es auch interessant, dass Jacob sich selbst Entschuldigungen geschrieben hat, um mit Jessica Townsend rumzumachen, statt zum Unterricht zu gehen?

»Okay, Lennon, ich übertrage dir die Aufgabe, Dad hinzubringen«, sagt sie mit Resignation in der Stimme. »Wir brauchen noch einen Vorwand.«

»Wie wäre es, wenn ich ihn einfach zum Essen einlade?«, frage ich.

»Das wäre verdächtig«, entgegnet Mark. Ich werfe ihm einen Blick zu und er zuckt die Achseln. »Sag mir, wann du das letzte Mal was mit Dad unternommen hast.«

Ich zermartere mir das Hirn und mir fällt nichts ein. »Glaub mir, ich kann ihn überzeugen. Ich bringe ihn hin und er wird überrascht sein, wenn er hereinkommt. Versprochen.« Ich zeige nacheinander auf alle; sie sollen ruhig wetten.

Dann klingelt Jacobs Handy, und trotz des bösen Blicks meiner Mutter schnappt er es sich und entfernt sich vom Tisch.

»Was gibt's, Jasper?«, fragt er.

Mein Magen zieht sich zusammen, mein Herz flattert in meiner Brust und ich schwöre, meine Handflächen werden feucht.

»Du bist ganz rot.« Meine Mom prüft mit dem Handrücken meine Stirn, aber ich schüttle den Kopf.

»Mir geht's gut.«

Ich schaffe es kaum, auf meinem Platz sitzen zu bleiben und nicht hören zu können, was Jasper zu Jacob sagt. Jasper kann auf keinen Fall herausgefunden haben, dass wir verwandt sind. Ich meine, er kennt noch nicht mal meinen Nachnamen. Trotzdem mache ich mir Sorgen, dass er es irgendwoher weiß. Das einzige Problem dabei ist, dass mein Bruder es mir unweigerlich versauen würde, und dafür ist es noch zu früh. Zwischen Jasper und mir braut sich etwas zusammen, und ich hatte noch keine Zeit, mir zu überlegen, wie ich ihm von meinen geschäftlichen Plänen erzählen kann.

Während meine Gedanken wirbeln wie ein Tornado, kommt Jacob wieder herein. Das Handy hat er schon in die Tasche gesteckt.

»War der Anruf so wichtig?«, fragt meine Mom.

»Tut mir leid, das war mein Mentor. Wir arbeiten zusammen an etwas.«

Puh.

»Wie geht es Jasper?«, fragt Mark.

»Du kennst ihn?«, frage ich, und alle schauen mich an und fragen sich wahrscheinlich, woher dieser Ausbruch kommt.

»Wir kennen ihn alle«, sagt er, als wäre ich eine Idiotin.

»Er war ein paarmal zum Abendessen hier«, fügt Kurt hinzu und meine Schultern sacken nach unten.

»Warum war ich nicht eingeladen?«, frage ich, und Jacob kräuselt die Lippen.

»Du hattest keine Zeit«, fügt Jacob hinzu und wendet sich dann an Mark. »Ihm geht's gut. Anscheinend hat er gestern Abend jemanden kennengelernt.«

Mark lächelt. »Das ist toll.«

Jacob nickt. »Ja, aber du kennst ja Jasper. Es braucht einiges, um ihn rumzukriegen.«

»Warum?«, unterbreche ich ihr Gespräch.

Die beiden tauschen einen Blick und wenden sich dann wieder mir zu. »Er verknallt sich nicht einfach in irgendein Mädchen, nur weil sie die Beine für ihn breit macht.«

»Was meint ihr damit?«, frage ich, aber meine Mom knallt ihren Stift auf den Tisch.

»Das reicht jetzt, Jacob«, tadelt sie ihn. »Wir sind hier fertig, Kinder. Ich muss nach Hause zu eurem Vater, bevor er noch etwas ahnt.«

Wir stehen alle auf und Jacob packt seinen Laptop zusammen. Mark gibt über Funk durch, dass seine Mittagspause beendet ist. Kurt nimmt sich eine Orange, während Tina zu dem heulenden Ethan im Nebenzimmer eilt.

Ich bleibe am Tisch sitzen, beobachte alles in Zeitlupe und hoffe, dass irgendwer mir erklärt, was sie gemeint haben, aber alle ignorieren mich. Vielleicht hat es Jasper nur nicht so mit festen Beziehungen? Passt mir gut.

Trotzdem kreisen meine Gedanken, als ich fünf Minuten später wegfahre, immer noch darum, dass hinter Jasper mehr zu stecken scheint, als ich gedacht habe.

Kapitel 8

»Ich bringe den Hosenanzug zurück und tausche gegen ein Kleid.« Ich drücke Tahlia den Hosenanzug in die offenen Arme und gehe an ihr vorbei in ihre Wohnung, am Wohnzimmer vorbei und zum Schlafzimmer.

»Ähm, okay«, sagt Tahlia und folgt mir.

Lucas und Cole spielen Xbox, als ich an ihnen vorbeikomme – ironischerweise ist es ein Box-Spiel. Die beiden sitzen vorn auf der Sofakante, ihre Daumen drücken rasant die Knöpfe, und sie lösen den Blick keine Sekunde vom Bildschirm. Wer hätte gedacht, dass sie beide über dreißig sind?

»Ich hab keine Lust mehr, ihnen bei diesem blöden Spiel zuzuschauen.« Whitney steht auf und kommt zu uns herüber. »Wofür brauchst du ein Kleid?«, fragt sie, als wir im Schlafzimmer ankommen.

»Ein Date.«

»Ein Date?«, trällert sie. Hätte ich etwas Passendes zum Anziehen für ein Abendessen mit Theaterbesuch, würde ich ihnen auf keinen Fall von meinem Date erzählen. Das Letzte, was sie gehört haben, war, dass Jasper mein Investor werden soll, nicht mein Date.

»Ja.«

»Mit wem?«, fragt Tahlia und ich schüttle den Kopf, aber sie rennt an mir vorbei und stellt sich vor die Kleiderschranktür. »Kein Zugang ohne Passwort.«

»Passwort?«, frage ich.

»Der Name von dem Typen.« Whitney stellt sich neben mich. »Wer ist der Glückliche, der dich in einem Kleid sehen darf?«

Ich bin erschöpft und brauche wahrscheinlich ein paar kleine Ratschläge von meinen Freundinnen, deshalb erspare ich uns die zehn Minuten, die es dauern würde, wenn ich versuchte, mich davor zu drücken, es ihnen zu sagen. Oder bis ich Tahlia niedergerungen hätte, um in ihren Kleiderschrank zu kommen – das würde Lucas und Cole viel zu gut gefallen. »Jasper.«

»Jasper Banks?« Whitney reißt die Augen auf.

»Woher weißt du das?«, frage ich. Aber ich weiß es schon. Ich drehe den Kopf zu Tahlia, dem Großmaul, um.

»Ich dachte, er würde in dich investieren. Ich war aufgeregt«, verteidigt sie sich und gibt die Tür zum Kleiderschrank frei. Den Hosenanzug lässt sie auf einen Haufen Shirts auf dem Boden fallen.

»Hey, den hab ich reinigen lassen!«, sage ich, und ein überraschter Blick huscht über ihr Gesicht, bevor sie sich beeilt, ihn wieder aufzuheben.

»Entschuldige, ich bin nur davon ausgegangen.« Sie hängt das Outfit auf und ich sehe, wie sie peinlich berührt das Gesicht verzieht und einen Blick mit Whitney wechselt. Sie könnten mich auch gleich ins selbe Boot stecken wie meine Familie und mich nach Nimmerland schicken. Die beiden setzen sich auf den Boden, während ich mich durch Tahlias Kleiderschrank wühle.

»Wie bist du von ›Investier in mich‹ zu ›Fick mich‹ gekommen?«, fragt Whitney und lacht über ihren eigenen Witz.

»Wie lange hattest du den schon vorbereitet?«, frage ich grinsend.

»Hey, ich bin schlagfertig, okay?« Tahlia und ich starren sie an und sie verdreht die Augen. »Ein paar Minuten.«

Wir lachen, und es fühlt sich gut an, es löst meine Nervosität ein bisschen. Seit Jasper mir gestern Abend geschrieben hat, um mir zu sagen, wohin er mich ausführen will, ist mein ganzer Körper angespannt und meine Gedanken kreisen. Es ist so schlimm, dass ich am Morgen im Yogakurs nicht einmal auf den Flirt des heißen Trainers eingehen konnte, wie ich es normalerweise tue.

»Was ist damit?« Ich halte ein elegantes schwarzes Kleid hoch. Es passt überhaupt nicht zu mir, und normalerweise würde ich so etwas nicht tragen. Andererseits war ich auch nur einmal in meinem ganzen Leben im Theater, und das war in der Highschool, als Tahlias Eltern Whit und mich eingeladen hatten.

»Das passt echt gut zu deinem Shirt«, sagt Whit lachend.

Ich werfe einen Blick auf mein »How I Cut Carbs«-Shirt mit einem Bild von einem Pizzaschneider darunter und zucke die Achseln.

»Nee. Das bist du nicht.« Tahlia steht auf und ich hänge das Kleid zurück und setze mich neben Whitney.

Während Tahlia die Kleiderbügel hin- und herschiebt und sämtliche Kleider mustert, legt mir Whitney den Arm um die Schultern. »Erzähl mir von ihm.«

Whitney und ich waren zusammen in Berkeley. Sie hat es miterlebt, als ich im ersten Jahr ein einziges Mal ernsthaft eine Beziehung mit jemandem anfangen wollte, nur um zu erfahren, dass er eine Freundin hat. Ich bin nicht sicher, ob Tahlia davon weiß oder nicht. Ich habe es ihr nie erzählt.

»Ich kenne ihn noch nicht gut genug, aber er ist interessant«, antworte ich.

Whitney neigt den Kopf und schaut mich von unten an.

»Er ist verspielt, aber auch ernsthaft. Ich weiß nichts über ihn, und von dem, was ich weiß, weiß er nichts«, gebe ich zu und Whitney verengt ein wenig die Augen.

»Er weiß nicht, dass du ihn als Investor willst?«, fragt sie.

Ich schüttle den Kopf.

»Len, hast du vor, es ihm zu sagen?« Ich spüre ihre Missbilligung.

»Ich weiß im Moment noch nicht einmal, was das mit uns ist, und ich glaube, dadurch, dass ich mit ihm ausgehe, habe ich mich für ihn und gegen das Geschäft entschieden, so langweilig das klingt.«

Tahlia hält inne und mustert mich lange. »Du magst den Typ wirklich.« Sie sieht mich an, als wäre ich irgendein Fabelwesen, von dem sie bisher nur gehört hat.

»Das habe ich nicht gesagt!«, gebe ich zurück. Aus irgendeinem Grund habe ich das Bedürfnis, mich zu verteidigen.

»Das musst du auch nicht.« Whitney drückt meine Schulter.

Ich ignoriere, was sie sagen, und versuche vom Thema abzulenken. »Jedenfalls ... Ich werde ihn nicht weiter als möglichen Investor betrachten. Ich muss etwas anderes finden.« Ich klinge selbstsicherer, als ich mich fühle, aber ich werde den Gedanken nicht los, dass zwischen Jasper und mir etwas ist, das erforscht werden muss. Ich war immer ein Mensch, der seinem Instinkt folgt, und das werde ich tun.

»Lucas kann doch investieren«, sagt Tahlia und ich verdrehe die Augen.

»Vergiss es«, sage ich so freundlich wie möglich. Dieses Thema stirbt wohl nie.

»Also interessiert dich der Typ genug, dass du das Geschäftliche hinter eurer persönlichen Beziehung zurückstellst«, präzisiert Whitney. Verdammt, sie und ihr Investigative-Reporterinnen-Instinkt.

»Er würde glauben, ich hätte ihn gezielt gesucht, was ja zugegebenermaßen auch stimmt. Dann würde ich ihn nicht nur nicht dazu kriegen, in die Firma zu investieren, sondern ich würde auch ihn nicht bekommen. Ich weiß nicht mal genau, ob ich ihn will, also so richtig für länger, aber ich habe es ihm neulich Abend nicht gesagt, und so ist es jetzt«, plappere ich weiter, während Whitney der Mund offen stehen bleibt und Tahls Hand über der Kleiderstange in der Luft schwebt.

»Oh. Mein. Gott.« Tahlias Mund bewegt sich, aber sie ist so starr wie eine Statue.

»Es ist passiert«, sagt Whitney überzeugt.

»Was?« Ich schaue zwischen den beiden hin und her und frage mich, wo ihr Problem liegt.

»Du hast ihn kennengelernt.« Whitney wirft Tahlia einen Blick zu und sie nickt zustimmend.

»Wen?«

»Deinen Einhornschwanz«, sagen sie einstimmig.

»Ich sage es euch nur ungern, meine Damen, aber ich habe noch nicht mit ihm geschlafen.« Ha! In Gedanken gebe ich mir ein High Five, weil ich ihnen klargemacht habe, wie falsch sie liegen.

Whitney schüttelt langsam den Kopf. »Jetzt weiß ich sicher, dass du ihn gefunden hast.«

»Die ganze Vorstellung hinter dem Einhornschwanz ist, dass man den einen *Schwanz* findet, nicht den Typ.«

Whit schüttelt den Kopf. »Er ist es. Ich weiß es.«

Ich stehe auf und schnappe mir das erstbeste Kleid, ein marineblaues mit kurzen Ärmeln, und gehe ins Bad. Ein Teil von mir bebt bei der Vorstellung, dass sie vielleicht recht haben, aber ein noch größerer Teil von mir bekommt Panik. Lennon Hart ist keine Frau für einen Mann. Falls Jasper mehr ist als irgendein Typ, was bleibt dann von mir?

Kapitel 9

Der V-Ausschnitt des kleinen Schwarzen, das ich Tahlia geklaut habe, geht bis zu meiner Hüfte hinunter und gibt einen deutlichen Blick auf meine nicht ganz so üppigen Möpse frei, aber alles in allem würde ich mich vögeln.

Ich werfe meinen Lippenstift, mein Handy, meine Schlüssel und ein Tampon in meine Handtasche (aber ernsthaft, ich bin am Arsch, wenn meine Periode beschließt, heute zu kommen) und hole tief Luft, um meine Nerven zu beruhigen.

Normalerweise wäre mir egal, dass ich in einer Einzimmerwohnung lebe, wo ich buchstäblich vögle, wo ich esse – ehrlich, es sind ungefähr zwei Schritte vom Bett zum Herd –, aber Jasper wohnt wahrscheinlich in einem Penthouse. Ich meine, so perfekt, wie sein Anzug sitzt, ist er sicher maßgeschneidert. Jasper gibt vermutlich in einem Jahr so viel für Klamotten aus, wie mein ganzes Erbe von meiner Oma beinhaltet. Also will ich ausgerüstet und bereit sein, damit ich nur noch in den Flur hinausschlüpfen muss und meine Wohnung für Jasper ein rätselhaftes Land der Fantasie bleibt.

Klopf, klopf.

Mist. Ich bin nicht fertig. Typisch.

Ich schnappe mir meine Handtasche und hüpfe auf einem Bein zur Tür, während ich versuche, mir die Riemchensandalen anzuziehen. Als ich die Hand an der Türklinke habe, merke ich, dass ich meinen Schal auf dem Tisch liegen gelassen habe. »Bin gleich da«, rufe ich und hetze zurück zu dem Schal, der den größten Teil meiner Tattoos verdecken wird.

Bevor ich die Tür öffne, halte ich inne und hole noch einmal tief Luft. Das ist nur ein ganz normales Date. Keine große Sache. Meine Hand umschließt die Klinke und es fühlt sich an wie in Zeitlupe, als ich sie drücke und die Tür öffne. Jasper im Anzug ist kein neuer Anblick für mich, aber Jasper frisch geduscht, glatt rasiert und lächelnd schon. Sein Blick gleitet an meinem Körper hinunter und wieder hinauf. Ich schwöre, irgendetwas wollte ich tun, wenn ich die Tür öffne, aber ich weiß verdammt noch mal nicht mehr, was es war. Das Einzige, woran ich denken kann, ist, wie dringend ich ihn an den Aufschlägen seines Jacketts packen und auf mein Bett zerren möchte. Zu schnell?

»Darf ich reinkommen?«, fragt er, und ohne nachzudenken, trete ich zur Seite und öffne ihm die Tür weiter. Dann komme ich wieder zu Sinnen und meine Hand schießt vor und stößt ihn gegen die Brust. »Nein!«

Er zieht die Augenbraue hoch.

»Ich meine, wir wollen doch nicht zu spät kommen.«

Er legt die Hand auf meine, drückt sie nach unten und betritt mein Apartment.

»Es ist nichts Großes.« Ich folge ihm auf den Fersen wie ein jaulender Chihuahua.

Er schaut sich um und nickt. »Das passt zu dir.«

»Du meinst, ich sehe arm aus?«

Er dreht sich um und legt mir die Hände auf die Schultern. »Ich meine, es ist exzentrisch.« Dann streift er mir den Schal von den Schultern. »Es ist warm heute, den brauchst du nicht. Außerdem kannst du, wenn nötig, mein Jackett haben.«

Ich hätte nie gedacht, dass ich eins dieser Mädchen wäre, die ins Schwärmen geraten. Ich dachte immer, wenn ein Typ mir seine Jacke anbieten würde, wäre es eine Lederjacke – vorzugsweise eine von einer Motorradgang. Oder dass er vielleicht ein Kondom als Jacke für seinen Schwanz bezeichnen würde und es mir in der Hitze des Gefechts reichen würde. Aber Jasper Banks hat geschafft, was wenige vor ihm geschafft haben: Er lässt mich erröten.

Ich werfe einen unsicheren Blick auf meine tätowierten Arme und dann wieder auf ihn.

»Ich mag deine Haut, Lennon.« Er schleudert meinen Schal zur Seite, sodass er auf die Couch flattert. »Ich will unbedingt von jedem einzelnen die Bedeutung erfahren.« Langsam streicht er mit dem Finger meinen Arm hinab, und ich bekomme Gänsehaut. Es fühlt sich an wie eine Welle, die am Strand bricht.

Der Kerl kann unmöglich echt sein. Er will mich in meiner ganzen volltätowierten Pracht ins San Francisco Playhouse mitnehmen? Und mich nennen alle verrückt.

»Jetzt, wo ich weiß, wo du schläfst, können wir gehen.« Er dreht sich auf dem Absatz um und überbrückt den kurzen Weg zur Tür.

»Du wolltest wissen, wo ich schlafe?«, frage ich, während ich meine Tür abschließe.

»Ich bin ein visueller Typ.« Er zwinkert, und ich weiß jetzt sicher, dass der Tanga zwischen meinen Beinen heute Abend keine Chance hat, trocken zu bleiben.

Wir nehmen den Aufzug nach unten in die Lobby, und wenn ich Lobby sage, meine ich zu den Briefkästen mit den überquellenden Haufen Werbung.

»Ich bin heute mit Taxi unterwegs«, sagt er, während wir in die Nacht hinaustreten. Er hebt die Hand, um eines heranzuwinken.

Ich bin davon ausgegangen, dass wir seinen teuren Sportwagen nehmen würden. Sicher besitzt ein Typ wie Jasper Banks einen Zweisitzer, der in drei Sekunden von null auf hundert beschleunigt.

Ein Taxi stoppt, und Jasper hält mir die Tür auf. Ich rutsche hinein, versuche, dabei besonders ladylike zu wirken und ihm nichts zu zeigen, bevor er mich zum Abendessen eingeladen hat – nicht, dass mich das bisher je aufgehalten hätte. Nachdem er hinter mir eingestiegen ist, wird es gemütlich und ich komme nicht umhin zu bemerken, wie dicht er neben mir sitzt.

»5A5 *Steak Lounge*«, weist er den Fahrer an, der nickt und losfährt. Dann wendet er sich mir zu. »Du bist doch keine Vegetarierin, oder?« Sein panischer Blick ist witzig.

»Nein.« Ich schüttle den Kopf. »Vegan.«

Er verzieht das Gesicht und rückt ein Stück, um sein Handy aus der Tasche zu ziehen. »Wo möchtest du gern essen?« Seine Daumen bewegen sich über den Bildschirm, und ich lege die Hand auf seine und warte, bis er zu mir aufblickt. Als er es tut, bereue ich meinen Witz, denn er sieht fast nervös aus.

»Das war ein Scherz. Ich liebe Fleisch.« Ich wackle mit den Augenbrauen, damit die Doppeldeutigkeit klar wird.

Er lacht erleichtert auf. »Gut zu wissen«, sagt er grinsend und steckt das Handy wieder weg. »Das hätte ich wohl vor dem Reservieren fragen sollen, aber ich hasse französisches Essen und bin kein Riesenfan von Asiatisch.«

»Du magst kein asiatisches Essen?«

Er schüttelt den Kopf.

»Ist die 5A5 *Steak Lounge* nicht auch japanisch?«

Ein Grinsen breitet sich über sein Gesicht aus und er nickt. »Auf meinem Teller wirst du nur ein Steak und vielleicht eine Kartoffel finden.«

»Irgendwann nehm ich dich mal in einen Laden mit und ich wette, dann änderst du deine Meinung.«

Er schüttelt wieder den Kopf. »Hab alle ausprobiert.«

»Du denkst an Sushi und chinesisches Essen, oder?« Ich drehe mich auf meinem Sitz zu ihm, während der Taxifahrer durch die hügeligen Straßen flitzt.

»Vielleicht.« Er tut zurückhaltend, aber ich erkenne, dass ich recht habe.

»Dann gehen wir zu einem koreanischen Barbecue, das ich kenne. Ich verspreche dir, so etwas hattest du noch nie.« Ich erinnere mich an das erste Mal, als ein Typ aus unserem Wohnheim Whitney und mich dorthin mitgenommen hat. Ich war überrascht, dass ich beim Hinausgehen nicht gemuht habe, so viel Fleisch hatte ich gegessen.

»Du verpflichtest dich also schon zu einem zweiten Date, bevor du weißt, wie das erste endet?« Er zieht die Augenbrauen hoch und ich kichere wie das Schulmädchen, das ich anscheinend heute Abend bin.

»Ich sollte wohl warten, aber Regeln befolgen war noch nie mein Stil.« Ich zucke die Achseln.

Er beugt sich herüber, seine Fingerspitzen streichen meinen Schenkel entlang. »Heißt das, du gehst beim ersten Date auf das zweite Base?«, flüstert er mir ins Ohr und löst damit eine Welle von Gänsehaut an meinem Hals aus.

Ich drehe mich und unsere Gesichter sind nur Millimeter voneinander entfernt.

»Tja, Mr Banks, wenn Sie Ihre Karten richtig ausspielen, schaffen Sie vielleicht sogar einen Homerun.«

Der Duft seines Parfums wird intensiver, als würde es stärker, wenn er angeturnt ist. »Ich spiele immer, um zu gewinnen.« Er zwinkert mir mit seinem verdammten Haselnussauge zu.

Könnte sein, dass ich außerhalb meiner Liga spiele.

Kapitel 10

»Banks«, sagt Jasper zu der Hostess, als wir ins Restaurant kommen.

Ich war schon mal in schicken Restaurants. Ich war im Country Club von Tahlias Familie, aber dieses Restaurant ist mehr als schön. Der große, runde Raum ist voller Sitznischen und dunkler Holztische mit Stühlen mit cremefarbenen Überwürfen. An einer Seite zieht sich eine lange Bar entlang, mit einem Bildschirm hinter den vielen Flaschen. Das Bild auf dem Schirm ist ein Feuer, und ich kann den Blick kaum von den Flammen losreißen, die flackern und zur Decke hinaufzüngeln. Das ganze Restaurant ist vom warmen Glühen indirekter Beleuchtung erhellt. Meine einzige Beschwerde, falls ich eine hätte, wäre, dass ich mir mehr Privatsphäre wünschen würde.

Die Hostess wirft ihre brünetten Haare über die Schulter, dreht auf den Stilettos um und führt uns mit schwingendem Hintern zu unserem Tisch. Ich bin mir sicher, sie findet an der Garderobe manchen reichen Jungen zum Vögeln, aber die Schlampe kann verschwinden, denn das wird mit Jasper nicht passieren. Mit den Speisekarten vor der Brust bleibt sie an unserer Tischkante stehen und wartet, bis Jasper mir den Stuhl zurechtgerückt hat. Als er mir gegenübersitzt, reicht sie uns jeweils eine Karte und beugt sich bei Jasper ein bisschen weiter herunter. Ich warte nicht ab, ob er den Köder schluckt und in ihre weite Bluse schaut.

Ich überfliege die Speisekarte, bis die Hostess gegangen ist, dann hebe ich den Blick zu ihm, während er die Karte auf seinen Brotteller legt. »Ich nehme an, du warst schon mal hier?«, frage ich.

»War ich. Das Prime Rib esse ich am liebsten.« Er beschäftigt sich, indem er sich die Serviette auf den Schoß breitet. Ich tue es ihm nach.

»Ich bin eher ein Filet-Typ.« Obwohl ich schon weiß, was ich nehmen will, lese ich weiter in der Karte und überlege, ob ich doch etwas probiere, das ich nicht kenne. Wer weiß, ob ich je wieder in so ein Restaurant gehen werde?

»Ja, bist du.« Er lächelt.

»Was soll das heißen?« Ich lege den Kopf schief.

»Filets sind feminin, ohne ein Gramm Fett. Sie sind schlank und zart, aber mit Bumms. Und sie zergehen auf der Zunge.«

Ich lache. »Ich habe mich noch nie so gefreut, mit einem Fleischlappen verglichen zu werden.«

Seine Mundwinkel wandern in die Höhe. »Ich versuche, einzigartig zu sein.«

»Das ist wohl wahr.« Ich lege die Speisekarte auf den Tisch.

Unser Kellner, der sich als Leon vorstellt, kommt herüber. »Guten Abend.« Er verbeugt sich leicht. Seine Haare sind grau meliert, sein weißes Hemd gestärkt und die Hose gebügelt. Ich wette, er macht das schon eine Weile.

»Guten Abend«, erwidert Jasper und nickt.

Leon erklärt uns die Tageskarte und fragt, was wir trinken möchten. Ich überlasse es Jasper, eine Flasche Wein zu ordern. Was er auch tut, ohne in die Karte zu schauen.

Während wir auf den Wein warten, reden wir über meine Tattoos und meine Arbeit im Studio. Erst als er mich nach meiner Familie fragt, merke ich, dass ich das Ganze nicht zu Ende gedacht habe.

»Hast du Geschwister?«, fragt er.

Ich greife nach meinem Wasserglas. Plötzlich ist meine Kehle wie ausgedörrt. »Brüder«, sage ich.

Er nickt. »Bist du das einzige Mädchen?«

»Yep.«

Leon kommt, zeigt Jasper die Flasche und vollführt den Zirkus, den sie in solchen Restaurants veranstalten. Jasper probiert und nickt zustimmend, woraufhin Leon zuerst mir einschenkt. »Wovon haben wir gerade gesprochen?«, fragt Jasper, nachdem Leon unsere Bestellung aufgenommen hat und gegangen ist. »Ach ja, ich habe deinen Namen auf dem Klingelschild gesehen.«

»Ach ja?« Meine Kehle schnürt sich zu und ich gebe mir große Mühe, Luft in meine Lungen zu saugen, obwohl es sich anfühlt, als hätte ich einen riesigen Felsbrocken auf der Brust. Warum zum Geier habe ich mir nicht vorher überlegt, wie ich damit umgehen könnte?

»Hart? Ist das dein Nachname?«, fragt er, beugt sich vor und verschränkt die Hände.

Ich lächle, so echt und überrascht wie möglich. »Du hast ein Händchen für Details«, scherze ich und er lacht in sich hinein, während er auf meine Antwort wartet. »Ja. Lennon Hart«, gebe ich schließlich mit erstickter Stimme zu. Es könnten auch einfach Jacobs Hände sein, die mich gerade würgen. Ihr wisst schon, so ein Zwillingsding.

Jaspers Augen leuchten auf und ich warte. In den Sekunden, die ich habe, bevor ich die Frage beantworten muss, die ihm auf der Zunge liegt, wäge ich meine Möglichkeiten ab. Lügen. Ich könnte auf jeden Fall lügen. Hart ist kein ungewöhnlicher Name. Wenn das unser einziges Date wäre, was wäre dabei? Aber mich quält die Tatsache, dass er im Haus meiner Familie zum Essen zu Besuch war.

»Kennst du Jacob Hart?«

Die Frage hängt eine ganze unangenehme Weile in der Luft und ich schlucke den Wein, den ich in letzter Sekunde genippt habe, um mir Zeit zu verschaffen. Ihm scheint es nichts auszumachen zu warten, er lässt mich trinken und greift nach seinem eigenen Glas. Über dem Rand seines Weinglases lässt er mich nicht aus den Augen.

»Du kennst meinen Bruder?«, quieke ich, bevor ich es mir anders überlegen kann.

Er verschluckt sich an seinem Wein und klopft sich hustend auf die Brust, um wieder Luft zu bekommen. Irgendwann schluckt er ihn und scheint sich zu erholen. »Bruder?«, fragt er, und das Leuchten in seinen Augen wird schwächer. »Du bist Jacobs Schwester?« Er nimmt noch einen Schluck Wein.

Ich nicke. »Zwillingsschwester, um genau zu sein.«

Diesmal verschluckt er sich nicht, aber es sieht aus, als hätte er Schwierigkeiten, die Flüssigkeit hinunterzubekommen. Nach einem großen Schluck stellt er das Glas auf den Tisch und lehnt sich zurück, in sicherer Entfernung jeder Erstickungsgefahr. Er lernt schnell. »Zwillinge? Wow. Warum weiß ich nicht, dass Jacob eine Zwillingsschwester hat?« Ich bin ein bisschen fassungslos, dass Jacob nicht wenigstens erwähnt hat, dass es mich gibt. »Ich habe eure Eltern kennengelernt.« Er verzieht das Gesicht, als wäre er ein bisschen fassungslos.

»Tut mir leid«, antworte ich, denn ich weiß nicht, was ich sagen soll.

Er winkt ab. »Deine Familie ist toll, sie erinnert mich sehr an meine eigene. Als ich Jacob unter meine Fittiche genommen habe ...« Er zögert. »Wusstest du, dass ich sein Mentor war?«

»Ach, *der* Jasper bist du?« Meine Stimme ist ungefähr drei Oktaven zu hoch, während ich versuche, ihm meine Überraschung zu verkaufen.

Er nickt, und die Lüge liegt mir schwer im Magen. Jasper ist der erste Mann seit Jahren, der mein Interesse an mehr als seinem Schwanz geweckt hat. Irgendwo in meinem Hinterkopf wird mir bewusst, dass mir das gewaltig um die Ohren fliegen kann, aber ich schiebe den Gedanken weg.

»Genau der«, sagt er. Ich lächle. »Jacob war super. Er ist ein Naturtalent und sein Drive ist bemerkenswert.«

»Hast du je von der Konkurrenz unter Zwillingen gehört?«, frage ich.

»Nein.« Er lacht, als gäbe es das gar nicht.

»Tja, ich will nicht hören, wie toll mein Bruder ist, solange du mir nicht auch ein gleichwertiges Kompliment machen möchtest.« Ich gebe vor, mir die Haare über die Schulter zu werfen – ich tue nur so, denn meine Haare sind nicht lang genug dafür.

»Wo soll ich anfangen?« Seine Augen blitzen und ich bin froh, dass er meinen Sinn für Humor versteht.

»Am besten am Anfang.« Wir kichern beide.

Er nimmt sein Weinglas am Stiel und neigt es an die Lippen. »Ich kann nicht fassen, dass du Jacob Harts Schwester bist.« Er schüttelt den Kopf.

»Ich meistens auch nicht«, sage ich und er lacht wieder, sieht aber ein bisschen besorgt aus. Offensichtlich muss er es noch verarbeiten.

»Hör mal … jetzt, wo ich weiß, dass Jacob dein Bruder ist, fühle ich mich ein bisschen komisch, weil ich ein Date mit dir habe.« Sein Gesicht schreit förmlich Entschuldigung.

»Na, vielen Dank«, sage ich trocken.

Er drückt über den Tisch hinweg meine Hand. »Tut mir leid, das habe ich falsch ausgedrückt. Ich meinte, ich komme mir komisch vor, weil er es nicht weiß. Je nachdem, wie es weitergeht …«

Ich sehe, worauf er hinauswill. »Wenn es dir nichts ausmacht, würde ich es ihm gern sagen. Falls es notwendig wird.«

Jaspers Schultern entspannen sich und er lächelt mich an. »Mehr verlange ich nicht. Ich möchte nur nicht das Gefühl haben, irgendetwas hinter seinem Rücken zu tun, das ist alles.«

»Kein Problem.« Scheint, als wäre Jasper ein verlässlicher Freund. Noch überraschender ist die Tatsache, dass ich irgendwie darauf stehe. »Aber sag bitte nichts zu ihm, bevor ich mit ihm reden konnte.« Und ich werde es ihm sagen … irgendwann.

Er deutet eine Reißverschlussbewegung vor seinem Mund an. »Meine Lippen sind versiegelt.«

Jetzt, wo das geklärt ist, will ich nur noch das Thema wechseln. »Was ist mit dir?«, frage ich. »Familie?«

»Na ja, ich komme ursprünglich aus Nebraska. Meine Eltern waren Bauern, aber sie leben jetzt hier draußen. Außerhalb der Stadt, aber nicht weit weg.«

Ich nicke. »Das ist eine große Veränderung.«

»Ja, sie haben Maisfelder gegen Weinberge getauscht, aber sie haben sich arrangiert. Ich bin Einzelkind, also haben sie die Farm an meinen Onkel verkauft, als klar war, dass ich sie nicht übernehmen würde.«

»Ach, dann wolltest du also auch nichts mit dem Familienunternehmen zu tun haben«, sage ich. Ich hebe mein Weinglas an, um einen Schluck zu trinken.

»Ja, dein anderer Bruder ist eurem Dad in die Polizei gefolgt, oder?«

Er weiß viel zu viel über meine Familie.

»Mark und Kurt, ja. Dass ich weiblich bin, hat den größten Druck von mir genommen, aber ich weiß, Jacob hat eine Weile damit gekämpft. Meine Titten mögen nicht riesig sein, aber sie haben ihren Zweck erfüllt.« Ich zwinkere ihm zu.

Sein Blick sinkt einen kurzen Moment auf meine Brust, bevor er wieder in mein Gesicht zurückkehrt. »Wenn du mich fragst, sehen sie perfekt aus. Die perfekte Handvoll.«

Ich sauge die Unterlippe ein, denn so, wie er mich anschaut, möchte ich am liebsten unter den Tisch rutschen und ein paar echt unangebrachte Dinge unter der Gürtellinie mit ihm machen. »Vielleicht findest du das irgendwann heraus«, sage ich mit einem verräterischen Keuchen in der Stimme.

»Man kann ja hoffen.« Er neigt das Weinglas in meine Richtung und trinkt dann selbst einen Schluck.

»Jedenfalls ...« Ich muss das Gespräch wieder auf jugendfreies Terrain lenken, sonst ende ich noch auf den Knien unterm Tisch, ganz egal, wie nobel dieser Laden ist. Eine Frau hält nicht alles aus. »Wie ich schon sagte, ich hatte kein Interesse daran, noch glaube ich, ich wäre ein besonders guter Cop geworden.«

»Ich weiß nicht, ich wette, du wärst ein knallharter Cop.« In seinem Blick steht eindeutig Lust, als stelle er sich mich in einem dieser gewagten Polizei-Dessous-Sets vor. Ich nehme mir vor, in eines zu investieren.

»Machst du Witze? Ich wäre ein grauenhafter Cop. Ich würde wahrscheinlich die ganzen Kids mit einer Verwarnung wieder laufen lassen, wenn sie mir ihr Gras geben«, scherze ich, und er lacht, aber es klingt hohl.

Okay, weiter. »Und du, bist du immer noch Banker?« Ich hätte nicht fragen sollen, denn ich zwinge mich, so zu tun, als würde ich seine

Büroadresse, den Namen seiner Firma und seine Internetadresse nicht schon kennen, aber das war das Erste, was mir nach dem eigenartigen Blick einfiel, den er mir nach meiner letzten Antwort zugeworfen hat.

»Nein. Ich habe, kurz nachdem Jacob in der Bank für mich gearbeitet hat, eine eigene Firma gegründet. Ich habe mich mit jemandem zusammengetan, mit dem ich in Harvard war, und investiere jetzt in neue Firmen, die versuchen, Produkte auf den Markt zu bringen.«

Ich nicke. »Macht es dir Spaß?«, frage ich.

»Ja.« Jasper sitzt jetzt aufrechter, wie überschäumend vor Energie. »Es ist ein ziemlicher Kick, etwas in den Kinderschuhen zu übernehmen und bis zum Erfolg aufzupäppeln. Es ist immer interessant zu sehen, welche Firmen wachsen und größer werden, als man sich vorgestellt hat. Mein Partner und ich versuchen immer viel zu sehr, uns gegenseitig auszustechen. Dabei sind wir nicht mal Zwillinge.« Er zwinkert.

Ich lächle. »Also lebst du gern am Limit? Hast Spaß am Risiko?«

»Im Geschäftlichen bin ich immer auf Messers Schneide unterwegs, aber im Privatleben bleibe ich lieber mit beiden Beinen fest auf dem Boden.« Auf seinen Lippen liegen weder ein Grinsen noch ein belustigtes Lächeln, und zum Glück bringt Leon unsere Vorspeisen und lenkt mich davon ab, die Bedeutung seiner letzten Bemerkung herausbekommen zu müssen. Ich bin alles andere als fester Boden – eher wie Treibsand, was bedeuten würde, dass in seinem Leben kein Platz für mich wäre.

Ich wusste schon, dass ich den Geschäftsabschluss nicht bekommen würde. Heißt das, den Mann bekomme ich auch nicht?

Kapitel 11

Der erste Teil des Stücks war unglaublich. Jasper hat *She Loves Me* ausgesucht, eine romantische Komödie, eine Adaption des ursprünglichen Stücks, das als *E-Mail für Dich* verfilmt wurde.

In der Pause komme ich von der Toilette und finde Jasper an der Bar mit einem Weinglas in einer Hand und einem Longdrinkglas in der anderen. Anscheinend ist die Klimaanlage im Theater voll aufgedreht, denn mir ist eiskalt, aber ich schätze, Jasper sieht meine Haut gerne, denn ich habe ihn schon mehrmals dabei ertappt, wie er auf meine Tattoos geschielt hat.

»Der einzige Grund, aus dem ich mir wünschen würde, ich wäre ein Mann: öffentliche Toiletten.« Ich verdrehe die Augen und nehme das Weinglas entgegen, das er mir hinhält.

Er lächelt, dann nippt er an seinem Drink und legt mir die Hand an den unteren Rücken, dort, wo der Stoff direkt über meinem Hintern endet. Seine Finger streichen über meine nackte Haut und ich winde mich. Seine Berührung ist wie Flüssiganzünder, mit dem er mich begießt, bevor er das Streichholz entzündet. Mein Radar funktioniert in letzter Zeit nicht, aber ich würde gutes Geld darauf setzen, dass Jasper genau weiß, wie man eine Frau verrücktmacht.

»Gefällt dir das Stück?«, fragt er, während sein Blick jede meiner Bewegungen verfolgt.

»Ja. Meine Freundin Tahlia wird so neidisch sein, wenn ich ihr davon erzähle. Sie ist verrückt nach Liebesfilmen.« Über meine Freundinnen zu sprechen fühlt sich mit Jasper ganz normal an, und ich überlege, mit wem er sich wohl so umgibt. Gerade als der Gedanke auftaucht, kommt ein Paar zu uns herüber.

»Jasper«, gurrt die Frau und streckt ihm die Hand hin.

Er nimmt sie mit beiden Händen und schüttelt sie. »Sabrina, wo ist Gavin?«, fragt er die Rothaarige, die mich jetzt abschätzig mustert und eindeutig mangelhaft findet. Ihr Blick gleitet an meinem Körper entlang, stockt fast bei jedem Tattoo, als könne sie es nicht fassen.

Denselben Blick habe ich immer abbekommen, wenn mich Tahlia in den Country-Club ihrer Familie eingeladen hat. Ich bin viel zu großartig, um mich von einem Haufen spießiger Arschlöcher runterziehen zu lassen, also ging ich nicht mehr mit.

Sabrina blickt über meine Schulter und ich drehe mich um und sehe einen großen Mann mit zwei Gläsern Wein herüberkommen. Sabrina würdigt ihn nur eines flüchtigen Blickes, denn sie ist zu sehr damit beschäftigt, abwechselnd Jasper und mich anzusehen.

»Sabrina, das ist meine Begleiterin Lennon Hart.« Jaspers Hand findet die Stelle an meinem unteren Rücken und streichelt mich sanft.

Sie nimmt meine ausgestreckte Hand, aber ihre ist schlaff, als verdiente ich die Mühe eines Händeschüttelns nicht. Ich lächle, ganz das höfliche katholische Mädchen, zu dem meine Mom mich zu erziehen versucht hat, dann mache ich einen Schritt näher an Jasper heran. Ich möchte so weit weg von der negativen Energie dieser Frau wie möglich sein.

»Freut mich, dich kennenzulernen«, sagt sie und mustert mich noch einmal von oben bis unten.

»Jasper, was geht? Es ist ewig her!« Der Typ – Gavin, nehme ich an – stellt die beiden Weingläser auf der Bar ab, damit er ihm die Hand schütteln kann.

»Hätte nie gedacht, dich mal im Theater zu sehen.« Jasper lacht und Gavin nimmt beide Gläser und reicht eines Sabrina. Sie nippt daran, beobachtet mich aber weiter, während die Männer kurz plaudern.

Gavin wirft einen Blick zu mir herüber, und mir entgeht nicht, wie in seinen Augen, ich weiß nicht so genau, was aufflackert ... Überraschung? »Wer ist das?«, fragt er, und Jaspers Hand gleitet zu meiner Hüfte, seine Finger graben sich in meine Haut und er zieht mich eng an sich.

»Das ist Lennon Hart«, sagt er. Ich habe nicht genug Luft, um Gavin die Hand zu schütteln.

Gavin nickt mir zu. »Freut mich, eine von Jaspers vielen Ladys kennenzulernen.«

Na, sieh mal einer an. Eigentlich hätte ich den ersten Dolchstoß von Sabrina erwartet, nicht von ihm. Aber das Spiel kann ich auch.

»Tja, heute bin ich dran.« Ich lege Jasper die Hand an die Brust und lasse seine Krawatte durch die Finger gleiten. »Ich bekomme ihn nur zweimal die Woche, aber er ist es so was von wert.« Mein Ton ist sexy und sinnlich, und in Jaspers Brust grollt Gelächter.

Sabrina verzieht angewidert die Lippen und Gavin wirft mir ein leichtes Lächeln zu. »Ich bin mir sicher, du lastest ihn richtig aus«, fährt Gavin fort, und Jasper legt die Hand um meine und hebt sie an seine Lippen.

»Du hast ja keine Ahnung.« Jasper schaut auf mich herab und mir stockt der Atem. Ich verliere mich in der Mischung aus Grün und Gold in seinen Augen und der restliche Raum verblasst. Einen kurzen Moment gibt es nur uns beide und die Fülle an Möglichkeiten zwischen uns.

Das Licht flackert und holt uns in die Gegenwart zurück. »So, wir sollten dann mal besser gehen.« Jasper nimmt meine Hand.

»Schön, dich kennenzulernen.« Gavin beugt sich vor und küsst mich auf die Wange. Als er wieder zurückweicht, streift sein Blick über meinen Körper. Neben mir steht Jaspers ganzer Körper unter Spannung.

»Ähm, ja, dich auch«, stammle ich.

Jasper schüttelt beiden weder die Hand, noch umarmt er sie. Er winkt nur kurz, dann sind wir auch schon wieder auf dem Rückweg in den Saal, nach unten in die erste Reihe.

Als wir sitzen, schaue ich mich nach Sabrina und Gavin um. Als ich sie nirgends sehe, lehne ich mich zu Jasper. Eine Frage brennt mir wie

Säure ein Loch in die Zunge, je länger ich sie bei mir behalte. »Darf ich dich was fragen?«, flüstere ich und er beugt sich zu mir, während sich der Vorhang hebt. »Meine Tattoos? Sind die dir nicht peinlich? Ich meine, ich habe gesehen, wie deine Freunde mich angeschaut haben.«

Er kichert. »Erstens sind das nicht meine Freunde. Ich bin mit beiden zur Schule gegangen. Zweitens« – diesmal dreht er sich und schaut mir in die Augen – »hast du wirklich keine Ahnung, dass jeder Mann in diesem Raum eifersüchtig auf mich ist, weil ich derjenige bin, der dich mit nach Hause nehmen darf?«

Mein Gesicht wird heiß und er legt mir die Hand an die Wange, während der Scheinwerfer auf die Bühne gerichtet wird. Trotzdem kann ich den Blick nicht von ihm abwenden.

»Ich würde dich nie verstecken«, flüstert er, und ich schließe die Augen, als er dieses Versprechen mit einem züchtigen Kuss besiegelt, nach dem ich nur noch mehr will.

Er spielt wirklich auf Sieg. Ich kann es kaum erwarten, später seinen Pokal zu polieren.

Kapitel 12

Das Taxi setzt uns am South Beach Harbor ab. Jasper steigt aus und bezahlt den Fahrer durchs Beifahrerfenster, während ich über den Rücksitz gleite. »Was tun wir hier?«, frage ich und lasse zu, dass er seine Finger mit meinen verschränkt und mich zwischen den Booten über den Steg führt.

»Ich hoffe, ich bin nicht zu vermessen.« Er bleibt stehen und nimmt auch meine andere Hand. »Ich erwarte nicht, dass du irgendetwas tust. Ich möchte nur nicht, dass der Abend endet.«

Ein unbekanntes, aufregendes Schwindelgefühl rauscht durch meinen Körper wie die Wellen des Ozeans um uns herum. Ich schaue mich im Jachthafen um und mir wird klar, dass ihm wahrscheinlich eines der Boote gehört. »Welches ist deins?«, frage ich und lasse den Blick über die Boote streifen, versuche anhand dessen, was ich über Jaspers Geschmack weiß, zu erraten, welches seines ist. Wenn die Flagge kein Hundertdollarschein ist, könnte ich es wahrscheinlich nicht herausfinden, denn von hier aus sehen sie alle irgendwie gleich aus.

Er zeigt auf ein Segelboot am Ende des Stegs, das nicht so groß ist wie viele andere, aber auch nicht so klein wie der Großteil der Boote hier. Mittelgroß und im Moment ein bisschen auf dem Wasser schwankend.

»*When the boats are a-rockin'*«, sage ich mit einem Lächeln auf den Lippen. Ich streife die High Heels ab und lasse sie von den Fingern baumeln, während ich ihm vorausgehe, gespannt, was Jasper zu bieten hat.

Ich kann mich nicht erinnern, wann ich das letzte Mal auf einem Boot war.

Er folgt ein paar Schritte hinter mir, seine Anzugschuhe scharren auf dem abgetretenen Holz. In meiner Vorstellung schaut er zu, wie mein Hintern hin- und herschwingt. Er bewundert den Rückenausschnitt meines Kleides, der bis kurz über meinen Hintern geht, und ich erinnere mich, wie es sich angefühlt hat, als er die Hand dort hingelegt hat. In meiner Fantasie rückt er die Beule zurecht, die in seiner Hose wächst.

Vor seinem Boot bleibe ich an der Kante stehen und wippe auf den Zehenspitzen.

»Du bist wie ein Kind an Weihnachten.« Er wirft mir aus dem Augenwinkel einen Blick zu, während er sich die Schuhe abstreift.

»Ich war noch nie auf einem Segelboot.«

Er betritt das Boot, bleibt stehen und bietet mir die Hand an. Als ich es betrete, schwankt das Boot und er hält meine Hand fester, um mich zu stabilisieren, aber ich falle direkt an seine Brust.

»Das hast du doch absichtlich gemacht«, scherze ich, und er hebt die Hand an meine Wange und streichelt mich mit dem Daumen.

»Komm, ich zeige dir alles.« Er ignoriert meinen Kommentar, seine Hand gleitet an meinem Arm herab, bis er wieder meine Hand in seiner hat. Normalerweise bin ich keine Händchenhalterin, eher eine Hinternpackerin. Wer mich kennt, weiß, dass ich es nicht mag, wenn man mich irgendwo hinführt. Ich bin selbst für mein Leben verantwortlich. Aber mit Jasper fühlt es sich irgendwie richtig an, dass er mich führt.

Er zeigt mir alles, und als wir zum Steuerrad kommen, tue ich so, als wäre ich auf hoher See. Später setze ich mich an den Bug und lasse die Beine über die Kante baumeln, bevor ich mich in Pose werfe wie eine Berühmtheit beim Sonnenbaden. Jasper lacht, aber als wir an der Tür zur Kajüte ankommen, schwindet meine ganze Heiterkeit, denn hier werde ich ihm das Hirn rausvögeln.

Das ganze Date über bestand kein Zweifel daran, ob ich mit ihm schlafen würde oder nicht. Das wäre, wie mir ein Lotterielos zu schenken und zu erwarten, dass ich es nicht freirubble. Wie zum Geier soll man sonst wissen, ob man Millionär ist? Heute Abend hoffe ich nach Jaspers Verhalten auf eine Menge Nullen.

Er steigt zuerst die Leiter hinunter, damit er mich von unten stützen kann. Als mein Fuß auf der zweiten Sprosse ankommt, gleiten seine Hände an meinen Hüften hinauf.

»Du guckst nicht, oder?«, scherze ich, und seine Finger greifen meine Taille fester.

»Ich will mir doch nicht die Überraschung verderben«, sagt er mit einer leisen Stimme, die ich genau an den richtigen Stellen spüre.

Ich komme unten an und er dreht mich um und macht einen Schritt auf mich zu, um mich gegen die Leiter zu drücken. Mir stockt der Atem, aber er kommt noch näher, bis mein Hintern auf einer Leitersprosse ruht und er zwischen meinen offenen Beinen steht. Ein kluger Schachzug, den ich nicht habe kommen sehen. Ich bin beeindruckt. »Ich habe das Bett noch nicht gesehen«, heuchle ich Gequengel.

Er schaut mir unverwandt in die Augen, wild und raubtierhaft. »Wenn ich Glück habe, siehst du jeden Zentimeter hier. Mehrmals.«

»Hast du Nachbarn?«, frage ich, während ich die Hand vorn an seiner Hose herabgleiten lasse und ihn umfasse. Keine halbe Latte, Mädels, ein voller, steinharter Schwanz. Ich beglückwünsche mich in Gedanken, denn im Gegensatz zum letzten Schwanz, der versucht hat, mich zu beeindrucken, hat Jasper einiges zu bieten. Meiner Schätzung nach mindestens dreiundzwanzig Zentimeter, und auch wenn ich mich in solchen Dingen nicht unbedingt als Expertin bezeichnen will ... bin ich es irgendwie doch.

Der Gedanke, dass ich Jasper angeturnt habe, löst ein Pochen zwischen meinen Beinen aus. Ich werde die Welt dieses Kerls erschüttern und bete, dass ich danach nicht für alle anderen ruiniert bin.

»Hier gibt es keine Hausboote. Du kannst also so laut schreien, wie du willst.« Er kommt näher, küsst mein Schlüsselbein, den Hals hinauf und hält dann inne. »Ich verspreche, ich schicke dich morgen mit Halsbonbons nach Hause.«

»Wer sagt, dass ich diejenige sein werde, die schreit?« Ich kichere und lasse den Kopf dabei nach hinten gegen die Leiter fallen. »Autsch«, sage ich immer noch lachend.

Er umfasst meinen Hintern und ich schlinge ihm die Beine um die Hüften. Mit mir zusammen dreht er sich um und geht ein Stück, bis ich an einen Tresen stoße. Als er ein bisschen lockerlässt, springe ich herunter und greife hinter mich, um den Reißverschluss meines Kleides zu öffnen.

Jasper tritt vor, seine Hand landet auf meiner. »Darf ich?«, fragt er, die Hand an meiner Hüfte, und dreht mich herum. Er streift das Jackett ab und ich sehe es auf die Couch zu unserer Linken fallen. Dann streichen seine Hände über meine, bevor er sie vor mir an den Tresen führt. »Die bleiben da«, flüstert er und küsst mich am Übergang von Schulter zu Hals. Meine Haut brennt unter der Weichheit seiner Lippen. Langsam zieht er den Reißverschluss meines Kleides herunter, seine Finger gleiten an meiner Wirbelsäule herab.

Mir entschlüpft ein ersticktes Stöhnen. Er streift mir das Kleid von den Schultern und ich löse die Hände gerade lange genug vom Tresen, dass das Kleid zu Boden fallen kann, sodass ich nur noch in meinem schwarzen Tanga dastehe.

»Ich bin so ein Glückspilz«, sagt er mit einer Stimme voller Lust.

Ich wackle ein paarmal mit dem Hintern, will endlich seine Hände auf mir spüren, und er umfasst ihn und drückt zu. Als ich mich umdrehen will, tritt er näher, hält mich so fest, meinen Oberkörper auf den Tresen gebogen.

»Du bist Kontrolle gewöhnt, oder?«, flüstert er an der Haut meines Rückens. Als ich nicht antworte, spreizt er meine Beine und ich spüre seinen dicken, harten Schwanz durch seine Stoffhose. Was würde ich dafür geben, dass er diese Hose sofort auszieht.

Ich nicke.

»Heute Nacht habe ich das Sagen«, sagt er und ein Adrenalinstoß rauscht durch meinen Körper, bevor ich mich unter seiner sanften Berührung entspanne.

»Ich lasse mich nicht gern herumkommandieren«, antworte ich und er lacht leise, ein tiefer, leiser Laut, den ich zwischen meinen Beinen spüre.

»Wenn du es nicht tust, wird es Konsequenzen geben«, verspricht er mir.

Ich schnappe nach Luft. Gott, ich tropfe praktisch zwischen den Beinen wegen dieses Mannes. »Sag mir, dass du mir den Hintern versohlst«, hauche ich und drehe den Kopf zur Seite, sodass ich ihn sehen kann.

»Ich habe so das Gefühl, es gibt keine Bestrafung, die du nicht genießen würdest.« Er drückt meine Pobacke.

Ich schüttle den Kopf, grabe die Zähne in die Unterlippe. »Ich bin für die meisten Dinge offen.« Ich stoße mich vom Tresen ab, und diesmal erlaubt er es mir, nimmt mich an der Schulter und dreht mich herum, damit ich ihm in die Augen schauen kann.

»Zieh mich aus!«, befiehlt er mir in einem Tonfall, der meinen ganzen Körper zum Beben bringt.

Ich mühe mich mit den Knöpfen seines Hemdes ab, während er dasteht und sich von mir entkleiden lässt.

Fast immer mache ich die Ansagen im Schlafzimmer, aber normalerweise habe ich es auch mit Typen zu tun, die wie ich in den Zwanzigern sind. Jasper ist Anfang dreißig und ganz Mann. Er ist sich seiner Sexualität so sicher wie ich und scheint sich nicht dafür entschuldigen zu wollen. Ich habe im Gefühl, dass er nicht nur dieses Boot, sondern jede Oberfläche, auf der er mich vögelt, zum Schwanken bringen könnte.

Sein Hemd ist offen und ich streife es ihm von den Schultern, mein Mund öffnet sich leicht.

»Das ist heiß.« Ich streiche mit den Händen über das Tribal-Tattoo auf einer seiner Schultern, das sich bis auf seinen muskulösen Rücken zieht. Ich schiebe ihn an der tätowierten Schulter und er dreht sich wie ein Model und lässt sein Hemd zu meinem Kleid auf den Boden fallen. Ein Tattoo zieht sich über seine Schulterblätter, über seinen ganzen

Rücken. Als er sich wieder zu mir herumdreht, achtet er nicht darauf, dass ich seine Tattoos bewundere, und beäugt seine Hose.

»Mr Banks, darf ich Ihnen mit dieser Hose behilflich sein?« Meine Hand schlängelt sich über seine muskulöse Brust nach unten, wo ich sie um seine Eier lege und sie massiere.

»Ich würde mich freuen, wenn Sie das auf den Knien täten, Miss Hart.« Er zieht herausfordernd die Augenbraue hoch.

Kennt er mich überhaupt nicht? Wenn man mich herausfordert, ist das so ungefähr die Garantie dafür, dass ich alles tue, egal, was es ist. Ich stehe auf Herausforderungen. Ich gehe auf die Knie und schaue unverwandt zu ihm hinauf, während ich ihm rasch die dunkelgraue Hose öffne. Sie landet an seinen Füßen auf dem Boden und er zieht wieder die Augenbraue hoch. Seine schwarzen Boxershorts bilden ein Zelt mit seiner pochenden Erektion, und mir läuft das Wasser im Mund zusammen. Heißmachen war schon immer meine Stärke, und da er mich informiert hat, dass ich nur so lange das Sagen habe, bis er nackt ist, denke ich, es ist Zeit, ein bisschen zu spielen. Meine Hand gleitet an seinem muskulösen Bein hinauf. Er steht still wie eine Statue, zuckt nicht einmal mit der Wimper, während er ungerührt auf mich herabstarrt. Die Länge seines harten Schwanzes hält meine Hand auf und ich drücke zu und reibe ihn.

Ich rücke näher, wölbe den Rücken und lege die Lippen über den Boxershorts an seinen Schwanz. Ich erlaube es mir, durch die Stoffbarriere mit den Zähnen über seine Erektion zu streifen, bis die Spitze in meinem Mund ist, wo ich mit der Zunge den Baumwollstoff durchnässe. Meine Hand pumpt weiter und er bewegt die Hände zu meinen Haaren. Wir wissen beide, was er will, und ich bin neugierig, ob er bei seiner Ansage bleibt, dass ich die Kontrolle verliere, sobald ich ihm die Boxershorts ausziehe.

Ich kann der brennenden Frage in meinem Kopf nicht widerstehen, löse den Mund von seinem stoffbedeckten Schwanz und hake die Finger seitlich in den Hosenbund. Ich ziehe die Hose nach unten und sein Schwanz springt heraus, steinhart und bis zum Nabel stehend.

Und was für ein schöner Schwanz das ist. Du meine Güte. In diesem Moment müsste eigentlich ein Scheinwerfer angehen und ein Chor von »Ahs« ertönen. Ein Engelschor sollte ein Halleluja singen, denn dieser Mann ist die personifizierte Perfektion.

Ich packe ihn, lasse ihn in voller Länge durch meine Hand gleiten, bevor ich die Eichel mit dem Mund bedecke. Ich atme befreit durch die Nase aus, aber bevor ich ihn richtig schmecken kann, beugt sich Jasper herunter, hebt mich unter den Achseln hoch und setzt mich auf den Tresen. Ich bin zwar enttäuscht, aber auch unwillkürlich beeindruckt von seiner Stärke.

»Ich hab dir gesagt, jetzt habe ich das Sagen.« Er steigt aus seiner Hose und schiebt mit dem Fuß unsere Klamotten aus dem Weg. Dann drückt er meine Beine zur Seite, öffnet mich für sich und streicht mit dem Finger an der Unterseite meines Tangas entlang bis zu meiner Klitoris, was mich noch feuchter macht.

Ich lehne mich auf den Ellbogen zurück, während er mir mit der anderen Hand das Höschen auszieht und über seinen Kopf nach hinten wirft. Dann sind seine Hände an meinen Innenschenkeln und drücken sie an den Tresen. Ich bin ganz für ihn entblößt.

In Vorfreude auf seinen Atem oder seine Zunge auf mir schließe ich flatternd die Augenlider. Ein Stöhnen wartet praktisch schon in meiner Kehle. Aber ich fühle nichts, und als ich die Augen öffne, beobachtet er mich. Seine Augen sind der Feuerstein und ich der Funken, der ihn in Brand setzt. Er öffnet die Schublade links von sich und zieht ein Kondom heraus. Während sein Blick auf mir ruht, reißt er es mit den Zähnen auf und spuckt die Verpackung aus.

Ich war schon ein paarmal in dieser Lage – mehr als ein paarmal, wenn ich ehrlich bin –, aber niemand hat dieses Manöver je gemacht wie in einem Porno. Nie so makellos wie Jasper. Niemand hat es je geschafft, dass ich feucht blieb und keuchend darauf wartete, dass sein Schwanz mich nimmt.

Er legt die Packung auf den Tresen und schiebt die Hände unter meine Schenkel, um mich nach vorn zu ziehen. Ich sitze auf der Kante und er führt meine Beine nach links und rechts. Ich schließe sie hinter seinen Schenkeln und er nimmt seinen Schwanz am Schaft und streicht mit der Eichel an meiner feuchten Spalte auf und ab. Ein unterdrücktes Stöhnen entschlüpft mir, als seine Spitze über meine geschwollene Klitoris gleitet, und ich rutsche näher an ihn heran; ich will ihn in mir spüren.

»Du willst ihn?«, fragt er und ich atme stoßweise, beobachte die Bewegung seines Schwanzes, und einen Moment lang denke ich, zur Hölle mit der Vorsicht. Ich will nur, dass er in mich gleitet.

»Ja«, antworte ich mit atemloser Stimme, die verrät, wie sehr ich mich in ihm verloren habe.

Ein träges Grinsen zieht seine Mundwinkel nach oben. Er streift das Kondom über, und kaum eine Sekunde später ist er tief in mir vergraben. Er knurrt und gräbt die Finger so sehr in meine Hüften, dass ich weiß, ich werde am Morgen Spuren davon tragen.

An Jasper ist nichts langsam. Er stößt zu, als wäre er schon am Ende und nicht erst am Anfang. Normalerweise wäre ein bisschen Vorspiel nötig, aber ich habe das Gefühl, das haben wir schon den ganzen Abend betrieben und es wird Zeit, dass wir die Tiere loslassen, die wir die ganze Zeit im Zaum gehalten haben.

Die Verzweiflung, mit der Jasper mich jetzt will, macht mich mehr an als seine ziselierten Bauchmuskeln, seine Intelligenz oder sein perfekter Schwanz. Nichts turnt mich mehr an, als wenn ich weiß, dass ein Typ mich genauso will wie ich ihn.

Jasper stößt immer wieder in mich, und die Sehnsucht, ihm näher zu sein, steigt, deshalb rücke ich vor, schlinge ihm die Arme um den Hals und ziehe ihn mit den Beinen tiefer. Seine Hände leiten die Bewegung meiner Hüften, ziehen mich kraftvoll an ihn und schieben mich wieder weg. Bevor ich reagieren kann, hebt er mich an, geht ein paar Schritte und drückt mich auf etwas Weiches. Die ganze Zeit rammt er weiter in mich und schiebt dann meine Beine nach oben, bis meine Knöchel links und rechts von meinem Gesicht sind.

Gott sei Dank mache ich Yoga.

»Ich wünschte, ich hätte eine Kamera«, sagt er mit einem Blick auf unsere miteinander verbundenen Körper.

»Nächstes Mal«, antworte ich, und sein sexy sündiges Lächeln erscheint. Ich bin mir ziemlich sicher, er glaubt, ich mache Scherze.

Ein paarmal stößt er noch in mich, dann verlässt mich sein Schwanz. Sofort sehne ich mich danach, aber bevor ich mich beschweren kann, liegt er neben mir auf dem Bett und bedeutet mir, mich auf ihn zu setzen. Ohne Unterbrechung wälze ich mich auf ihn und senke mich auf seinen Schwanz.

In dieser Position fühlt er sich viel größer an und ich bin mir sicher, meine Augen verdrehen sich vor lauter Entzücken bis nach hinten in meinen Kopf. Unsere Bewegungen sind fieberhaft, ich gleite auf ihm auf und ab und er presst die Lippen auf meine. Meine Fingernägel graben sich in seine Schultern, während ich das Becken vor und zurück bewege, meine Klitoris pocht von der Reibung. Unsere Zungen verschlingen sich, unsere Zähne stoßen aneinander, unsere Lippen sind geschwollen. Als er meine Unterlippe zwischen die Zähne nimmt, birst die Explosion, die ich zurückgehalten habe, aus mir heraus und ich schreie auf. Jeder Teil meines Körpers fühlt sich an wie unter Strom, als hätte mich gerade ein Blitz getroffen. Als ich meinen Orgasmus zu Ende geritten habe, lasse ich meinen zitternden Körper auf seine Brust sinken.

Bei keiner einzigen meiner Eroberungen war ich je nach einem Orgasmus ein zitterndes Häufchen. Ich bin immer bereit, so viel zu geben, wie ich nehme, aber aus irgendeinem Grund fühle ich mich wackelig auf den Beinen und völlig ausgelaugt.

Jasper weigert sich aber, mich aufhören zu lassen. Seine Lippen verschlingen weiterhin meine, und obwohl ich erschöpft bin, entfacht er das Kribbeln zwischen meinen Beinen wieder. Mit den Händen an meinen Hüften hebt er mich auf seinem harten Schwanz auf und ab, bis er in mir stillhält. Er lässt den Kopf zurück aufs Kissen fallen, die Muskeln an seinem Hals spannen sich und sein Mund steht offen, als er seinen Orgasmus stöhnt.

Ich beobachte, wie sich seine Augenlider flatternd schließen, und ich schwöre, ich könnte ihm jede Sekunde jedes Tages beim Kommen zuschauen. Mit seinen nach dem Vögeln verwuschelten Haaren, den roten Lippen und dem glänzenden Schweiß auf seinem harten Körper ist er sogar noch schöner.

Eine ganze Weile später öffnet er die Augen und ich breche auf seiner Brust zusammen. Mit den Fingern streichelt er meinen Rücken, auf und ab über meine nackte Haut.

»Schsch ... schlaf jetzt«, flüstert er, und sosehr ich wiederholen möchte, was wir gerade getan haben – mir fallen die Augen zu.

Kapitel 13

Als ich aufwache, erinnert mich das langsame Schwanken unter mir daran, dass ich auf Jaspers Boot bin. Ich weiß nicht einmal, wann ich das letzte Mal bei einem Typen übernachtet habe, es sei denn, ich wurde hinterher mehr oder weniger ohnmächtig, weil ich betrunken war.

Gestern Abend habe ich mich nicht mehr gerührt und wir hatten nicht noch einmal Sex. Was war das denn? Es könnte gut sein, dass er mich jetzt für superanhänglich hält und ich meine Chancen bei einem Prachtexemplar wie Jasper Banks völlig verspielt habe. Einmal und nie wieder. Ich könnte mich in den Hintern treten.

Er hat mich nicht mal geleckt. Scheiße.

Ich drehe mich um, setze mich auf die Bettkante und blicke mich mit zusammengekniffenen Augen in dem kleinen Raum um. Ich würde ihn mir gern genauer anschauen, denn letzte Nacht habe ich nicht wirklich viel gesehen. Es sei denn, die Demonstration, wie sich der Tresen und das Bett unter meinem Hintern anfühlen, zählt. Leider schreit mich aber meine Blase an und ich stehe auf, um die Toilette zu suchen.

Bingo. Der kleine Raum rechts von mir ist meine Rettung. Gott sei Dank, denn ungefähr eine halbe Minute später hätte ich in seine Spüle gepinkelt oder meinen Hintern über die Reling gehängt.

Ich erledige mein Geschäft und bemerke, dass es keine Toilettenartikel gibt. Kein Rasierschaum, nicht einmal eine Zahnbürste oder Zahnpasta. Ich halte mir die Hand vor den Mund, um meinen Atem zu prüfen. O Gott, ich brauche Zahnpasta. Ich durchforste den Unterschrank, aber außer ein paar Pflastern, Sonnenmilch und einer Bürste ist da nichts. Wie kann das denn sein? Also gebe ich auf, öffne die Tür und schreie auf.

»Jasper!« Meine Hand fliegt zu meinem wild schlagenden Herzen, als er dort in seiner Hose und dem Hemd von gestern Abend steht. Er ist zerknittert und zerwühlt, und ich lächle innerlich darüber, dass er nicht daran gedacht hat, seine Klamotten ordentlich hinzulegen, bevor es losging.

»Kaffee?«, fragt er und hält mir einen Starbucks-Becher hin.

Ich lächle. »Danke.« Als ich ihn ihm aus den Händen nehme, sehe ich, dass »Bella« draufgekritzelt ist. »Und du bist ...?«, frage ich lächelnd.

Er dreht seinen Becher und ich lache, weil »Edward« draufsteht. *Twilight*.

»Es ist großartig, dass du mein Spiel spielst«, sage ich, stelle mich auf die Zehenspitzen und gebe ihm einen schnellen Kuss mit geschlossenem Mund auf die Lippen.

Er tritt näher und verlängert den Kuss ein bisschen. »Was machst du heute?«, fragt er mich, während er mich rückwärts schiebt, bis ich mit dem Hintern auf dem Bett lande.

»Ähm ...«, zermartere ich mir das Hirn. Ich habe keine Pläne, und das Tattoostudio ist heute geschlossen. »Müsstest du nicht fragen, mit *wem* ich es mache?«, frage ich und er lacht.

»Gute Antwort.« Er stellt seinen Kaffee ab und verlässt den kleinen Raum; kurz darauf kommt er mit einer Tüte von Target wieder. »Ich habe ein paar Segelklamotten für dich besorgt.«

Ich ziehe die Augenbraue hoch. »Es gibt spezielle Klamotten fürs Segeln?«

»Na ja, schon, aber die gibt es nicht bei Target. Ich habe dir eine kurze Hose und ein Top gekauft. Und eine Zahnbürste und Zahnpasta.« Er reicht mir die Tüte und ich stelle sie mir auf den Schoß.

In dem Bewusstsein, dass ich echt eine Dusche vertragen könnte, fahre ich mir mit der Hand durch die Haare.

»Außerdem habe ich dir einen Badeanzug gekauft«, fährt er fort.

»Es gibt da eine Stelle, wo wir ankern und schwimmen können.« Seine Augen leuchten, also wühle ich mich durch die Tüte und ziehe einen äußerst knappen Bikini heraus. Ernsthaft, fast nur Schnüre. Ich bin ja schon dafür, mit dem zu arbeiten, was man von seiner Mama mitbekommen hat, aber ich bewerbe mich momentan nicht für einen Job an der Stange.

Als ich den Bikini vor mir in die Höhe halte, hebt er in einer beschwichtigenden Geste die Hände. »Zu meiner Verteidigung muss ich sagen, es gab entweder das oder einen Einteiler, und ich konnte mir dich einfach nicht in einem Mutti-Badeanzug vorstellen.«

Ich kichere. »Ja, meine Mom und mich sollte man nicht in einem Satz nennen.« Ich blicke von dem bisschen Stoff in meiner Hand auf und etwas blitzt in Jaspers Gesicht auf, aber es ist zu schnell wieder weg, als dass ich hätte erkennen können, was es war. »So gesehen könntest du mich genauso gut nackt fesseln. Das würde vielleicht mehr von mir bedecken.« Ich werfe den Bikini aufs Bett und er lacht. »Wenn ich dir je Klamotten kaufen muss, kaufe ich dir einen Badeslip.« Ich mustere ihn und er grinst wieder. »Einen Badetanga.«

Immer noch lächelnd geht er mit seiner Zahnbürste und der Zahnpasta ins Bad. »Gibt es so was?«, fragt er.

»Ich lasse einen aus Europa einfliegen.« Ich bleibe auf dem Bett sitzen und warte, bis er fertig ist, bevor ich ihm ins Gehege komme.

»Ich freue mich darauf.« Ein paar Minuten später kommt er wieder heraus und nimmt mich bei der Hand, damit ich aufstehe. Als ich es tue, legt er die Arme um meine Mitte. »Jetzt zieh dich an. Ich kann es kaum erwarten, dich allein auf dem Wasser zu haben.« Er küsst mich auf die Nase und gibt mir einen Klaps auf den Hintern, damit ich mich in Bewegung setze.

Er verlässt den Raum und ich starre ihm nach und frage mich, was zum Geier ich hier tue. Ich verbringe den Tag mit einem Mann, nachdem ich in der Nacht davor mit ihm geschlafen habe. *Wo bist du, Lennon Hart? Bist du noch irgendwo da drin?*

Bald werde ich noch kichernd mit den Wimpern klimpern und vorgeben, Dinge zu mögen, die ich hasse, nur um ihn zu beeindrucken. Seufzend nehme ich die Target-Tüte und schließe mich im Bad ein, um mich umzuziehen. Irgendwie fühle ich mich so im Moment sicherer.

• • •

Eine Stunde später sind wir draußen auf dem Wasser. Jasper steht am Steuer und ich habe keine Ahnung, was ich tue, aber ich helfe ihm, so gut ich kann. Natürlich muss ich mich für jede Aufgabe, die er mir gibt, vornüberbeugen. Es macht mir aber nichts aus. Ich mag es, wenn ich ihn dabei ertappe, wie er mich beobachtet. Als wäre er der Fischer und ich der wertvolle Fang.

Okay, vielleicht ist das ein schlechter Vergleich, denn ich schätze mal, wenn der Fischer den Fisch am Haken hat, endet es damit, dass er ihn ausnimmt und seinen toten Körper an die Wand hängt, aber ihr wisst, was ich sagen will.

Ich trage die Shorts und das zu enge T-Shirt, die er mir gekauft hat, über meinem fast nicht existenten Bikini. So lehne ich mich zurück und nehme mir eine der Kokosnusswasserflaschen, die er in eine Kühlbox gestellt hat. Ich weiß nicht genau, wann er aufgestanden ist, aber er war bienenfleißig, denn wir haben etwas zu trinken, etwas zu essen, Wein und er will uns sogar was zum Mittagessen machen, wenn wir ankern.

»Und warum ein Segelboot?«, frage ich und mache es mir gemütlich, indem ich die Füße auf der Kante ablege.

Er wirft mir einen Blick zu. »Als ich in Harvard war, hatte die Familie meines besten Freundes eines. Viel größer als das hier, aber ich weiß nicht … ich fand's toll. Sein Dad hat mir das Segeln beigebracht. Irgendwie hat es mir einfach gefallen.«

Gute Antwort. Ich stecke mir ein Stück Käse von der Platte, die er angerichtet hat, in den Mund. Ich habe noch nie Zeit mit einem Typen verbracht, der mich so bewirtet hat.

»Was ist mit dir?«, fragt er.

Ich blicke auf. Irgendwas muss ich bei meinen Tagträumereien versäumt haben. »Wie bitte?«

»Warum das Tätowieren?« Die Sonne scheint auf seine eigene tätowierte Haut. Wo auch immer er das hat machen lassen, die Arbeit ist richtig gut. Nicht so gut wie meine, aber auch nicht so schlecht, dass ich eine Überarbeitung vorschlagen würde.

»Ich zeichne wahnsinnig gerne. Ich war in Berkeley.«

»Gute Uni«, kommentiert er.

»Es ist nicht Harvard, aber ich bin stolz drauf. Jedenfalls wurde mir schnell klar, dass ich vielleicht eine gute Künstlerin bin, aber dass ich mehr bräuchte, um davon leben zu können, also habe ich im Hauptfach zu Betriebswirtschaft gewechselt. Beim Tätowieren kann ich beides kombinieren, also habe ich mir einen Typen gesucht, der es mir beigebracht hat. Irgendwann wollte er nach San Diego umziehen, da habe ich dann seinen Laden übernommen.«

Er nickt. »Also gehört dir der Laden?«

»Ja, aber ich bin mir nicht sicher, ob ich das mein Leben lang machen möchte.«

Er verlässt das Steuer kurz, um zu mir herüberzukommen, bückt sich, um sich ein Stück Käse und einen Cracker zu nehmen, und kehrt dann an seinen Platz zurück. »Das Tätowieren ist nicht dein Traum?«, fragt er und mein Magen zieht sich zusammen.

Soll ich es ihm sagen? Nein, denn er wird mich wirklich für eine Spinnerin halten. »Im Moment ist es okay, aber die Arbeitszeiten sind anstrengend. Vor allem am Wochenende. Wenn ich arbeite, kann es sein, dass ich bis morgens da bin. Das Gute ist, meine jüngeren Angestellten wollen diese Arbeitszeiten normalerweise übernehmen. Es kann schon unterhaltsam sein.« Ich lächle, als ich an all die betrunkenen Kerle denke, mit denen ich etwas hatte, wenn sie spätnachts reinkamen. Und dann bekomme ich ein schlechtes Gewissen, weil ich daran denke, dass Jasper das nicht gern hören würde. Andererseits hat er selbst eine ganze Schublade voller Kondome bereit, von daher kann ich das nicht so genau wissen.

»Du lernst einige interessante Leute kennen, kann ich mir vorstellen.« Er lächelt, als glaubte er das wirklich, und ich sehe null negative Wertung.

»Ja.« Ich richte den Blick auf den Horizont. »Es ist schön hier draußen. Friedlich.« Ich hebe die Hand und lasse den Wind durch meine Finger wehen.

»Ich glaube, deshalb macht es so süchtig. Komm her.«

Ich stehe auf und gehe zu ihm hinüber, und er stellt mich zwischen sich und das Steuer. »Ich möchte dich näher bei mir haben.« Er küsst meine Schulter und ich lasse mich an seine starke Brust sinken. »Wir legen bald an«, sagt er. »Nimm das Steuer.« Er hält meine beiden Hände und legt sie ans Steuerrad.

»Ich habe keine Ahnung, was ich tue«, sage ich, aber das lässt er nicht gelten.

»Ich zeige es dir«, sagt er, bevor seine Finger an meiner Vorderseite heruntergleiten. Er knöpft meine Hose auf und streift sie mir ab, bis sie auf meine Füße fällt.

Ich hole hörbar Luft.

»Du hast keine Ahnung, wie hart ich war, als ich den Bikini gekauft habe. Allein schon, weil ich mir dich darin vorgestellt habe.« Seine Hände gleiten wieder um mich herum und er legt die Hand auf meinen Hügel.

Ich lasse das Steuer mit einer Hand los, um ihn zu berühren, aber er hat andere Vorstellungen.

»Hände ans Steuer!«, tadelt er mich und ich lege meine Hand wieder dorthin, wo sie war. Meine Knöchel werden weiß, so fest umklammere ich das Steuerrad.

»Ich glaube, ich muss nur das hier machen.« Er zieht an der Schnur auf der einen Seite meines Unterteils, und es geht auf. »Ah«, sagt er, während er zur anderen Seite greift. »Das ist der Anblick, den ich eigentlich sehen will.« Er löst die Schnur an der anderen Seite, und das Unterteil fällt auf die Holzplanken des Bootes.

Dann sind seine Hände weg, seine Brust wärmt nicht mehr meinen

Rücken. Ich werfe einen Blick über die Schulter und sehe ihn hinter mir auf der Bank sitzen und mich bewundern, während er sich durch die Shorts den Ständer reibt.

»Also, das ist mal wirklich eine schöne Aussicht«, sagt er, dann schaut er auf und sieht meinen Blick. »Ts, ts. Hände ans Steuer, Schönheit!« Sein Finger beschreibt einen Kreis in der Luft und ich tue, wie mir befohlen.

Mit den Händen spreizt er meinen Hintern und drückt zu. »Ich liebe deinen Arsch«, sagt er. »Die Jeans, die du getragen hast, als ich dich bei Starbucks das erste Mal gesehen habe ... Zu der Vorstellung habe ich mir an dem Abend einen runtergeholt.«

Ich spüre, wie sich die Feuchtigkeit zwischen meinen Beinen sammelt. »Wieso machen wir das nicht, wenn wir ankern, damit ich dich auch anfassen kann?«, frage ich leise.

Er gluckst, sein Finger bewegt sich durch meine feuchte Spalte und wieder zurück. »Weil ich gern die Kontrolle habe.« Er klatscht mir mit einer Hand auf den Hintern und ich fahre zusammen.

»Das ist mir auch schon aufgefallen«, sage ich trocken und er gluckst wieder.

»Du kannst so tun, als würdest du es nicht mögen, aber ich weiß, du magst es.« Er spreizt meine Schenkel weiter. »Dein Körper lügt nicht.«

Ich sage nichts, denn ich werde ihm bestimmt nicht recht geben, aber ich kann nicht leugnen, dass dieser Alphatier-Dominanz-Mist mich mehr anmacht als einen Teenager der erste *Playboy*.

»So feucht.« Er streicht mit dem Finger in meiner Spalte hin und her, bis er ihn endlich in mir versenkt. Ich stelle mich auf die Zehenspitzen, überrascht und erregt.

Während er mit einem weiteren Finger meine Klitoris massiert, steht er auf. »Sag mir, Lennon, möchtest du lieber meine Zunge oder meine Finger?«, flüstert er und nimmt mein Ohrläppchen in den Mund. Seine andere Hand streicht über meinen Hintern, und ich sollte darauf gefasst sein, aber ich erschrecke trotzdem.

Klatsch.

Ich schreie auf und packe das Steuerrad fester, das Boot macht einen leichten Schlenker.

Jasper stabilisiert es mit einer Hand am Steuer. »Na, na, mach mein Boot nicht kaputt.« Er knabbert an meinem Hals. »Antworte auf meine Frage, Schönheit. Finger oder Zunge?«

Er fragt mich, ob ich Kuchen oder Eis möchte. Beide sind gleich lecker und ich will sie beide. Gemeinsam. Gleichzeitig. Ich möchte, dass das Eis ein bisschen auf dem Kuchen schmilzt, bis ich nicht mehr weiß, wo eines aufhört und das andere anfängt.

»Beides.« Ich hole tief Luft und fühle, wie er in meiner Halsbeuge den Kopf schüttelt.

»Das eine oder das andere«, sagt er und streicht mit den Zähnen leicht über meine Haut.

»Bitte«, flüstere ich.

Klatsch. Jetzt ist meine rechte Arschbacke rot.

»Zunge«, keuche ich.

Seine Lippen bewegen sich an meinem Hals hinauf und sein Finger verlässt sehr zu meinem Leidwesen meine Klitoris. Einen Moment später ersetzt sein Mund seinen Finger und ich wölbe den Rücken – so, wie es jeder Mann beim Doggystyle liebt – und lasse ihn so gut heran, wie ich kann.

Er leckt mit der Zunge die ganze Länge meiner Öffnung entlang und meine Hände lassen das Steuer los.

»Hände ans Steuer, Schönheit!«

Und ich tue, was er sagt, denn ich will nicht, dass er aufhört. Er legt die Hände fest um meinen Hintern und spreizt mich. Seine Daumen beschreiben träge Kreise an der Innenseite meiner Schenkel, während er meine Muschi verschlingt. Meine Hände tun weh, so fest umklammere ich das Steuer mit eisernem Griff.

»Ich bin so hart«, murmelt er.

Ich lasse den Kopf nach hinten sinken und schaue in den blauen Himmel mit weißen Wolkenfetzen, während ich kurz vor dem Orgasmus stehe, bereit, mich in die Glückseligkeit zu stürzen. Ich keuche und winde mich, bewege die Hüften, ich brauche die Reibung an meiner Klitoris, die er mir sachkundig verwehrt. Seine Daumen halten inne und er packt meine Schenkel fester, seine Zungenspitze bewegt sich schneller.

»Jasper«, sage ich seufzend, versuche, die Schenkel zusammenzukneifen, doch er hält sie offen und huldigt mir weiter, ohne etwas zu überstürzen.

Leichte, fast unhörbare Stöhnlaute entschlüpfen ihm, und gerade als ich so weit bin, ihn anzuflehen, schiebt er zwei Finger in mich und ich sinke vornüber aufs Steuerrad.

Was langsam und rhythmisch anfängt, wird gleich schnell und tief, und ich sause auf den Höhepunkt zu und tauche direkt in einen erderschütternden Orgasmus ein.

Verdammt, entweder die Beckenbodengymnastik hilft wirklich, oder Jasper ist ein Jedi beim Sex. Ich würde auf Letzteres wetten.

Jasper gibt meiner Muschi einen leichten Kuss, steht dann auf und legt um mich herum die Hände ans Steuer. Seine Brust stützt mein Körpergewicht, als ich an ihn sinke. Er küsst mich auf den Scheitel und ich schließe die Augen.

»Du weißt hoffentlich, dass ich meine Rache schon plane«, murmle ich, immer noch auf dem Rückweg zur Erde von der Sternschnuppe meines Orgasmus.

»Nichts anderes hätte ich von dir erwartet.« Er gluckst und küsst mich noch mal auf den Kopf. »Du hast ungefähr zwei Minuten, um wieder zu Kräften zu kommen.«

Ich drehe mich um und er wirft einen Blick auf meine nackte Muschi. »Es ist der Wahnsinn, dass du mich so willst, aber ich glaube nicht, dass ich noch einen Orgasmus haben kann. Ich muss erst etwas essen.«

Er küsst mich auf die Nasenspitze und ich spüre, wie meine Wangen glühen. Warum stehe ich so auf diese kleine, züchtige Geste?

»Du musst mir mit den Segeln helfen, damit wir ankern können.«

Mein Gesicht wird noch heißer. »Oh«, sage ich und er lacht wieder.

»Du hast noch eine Galgenfrist«, sagt er und zwinkert.

Und schon ist meine Scham wieder verschwunden, denn ich weiß tief in mir, dass die Anziehung gegenseitig ist. Ich habe mich immer gefragt, ob ich jemals jemanden finden würde, bei dem ich nach dem Sex sprachlos und gesättigt sein würde. Jemand sollte das Guinness-Komitee anrufen, denn Jasper hat den Weltrekord geschafft, und ich glaube, er wird diesen Rekord lange halten.

Warum ist das so beängstigend?

Kapitel 14

Wir schwimmen, wir essen, wir segeln zurück in den Jachthafen. Als die Sonne über der Stadt untergeht, tun mir sämtliche Gliedmaßen weh. Vielleicht, weil Jasper mich am Strand der kleinen Insel genommen hat, in deren Nähe wir geankert haben. Oder vielleicht auch, weil er dachte, er könne ganz einfach Sushi von meinem Körper essen, nachdem ich ihm erzählt habe, dass ich kurz in einem Nackt-Sushi-Restaurant gearbeitet habe. Er legte eine Pause ein, um an meinen Titten zu saugen. Sein Kondomvorrat ist fast verbraucht, und auch wenn ich ihn zu gern noch einmal gehabt hätte, bevor ich in die echte Welt zurückmuss, würde mein Körper das nicht überleben.

Du meine Güte. Jasper hat mich beim Sex überholt.

Wir haben angelegt, ich lehne mit dem Rücken an seiner Brust und wir schauen mit einem Glas Wein in der Hand zu, wie die Sonne am Horizont verschwindet. Die Hand, die er mir um den Bauch gelegt hat, drückt leicht zu und er küsst mich auf die Schläfe.

»Danke, dass du den Tag mit mir verbracht hast«, sagt er und ich recke den Hals, um ihn anzusehen.

»Danke, dass du mich eingeladen hast. Ich glaube, wenn mir dieses Boot gehören würde, wäre ich jeden Tag hier.« Ich streiche über den weichen Ledersitz.

»Na ja, ich hoffe, das war nicht dein letztes Mal hier«, sagt er und klingt dabei ein bisschen unsicher.

Ich drehe mich auf den Knien zu ihm herum. »Wann immer du mich einlädst: Ich bin hier.«

Ich meine es ernst. Jasper gehört mir vielleicht nicht. Verdammt, vielleicht will er mich nicht für mehr als ein paar Tändeleien, aber ich nehme ihn, solange ich ihn haben kann.

»Beenden wir das hier und ich bringe dich nach Hause.« Er tätschelt meinen Hintern und ich stehe auf.

Eine überraschende Woge der Enttäuschung überflutet mich, und es fühlt sich an, als hätte ich einen Felsbrocken im Magen. Ich wünschte, ich müsste mich nicht von Jasper verabschieden. Aber ich schiebe den Gedanken von mir, denn ich würde auf keinen Fall je über Monogamie nachdenken. Zu langweilig.

Ich klettere die Leiter hinunter und hole mir mein Kleid, das Jasper so schön auf einen Bügel in den kleinen Schrank gehängt hat. Kurz darauf kommt Jasper herunter, schnappt sich die Flip-Flops, die er sich gekauft haben muss, und wirft seine anderen Kleider in die Target-Tüte.

»Wirst du traurig, wenn du von Bord musst?«, frage ich ihn und er lacht leise, nickt aber.

»Ja. Ich würde hier wohnen, wenn es größer wäre.« Soweit ich gesehen habe, könnte man gut hier wohnen, aber Männer wie Jasper Banks leben wahrscheinlich gern luxuriöser.

Auf der Taxifahrt nach Hause klingelt mein Handy, und ich weise den Anruf ab; ich will meine letzten Minuten mit Jasper nicht unterbrechen. Es klingelt wieder, und er schaut herüber und lässt meine Hand los.

»Nur zu.« Er nickt und ich hebe das Handy ans Ohr.

»Ja?«, melde ich mich, obwohl ich schon weiß, dass es Whitney ist.

»O mein Gott!«, schreit sie. »O mein Gott! Oh. Mein. Gott!« Ich lege auf.

»Wer war das?«, fragt Jasper mit gerunzelter Stirn.

»Ich glaube, das war ein Hosentaschenanruf meiner Freundin, während sie mit ihrem Freund vögelt. Ich bin mir ziemlich sicher, ich habe ihren Orgasmus gehört.«

Die meisten Freunde würden das eklig finden, aber Whitney und ich waren im College ein- oder zweimal zusammen campen und Zelte sind nicht gerade für ihre lärmschluckenden Eigenschaften bekannt. Sagen wir einfach, ich wurde mitten in der Nacht geweckt und dachte, vor unserem Zelt sei ein Bär.

Er zieht die Augenbrauen zusammen. Ja, willkommen in meinem Leben.

Mein Handy klingelt erneut und ich sehe, es ist wieder Whitney.

Ich gehe ran. »Whitney!«, schreie ich ins Telefon und der Taxifahrer steigt auf die Bremse.

»Ach, ist schon okay, sie telefoniert«, sagt Jasper dem Fahrer, der wieder aufs Gas tritt.

»Warum schreist du denn so?«, fragt Whitney.

Zum Glück ist ihr Orgasmus vorbei.

»Du hast mich mit dem Hintern angerufen, während Coles Schwanz in dir war«, sage ich trocken.

»O mein Gott, das ist ja peinlich.« Sie lacht.

»Bitte wiederhole diese Worte nicht. Wenn du mich ständig dran erinnerst, schaffe ich es nie, ein ernstes Gesicht zu machen, wenn mich meine Mom das nächste Mal in die Kirche schleppt.«

Sie lacht wieder. »Tja, ich kann dir sagen, dass es nicht Coles Schwanz war. Ich hatte Spaß mit Cheap Thrill.«

Cheap Thrill ist meine neueste Kreation und ich habe ihr und Tahlia gerade welche zum Ausprobieren gegeben. Ich richte mich auf, und meine Melancholie, weil ich Jasper verlassen muss, macht einem Hochgefühl über den Erfolg meines neuesten Produktes Platz.

»Gefällt es dir?«, frage ich.

»Ähm, ja.« Sie senkt die Stimme. »Dieses Wirbelding da dran? Cole hat ernsthafte Konkurrenz.« Sie kichert.

»Einen Scheiß hab ich. Ich bin ihr Einhornschwanz«, ruft Cole hinter ihr und ich lache, weil die beiden vielleicht gemeinsam Spaß mit Cheap Thrill hatten.

»Freut mich, dass es dir gefällt«, sage ich leise, denn Jasper schaut mich eindringlich an.

»Auf jeden Fall. Ich hoffe, Tahlia probiert es auch. Das wird ein

Megaseller, Len. Super gemacht«, schwärmt sie und ich werde rot, denn das Kompliment ist mir ein bisschen peinlich.

»Freut mich«, wiederhole ich, denn ich kann sie im Moment schlecht nach Einzelheiten fragen.

»Warum bist du so still?«, spricht Whitney meine untypische Zurückhaltung an.

»Ich sitze gerade im Taxi«, sage ich und lächle Jasper zu.

Er scheint beruhigt zu sein und schaut aus dem Fenster.

»Das hat dich doch sonst noch nie gestört. Stell mir die Fragen. Cole war dabei, also kannst du ihn auch fragen«, bietet sie an und ich winde mich innerlich.

»Wie wäre es, wenn ich morgen mal vorbeikomme?«

»Ich weiß noch nicht, ob ich da bin. Komm schon, du willst unsere ehrliche Meinung, solange sie noch frisch ist. Jetzt oder nie«, trällert sie.

Ich sollte ihr sagen, dass ich neben Jasper sitze, aber dann würde sie fragen, warum ich immer noch mit ihm zusammen bin, wo das Date doch gestern Abend hätte vorbei sein sollen. Ich bin nicht in der Stimmung, zu versuchen, meine Gefühle für ihn zu definieren oder was zum Geier ich überhaupt von ihm will. Ich bin auch so schon heillos durcheinander.

»Okay, dann rufe ich dich an, wenn ich daheim bin«, murmle ich ins Telefon und schirme dabei das Mikro ab.

»Wurdest du entführt?«, fragt sie und klingt besorgt, als hielte sie das wirklich für möglich.

»Nein. Bist du irre? Nein!«

»Wo ist meine Lennon? Ist das jemand mit einem Stimmverzerrer? Geben Sie mir meine Freundin zurück«, scherzt sie und ich verdrehe die Augen.

»Du nimmst das Investigative-Reporterin-Ding ein bisschen zu ernst. Ich bin hier. Mir geht's gut. Ich rufe dich an, wenn ich zu Hause bin.« Ich beende das Telefonat. Und sie ruft zum Glück nicht noch mal an.

Dann wende ich mich Jasper zu. »Nur meine Freundin«, sage ich und er nickt.

»Sie ist sehr laut«, kommentiert er und ich nicke mehrmals.

»Tourette.«

Er lacht und ich lächle, weil ich ihn zum Lachen bringen konnte.

Eine Sekunde später leuchtet eine Nachricht auf meinem Handy auf. Es ist ein Bild von Cheap Thrill neben Whitneys Kopf mit ihrem erhobenen Daumen. Ich versuche, meine Hand aus Jaspers zu lösen, um es zuzuhalten, aber er ist schneller und greift mit seiner freien Hand danach.

»Ist das, wofür ich es halte?«, fragt er und hebt das Handy an, um es zu mustern. »Ist das die Reporterin von WHFI?«

Ich werde rot und entreiße ihm das Telefon. »Whitney Knight, ja. Sie ist eine meiner besten Freundinnen.«

»Ist das ein Vibrator?«, fragt er und beugt sich vor, um noch einmal hinschauen zu können. »Bist du bisexuell?«, fragt er mit ernstem Gesicht.

Ich möchte am liebsten Ja sagen, um seine Reaktion zu sehen, und wäre er jemand anderes: Ich würde es tun. »Ja und nein.«

»Muss ich beleidigt sein, dass mir meine Kumpels keine Fotos von Analketten schicken?«, fragt er, und jetzt muss ich lachen, so sehr, dass mir die Tränen übers Gesicht laufen. »Ernsthaft, ich weiß, es gibt viele Dinge, die die Geschlechter unterschiedlich machen, aber schicken Frauen einander öfter Fotos von Sexspielzeugen?« An seinem schelmischen Grinsen kann ich ablesen, dass er es als Scherz meint, aber ich habe keine Ahnung, wie ich aus diesem Gespräch wieder herauskommen soll.

Jemandem zu erzählen, dass man eine Firma für Sexspielzeug aufmachen will, ist schwierig. Noch schwieriger, wenn es das einzige Gesprächsthema ist, das ich nicht mit ihm besprechen möchte. »Nein, eigentlich nicht.« Ich schüttle den Kopf.

»Möchtest du es mir erklären?« Er imitiert Ricky Ricardo aus *Alle lieben Lucy*, und ich hätte nichts dagegen, wenn er mit derselben Stimme meinen Namen schreien würde. Wer hätte gedacht, dass ein Anzugträger wie Jasper Banks auch noch Humor in seinem unglaublichen Körper versteckt?

Weil ich meinen Lügen durch das Weglassen von Informationen bei unserem Kennenlernen nicht noch eine Lüge hinzufügen möchte, hole ich tief Luft, rutsche auf dem Sitz herum und öffne die Fotos auf meinem Handy.

»Das möchte ich gern machen.« Ich reiche ihm das Handy und er scrollt einmal schnell durch die Bilder, dann langsamer wieder zurück.

»Du möchtest Sexspielzeugtesterin werden?«, fragt er, immer noch auf die Bilder konzentriert.

Ich nehme ihm das Handy ab. »Nein, die habe ich entworfen.«

Das Taxi wird langsamer und hält in der Nähe meiner Wohnung. Ich ertappe den Fahrer dabei, wie er mich durch den Rückspiegel anschaut. Er sieht interessiert aus, und wäre Jasper nicht hier, würde ich vielleicht versuchen, ihm eine der Proben zu verkaufen, die ich in meiner Wohnung habe.

»Entworfen?«, fragt er, ganz ohne zu merken, dass das Taxi angehalten hat.

»Ich habe einen ganzen Haufen verschiedener Spielzeuge entworfen und ich habe einen Typen, der mir Gussformen gebaut hat, um ein paar zu produzieren, und der mir in der Testphase hilft.«

Er hört auf zu wischen und schaut mich eindringlich an. »Gussformen? Und er hilft dir beim Testen?« Er zieht die Augenbrauen zusammen, und es ist absolut hinreißend, ihn dabei zu beobachten, wie es hinter seiner Stirn arbeitet.

»Wir probieren sie nicht gemeinsam aus. Er macht von jedem ein paar Probeexemplare und ich schenke sie meinen Freundinnen.« Ich mache eine Handbewegung vor uns, um ihm zu verstehen zu geben, dass er aussteigen soll.

»Also ist es platonisch?«

Ich lache. »Ja, es ist platonisch.«

»Puh.« Seine angespannten Schultern entspannen sich und er sinkt an die Rückenlehne. »Ich wollte mich gerade als Modell für eine Gussform anbieten.« Er grinst.

Ich rücke näher und lege die Lippen an sein Ohr. »Ich würde das Angebot annehmen, aber ich glaube, ich will nicht, dass Millionen von Frauen wissen, was du hast. Dann hätte ich dich nie wieder für mich allein.«

Diesmal wird er rot. »Oh, Mist. Wir sind da.« Er fummelt am Türgriff herum, dann öffnet er die Tür und ich rutsche hinter ihm heraus.

Nachdem er den Taxifahrer bezahlt hat, begleitet er mich hinauf zu meiner Wohnung. Ich bin überrascht. Ich hätte gedacht, er hätte genug von mir und würde sich einfach auf dem Rücksitz des Taxis verabschieden – vor allem nach dem, was ich ihm gerade eröffnet habe.

Er schweigt, bis wir aus dem Aufzug steigen, und ich frage mich unwillkürlich, was er denkt. Das ist neu für mich. Normalerweise ist es mir herzlich egal, was ein Typ von mir denkt. Nimm mich, wie ich bin, oder lass es.

Hält Jasper mich jetzt für noch verrückter, als er dachte? Glaubt er, jemand, der Sexspielzeug erfinden möchte, passt nicht zu einem organisierten Anzugträgerleben?

Ich stecke den Schlüssel ins Schloss und öffne die Tür. Bevor ich eintreten kann, drängt er mich an den Türrahmen und hält sich oben fest.

»Du hast also Muster da?«, fragt er, und ich sehe das verschmitzte Funkeln in seinen goldgesprenkelten Augen.

»Ja.« Ich schlüpfe unter seinem Arm hindurch und er folgt mir hinein.

»Dann nehme ich an, dass du sie schon ausprobiert hast?«, fragt er, die Hände an meinen Hüften, während er die Tür mit dem Fuß schließt.

»Na, na, Mr Banks, Ihr Appetit scheint wieder geweckt zu sein«, scherze ich und klimpere mit den Wimpern.

»Mein Appetit auf dich lässt nie nach, meine Schöne.« Er legt die Lippen auf meine und küsst mich leidenschaftlich, bis meine Kniekehlen an die Matratzenkante stoßen. Manchmal ist es gut, wenn man eine kleine Wohnung hat. Man ist schneller im Bett.

Ich lasse mich auf die Matratze fallen und er schaut sich um. »Lass uns ein paar ausprobieren«, schlägt er vor.

Langsam breitet sich ein Lächeln auf meinem Gesicht aus. Ich knie mich hin und krabble über die Matratze, bis ich an die Tasche auf dem Boden neben meiner Kommode herankomme. Ich wuchte sie aufs Bett und erlaube ihm, sie zu öffnen.

»Sieht aus, als wäre ich morgen früh kaputt«, sagt er, während er in der Tasche wühlt wie ein Pirat, der gerade einen vergrabenen Schatz gefunden hat.

»Versprochen?«, frage ich kokett.

Er zieht einen Tickled Pink heraus, einen pinkfarbenen, vibrierenden Dildo, eine meiner ersten Kreationen. Dann schaut er mir in die Augen. »Absolut.«

Nachdem ich für Jasper gestrippt habe – er hat darauf bestanden –, liege ich vor ihm auf dem Bett. Er ist immer noch vollständig angezogen, was ich nicht ganz fair finde, aber er sagt, er will, dass es nur um mich geht. Was werde ich da widersprechen?

Das Summen des Vibrators erfüllt den Raum, als er ihn einschaltet. Mein Inneres zieht sich vorfreudig zusammen. Er gleitet mit der Spitze ein paarmal an meiner Muschi entlang und ich keuche jedes Mal auf, wenn sie meine Klitoris berührt.

Jasper schaut mich unter schweren Lidern an, während er die Spitze in mich schiebt, gerade genug, dass sie feucht wird, und sie dann wieder herauszieht. Ich stöhne missbilligend, und er hebt einen Mundwinkel. Dann schaue ich zu, wie er das glänzende, pinke Spielzeug an meinen erigierten Nippel legt und die Feuchtigkeit darum verteilt. Die Vibration schießt durch meinen Nippel direkt zu meiner geschwollenen Klitoris. Er zieht das Spielzeug wieder weg und benetzt es in mir, bevor er dasselbe mit meinem anderen Nippel tut.

»Ich lecke dich gern wieder sauber«, sagt er und beugt sich vor, um meinen Nippel zwischen seine Lippen zu nehmen. Er saugt fest daran und legt den Vibrator zwischen meine gespreizten Beine. Ich wölbe den

Rücken von der Matratze hoch, weil mir das summende Spielzeug den Atem nimmt.

Als er mich kurz vor den Höhepunkt getrieben hat und ich nur noch keuche, beißt er mir leicht in den Nippel und setzt sich wieder auf die Knie, lässt den Vibrator aber zwischen meinen Beinen. »Bist du bereit, auf meinem Gesicht zu kommen?«, fragt er mit rauer Stimme.

Seine Erektion spannt seine Hose, und auch wenn ich alles geben würde, um seinen perfekten Schwanz jetzt in die Finger zu bekommen, möchte ich nicht, dass es aufhört.

Jasper verlagert sein Gewicht, bis er zwischen meinen Beinen liegt, meine Schenkel über seine Schultern gespreizt. Atemlos schaue ich zu, wie er langsam den Vibrator in mich schiebt, ohne seinen leidenschaftlichen Blick davon abzuwenden.

Stöhnend lege ich die Hand um meine Brust und kneife meinen Nippel. Jasper legt den Mund um meine Klitoris und saugt, dann schnalzt er mit der Zunge und saugt noch einmal. Er leckt mich wie ein Profi, während er den Vibrator herauszieht und wieder in mich schiebt. Es dauert nicht lange, bis ich kurz vor dem Explodieren bin.

»Jasper ... O Gott. Ich komme!«, schreie ich auf, während er fest an meiner geschwollenen Knospe saugt und sich meine Muschi um das Spielzeug klammert und mich mein Orgasmus überwältigt. Er zieht den Vibrator heraus und leckt mich bis auf den letzten Tropfen trocken.

»Scheiße, du schmeckst unglaublich.«

Ich werfe einen Blick auf ihn zwischen meinen Beinen, während ich wieder zu Atem komme, und schenke ihm ein schwaches Lächeln. Mehr schaffe ich im Moment nicht.

Er wirft Tickled Pink auf die andere Seite der Matratze und zieht die Tasche mit all meinen Kreationen aufs Bett. »So, welches möchtest du als Nächstes ausprobieren?«, fragt er grinsend.

Ich habe offiziell meinen Meister gefunden.

...

Mit der Sonne kommt der Morgen. Mit dem Morgen kommt Jaspers Abschied, auch wenn er im Moment noch in meiner Wohnung ist und sich anzieht.

Er zieht sich das T-Shirt über den Kopf. »Und wie weit bist du auf deinem Weg damit?«, fragt er mit einem Nicken zu der Tasche mit den Leckereien am Fußende meines Bettes.

Ich starre ihn ausdruckslos an und weiß nicht, was ich antworten soll. Jetzt heißt es alles oder nichts. Meine Firma braucht ihn, aber ich fürchte, ihn persönlich zu verlieren. Egal. Ich kann ehrlich zu ihm sein, und falls er mir aus irgendeinem Grund anbietet zu investieren, lehne ich einfach ab.

»Um so weit zu kommen, habe ich eine Erbschaft von meiner Großmutter benutzt, aber die ist inzwischen größtenteils weg. Ich habe versucht, ein Darlehen von einer Bank zu bekommen, aber ...«

»Jacob?«, fragt er und schüttelt dann den Kopf. »Nee, eine Bank würde für so etwas sowieso keinen Kredit bewilligen. Da sind sie hart.« Sein Kommentar zeigt, wie gut er dieses Geschäft versteht. »Du brauchst einen privaten Investor«, sagt er, mehr eine Feststellung als eine Frage. Dann zieht er die Augenbrauen hoch und lächelt. »Ich glaube, ich kenne einen.«

Ich schüttle den Kopf. »Das würde ich nie zulassen.« Was für eine Kehrtwende. Vor zwei Wochen wäre ich vor Freude in die Luft gesprungen, dass wir darüber reden, und hätte ihn nicht abgewiesen.

»Nicht ich.« Er streicht mir über die Wange. »Ich wäre sehr gern dein Investor, aber ich vermische nie Geschäft und Spaß. Und du bist eindeutig Spaß, Lennon. Vielleicht bin ich nicht objektiv, aber ich glaube, du hast da etwas Gutes angefangen. Dein ganzer Ansatz ist anders als alles, was es meines Wissens auf dem Markt gibt, und du bedienst damit auf jeden Fall die Stärkung der Sexualität von Frauen.« Er wirft einen Blick auf den Haufen Sexspielzeuge, die wir in der Nacht ausprobiert haben.

»Aber so gut ich diese Investitionsmöglichkeit finde, ich möchte nicht, dass das mit uns deswegen endet.«

Ich nicke, denn ohne sein Wissen habe ich diese Entscheidung schon für uns getroffen, als ich mich mit ihm auf ein Date verabredet habe.

»Pass auf, mein Partner und ich machen viele Deals gemeinsam, aber wir haben auch schon unabhängig von unserer Firma investiert. Wie wär's, wenn du ihn kennenlernst? Ich kann dir nichts versprechen, aber ...«

Ich springe in seine Arme. »Wirklich?«

Er fängt mich auf und schwingt meine Beine um seinen Oberkörper. »Ich kann bei ihm für deine Produkte einstehen.« Er lächelt. »Ich rede mit ihm und mache für diese Woche was aus?«

Er sagt das als Frage, als ob ich jemals Nein sagen würde. Soeben hat sich die perfekte Lösung für mein Problem eröffnet. So bekomme ich Jasper *und* Hilfe für meine Firma.

»Danke!« Ich küsse ihn auf die Lippen und er vertieft den Kuss. Seine Zunge taucht so besitzergreifend in meinen Mund, dass es sich anfühlt, als würde er mich als sein Eigentum brandmarken.

Als er den Mund von meinem löst, gibt er mir einen Klaps auf den Hintern, damit ich ihn loslasse, und ich rutsche auf den Boden.

»Können wir dann jetzt über unser zweites Date sprechen?«, fragt er.

»Da unser erstes Date sechsunddreißig Stunden gedauert hat, solltest du dich vielleicht ein bisschen klarer ausdrücken.«

Er lacht. »Wie wär's mit morgen Abend?«

Ich nicke. »Sehr gerne.«

Er küsst mich wieder auf die Nase und ich schmelze ein bisschen dahin. »Komm, ich spendiere dir einen Kaffee.«

Ohne die geringste Ahnung, wo das mit uns hinführen soll, folge ich ihm nach draußen. Normalerweise macht es mir nichts aus, nicht alle Antworten zu kennen und einfach zu schauen, was das Leben mir bietet. Also ignoriere ich die Stimme in meinem Kopf, die mir sagt, dass ich schon zu tief in der ganzen Sache drinstecke.

Kapitel 15

In der folgenden Woche sind meine Handflächen feucht und ich schwöre, ich schwitze in den Kniekehlen, während ich auf einem Stuhl in dem schicken Wartebereich des Büros von Jasper und seinem Partner sitze. Das Telefon hat nicht ein einziges Mal geklingelt, seit ich hier bin. Niemand anderes ist aus dem Aufzug gestiegen und es sieht nicht aus, als hätte sich mal jemand einen Kaffee in dem Bereich mit dem Minikühlschrank gemacht. Das Büro ist praktisch eine Geisterstadt.

Ich werfe einen Blick auf mein Portfolio, möchte es öffnen, um sicherzugehen, dass ich alles habe, was ich brauche, aber ich habe das bestimmt schon zehnmal gemacht, bevor ich heute Morgen die Wohnung verlassen habe. Abgesehen davon würde dann wahrscheinlich gerade in dem Augenblick Mr Ashland herauskommen. Also tippe ich in der Zwischenzeit mit den Zehen auf den Parkettboden, während die Rezeptionistin Brittany, offensichtlich genervt, ständig über die Kante ihres Empfangstresens späht. Ich höre nicht auf. Denn die Alternative wäre, dass sich die Nervosität in mir auftürmt und ich mich in diesen hübschen Empfangsbereich übergebe. Also weiß sie es zwar nicht, aber ich rette Brittany gerade vor einem Scheißtag, an dem sie meine Kotze aufwischen muss.

Jasper kommt mit zwei Starbucks-Bechern in den Händen den Flur entlang. »Warum haben Sie mir nicht Bescheid gesagt?«, fragt er Brittany und lächelt mich dann an.

Sie wickelt ihre blonden Strähnen um die Finger und zuckt mit den Schultern. »Sie hat nach Drew gefragt.«

»Mr Ashland«, korrigiert er mit Autorität in der Stimme. Das erinnert mich daran, wie er mich im Bett herumkommandiert, und ich presse die Schenkel zusammen. »Ich habe Ihnen gesagt, Sie sollen mir Bescheid geben, wenn Lennon da ist.« Er bleibt vor ihrem Tresen stehen, damit er sie anschauen kann, während er mit ihr spricht.

»Es tut mir leid, Mr Banks.« Sie senkt den Blick auf ihren Schreibtisch und schiebt die Unterlippe vor.

Jasper dreht sich um, kommt auf mich zu und verdreht die Augen. »Hallo, Schönheit«, sagt er und setzt sich neben mich. Er gibt mir einen der Kaffees und ich drehe ihn in den Händen, bis ich die Aufschrift sehe.

Joy Mangano.

Ich lache und er stößt mit mir an.

Nach unserem Abendessen am Dienstagabend kam er am Mittwoch rüber, um einen Film anzuschauen. Er hatte den Film *Joy* mit Jennifer Lawrence ausgesucht, weil er auf einer wahren Geschichte über eine Frau namens Joy Mangano basiert, die den »Miracle-Mopp« und über hundert andere Produkte erfunden hat. Jetzt verstehe ich, warum er ihn ausgesucht hat, vor allem, weil ich *Die Glorreichen Sieben* vorgeschlagen hatte. Ich bin ein bisschen erleichtert. Ich hatte schon Sorge, er wäre bei seiner Filmauswahl ein kleines Weichei.

»Wie lieb von dir.« Ich beuge mich hinüber und küsse ihn auf die Wange.

Lächelnd legt er den Unterschenkel quer aufs andere Knie. »Ich habe so meine Momente. Ich würde dich ja in mein Büro mitnehmen, damit du dich mit einem richtigen Kuss bedanken kannst, aber dann würde ich vielleicht die Tür abschließen und du würdest deinen Termin verpassen.« Er zwinkert.

»Ich kann dir später auf meine eigene Art danken.« Ich klimpere mit den Wimpern und er rutscht auf seinem Sitz herum.

»Hör auf damit.« Er wirft einen Blick zu Brittany hinüber, die jetzt auf ihrem Handy herumtippt.

»Womit?« Ich spreche leise, aber mit hoher Stimme wie ein unschuldiges Schulmädchen.

»Damit.« Er reißt die Augen auf und ich lache und wende meine Aufmerksamkeit seinem Starbucks-Becher zu.

»Wer bist du heute?«, frage ich ihn. Ein durchtriebenes Lächeln verzieht seine Lippen.

Gordon Gekko.

Ich ziehe die Augenbraue hoch und er schüttelt den Kopf und presst in geheuchelter Enttäuschung die Lippen aufeinander.

»Bist du schon mit deiner Weisheit am Ende?« Als ich nichts sage, schüttelt er den Kopf. »Ich sehe, du brauchst mehr Bildung, was alte Kinofilme angeht. Die Figur ist aus *Wall Street*. Gespielt von Michael Douglas.«

»Oooh.« Ich übertreibe, denn ich weiß fast nichts über den Film, bis auf die Tatsache, dass alle Typen Anzüge trugen. So ähnlich wie Jasper. »Hübscher Anzug.« Ich zwinkere und er beugt sich dichter an mein Ohr.

»Ich trage heute keine Unterwäsche«, flüstert er und ich versetze ihm einen Klaps auf den Arm.

Diesmal muss ich die Schenkel noch fester zusammenkneifen. »Ehrlich?« Ich gebe ihm noch einen Klaps, damit er weiß, wie unfair er ist.

»Was denn?« Mit Unschuldsmiene hebt er die Hände.

»Wie soll ich in meinem Meeting sitzen, wenn ich weiß, dein Schwanz würde herausspringen, wenn ich deine Hose aufmache?« Ich fahre mir mit der Zunge über die Unterlippe.

»Psst.« Er gluckst und schaut zu Brittany hinüber.

Ich auch, aber sie tippt immer noch auf ihrem Handy herum. »Die ist wirklich die Angestellte des Jahres.«

Er verdreht wieder die Augen. »Sie ist Drews Cousine.«

Verständnisvoll nicke ich.

»Miss Hart.« Eine nette ältere Dame kommt aus dem Flur und sieht Jasper neben mir sitzen. »Ach, Mr Banks. Ich habe gerade in Ihrem Büro angerufen. Mr Ashland hätte Sie gern bei dem Meeting dabei.«

Jasper steht auf und nimmt mein Portfolio in die Hand. »Das hatte ich sowieso vor.« Er blickt selbstzufrieden lächelnd auf mich herab, denn er weiß, ich werde Probleme haben, über Sexspielzeuge zu reden, wenn ich weiß, dass er ohne Unterwäsche neben mir sitzt.

Blödmann.

Ich nehme ihm mein Portfolio ab und stelle meinen Kaffee auf den Beistelltisch. »Hallo. Ich bin Miss Hart«, sage ich und die Dame nickt.

»Sue. Bitte folgen Sie mir.« Sie geht ein Stück vor mir und ich höre Jaspers tiefe Atemzüge hinter mir. Ich weiß, wohin er schaut, und wenn ich behaupten würde, ich hätte bei meiner Kleiderwahl heute Morgen nicht an ihn gedacht, wäre das eine Lüge.

Sue bleibt mit uns vor einer Tür stehen und bittet mich mit einer Handbewegung hinein.

»Danke.«

»Danke, Sue.« Jasper folgt mir und ich winde mich innerlich, weil das nicht das professionelle Meeting wird, das ich erwartet hatte.

»Jasper«, sagt sie und nickt.

Drew sitzt hinter einem Schreibtisch in seinem Eckbüro mit Aussicht. Die äußere Wand besteht ganz aus Glas. Als er uns sieht, steht er auf, knöpft sich das Jackett zu und umrundet den Tisch.

Du meine Güte. Er ist heiß. *Böse Lennon.* Er ist ... Nein, es gibt kein anderes Wort. Er ist heiß. Was soll ich sagen? Alte Gewohnheiten sind schwer abzulegen. Seine schwarzen Haare sind perfekt gegelt und er trägt einen dunkelgrünen Anzug mit passender Krawatte. Der Mann strahlt Selbstbewusstsein und Stil aus.

»Miss Hart, ich habe diese Woche viel von Ihnen gehört.« Er streckt die Hand aus und ich schüttle sie. In der Hoffnung, dass es fest genug, aber nicht zu hart ist. Ihr wisst schon, professionell.

Über meine Schulter hinweg wirft er Jasper einen Blick zu. »Hast du mir einen Kaffee mitgebracht?« Drew legt den Kopf schief und klimpert mit den Wimpern, und ich drehe den Kopf und sehe Jasper mit dem Kaffee, den ich im Vorzimmer stehen gelassen habe.

»Vergiss es! Lass dir von Brittany einen bringen. Ist ja nicht so, als hätte sie sonst was zu tun.« Jasper setzt sich aufs Sofa und ich frage mich, ob er die ganze Zeit hinter uns sitzen wird.

»Und ich dachte, deine streitlustige Persönlichkeit würde verschwinden, sobald die zauberhafte Lennon hier ist.« Drew schürzt die Lippen und ich überlege, was sie besprochen haben, bevor ich hier war. »Kommen Sie, setzen Sie sich.« Drew winkt mich zur Couch.

Ich tue, was er sagt, und da ich nicht den Sessel nehmen und die beiden Jungs nebeneinandersitzen lassen möchte, setze ich mich neben Jasper und werfe ihm einen warnenden Blick zu, dass er mich bloß nicht anfassen soll. Er versteht meine nonverbale Kommunikation und rückt ein Stück weg.

Schaut mich an, ich habe ihn schon ein bisschen trainiert. Ach, entspannt euch, das war ein Witz.

Drew setzt sich auf den Sessel mir gegenüber und knöpft sein Jackett auf, und ich sehe eine Taschenuhr, die mit einer Kette an einem Westenknopf befestigt ist. Sehr oldschool-sexy. Er reibt sich die Hände. »Also, erzählen Sie: Was haben Sie für mich?«

So lässig, wie er damit umgeht, wirkt er wie einer von diesen Haien in *Shark Tank*. Jasper richtet sich auf und schenkt mir ebenfalls seine ungeteilte Aufmerksamkeit.

Ich öffne mein Portfolio und ziehe die technischen Datenblätter der Produkte heraus, die ich schon produziert habe, und die Zeichnungen der Entwürfe, die es nur in meiner Fantasie gibt – im Moment noch. Drew nimmt meine Zeichnungen und blättert sie durch, während ich ihm ein bisschen von meinen Ideen für die Firma erzähle und was meine Produkte von allen anderen Sexspielzeugen da draußen unterscheidet. Nachdem er alle Designs durchgesehen hat, blickt er zu mir auf.

»Bitte verstehen Sie das nicht falsch, aber ich weiß nicht recht, ob ich mit Ihnen arbeiten kann, während Sie mit Jasper ausgehen. Ich meine, ich frage mich dann unwillkürlich ...«

»Hör auf, Drew.« Jaspers Stimme ist leise und sein Ton warnend.

Drew lacht und schaut mich an. »Tut mir leid, ich veräpple ihn einfach so gern.« Er beugt sich vor. »Er ist sehr wehrhaft, was Sie angeht. Interessant.« Er zwinkert und mein Magen dreht sich einmal um sich selbst, weil ich nicht so recht weiß, wie ich diese Bemerkung verstehen soll.

»Business!«, warnt ihn Jasper noch einmal und wird nur mit Drews spöttischem Lachen belohnt.

»Ich meine, ich glaube, er will wirklich, dass Sie Erfolg haben, denn ich weiß, er würde wahrscheinlich eher Brokkoli essen als mich Ihren Investor sein lassen.«

Ich werfe Jasper einen Blick zu und er verdreht demonstrativ die Augen. »Magst du keinen Brokkoli?«, frage ich, und Jasper wirft die Hände in die Luft.

»Er hasst ihn. Spuckt ihn aus wie ein Kleinkind.« Drew lacht wieder und Jasper wirft seinen Becher nach ihm und trifft ihn direkt am Kopf. Zum Glück ist er leer.

»Spinnst du, Mann?« Drew steht auf und untersucht seinen Anzug.

Ich vermute, der Anzug ist teuer, Gott weiß, warum. Ich schätze Vintage ja durchaus, aber Drew sieht aus wie ein riesiger Kobold. Natürlich hat er auch einen Topf voll Gold, den er zu teilen bereit ist. Ich bin ja schon still.

»Entspann dich, er war leer.« Jasper stößt etwas Luft aus. »Komm zur Sache, oder ich übernehme ihre Firma doch und du wirst die ganze Zeit rumjammern, wie viel Geld dir entgangen ist.«

Drew setzt sich wieder, sein heiterer Ausdruck wird ernst. »Also gut, bringen wir diesen Pitch hinter uns, damit wir alle zum Mittagessen gehen können.«

Ich kann nicht anders, ich bin beleidigt, dass er dieses Meeting anscheinend nicht professionell behandelt. Ich habe nicht vor, das Gespräch zu übereilen, ganz zu schweigen davon, dass meine einzigen Pläne fürs Mittagessen aus Jaspers Schwanz bestehen.

»Ich nehme an, Sie haben Muster dabei?«, fragt Drew, und blitzschnell verlagert sich der Ton des Meetings ganz aufs Geschäftliche. Jetzt erkenne ich, wie dieser Mann sein vieles Geld macht.

»Habe ich.« Ich öffne meine Tasche und lege die Muster zwischen uns auf den Tisch. Eines nach dem anderen erkläre ich, wofür sie benutzt werden und was sie einzigartig macht. Die restlichen zwanzig Minuten ist Drew der Inbegriff des selbstsicheren Investors. Jasper sitzt still neben mir, die Ellbogen auf die Knie gestützt, und beugt sich vor, um meine Erklärungen zu hören. Als ich fertig bin, stellt Drew mir Fragen: die Produktionskosten der jeweiligen Produkte, wie viel ich schon in die Firma investiert habe, wie viel Bestand ich brauchen werde, wie ich sie versenden will und, schließlich, wie ich sie vermarkten werde. Ich beantworte alle Fragen und reiche ihm eine Kopie meines Businessplans.

Er lehnt sich auf seinem Sessel zurück und kreuzt die Beine, sodass sein Knöchel auf dem anderen Knie ruht. Während er meinen Businessplan studiert, bemerke ich kleine Goldtöpfe auf seinen Socken. Ich schürze die Lippen und wende den Blick ab, bevor ich anfange, den »*Lucky Charms*«-Song zu singen. Stattdessen bewundere ich die Zertifikate, die er gerahmt über der Couch aufgehängt hat.

Bachelor und Master in Harvard. Klar. Der Schlaumeier. Angeber.

»*Magically delicious*«, singt Drew und legt meinen Businessplan auf den Tisch neben sich. Ich werfe ihm mit großen Augen einen Blick zu und er zieht die Augenbraue hoch. »Sie haben gesummt«, sagt er zur Erklärung.

Habe ich nicht.

Neben mir fängt Jasper an zu lachen und ich möchte ihm nur zu gern einen Ellbogenstoß versetzen. Das ist meine Chance, und dieser Typ wird zwei und zwei zusammenzählen und glauben, ich wolle mich über ihn lustig machen. »Es tut mir leid. Ich habe keine Ahnung, warum«, lüge ich.

»Also, Lennon. Es macht dir doch nichts aus, wenn ich dich duze, oder?«, fragt Drew.

Ich schüttle den Kopf. Er könnte mich jetzt eine Schlampe nennen und ich würde nur nicken.

»Ich mache nicht gern Geschäfte mit Lügnern.« Sein Gesichtsausdruck ist todernst.

Mein Herz schlägt schneller, mein Gesicht wird heiß und die Handflächen, die wieder getrocknet waren, schwitzen erneut.

»Na ja, ich habe Ihre Socken gesehen und hatte plötzlich irgendwie einen Ohrwurm.« Ich nicke in Richtung der verdammten Socken, die mich jetzt vielleicht mein Geschäft kosten werden.

Er schaut nach unten und Jasper steht auf. »Du Idiot. Du hast dich absichtlich angezogen, als würdest du gleich einen Regenbogen hinunter in einen Topf voll Gold rutschen.« Jasper hält mir die Hand hin, aber ich nehme sie nicht.

Drew schaut auf seine Socken, als hätte er vergessen, dass er sie am Morgen angezogen hat.

»Ich meinte das wirklich nicht böse. Ich schwöre es. Es hatte nichts mit Ihrem Anzug zu tun.« Ich rudere zurück, so gut ich kann, aber ich mache es nur schlimmer. Das Meeting lief super, bis mein Scheißunterbewusstsein einen Song summen musste, den ich wahrscheinlich nicht mehr gehört habe, seit ich zehn gewesen bin.

»Komm, Lennon.« Jasper hält mir noch mal die Hand hin. »Ich ziehe ihn ständig damit auf, wie er sich anzieht, er kommt drüber weg.«

»Nein.« Ich schüttle den Kopf und beuge mich vor. »Es tut mir wirklich leid.« Meine Stimme ist zaghaft, aber es wirkt trotzdem, denn Drew hebt den Kopf und schaut mich an. Auf seinen Lippen liegt ein neckisches Lächeln und er sieht aus, als versuchte er, nicht zu lachen. »Ernsthaft?«, frage ich.

Er wirft sich lachend auf seinem Sessel zurück und Jasper atmet entnervt auf.

»Du bist so ein Scheißkleinkind«, sagt Jasper, aber ich kann nur den aufgestauten Atemzug herauslassen, der in meinen Lungen feststeckte.

»Ich bin genial.« Er streckt mir die Hand hin. »Ich glaube, du hast da was Gutes aufgezogen. Ich muss es noch von meinem Team prüfen lassen, um mögliche Überraschungen auszuschließen, aber nach allem, was wir besprochen haben, erwarte ich keine Probleme. Ich freue mich auf unsere Zusammenarbeit.« Jetzt lächelt er aufrichtig.

»Ehrlich?«, frage ich.

»Ja. Und wenn du den Idioten je loswerden und mir zeigen willst, wie man die Dinger benutzt, bin ich offen.«

Jasper steht hinter Drew und knurrt.

»Ich mache natürlich nur Spaß.« Er beugt sich zu mir vor. »Wie ich schon sagte ... sehr fürsorglich. Man sollte den Bären besser nicht reizen.« Er zwinkert und ich merke, dass seine smaragdgrünen Augen zu seinem Anzug passen.

»Vielen, vielen Dank«, sage ich und erkenne, dass meine Hand immer noch in seiner liegt und sie schüttelt.

»Du kannst jetzt loslassen, Lennon«, brummelt Jasper.

»Vielleicht mag sie meine Hand«, reizt ihn Drew und dreht sich zu ihm um. Jasper schaut ihm in die Augen und schüttelt kurz den Kopf. »Ach, das wird so ein Spaß!« Er lässt meine Hand los und kehrt wieder hinter seinen Schreibtisch zurück. »Sue wird dir ein paar Papiere mailen und eine Liste von allem, was wir brauchen. Als Erstes müssen wir uns um die Patente kümmern.« Er setzt sich, und schon ist er wieder ganz geschäftlich.

»Danke, dass Sie mir eine Chance geben, Mr Ashland.«

»Bitte nenn mich Drew«, sagt er und ich nicke und nehme mein Portfolio an mich. Während ich versuche, die Spielzeuge zurück in die Tasche zu packen, fangen er und Jasper ein Gespräch über einen anderen Kunden an. Ich finde ihre Beziehung erfrischend, sie zeigt mir eine ganz andere Seite von Jasper. »Dann geht ihr beide mal und wir treffen uns vorn bei Brittany ... Wann? In einer halben Stunde?«

Ich schaue Jasper an und wir tauschen einen verständnisvollen Blick. Wir wissen genau, was wir beide in dieser halben Stunde tun werden.

»Perfekt.« Jasper geht zur Tür, um sie mir aufzuhalten. Als er diesmal mein Portfolio nimmt, habe ich keine Einwände, denn ich werde für das, was ich gleich tun werde, beide Hände brauchen.

Wir gehen den Flur entlang wie Profis. Jasper geht voraus, sein Arm schwingt lässig vor und zurück. Er bleibt stehen, stellt mich seiner Sekretärin vor, die zum Glück freundlicher ist als Sue, aber ungefähr im selben Alter.

»Bitte keine Anrufe, Lynn«, sagt er zu ihr und öffnet die Tür zu seinem Büro. Ich trete ein und er schließt die Tür, dann dreht er den Schlüssel. Ich nehme mir kurz Zeit, mich in seinem Büro umzuschauen. Es ist so groß wie das von Drew, aber moderner. Jaspers Hand streicht an meinem Arm herab und er dreht mich zu sich.

»Danke«, sage ich und er schaut auf mich herab.

»Ich freue mich, dass es geklappt hat.« Er zieht mich an sich, und ich kann seinen harten Schwanz an meinem Bauch spüren.

»Ich glaube, du wusstest schon, dass es klappen würde, bevor ich überhaupt hier war.« Ich ziehe die Augenbraue hoch.

»Glaub mir, ich habe zwar vielleicht mit ihm geredet, aber ich weiß nie, was Drew tun wird.« Er streicht mir durch die Haare und neigt den Kopf für einen Kuss, aber ich schüttle den Kopf. Mit der Hand an seiner Brust schiebe ich ihn rückwärts zu seinem Schreibtisch, bis er auf seinen Schreibtischstuhl plumpst. Er grinst schief, während ich vor ihm auf die Knie gehe. Diesmal habe ich das Sagen.

»Ich möchte, dass du jedes Mal, wenn du auf diesem Stuhl sitzt, an mich denkst«, sage ich.

Jasper schaut auf mich herab, während ich seinen Gürtel öffne, den Knopf und den Reißverschluss, sodass sein bereits harter Schwanz herausspringt.

Als ich den Lusttropfen auf seiner Spitze glänzen sehe, lecke ich mir die Lippen. »Sieht aus, als würde sich jemand auf mich freuen.«

»Ich habe den ganzen Morgen deinen Mund mit dem roten Lippenstift angestarrt und mir vorgestellt, wie er um meinen Schaft aussehen würde.«

Sein Dirty Talk macht mich so heiß. »Tja, mal sehen, ob es so ist, wie du es dir vorgestellt hast.«

Ich lecke den Tropfen von seiner Eichel, dann öffne ich die Lippen und streiche damit die ganze Länge entlang, bis er hinten in meiner Kehle anstößt.

»Scheeeiße«, stöhnt er und schiebt mir die Hände in die Haare.

Ich ziehe die Wangen ein und bewege mich saugend an ihm auf und ab. Kurz darauf greift Jasper nach seinem Handy auf dem Schreibtisch. »Macht es dir was aus, wenn ich ein paar Bilder mache? Du hast mein Wort, dass ich sie nie jemandem zeigen werde.«

Mit einem Plopp lasse ich seinen nassen Schwanz aus meinem Mund gleiten. »Gern. Aber schick sie mir auch.« Ich lasse ein paarmal die Hand an ihm auf und ab gleiten, drehe sie jedes Mal, wenn ich die Spitze erreiche, und seine Hüfte hebt sich vom Sessel.

»O Gott, Lennon. Vor dir wusste ich nicht, was mir entgeht.«

Ich grinse und mache mich wieder an die Arbeit, treibe ihn mehrmals kurz vor den Höhepunkt, bevor ich innehalte. Ich höre das Klicken seiner Kamera, und zu wissen, dass er das hier dokumentiert, turnt mich so sehr an, dass ich fast fürchte, vor ihm fertig zu sein.

Ich lecke seinen Sack und sauge eines seiner Eier ein – sanft genug, dass ich ihm nicht wehtue, aber mit genug Druck, um ihn wild zu machen. Und es funktioniert. Er legt das Handy wieder auf den Tisch und seine Hände kehren zu meinen Haaren zurück.

»Wenn du weg bist, werde ich mir auf diese Fotos einen runterholen, das kann ich dir garantieren. Du bist so verdammt heiß.«

Ich mache mit der Hand weiter, während ich zu seinem anderen Hoden wechsle, und sein Griff in meinen Haaren wird fester. Als ich beschließe, dass er kurz davor ist und ich ihn diesmal von seinem Leiden erlösen werde, ziehe ich mich zurück und lasse dann die Zunge ein paarmal um seine Spitze kreisen, bevor ich ihn fast ganz in den Mund nehme.

Meine freie Hand spielt mit seinen Eiern, während ich ihm einen Deep Throat verpasse, und nach einer Weile ächzt er und kommt in meinem Mund. Ich schlucke alles und pumpe noch ein paarmal, bevor ich mich auf die Fersen setze.

Er lässt die Hände von meinen Haaren sinken und lehnt sich auf seinem Stuhl zurück, die Beine weit gespreizt, die Hose offen, ermattet. Ich muss lächeln, weil ich dafür verantwortlich bin.

»Du bist …« Er schüttelt den Kopf, während sein Satz verhallt.

Ich stehe auf und klopfe mir die Knie ab. »Das nehme ich mal als Kompliment«, sage ich und zwinkere.

Er lacht, hört aber abrupt auf und wird ernst und entschlossen. »Jetzt beweg deinen Arsch auf den Schreibtisch und spreiz die Beine für mich. Ich bringe dich mit der Zunge zum Höhepunkt – zweimal.«

Gott sei Dank ist Jasper ein Mann, der sein Wort hält.

Kapitel 16

Jasper hat mich zu einem Zweitagestrip wer weiß wohin entführt, als würde er von mir erwarten, dass ich wandere oder so einen Mist. Meine einzigen Bedingungen waren ein Bad mit fließend Wasser und eine Toilette mit ordentlicher Spülung. Ich habe Tahlia vor ein paar Monaten damit aufgezogen, dass sie so gar kein Outdoor-Typ ist, aber in Wahrheit war ich noch nie campen und habe es auch nicht vor.

»Schließ die Augen«, sagt Jasper und hält mir von hinten die Augen zu.

»Ich schwöre, wenn du vorhast, mich umzubringen: Es gibt Leute, die mich suchen werden.«

Er lacht vor sich hin und ich rieche sein Parfum auf seinem Shirt. Zwei Wochen sind vergangen, und ich bin immer noch schockiert, dass ich noch nicht genug von ihm habe. Ganz im Gegenteil. Anscheinend kann ich nicht genug von ihm bekommen, und je mehr Zeit ich mit Jasper verbringe, desto mehr will ich ihn.

»Ich werde dich nicht ermorden. Okay, jetzt geh vor.« Mein Fuß stößt gegen etwas und er hält mich fest, bevor ich nach vorn stolpere. »Entschuldige.«

»Okay, wann darf ich die Augen aufmachen?« Ich habe die Hände vor mir ausgestreckt, um sicherzugehen, dass ich nirgends gegenlaufe.

»In einer Sekunde.« Seinem Tonfall nach genießt er das alles hier viel zu sehr. »Noch ein Schritt«, weist er mich an.

Ich höre ein Knarren, und dann nimmt er die Hände von meinen Augen. Ich öffne sie und starre die Blockhütte vor mir an.

»Es tut mir leid, was glaubst du, wen du hier raufgebracht hast?«, frage ich, drehe mich um und sehe seinen Range Rover vor der Hütte stehen und kein menschliches Wesen weit und breit. »O mein Gott, du willst mich umbringen. Entweder das, oder du willst, dass ich mich einer polygamen Sekte anschließe, in der ich mir die Haare lang wachsen lassen und diese hässlichen Kleider tragen muss.«

Er lacht. »Hier sind nur wir beide und nur zwei Tage lang. Der Kühlschrank ist voll, es gibt Filme und wir können vom Schlafzimmer oben aus zwei Sonnenuntergänge und zwei Sonnenaufgänge anschauen.« Er platziert Küsse auf meinen Hals und die Schulter entlang. Das tut er oft, und auch wenn ich ihn nicht gefragt habe, glaube ich, das ist vielleicht seine Lieblingsstelle an meinem Körper. Zumindest seine Lieblingsstelle, der er sich in der Öffentlichkeit widmen kann.

Ich drehe mich zur Hütte um. »Hmmm ... klingt schön.« Es ist zwar nicht das Ritz mit Zimmerservice, aber ein ganzes Wochenende woanders ohne Ablenkungen bis auf Jasper? Ziemlich perfekt.

»Deshalb sind wir hier.« Er löst die Arme von meiner Körpermitte. »Komm, wir gehen sie uns anschauen.«

Auf dem Weg zur Tür bleibe ich stehen, bevor er sie öffnet. »Wie weit weg ist das nächste menschliche Wesen?«, frage ich und er gluckst und steckt den Schlüssel ins Schloss, ohne auf meine Frage zu reagieren.

Aber ich hätte wirklich gern eine Antwort. Die Wahrheit ist, ich kenne den Kerl erst drei Wochen. Ich ziehe mein Handy heraus und schicke eine schnelle Nachricht an Whitney und Tahlia.

> Ich: Jasper ist für zwei Tage mit mir in den Wald gefahren. Wenn ich nicht wiederkomme, sorgt dafür, dass die Polizei ihn verhört.

Drei Punkte erscheinen neben Tahlias Namen.

> Tahlia: Wird gemacht, auch wenn ich mir ziemlich sicher bin, dass du im Killerfilm das schlaue Mädchen

bist. Du darfst nur nicht nachschauen gehen, wenn du was im Wald hörst.

Ach, es wärmt mein Herz, dass sie so eine hohe Meinung von mir hat.

Whitney: Hast du genug Gleitgel dabei?

Ernsthaft, sie und Cole sollten sich mal beruhigen, denn das wäre im umgekehrten Fall mein Satz gewesen.

Ein lautes Räuspern unterbricht mein Tippen, als ich gerade den nächsten Text abfeuern will, und ich blicke auf und sehe Jasper mitten in einem schönen Wohnzimmer stehen.

»Sorry«, sage ich und stecke mein Handy ein. »Hab nur meinen Freundinnen Bescheid gesagt, wo sie nach meiner Leiche suchen sollen.«

Er lacht und streckt mir die Hand hin, damit ich zu ihm in die Mitte dieses riesigen Raumes komme. Die Sofas sind groß und aus braunem, abgenutztem Leder, daneben lackierte Tische und ein großer Flachbildschirm an der Wand. Zu meiner Rechten sehe ich eine kleine Küche mit einer Frühstücksbar als Raumtrenner. Eine offene Treppe führt in den ersten Stock. »Das ist hübsch«, sage ich.

Er legt mir die Arme um die Mitte und verschränkt sie an meinem unteren Rücken. »Du bist hübsch.« Er küsst mich auf die Nase.

»Danke.« Das meine ich ernst. In den letzten zwei Wochen hat mich Jasper wie eine Prinzessin behandelt und nicht nur wie irgendein Mädchen, mit dem er sich amüsiert. Er hat mich an so viele schöne Orte mitgenommen und mir so viel gezeigt, das ich sonst nie gesehen hätte.

Uff, habe ich gerade wirklich von Prinzessinnen gesprochen? Was geschieht mit mir? Wir haben nur wenige Nächte getrennt verbracht, leben in unserer eigenen kleinen Blase und lassen niemanden eindringen. Drew wollte sich ranhalten, also hat er den Anwalt der Firma auf die Patente angesetzt, und laut Jasper hat er in seinem Privatleben seine

Liebe zu Sexspielzeugen entdeckt. Zum Glück erspart mir Jasper die Einzelheiten.

Jasper hat mich auf jeder Fläche seines Bootes, meiner Wohnung, seines Büros und meines Studios gevögelt. Meine Hände fühlen sich leer an, wenn sie ihn nicht berühren, und da ich, wenn wir weniger als einen halben Meter voneinander entfernt sind, normalerweise auf seinem Schoß sitze, geht es ihm anscheinend genauso.

»Komm.« Er nimmt meine Hand und zieht mich zur Treppe.

»Wir sollten unsere Taschen holen«, wende ich ein, aber er schüttelt den Kopf.

»Gleich.« Er zieht und ich gehorche, folge ihm die Treppe hinauf, wo ich die Schlafzimmer vermute. Seht ihr? Alle unsere Gespräche passieren nackt und im Bett, wo wir die beste Verbindung haben.

Wir betreten das Schlafzimmer durch eine Doppeltür, und dort steht ein riesiges Doppelbett. Ich springe darauf und lasse mich auf die Matratze fallen. »Ich werde dich heute Nacht vermissen«, sage ich und er hüpft zu mir herauf. »Das Bett ist so groß.«

Er kuschelt sich an mich, seine Hände umfassen meine Brüste. Unsere übliche Schlafposition. »Ist mir egal, ob wir das größte Bett haben, das je erfunden wurde, so schlafe ich, wenn du bei mir bist.« Er streicht mit den Daumen über meine Nippel und sie stellen sich auf. Meine Titten sind immer bereit, zum Spielen herauszukommen.

»Vielleicht möchte ich meinen Platz nicht teilen.« Ich reibe den Hintern an ihm und er reibt zurück, um mir zu signalisieren, dass er bereit ist.

Letzte Woche habe ich uns testen lassen. Ich nehme die Pille, und ich habe das bisher noch nie gemacht, aber mit Jasper möchte ich mir keine Gedanken über Kondome machen. Er wirkte nicht gerade begeistert von der Vorstellung, aber er stimmte dem Test zu und sagte, wir könnten später darüber reden. Unsere Testergebnisse waren vor vier Tagen da, und er hat seitdem weiterhin Kondome benutzt. Aber das ist etwas, was ich nur mit ihm teilen möchte.

»Keine Sorge, ich habe eine Menge Kondome dabei«, sagt er mit dieser tiefen Stimme, die ich so liebe.

Ich wälze mich herum und lege ihm die Hände an die Wangen. »Wie wäre es, wenn wir auf alles zwischen uns verzichten? Wir sind beide sauber.«

Seine Hände bewegen sich zu meinen Hüften und er wirft den Kopf zurück und atmet lange aus. »Ich weiß nicht ...«, sagt er, als bräuchte es alle Zurückhaltung, um nicht mehr zu sagen.

Ich lege mich auf ihn, massiere mit der Hand seinen Schwanz durch die abgetragene Jeans. »Tut mir leid. Ich möchte das einfach mit dir erleben. Das ist eines der wenigen ersten Male, die ich dir schenken kann.«

Er schaut mich mit Augen voller Lust und Verlangen an, aber ich merke, die Antwort wird trotzdem Nein sein. »Lennon ...«

»Ist okay, Jasper. Eines Tages wirst du mir genug vertrauen.«

Er küsst mich zum Dank auf die Nase und reibt seine Erektion an dieser perfekten Stelle, die mich zum Stöhnen bringt.

Ich weiß nicht, was ihn zurückhält. Ich meine, er macht auch BBBJs. Das sind *bareback blow jobs*, also Blowjobs ohne Kondom, für die unter euch, die nicht mit dem Slang vertraut sind. Also weiß ich, dass er nicht übervorsichtig ist, was Safe Sex angeht.

Jaspers Handy klingelt, und jetzt seufze ich entnervt auf. Das Ding steht in letzter Zeit einfach nicht still. Die ganze Autofahrt hierher musste ich mir seine Gespräche über irgendein neues Schlüsselanhängerding anhören und bla, bla, bla.

»Wie wäre es, wenn wir das Handy im Auto einschließen?«, frage ich und küsse ihn auf den Hals.

Er wirft einen Blick auf das Handy und hebt den Zeigefinger.

Von wegen, gleich.

Er bleibt im Bett und geht ran. »Banks«, sagt er und ich stemme mich hoch und setze mich rittlings auf ihn. Ich öffne den Knopf seiner Jeans und er schüttelt den Kopf und hebt wieder den verdammten Finger.

Ich nehme seinen Finger und lege ihn an meine Brust, sodass er langsam meinen Nippel umkreist. Mein enges Trägershirt überlässt nicht allzu viel der Fantasie.

»Hör zu, ich habe ein paar Mails verschickt und warte auf Rückrufe«, sagt er, und ich öffne seine Faust, ziehe seine Hand wieder an meine Brust und reibe sie im Kreis. Ziemlich schnell tut er es von selbst. Ich reibe meine Mitte an seinem Schwanz und rutsche dann auf seine Schenkel, um ihm den Reißverschluss zu öffnen.

»Ich muss auflegen, aber ich rufe dich an, wenn ich etwas höre.« Er schweigt kurz, versucht, mich von sich zu schieben, aber weil er nur eine Hand frei hat, bin ich stärker.

Ich ziehe mein Trägershirt aus und er schließt die Augen.

»Ja, ich verstehe«, sagt er angestrengt.

Ich greife hinter mich, hake meinen BH auf und lasse ihn nach vorn auf seine Brust fallen. Seine Augen treten hervor und er streckt die Hand aus, aber ich rücke weg.

»Victor, ich verstehe das wirklich, aber bis Montag wird nicht viel passieren.« Sein Blick ist auf mich gerichtet, und ich frage mich, ob Victor das Zittern in seiner Stimme hören kann.

Ich ziehe an seiner Jeans und er hilft mir, indem er die Hüften bewegt. Als ich sie ihm von den Beinen gezogen habe, finde ich darunter rote Boxershorts, und Feuchtigkeit sammelt sich zwischen meinen Schenkeln.

Vielleicht liegt es daran, dass wir in San Francisco meistens nach Arbeitstagen zusammen waren, aber Jasper hat eine Überfülle an schwarzen Boxershorts. Dass er also etwas anderes trägt, erregt mich. Zeigt mir eine andere Seite an ihm. Geht es Männern so mit Dessous?

»Ich muss los, Victor. Ich verspreche, ich melde mich.« Er tippt auf sein Handy. Dann fummelt er daran herum und hält es hoch. »Ich schalte das Ding auf ›nicht stören‹.« Dann wirft er es auf den Nachttisch und ich klettere seinen Körper hinauf. »Zieh deine Shorts aus!«, befiehlt er.

»Ganz schön herrisch«, sage ich und er zieht die Augenbraue hoch.

»Das bin ich, und das magst du so.«

Stimmt, aber das muss er ja nicht wissen.

»Ich mag Kontrolle.« Ich knöpfe meine Shorts auf und ziehe sie aus; jetzt trage ich nur noch einen durchsichtigen lila Tanga.

»Glaub mir, du hast mehr Kontrolle, als du glaubst.« Er lehnt sich ans Kopfende und hält mir die Hand hin.

Ich krabble hinauf und streiche dabei absichtlich mit den Möpsen über seinen Schwanz. »Ich mag das Rot«, sage ich und er lächelt und drückt mit den Händen meine Brüste um seinen Schwanz zusammen.

»Und ich mag das Lila.« Er streicht mit den Daumen über meine Nippel. »Komm her«, sagt er und ich setze mich rittlings auf ihn. Mit den Händen massiert er meinen Hintern und ich lege ihm die Arme um den Hals.

»Ich werde versuchen, ein braver Junge zu sein«, sagt er und kommt näher, um mich zu küssen. Der Kuss ist sanft und bedächtig, ähnlich wie der, wenn er sich von mir verabschiedet. Es ist der süße Kuss. Er hat viele Küsse. Der fordernde Kuss, der Ich-komme-Kuss, der Hallo-Kuss, und jeder einzelne genügt, dass ich zerschmelze.

Sein Abschiedskuss ist immer superlangsam, supersanft und seine Hände bleiben dabei immer an meinen Wangen. Normalerweise besiegelt er ihn mit noch einem kürzeren Kuss und sagt dann so etwas wie »Bis bald« oder »Danke«. Es ist der, der mir sagt, dass ich mehr bin als nur eine tolle Bettgeschichte, dass ich ihm vielleicht ein bisschen mehr bedeute.

Ich verliere mich in diesem Kuss, und seine Finger gleiten an meinem Rückgrat auf und ab. Er reibt nicht seinen Schwanz an meinem Zentrum, seine Hand ist nicht zwischen meine Beine gewandert, um zu fühlen, wie feucht ich bin. Mir wird klar: Diesmal wird es anders.

Er stemmt sich hoch und legt mich rücklings aufs Bett. »So schön«, flüstert er, und seine Lippen ziehen eine Spur von der Stelle zwischen meinen Brüsten zum Bauchnabel. Er hakt die Finger unter die Schnüre meines Strings, zieht ihn mir quälend langsam herunter. »Ich werde nie genug bekommen von deiner Muschi«, sagt er leise, während er mir immer noch das bisschen Stoff über die Beine zieht.

Ich bekomme Gänsehaut. Er steht auf, stellt sich an die Bettkante, blickt auf mich herab, wie ich nackt vor ihm liege. Meistens ist es okay für mich, wenn Männer mich nackt sehen. Ich habe keine Probleme mit meinem Aussehen, schäme mich nicht für die Unvollkommenheiten meines Körpers, aber diesmal ist es anders. Jasper schaut mich nicht mit der Lust und dem animalischen Verlangen an wie sonst. Diesmal leuchtet in seinen Augen etwas anderes. Bewunderung. Zufriedenheit. Staunen. Als ich so daliege, habe ich unwillkürlich das Gefühl, nicht nur meinen Körper zu entblößen, sondern auch meine Seele.

Ich liege still, schaue ihm in die Augen, sehne mich nach mehr von ihm. Sein Blick schweift nicht ab und ich strecke ihm die Hände entgegen, damit er zu mir kommt.

Er schüttelt den Kopf, und von der Andacht in seinem Blick bekomme ich das Gefühl, unwürdig zu sein.

»Ich habe keine Ahnung, womit ich dich verdient habe«, flüstert er und zieht sein T-Shirt mit dem Vintage-Bierlogo aus, das ich ihm vor zwei Tagen gekauft habe.

Er zieht die roten Boxershorts herunter und sein Schwanz springt in seiner ganzen Pracht heraus. Ich werde nie müde, ihn zu sehen. Mir läuft das Wasser im Mund zusammen, und ich möchte auf den Knien zu ihm kriechen und ihm einen blasen, aber auch wenn keine romantische Musik läuft und keine Rosenblätter auf dem Bett liegen, fühlt sich unser Nachmittagsvergnügen ganz anders an als die Quickies, die wir zum Mittagessen haben. Also bleibe ich liegen, erwarte sein Gewicht auf mir.

Wie immer enttäuscht er mich nicht, krabbelt aufs Bett und leckt sich von meinen Zehenspitzen über meine Schenkel nach oben und kreist direkt über meinem Venushügel. Als er mit der Zunge zwischen meinen Brüsten ankommt, spüre ich seinen harten Schwanz an meinen Beinen entlanggleiten. Ich werfe den Kopf zurück, damit er an meinen Hals herankommt. Seine Finger verweben sich mit meinen kurzen schwarzen Haaren, bevor er die Lippen auf meine legt. Meine Beine spreizen sich von selbst, machen ihm Platz zwischen meinen Schenkeln, und seine Eichel drückt gegen meine Mitte, reizt mich.

»Du bist so schön«, flüstert er, und mein Herz klopft, meine Hände gleiten über seinen Rücken, an seinen Muskeln entlang.

»Jasper«, seufze ich; ich liebe diesen langsamen Tanz. Unsere Körper gleiten dahin, und wenn ich ihm die Beine um den Oberkörper schlingen würde, könnte er sich in mich schieben.

Er beendet unseren Kuss und weicht zurück, um mir in die Augen zu schauen.

»Ich brauche dich«, sage ich leise, und er legt den Kopf in meine Halsbeuge.

Seine Küsse mit offenem Mund schicken mir einen wohligen Schauer über den Rücken. Indem er die Hüften kreisen lässt, neckt er mich weiter und ich weiß, in seiner Jeans ist ein Kondom.

»Deine Haut ist so weich«, sagt er, während seine Hände über jeden Teil meines Oberkörpers gleiten.

»Bitte«, bettle ich, öffne mich weiter, wickle die Beine um seine, drücke die Fersen in seine Waden.

Er schaut zu mir auf. »Ich habe es mir anders überlegt. Ich will nichts zwischen uns«, flüstert er und küsst mich auf die Nase.

Ich verschränke die Beine und er hält inne, ein atemberaubendes Lächeln auf dem Gesicht. Er streicht eine verirrte Haarsträhne aus dem Weg und schaut mit Ehrfurcht auf mich herab.

»Ich vertraue dir, Lennon, aber bist du sicher?«, flüstert er.

Ich nicke. »Wir sind keine Jungfrauen mehr«, scherze ich, denn ich habe das Bedürfnis, den Ernst dieses Moment zu lindern, zumindest für mich. Meine Lungen ziehen sich zusammen und man könnte meinen, ich hätte gerade in hundertfünfzig Metern Höhe ein Hochseil betreten, ohne Netz darunter. Aber genau so fühle ich mich: als würde ich ohne Sicherheitsnetz arbeiten, denn alles, was ich für Jasper empfinde, ist unbekanntes Terrain.

Sein sündiges Lächeln, das ich liebe, erscheint auf seinen Lippen und er lässt die Hüften kreisen, dann nimmt er die Hand zu Hilfe, um seinen Schwanz in mich zu führen. Zentimeter um grandiosen Zentimeter schiebt er sich in mich – mir stockt der Atem, ich grabe ihm die Finger in den Rücken.

»O Gott«, bricht das überwältigende Gefühl, ihn in mir zu spüren, aus mir heraus. Ich hatte nie Sex ohne Gummi, und obwohl ich eben noch den Witz gemacht habe, fühle ich mich in gewisser Weise doch wie eine Jungfrau. Eine männliche Jungfrau im Teenageralter, denn das hier droht vorbei zu sein, bevor es richtig anfängt, so dicht davor bin ich.

Jasper stemmt sich auf die Ellbogen und blickt auf mich herab, während er sich in einem langsamen, aber herrlichen Rhythmus in mir bewegt. Dabei schaut er mir unverwandt in die Augen, und ich weiß nicht genau, wie lange es dauert, aber ich kann euch sagen, ich werde diesen Moment oder die Gefühle, die in mir im Aufruhr sind, niemals vergessen.

»Ich hätte mir nie vorstellen könnten, dass du dich so unglaublich perfekt anfühlst«, sagt er mit rauer Stimme.

In einem Tempo, das einer Schildkröte würdig wäre, genießen wir einander, bis wir zusammenbrechen – nicht vor Erschöpfung, sondern weil wir körperlich unfähig sind, unsere Orgasmen noch länger in Schach zu halten. Wir erreichen den Höhepunkt gemeinsam, taumeln auf die Ekstase zu, umklammern einander und spüren uns nicht nur im körperlichen Sinne, sondern emotional, alles zwischen uns.

Jasper lässt sich neben mich fallen, die Hände an meiner Seite, seine Lippen bewegen sich mit einem befriedigten Lächeln auf meine zu. Unsere Arme verschränken sich und er zieht mich an sich, unsere schweißbedeckten Körper kleben aneinander. Mir wird klar: Hier im Wald, in einer Hütte ohne irgendwelche Zeugen, hat Jasper Banks mich für alle anderen ruiniert.

Ich schaue ihn so verträumt an, wie ich noch nie einen Kerl angeschaut habe, ich schwöre es, und genieße die Befriedigung und den Frieden in mir. Mit Jasper kann ich sein, wie ich es nie für möglich gehalten habe: still.

Da klingelt sein Handy. Das Geräusch zerreißt den Moment wie ein Messer einen Wandbehang. Ich versetze ihm einen Klaps auf die Brust.

»Du hast gesagt, du würdest es auf ›nicht stören‹ stellen.« Ich krieche aus seiner Umarmung, denn an eines bin ich nicht gewöhnt, wenn man kein Kondom benutzt: dass man sich hinterher saubermachen muss. Ernsthaft, es fühlt sich in dem Moment viel besser an, aber hinterher ist es eine echte Sauerei.

»Das habe ich auch, aber ...« Er unterbricht sich abrupt.

Ich eile trotzdem ins Bad, denn jetzt spüre ich nur noch, wie mir Jasper an den Innenseiten der Schenkel herunterläuft. Eindeutig ein Argument dafür, ein Kondom zu benutzen. »Ich glaube, ich dusche mich kurz ab«, rufe ich. »Willst du mitmachen?« Ich wische mich ab, so gut ich kann, und gehe zur Tür, aber Jasper steht jetzt nackt auf dem Balkon.

Ich schätze, das heißt, hier ist wirklich keiner in der Nähe. Gut, dass er gerade Liebe mit mir gemacht hat. Ich würde sagen, Mord steht heute nicht auf der Speisekarte.

Während das Wort »Liebe« in meinem Kopf widerhallt, kommt Jasper mit tief gerunzelter Stirn wieder herein. Sein ganzer Körper ist angespannt. Eilig sammelt er seine Unterwäsche vom Boden auf und fängt an, sie anzuziehen.

»Stimmt etwas nicht?«, frage ich.

Er hält inne und starrt mich kurz an, bevor er sich herunterbeugt, um seine Jeans aufzuheben. »Ich muss dir etwas sagen.« Ich kann von hier aus sehen, wie er schwer schluckt.

Mein Herz stolpert, als wollte es sagen: *Du Idiotin, du hast ihm vertraut.*

Eines muss ich Jasper lassen. Irgendwie überzeugt er mich ohne Erklärung, was los ist, mich anzuziehen und mit ihm ins Auto zu steigen. Obwohl mein Herz schreit, dass hier irgendetwas nicht stimmt, dass sich gerade alles ändert, tue ich, was er sagt. Jetzt sitze ich auf dem Beifahrersitz seines Range Rovers, während er den Highway zu irgendeiner Adresse entlangrast, die er in sein Navi eingegeben hat. Ein Krankenhaus ungefähr achtzig Kilometer entfernt.

»Hatte einer von deinen Eltern einen Unfall?«, frage ich, denn er hat nichts gesagt, seit wir ins Auto gestiegen sind. Gleichzeitig ist er sich nicht weniger als zwanzigmal durch die Haare gefahren. Das weiß ich, denn nach ungefähr dem fünften Mal habe ich angefangen, mitzuzählen. Wenn seine Hände nicht in seinen Haaren sind, umklammert er das Steuer, dass die Knöchel weiß hervortreten.

Er wirft mir einen Blick zu. »Nein.«

Aber irgendetwas stimmt eindeutig nicht. Die Sorge strahlt in Wellen von ihm ab und ich habe das Gefühl, als könne er nicht schnell genug ins Krankenhaus kommen. »Okay, ist jemand, den du kennst, in dem Krankenhaus, in das wir fahren?« Ich frage es langsam, als hätte er irgendwo zwischen dem Bett und dem Auto die Fähigkeit verloren, Englisch zu verstehen.

»Ja.«

»Und wer?«, frage ich mit schmeichelnder Stimme, denn ich komme mir vor, als müsste ich einem Zweijährigen Informationen aus der Nase ziehen.

Er wirft mir noch einen Blick zu, sein Gesichtsausdruck schreit förmlich »Entschuldigung«. »Mein Sohn.«

Kapitel 17

Ich reiße die Augen auf und vergesse einen Moment lang zu atmen. »Oh«, ist alles, was ich herausbringe, bevor ich auf meinem Sitz zusammensacke. Ich warte auf die Wut. Ich sollte in hellem Aufruhr sein, ihn anschreien, dass er mich belogen hat. Oder mir zumindest wichtige Informationen verschwiegen. Ich sollte ihn mit tausend Fragen bestürmen.

Sein Blick verirrt sich noch einmal zu mir und seine Finger durchkämmen seine Haare. »Sag etwas«, fleht er.

Zum ersten Mal in meinem Leben kann ich das nicht. Ich bin sprachlos. Meine Gedanken wirbeln durcheinander, nicht ein Gedanke setzt sich länger als eine Sekunde, bevor der nächste angeschwirrt kommt. Ich möchte nichts Falsches sagen, auch wenn ich keine Ahnung habe, warum er gelogen hat. Wen interessiert, ob ich ihn vor den Kopf stoße? In mir tobt ein Krieg, und der Sieg schwankt zwischen meinem Kopf und meinem Herzen.

»Er ist im Krankenhaus?«, frage ich.

Er nickt. »Er war im Ferienlager. Das war der Direktor, der angerufen hat. Sie glauben, er hat sich den Arm gebrochen.« Aus seinen Worten höre ich so eindeutig die Qual heraus, dass ich die Hand nach ihm ausstrecken und ihn trösten will, aber ich behalte die Hände bei mir.

»Wie alt ist er?«, frage ich. Ich verstehe immer noch nicht, wie ich hier sitzen kann und nicht völlig den Verstand verliere. Vielleicht liegt es daran, dass Jasper mir wichtig ist, und ihn so gequält zu sehen den

Wunsch in mir auslöst, ihm zu helfen. Oder weil ich genauso besorgt wäre wie er, wenn es meine Nichte oder mein Neffe wäre.

»Er ist sechs. Er heißt Brady.«

Ich schaue auf das Navi und sehe, dass wir immer noch vierzig Minuten bis zum Ziel brauchen. Da er mit den Gedanken woanders ist und nicht wirkt, als wollte er wirklich Fragen beantworten, drehe ich mich nach vorn, verschränke die Beine und starre zur Frontscheibe hinaus.

Irgendwann nehme ich mein Handy in die Hand und schreibe den Mädels, um sie über die neueste Entwicklung zu informieren. Und ihre Reaktionen? Die scheinen mir eher dem zu entsprechen, was ich gerade fühlen sollte. Wenigstens zwei von uns dreien denken noch klar.

»Hast du sonst nichts zu sagen?«, fragt Jasper nach einer Weile.

Ich drehe mich zu ihm um. »Nein. Wir können später reden. Sobald du weißt, dass es Brady gut geht.«

Ein ersticktes Stöhnen bricht aus ihm heraus, und ich nehme an, es hat mit seinem Sohn zu tun. »Sprich mit mir!«, sagt er und drückt aufs Gas, weil wir eine lange freie Strecke vor uns haben.

»Was soll ich sagen?«, frage ich und stecke mein Handy in den Becherhalter.

»Sag mir, dass du mich nicht hasst«, sagt er und mir wird klar, dass sein ersticktes Stöhnen eben nichts mit seinem Sohn zu tun hatte, sondern mit uns. Warum wird jetzt mein Herz so warm?

»Ich hasse dich nicht«, sage ich mit wenig Gefühl.

Ein langer Strom Atemluft verlässt seinen Mund. »Es tut mir leid, ich hätte es dir sagen sollen, es ist nur ... Ich wusste nicht, wie du reagieren würdest. Um ehrlich zu sein, wissen nicht viele Leute von ihm. Das ist sicherer für ihn.«

»Bist du bei der Mafia oder so was?«, frage ich, denn so wie er das sagt, geht meine Fantasie mit mir durch. Jetzt habe ich das Gefühl, alles ist möglich.

»Nein.« Er lacht in sich hinein, aber ohne Heiterkeit. »Brady bindet sich leicht. Ich habe ihn noch keiner Frau vorgestellt, mit der ich ausgegangen bin. Er hängt an seinen Lehrerinnen, an meiner Mom. Er sucht ständig die Nähe von Frauen, weil er seine Mom nie kennengelernt hat.«

Jetzt ist meine Aufmerksamkeit geweckt, aber bevor ich ihn etwas fragen kann, klingelt sein Handy durch den Lautsprecher des Wagens. »Warte kurz«, sagt er und drückt einen Knopf am Lenkrad, um den Anruf anzunehmen. »Ich bin unterwegs«, sagt er statt einer Begrüßung. Ich schaue auf den Bildschirm am Armaturenbrett und sehe das Wort »Mom«.

»Gott sei Dank. Ich habe im Krankenhaus angerufen, und der Arzt sagt, der Arm sei gebrochen. Dein Vater und ich fahren in ein paar Minuten los.« Ich höre Gemurmel und das Rascheln von Papier im Hintergrund.

»Nicht nötig. Die Lagerleiterin hat mich angerufen und gesagt, sie schienen es. Ich war das Wochenende unterwegs, ich bin nicht weit weg. Ich hole ihn ab und wir bleiben bis Sonntag hier.« Sein Daumen schwebt über dem Knopf zum Beenden wie ein Scharfschütze auf Wache.

»Dann kommen dein Vater und ich und passen auf ihn auf, wenn du arbeitest.« Ich höre eine Autotür zuschlagen und einen Motor anspringen.

»Mom, ich arbeite nicht«, informiert er sie.

»Was tust du dann?«, fragt sie und hält das Mikro zu, wenn auch nicht sehr gut, denn ich kann hören, wie sie die Information an jemanden weitergibt, vermutlich an seinen Dad.

Jasper schaut mit einem gequälten Blick zu mir herüber. »Ich bin mit jemandem zusammen«, sagt er mit Resignation in der Stimme, als hätte sie ihn in einen Verhörraum mit einem Scheinwerfer über dem Kopf eingeschlossen.

»Oh.« Ihre Stimme klingt leise und unsicher. Wieder gibt sie es an seinen Dad weiter. »Er ist mit jemandem zusammen«, sagt sie, und sein Dad antwortet: »Was? Mit wem?«

»Mit wem?«, wiederholt sie die Frage, und Jasper atmet übertrieben laut aus.

»Hört mal, ich rufe euch an, wenn ich Brady abgeholt habe. Vielleicht brauche ich eure Hilfe, denn ich bezweifle, dass er ins Ferienlager zurückkann.«

»Uns macht es nichts aus, deine besondere Freundin kennenzulernen«, sagt sie.

Ein Lachen platzt aus mir heraus, bevor ich es aufhalten kann, und ich versuche, es mit einem Husten zu überspielen.

Jasper wirft mir einen tödlichen Blick zu, aber gleich darauf verziehen sich seine Lippen auch nach oben.

»Tut mir leid«, flüstere ich tonlos.

»Kann sie mich hören?«, fragt seine Mom und ich verziehe gequält das Gesicht.

»Na ja, ich fahre, Mom.«

»Oh.«

Das Ganze ist so unangenehm.

»Hallo, Mrs Banks«, sage ich, und Jasper reißt so schnell den Kopf zu mir herum, dass ich überrascht bin, dass er sich nicht weiterdreht wie in dem Film *Der Exorzist*. Ich tue seinen wilden Blick mit einer Handbewegung ab. »Mein Name ist Lennon Hart.« Ich nehme an, es ist besser, mich vorzustellen, als so zu tun, als wäre ich stumm.

»Hallo«, sagt sie. »Lennon Hart«, wiederholt sie leise für seinen Dad.

»Oh«, sagt er und ich kann mir vorstellen, wenn dieser Anruf irgendetwas zu sagen hat, müssen ihre Tischgespräche herausragend sein.

»So, jetzt weißt du es, Mom. Ich muss Schluss machen.« Jasper klingt, als könne er das Gespräch nicht schnell genug beenden.

Sie ignoriert ihn. »Na ja, wie wäre es, wenn wir Lennon zum Abendessen einladen würden?«

Wir? Wohnt Jasper bei seinen Eltern? Tatsache ist, er hat mich nur auf sein Boot mitgenommen, dann in meine Wohnung und jetzt in diese Hütte. Ich habe seine Wohnung noch nie gesehen.

»Mal sehen. Jetzt kümmern wir uns erst einmal um Brady.« Sein Daumen schwebt wieder über dem Knopf.

»Ja, bitte ruf mich an, sobald du ihn abgeholt hast«, sagt sie.

»Mach ich.«

»Also sollen wir nicht kommen?«, fragt sie noch einmal und ich presse die Lippen zusammen, um nicht zu lachen.

»Nein, sollt ihr nicht. Ich rufe an«, wiederholt Jasper.

»Okay«, sagt seine Mom. »Lennon?«, fragt sie und Jasper seufzt und lässt den Kopf an die Kopfstütze sinken.

»Ja, Mrs Banks?«

»Abendessen. Montagabend, siebzehn Uhr«, sagt sie jetzt in gebieterischem Ton. »Sie bekommen die Adresse von Jasper.« Ich schaue zu Jasper hinüber, der die Augen verdreht und den Kopf schüttelt.

»Wie wäre es mit ›Würden Sie gern‹ oder einem ›Bitte‹?«, fragt Jasper verärgert.

»Sehr gerne«, sage ich, ohne so genau zu wissen, ob ich es ernst meine.

»Tschüss, Mom«, sagt er und legt auf, bevor sie noch etwas sagen kann.

Nachdem seine Mom endlich aus der Leitung ist, lache ich. Wahrscheinlich nicht die beste Reaktion, aber egal. »Ich weiß nicht, ob ich mit dir zusammen sein kann«, sage ich ausdruckslos.

Er schaut kurz zu mir herüber, bevor er den Blick wieder auf die Straße richtet. »Was? Warum?«

»Du hast gerade bei einem Telefongespräch mit deiner Mutter einfach aufgelegt, ts, ts«, schelte ich ihn, um die Stimmung zu heben. Dieses Kinderding ändert definitiv einiges, aber dieses eine Mal halte ich mich unter Kontrolle und spare mir einen übereilten Ausbruch, denn ich gehe davon aus, wir reden später.

»Ach, wart's nur ab. Du wirst auch irgendwann einfach auflegen, wenn sie anruft.« Er zögert kurz, bevor er hinzufügt: »Aus der Sache mit dem Abendessen kann ich dich nicht rausholen.«

Ich tätschle ihm das Bein. Sein Schenkel ist steinhart, und jetzt schaue ich ihn zum ersten Mal richtig an, seit er den Anruf bekommen hat. Er ist zum Zerreißen gespannt wie eine Gitarrensaite.

»Wer hat gesagt, dass ich aus der Nummer rauswill?« Das Blut rauscht in meinen Ohren und mir steigt Galle nach oben. Seit der Highschool habe ich von keinem Typen mehr die Eltern kennengelernt. Ich hasse dieses ganze höfliche Kennenlernen mit den Eltern, wo ich so tun muss, als wäre ich jemand, der ich nicht bin.

Er schüttelt den Kopf. »Du bist schon einzigartig.«

Das habe ich in meinem Leben schon oft gehört, aber diesmal glaube ich zum ersten Mal, dass es als Kompliment gemeint ist.

Kapitel 18

Kurz darauf fahren wir über die Staatsgrenze nach Oregon, und es dauert nicht mehr lange, bis wir vor dem Krankenhaus ankommen.

»Halt einfach an der Notaufnahme an und ich parke den Wagen«, sage ich.

Genau das tut Jasper. Blitzschnell ist er ausgestiegen und läuft durch die Schiebetür der Notaufnahme. Ich parke den Truck und folge ihm dann ein wenig zögerlich. Hauptsächlich, weil ich nicht so recht weiß, was meine Rolle hier ist. Je näher wir dem Krankenhaus kamen, desto realer wurde das Ganze. Desto mehr wünschte ich mich auf die braune Ledercouch in der Hütte zurück, oder verdammt, vielleicht auch wieder nach San Francisco.

Der Junge wird mich auf keinen Fall mögen, denke ich, während ich mich umschaue. Aber die Kids meines Bruders lieben mich. *Ja, weil du die verantwortungslose Tante bist*, sagt mein Unterbewusstsein und ich schüttle den Kopf, um ihn klar zu bekommen. Ich brauche einen Kaffee, um meine Ängste zu zügeln, also hole ich einen aus dem fürchterlichen Automaten. Ich bin mir sicher, in diesem abgelegenen Bergstädtchen gibt es weit und breit keinen Starbucks.

Mit meinem Kaffee setze ich mich ins Wartezimmer. Ich nehme an, wenn Jasper fertig ist, wird er mich suchen und Brady vorstellen. Gott sei Dank passiert das in einem Krankenhaus, denn es könnte durchaus sein, dass ich ohnmächtig werde.

Während ich das ekelhafte Gebräu trinke, das sie hier Kaffee nennen, entdecke ich zwei Mädchen im Collegealter in T-Shirts mit dem

Aufdruck *Camp Tall Pines*. Die beiden wirken besorgt und schauen ständig auf ihre Handys.

»Warum hast du ihn auch raufklettern lassen?«, fragt ein Mädchen das andere.

»Du hättest auf ihn aufpassen sollen«, erwidert das andere.

Sie schieben sich gegenseitig die Schuld zu. Er wird doch sicher nicht das erste Kind sein, das sich in diesem Lager einen Knochen gebrochen hat?

»Seid ihr wegen Brady Banks hier?«, frage ich sie, und zum ersten Mal füge ich seinen Namen zusammen. Brady Banks. Dabei fällt mir Richie Rich ein. Ich lache innerlich.

Die Mädchen drehen sich mit großen Augen zu mir um, keine will etwas sagen.

Ich deute auf ihre Shirts. »Oder ist hier noch ein Kind mit gebrochenem Arm?«

Die Blonde lächelt. »Ja, wir haben ihn mit unserer Leiterin hergebracht«, sagt sie. »Sind Sie seine Mutter? Es tut mir so leid.«

»Sehe ich alt genug aus, um Mutter zu sein?«, frage ich ein bisschen beleidigt. Ich bin bestimmt nicht mehr als fünf Jahre älter als dieses Mädchen.

»Na ja«, sagt die Rothaarige.

»Wie alt seid ihr?«, frage ich, immer noch empört, dass sie glauben, ich könne jemandes Mutter sein.

»Zwanzig«, sagt Blondie.

Okay, also sechs Jahre. Von mir aus.

»Ich bin nur ein bisschen älter als du. Auf jeden Fall nicht alt genug, um einen Sechsjährigen zu haben.« Dann rechne ich im Kopf nach. Scheiße. Ich bin alt genug, um seine Mutter zu sein. Wann ist das denn passiert?

»Oh, sorry«, sagt die Rothaarige und schlägt die Blonde auf den Arm.

Ich trinke meinen Kaffee aus, stelle ihn auf den Tisch und wende mich dem Fernseher zu. Ach, der gute alte Maury Povich. »Ich fasse es nicht, dass das immer noch läuft.« Ich kichere vor mich hin. »Du bist *nicht* der Vater«, sage ich mit tiefer Stimme.

Die beiden Mädchen starren zu mir herüber, als wäre ich eine Irre, und ja, ich habe ihnen gerade bestätigt, dass ich tatsächlich alt bin. Zumindest für sie. Also bleibe ich ruhig.

Ein paar Minuten später betritt eine große Frau mit Pferdeschwanz und Camp-Shirt den Raum. »Robin, Carrie. Wir gehen. Ab jetzt kümmert sich Bradys Dad um ihn.« Sie verlässt das Wartezimmer, ohne auf die beiden zu warten.

Die Blonde bleibt neben mir stehen, bevor sie geht. »Es tut uns wirklich leid. Brady ist so großartig und wir wollten bestimmt nicht, dass er sich verletzt. Ich hoffe, ihm geht es gut.« Mit gesenktem Kopf verlässt sie das Krankenhaus.

»Danke«, rufe ich ihr nach und weiß nicht, ob sie es noch gehört hat. Armes Mädchen, aber wenigstens ist sie entkommen, bevor sie sich mit Bradys Vater auseinandersetzen muss.

Vater.

Dad.

Jasper ist jemandes Daddy.

Ich kann es immer noch nicht glauben.

Als Jasper endlich in den Wartebereich kommt, ist mein Hintern taub, mein Rücken tut weh und meine Beine sind steif. Ich lasse die Wirbel in Nacken und Rücken knacken, strecke mich und versuche, ein bisschen von der Spannung in meinen Muskeln loszuwerden.

»Mann, was für ein Anblick. Das habe ich also verpasst?«, sagt er, als ich den Rücken wölbe und dabei die Titten vorstrecke.

Es ist schön, ihn wieder lächeln zu sehen. Ich stehe auf und er nimmt meine Hand. »Wie geht es ihm?«, frage ich.

Er drückt meine Hand. »Gut. Gebrochener Arm, aber zum Glück muss er nicht operiert oder gerichtet werden. Er muss jedoch sechs Wochen lang einen Gips tragen.« Er pustet. »Und ich dachte, er hätte noch ein paar Wochen Spaß im Zeltlager, aber er kommt mit mir nach Hause.«

»Na ja, ich bin froh, dass es ihm so weit gut geht.« Ich ziehe Jasper an mich.

»Danke, dass du Verständnis hast«, sagt er, streicht mir mit der Hand über den Rücken und küsst meinen Hals. Unter diesen Umständen sollten mir eigentlich keine Schauer über den Hals kriechen, aber sie tun es.

Er löst sich von mir und ist wieder der ernste Jasper. »Also wird es Zeit, dass du ihn kennenlernst. Sie stellen gerade seine Entlassungspapiere zusammen. Wir können heute Nacht in der Hütte übernachten und dann reden. Wenn du morgen in die Stadt zurückwillst, verstehe ich das.«

Ich nicke, ohne ihm eine Antwort zu geben, denn ich habe keine Ahnung, was ich will. Ich brauche immer noch eine Menge Antworten, und um ehrlich zu sein, weiß ich nicht einmal, was er von mir erwartet. Er hat selbst gesagt, er habe Brady noch keiner Frau vorgestellt. Soweit ich weiß, fürchtet er sich mindestens genauso vor dem Kennenlernen wie ich.

»Also los. Er freut sich.« Er lächelt und es sieht aufrichtig aus.

Mein Magen bildet tausend winzige Knoten, die sich zu einer Riesenkugel verbinden, die in meiner Magengrube sitzt. Ich folge ihm den Flur entlang und hole noch ein letztes Mal Luft, bevor sein Sohn ein echter Mensch für mich wird. Einer, der mich beurteilen kann und wird. Normalerweise verschwende ich an so etwas nicht groß Gedanken, aber ich ertappe mich dabei, dass ich einen guten Eindruck auf Jaspers Sohn machen möchte.

Als ich eintrete, finde ich einen lächelnden Jungen mit Jaspers haselnussbraunen Augen und einem braunen Haarschopf vor. Der Gips an seinem Arm ist grün. Natürlich.

»Hi, ich bin Brady«, stellt er sich vor und rutscht auf dem Bett zur Seite, als wollte er mir Platz machen. »Möchtest du als Erste auf meinem Gips unterschreiben?«, fragt er, und mein Blick schießt kurz zu Jasper hinüber. Er schaut mich entschuldigend an, was mir Brady gleich noch sympathischer macht.

»Na gut, das heißt, ich bin die Nummer eins, oder?«

Brady lächelt mich an, als wäre ich die Größte, und ich weiß, ich sitze in der Patsche. Genau wie an dem Tag, als ich seinen Vater kennenlernte – wenn nicht noch mehr.

Kapitel 19

Was Jasper vergessen hat zu erwähnen, ist, dass Brady nie die Klappe hält. Okay, das hätte ich netter ausdrücken sollen. Sagen wir einfach, er hat ein großes Mitteilungsbedürfnis und viel zu erzählen. Ist das angemessener?

Zum Glück schläft er tief und fest im Gästezimmer und ich sitze mit Jasper auf den Stufen vor der Hütte.

»Ich habe gerade meinen Master gemacht, als Gina schwanger wurde.«

Jasper und Gina. Verdammt, diese beiden Namen klingen gut zusammen. Viel besser als Jasper und Lennon. Ich sage nichts und schlinge die Arme um die Beine, dann lege ich die Wange auf die Knie, schaue ihn an und warte, dass er fortfährt.

»Sie war noch nicht so weit, Mutter zu werden. Um ehrlich zu sein, weiß ich nicht einmal, ob sie je bereit dafür gewesen wäre.« Er schaut in den Wald vor uns.

Ich bleibe still und er rückt näher an mich heran. Die Hitze seines Oberschenkels wärmt durch die Jeans mein nacktes Bein. Ich möchte ihm die Hand auf den Schenkel legen, tue es aber nicht.

»Sie wollte abtreiben, und am Anfang habe ich gesagt: ›Es ist dein Körper‹, aber je näher der Tag kam, desto weniger fand ich es okay. Am Abend vor dem Abtreibungstermin ließ ich einen Freund, der Jurastudent war, ein paar Papiere zusammenstellen, die sie unterschreiben sollte. Ich bezahlte ihr alles während der Schwangerschaft, und ich bezahlte sie dafür, dass sie mir das Sorgerecht abtrat.« Er schaut zu dem Fenster hinauf, hinter dem sein schlafendes Kind liegt. »Das bleibt unter uns. Mir wäre es lieb, wenn Brady das nie erfahren würde.«

Ich nicke. »Natürlich.«

»Also habe ich sie am Ende geheiratet, damit die Versicherung die Kosten für die Schwangerschaft übernahm, denn auch wenn ich ganz gut verdiente, konnte ich mir die Arztrechnungen so nicht leisten.«

»Oh.« Jetzt klinge ich wie sein Vater.

»Wir ließen uns scheiden, sobald die Nachsorge durch war. Sie ist weggezogen und ich schicke ihr Fotos und Briefe, um sie auf dem Laufenden zu halten, aber in der Hälfte der Fälle kommen sie ungeöffnet zurück. Manchmal dauert es Monate, bis sie sich meldet und mir erzählt, dass sie wieder in einen anderen Bundesstaat gezogen ist. Sie hat kein Interesse daran, ihn zu sehen oder kennenzulernen.« Seine Stimme bricht und ich lege ihm den Arm um die Schulter.

»Es tut mir leid.«

Er schüttelt mein Beileid ab. »Es ist ihr Verlust.« Er dreht sich zu mir um, und mein Arm rutscht von seinen Schultern. »Ich weiß, du hast ihn gerade erst kennengelernt, aber er ist so warmherzig und lustig. Sicher hält jeder Vater sein Kind für das beste. Ich würde auch wirklich keinen Mistkerl kennenlernen wollen, dem es nicht so geht.«

Ich wende den Blick ab, denn ich bin nicht sicher, ob meine Eltern das je von mir dachten. Vielleicht von Jacob, aber Lennon war die Verrückte, die nicht stillsitzen wollte und ihnen ständig Ärger machte.

»Er macht einen tollen Eindruck. Redselig, aber liebenswert.« Ich lache und er nickt. Ich glaube, er weiß, dass Brady nie Kaugummi kauen könnte, weil er den Mund nicht lang genug zumacht, um ihn zu schmecken. Mir wird klar, dass er mich in dieser Hinsicht an mich erinnert, auch jetzt.

»Ich wollte dich nie in diese Lage bringen. Du wurdest ohne Vorwarnung hineingeworfen, und jetzt müssen wir eine Entscheidung treffen.«

Mein Herz rutscht mir in die Hose. Entscheidung?

Er nimmt meine Hände in seine und ich bereite mich mental darauf vor, dass es das war. Er wird mit mir Schluss machen und sich für sein Kind entscheiden. Was ich ihm niemals vorwerfen könnte.

»Ich genieße unsere gemeinsame Zeit.« Seine Stimme ist so leise, dass ich sie über das Rascheln der Blätter im Wind kaum hören kann.

Ich ziehe die Hände aus seinen und rücke zur Seite. Er runzelt die Stirn. »Ist schon okay, Jasper. Du musst mir nichts erklären. Es waren wundervolle drei Wochen und ich werde mich immer daran erinnern, aber ich verstehe das. Ehrlich.« Ich will aufstehen, aber Jasper hält mich zwischen sich und dem riesigen Holzpfosten, der die Veranda trägt, fest.

»Was meinst du damit?«, fragt er.

»Ich verstehe es, okay? Wir hatten Spaß und du möchtest beides nicht vermischen, aber jetzt, wo Brady mich kennengelernt hat, steckst du irgendwie fest. Ich biete dir den Ausweg, den du suchst.« Ich sage die Worte laut, obwohl mir davon körperlich übel wird. Ich glaube, mir war nicht klar, wie gern ich bleiben wollte, bis Jasper mich gehen ließ.

Er starrt mich lange und eindringlich an, während mein Herz so laut in meiner Brust hämmert, dass es eine Basslinie sein könnte.

»Lennon.« Er sagt meinen Namen langsam. »Erinnerst du dich an diesen Nachmittag? Bevor ich den Anruf bekam?« Seine Stimme ist leise und in ihr schwingt das Selbstbewusstsein mit, für das ich ihn vom ersten Moment an bewundert habe.

Ich nicke.

»Habe ich dir die Kleider heruntergerissen?«

»Nein.«

»Habe ich dich über den Tisch gelegt, meinen Schwanz herausgezogen und dich gevögelt, bis du nicht mehr konntest?«

»Nein.«

»Habe ich dich mit gespreizten Gliedmaßen ans Glasfenster gedrückt und von dir verlangt, dass du mir sagst, wie sehr du mich willst?«

»Nein.« All diese Szenarien klingen jedoch durchaus nett, und jetzt sammelt sich die Feuchtigkeit zwischen meinen Beinen.

»War ich sanft und liebevoll? Habe ich dich gestreichelt und dir gesagt, wie schön du bist?«

Hitze steigt mir in die Wangen, als ich an unseren gemeinsamen Nachmittag denke.

Er zieht die Augenbraue hoch.

»Ja«, flüstere ich.

»Glaubst du, ich würde das tun, wenn ich ›nur Spaß mit dir haben‹ wollte?« Er zeichnet Anführungsstriche in die Luft.

Ich wende den Blick ab, aber er legt mir den Zeigefinger unters Kinn und zwingt mich, ihn anzusehen.

»Vielleicht«, sage ich und ein leichtes Lächeln umspielt seine Lippen.

»Lennon?«

Ich atme hörbar aus. »Nein, wahrscheinlich nicht.«

Jetzt strahlt er und streicht mir eine Strähne aus den Augen. »Also denke ich, wir können uns darauf einigen, dass ich das hier mag.«

Ich zucke die Achseln.

»Lennon.« Wieder diese ernste Stimme. Das muss so ein Dad-Ding sein.

»Ja?«

Er küsst mich auf die Nasenspitze. Verdammt, warum geht mir das immer so an die Nieren? »Ich muss wissen, ob du das mit uns willst. Ich muss einen Plan machen.«

»Einen Plan?«

»Für mich ist das Neuland. Brady musste nie um meine Aufmerksamkeit konkurrieren. Er weiß nicht, wie es ist, wenn ich eine Frau habe. Und du wirkst nicht gerade wie der Typ für Kinder. Nichts für ungut.«

»Okay«, sage ich, leicht beleidigt, dass er glaubt, ich könnte nicht mit einem Kind umgehen, auch wenn ich mir selbst schon den ganzen Tag diese Frage gestellt habe.

»Ich meine nur, dass ...«

Ich hebe die Hand, um ihn zum Schweigen zu bringen. Ich verstehe, was er meint: Ich bin unverantwortlich, immer mit dem Kopf in den Wolken, meine nie etwas wirklich ernst. Während er ein Kind zu versorgen hat, für ein Dach über dem Kopf des kleinen Kerls sorgen muss. Er *muss* verantwortungsvoll sein. Von ihm ist jemand abhängig. Ich habe noch nicht einmal Fische, die ich füttern muss. Wenn ich nicht einkaufen gehe, verhungere nur ich selbst. Ich muss nicht aufpassen, dass ich etwas aus allen Schichten der Ernährungspyramide esse, damit ich gesund bleibe. Milch trinke ich nur im Kaffee. Das ist wirklich eine Nummer zu groß für mich.

Das ist mir alles klar, und dann schaue ich Jasper an und der Gedanke, dass wir uns trennen könnten, verwandelt die Sprünge in meinem Herzen in richtige Risse. »Ich will nicht Schluss machen, Jasper, aber wie du gesagt hast, ich habe keine Ahnung, was man mit einem Sechsjährigen tun muss.«

»Ich suche nicht nach einer Mutter für Brady, aber du müsstest dich ein Stück weit verpflichten.« Er schaut mich an und ich werde den Gedanken nicht los, dass er verletzt ist, weil ich noch nicht auf den Glückliche-Familie-Zug aufgesprungen bin.

»Was, wenn ich es vergeige? Oder wenn ich ein böses Wort sage? Ich meine, ich habe schließlich ein Mundwerk wie ein Lkw-Fahrer.« Ich stehe auf, um vor den Ängsten zu fliehen, die sich in meine Psyche bohren.

»Ich erwarte nicht von dir, dass du ihn von der Schule abholst oder ihm Essen kochst. Und glaub mir, Brady kennt die schlimmen Wörter schon alle. Er hat mich als Vater.« Das sagt er, als wäre er nicht der ideale Vater, obwohl ich weiß, dass er es ist. Er muss es sein. Allein schon, was er hier tut. Prüft mich auf Herz und Nieren, um sicherzugehen, dass ich das Herz seines Sohnes nicht gefährde.

Ich schaue ihn an, wie er da auf den Stufen sitzt, die Ellbogen auf den Knien, die Haare völlig wirr, und mich beäugt und auf meine Entscheidung wartet.

Ich schaue auf der Suche nach der Antwort durch einen der Risse in meinem Herzen. Eine lange Zeit schweige ich, bis die Antwort von innen kommt und sich richtig anfühlt. Sie fühlt sich richtig an in meinem Bauch. Ich war schon immer eine, die ihren Gefühlen folgt, und ich habe es nie bereut. Das werde ich jetzt bestimmt nicht ändern.

»Okay«, sage ich leise.

Jasper zieht die Augenbrauen hoch. »Bist du sicher, Lennon? Du musst sicher sein.«

»Ja.« Ich blicke zum Sternenhimmel auf. »Ich meine, ich war auch mal ein Kind. Es ist noch irgendwo in mir.« Ich nicke ein paarmal, um mich selbst zu überzeugen. »Ich bin eine gute Tante ... glaube ich.« Ich zucke mit den Schultern.

»Ich glaube nicht, dass du lange danach suchen musst«, scherzt er, stemmt sich von der Treppe hoch und kommt auf mich zu. Der Kies knirscht unter seinen Schritten, und dann legt er die Arme um mich. »Ganz bestimmt?«, fragt er nach.

Ich lächle und bin jetzt noch überzeugter, dass ich das kann. Die Leute mögen an mir zweifeln, aber ich bin erwachsen und kann mich sicher auch so benehmen und ein gutes Vorbild sein.

»Ganz bestimmt.«

Lächelnd neigt er den Kopf und gibt mir seinen Abschiedskuss, nur dass er diesmal nicht geht. Ich muss diesen Kuss wohl anders nennen. Aber wie?

Als Jaspers Hände meine Wangen loslassen, fällt es mir ein. Dieser Kuss fühlt sich nicht wie ein Abschied an. Er ist ein Anfang.

Ein Anfangskuss.

Der Anfang wovon? Keine Ahnung.

Kapitel 20

Ich wache auf, weil da ein kleiner Klumpen neben mir im Bett ist. »Ah«, schreie ich und rutsche unter der Decke hervor auf den Boden. »Jasper!«, rufe ich flüsternd, aber er kommt nicht.

Ich bin auf irgendein Tier gefasst, das aus der drei Meter von der Hütte entfernten freien Natur hier hereingekommen ist, und schaue mich im Raum nach etwas zur Verteidigung um. Aber da ist nichts, also versuche ich, aus dem Raum zu schleichen.

Eine der Bodendielen knarrt unter meinem Fuß, als ich beinahe an der Tür bin, und ich reiße den Kopf herum. Der Klumpen im Bett bewegt sich hin und her und ein schabendes Geräusch hallt durch den stillen Raum.

Mit aufgerissenen Augen starre ich den Klumpen an, während ich langsam bis zur Tür zurückweiche. Ich drehe den Knauf, schlüpfe durch die Öffnung und schließe sie vorsichtig wieder. Dann renne ich nach unten, um Jasper zu suchen. Er hat gestern Abend darauf bestanden, dass wir getrennt schlafen, denn er wusste nicht so genau, wie Brady reagieren würde, wenn er uns beide zusammen im Bett sähe. Er möchte das mit uns beiden langsam angehen. Und das war okay für mich – gestern Nacht. Bevor ein wildes Tier beschloss, in meinem Bett ein Nickerchen zu machen.

Ich finde ihn schlafend auf der Couch und springe auf ihn.

»Was ist?«, schreit er und ich halte ihm den Mund zu, aber er setzt sich trotzdem sofort auf.

Ein verträumter Blick voller Lust tritt in seine Augen und seine

Hände gleiten unter mein Schlafshirt und drücken meinen Hintern. Die Decke zwischen uns verbirgt seine Morgenlatte nicht wirklich und er reibt sich an mir.

Normalerweise bin ich ja schon eine für den Morgen. Ach was, das ist gelogen. Ich bin eine für den Morgen, den Mittag und den Abend – wem will ich etwas vormachen? Aber so großartig sich das anfühlt, da oben ist ein Tier.

Er bewegt den Kopf und meine Hand rutscht von seinem Mund. »Was hältst du davon, wenn wir für einen Quickie ins Bad gehen, bevor Brady aufwacht?«, flüstert er und ich krabble von ihm herunter.

»Da ist ein Tier in meinem Bett«, sage ich und er reißt die Augen auf.

»Ein Tier?«, fragt er.

Ich nicke. »Ja. Und ich habe ein Kratzen gehört, also muss es Krallen haben. Ich hätte es fast geweckt.«

Jasper kneift die Augen zusammen und schaut mit einem »Ist das dein Ernst?«-Ausdruck die Treppe hinauf.

»Ich meine es ernst. Komm!« Ich wedle mit der Hand und er steht auf, seine roten Boxershorts bilden ein Zelt.

Ich halte mir die Augen zu. »Zieh dir was an!«, sage ich kopfschüttelnd.

Er kommt zu mir herüber und nimmt mir die Hände von den Augen. »Du hast meinen Schwanz schon mal gesehen. Um genau zu sein, magst du den Anblick ganz gern, wenn mich nicht alles täuscht«, erinnert er mich.

Ich schüttle den Kopf. »Na ja, Brady muss ihn aber nicht sehen.«

»Sorry, Babe, er hat ihn auch schon gesehen.«

Ich werfe noch einen Blick darauf. »Echt?«

Er nickt und streift die Hose über. »So aber noch nicht. Dieses Gespräch möchte ich lieber noch nicht mit ihm führen.« Er gluckst und geht auf die Treppe zu.

»Du kannst da doch nicht mit leeren Händen raufgehen!«, quieke ich und er bleibt stehen und dreht sich um.

Ich schaue mich um. Bingo. Ich schnappe mir den Schürhaken vom offenen Kamin und drücke ihn Jasper so eilig in die Hand, als wäre er eine heiße Kartoffel, lasse los und weiche zurück, sobald er ihn in den Händen hält. Er verdreht die Augen und steigt die Treppe hinauf, während ich ihm auf Zehenspitzen folge und mich an seinem Hosenbund festhalte.

»Du musst leise sein, es könnte direkt hinter der Tür sein«, flüstere ich, als wir auf dem Treppenansatz ankommen, und er nickt, aber mir ist klar, dass er die Lage nicht so ernst nimmt wie ich.

Er reißt die Tür auf, der Türknauf knallt an die Wand und ich schreie und springe auf seinen Rücken.

»Es ist weg!«, brülle ich, die Beine um seine Taille geschlungen, meine Arme würgen ihn wahrscheinlich.

Jasper betritt den Raum und ignoriert die Tatsache, dass ich mich auf seinem Rücken wie ein Koala benehme. Ein Koala auf Crack. Mit einem Ruck zieht er die Decke weg und ... da ist nichts.

Aus irgendeinem Grund ist meine Reaktion, dass ich versuche, noch höher an seinem Rücken hinaufzuklettern.

»Hör auf, mich zu treten!« Er hält meinen Fuß vor seinem Magen fest.

»Es könnte unterm Bett sein!«, flüstere ich fieberhaft.

Aber er schleicht in Richtung Badezimmer.

»Was tust du? Schau unters Bett! Ich wette, es ist da drunter.« Ich haue ihm auf die nackte Schulter und er schüttelt den Kopf.

Die Badezimmertür steht offen und ich höre Wasser rauschen und dann wieder dieses scharrende Geräusch. Ich erstarre auf seinem Rücken. »Oh. Mein. Gott.« Ich bin kurz vor dem Fluchtreflex.

Er tritt in den Durchgang zum Bad, und da steht Brady vor der Toilette, die Spiderman-Boxershorts um die Knöchel, und kratzt sich den Gips.

Ich springe von Jaspers Rücken, dann drehe ich mich um und halte mir die Augen zu. Zwei Penissichtungen an einem Morgen. Wo bin ich da nur reingeraten?

Jasper lacht, während ein sehr schläfriger Brady die Toilettenspülung drückt und dann an ihm vorbeigeht. »Morgen, Dad«, sagt er und kriecht ins Bett.

Er zieht die Decke über sich und vergräbt sich in meinem Bett.

Ich laufe aus dem Zimmer, Jasper folgt mir und schließt die Tür hinter sich. »Sorry«, sage ich kleinlaut.

Er reicht mir den Schürhaken und geht die Treppe hinunter.

»Woher sollte ich das wissen?« Ich folge ihm und er legt sich wieder auf die Couch, während ich den Schürhaken neben den Kamin stelle.

»Ich habe dich vermisst«, sagt er, ohne auf die Sache da oben einzugehen, als wäre nichts passiert. Er hält die Decke für mich auf. »Kommst du zu mir?«

Ich schaue zur Treppe und dann wieder zu ihm. »Was, wenn ...?«

»Eine halbe Stunde«, sagt er und ich vertraue darauf, dass er sein Kind gut genug kennt, um zu wissen, dass es noch ein bisschen schlafen wird.

Aber kurz darauf werde ich vom Geplärr einer Zeichentricksendung im Fernsehen geweckt. Als ich hinüberspähe, sehe ich Brady im Sessel sitzen, immer noch in Boxershorts, aber statt auf den Fernseher starrt er mit aufgerissenen Augen direkt mich an.

Junge, Junge. Buchstäblich.

Kapitel 21

Mein Finger zittert, als ich auf den Klingelknopf von Jaspers Wohnung drücke. »Banks«, murmle ich vor mich hin. Wie bin ich nur hierher geraten? Ich habe eine Tüte von Toys »R« Us dabei und eine Tüte Lebensmittel, um Abendessen zu kochen, und in der anderen Hand balanciere ich wacklig ein Tablett mit Starbucks-Kaffee. Eigentlich sollte ich eine Tüte voller Kondome und einen Sixpack Bier dabeihaben, und an Abendessen sollte ich nicht einmal denken.

»Lennon!«, schreit Brady durch die Sprechanlage, und die Tür summt und geht auf. In seiner Stimme höre ich das Lächeln, das dieser kleine Kerl anscheinend ganz natürlich im Gesicht hat, und mir fällt wieder ein, warum ich das hier mache. Ich drücke den Aufzugknopf fürs oberste Stockwerk, denn wo sonst als ganz oben sollte Jasper Banks wohnen?

Als die Tür aufgeht, hüpft Brady davor schon auf und ab. »Du kommst zu spät«, sagt er und seine Augen werden groß, als er die Toys-»R«-Us-Tüte sieht. Er beruhigt sich, verschränkt die Hände hinter dem Rücken und blickt zu mir auf. »Brauchst du Hilfe?«, fragt er, aber ich weiß, was er eigentlich fragen will.

Ich lache in mich hinein und nehme den Kaffee in die andere Hand, dann halte ich ihm die Tüte mit seinem neuen Brettspiel hin. »Hier, du kannst die hier nehmen.«

Eines dieser Lächeln, nach denen ich langsam süchtig werde, erhellt sein Gesicht und er nimmt sie mir ab.

»Was ist das?« Er späht durch das Plastik. »Ein Spiel?«

»Ja, ich dachte mir, wir können es nach dem Abendessen spielen.«

Wir gehen nebeneinander zur Wohnung; er schaut dabei skeptisch in die Tüte und ich frage mich, was für ein Kind keine Spiele mag.

»Okay«, sagt er, geht durch die Tür und hält sie mir auf.

»Brady, geh dir die Hände waschen!«, befiehlt Jasper, sobald wir in der Wohnung sind und deutet in die Richtung, in der ich das Bad vermute. Er nimmt mir die Kaffees aus der Hand und stellt sie ab, bevor er mir mit den Tüten hilft.

»Das Abendessen ist noch nicht mal fertig«, quengelt Brady, aber Jasper wirft ihm einen strengen Blick zu, und er lässt Kopf und Schultern hängen und schlurft durch den Flur.

Als er außer Sicht ist, zieht mich Jasper an sich, seine Lippen finden schnell meine. Seine Zunge teilt sie und er hebt mich an der Taille hoch, aber kurz darauf wird am anderen Ende des Flurs das Wasser abgestellt. Also lösen wir uns voneinander und fangen an, die Lebensmittel auszupacken. Ich habe gelernt, dass das so ist, wenn man Kinder hat. Ich versuche, es als eine Art tantrischen Sex zu sehen. Vielleicht kann ich mir einreden, dass ich auf Belohnungsaufschub stehe.

Sekunden später kommt Brady in die Küche gerannt und klettert auf den Hocker an der Frühstücksbar.

»Mann, mit dem Gips bist du echt langsamer«, kommentiere ich, und Jaspers Hand streicht mir verstohlen über den Hintern, als er an mir vorbeigeht, um das Essen zum Kühlschrank zu tragen. Ich grinse, lasse mir aber nichts anmerken.

»Schau mal, wie viele Unterschriften ich habe.« Brady hält mir den Arm hin und ich nicke.

»Woher hast du die alle?«, frage ich.

Jasper kommt zur Bar zurück. »Er war mit meinen Eltern im Gemeindezentrum«, sagt er.

»Ach, ich habe ja deine Oma und deinen Opa immer noch nicht kennengelernt«, kommentiere ich mit einem Seitenblick auf Jasper. Er hat es geschafft, uns das Abendessen mit seinen Eltern zu ersparen, weil er das Gefühl hatte, dass das mit Brady schon genug Neues für uns ist.

»Oma stellt ganz viele Fragen«, sagt Brady, während er seinen Gips bewundert.

»Ehrlich?« Ich falte die leeren Plastiktüten auf der Bar.

Jasper erstarrt und ich habe so ein Gefühl, dass er das Treffen zwischen seinen Eltern und mir verschoben hat, weil er sich Sorgen gemacht hat, dass es nicht gut laufen könnte, nicht aus Sorge, wie ich mit all den Veränderungen klarkomme.

»Ja, sie hat gefragt, wie du aussiehst. Oh, und sie wollte wissen, ob du nett zu mir bist.«

»Sie kann ziemlich neugierig sein«, sagt Jasper, und als ich aufblicke, ertappe ich ihn dabei, wie er Brady nonverbal sagt, er solle damit aufhören.

Ich gehe zu Jasper hinüber und lege ihm die Hand auf den Arm. »Ist schon okay. Ich bin es gewöhnt, dass die Leute über mich urteilen und mich nicht sofort mögen«, flüstere ich, damit Brady es nicht hört, aber anscheinend hat der Junge Fledermausohren.

»Sie wird dich mögen«, sagt er und Jaspers Augenbrauen schießen in den Himmel hinauf.

»Jetzt weißt du es ... Wenn man Kinder im Haus hat, gibt es keine Geheimnisse.« Er lächelt und ich schiebe ich an ihm vorbei, wobei ich seine Brust mit meiner streife. Er holt hörbar Luft.

Da dies mein erstes Mal in Jaspers Wohnung ist, legt er mir alles bereit, und eine halbe Stunde später liegen die Pizzarollen auf einem Teller und Brady schaut sie an, als hätte ich von ihm verlangt, einen Schweinefuß zu essen. Oder Brokkoli.

»Was ist los, Brady?«, frage ich.

»Brady, iss!«, sagt Jasper.

Ich beuge mich herunter, um Brady in die Augen zu schauen.

»Was ist das?« Seine Stimme ist leise und unsicher.

Ich nehme mein Messer und schneide die Rolle auf, zeige ihm, dass darin Käse, Soße und Peperoni sind, wie er es haben wollte. Seine Augen leuchten auf.

»Es schmeckt genau wie Pizza«, sage ich, schneide ein kleines Stück ab und halte es ihm auf die Gabel gespießt hin.

Er berührt es mit den Lippen und schreckt zurück. »Das ist heiß«, jammert er.

»Brady«, warnt Jasper, und ich muss sagen, sein väterlicher Tonfall macht ein bisschen was zwischen meinen Beinen.

Ich halte mir den Bissen vor den Mund und puste. Brady lächelt, dann halte ich ihn ihm wieder hin. »Versuch es noch mal«, dränge ich und er knabbert zuerst daran, bis er den Rest von der Gabel nimmt. Während er kaut, schneide ich ihm seine Pizzarolle weiter klein.

»Das ist lecker«, sagt er, als könne er es nicht glauben.

Ich lächle. »Freut mich, dass es dir schmeckt.«

Ich setze mich wieder auf meinen Hocker und fange an, meine Pizzarolle zu schneiden, aber ich spüre etwas, und als ich aufblicke, sehe ich Jaspers Blick auf mir.

»Opa sagt, ihr bumst«, sagt Brady.

Sowohl Jasper als auch ich drehen mit aufgerissenen Augen abrupt die Köpfe zu Brady herum. Ich versuche, das Lächeln zu verbergen, und schlucke das Gelächter hinunter, das nach draußen will.

»Ich habe Oma gefragt, was das heißt, aber sie sagt, Opa spinnt und ich soll nicht auf ihn hören.« Brady verschlingt ahnungslos noch ein paar Bissen von seiner Pizzarolle.

Ich trinke von meinem Wasser, um nicht lachen zu müssen, und irgendwann nimmt Jaspers Gesicht wieder seine normale Farbe an. »Ich glaube, ich muss mit meinem Vater reden«, murmelt er und isst seine Pizzarolle auf.

Vier Stunden später liegt ein Kinder-Monopoly auf dem Couchtisch ausgebreitet und wir drei sitzen nebeneinander auf dem Sofa und schauen *Teenage Mutant Ninja Turtles*. Ich habe mich an Jasper geschmiegt und Brady sich an mich.

Ein Kopf sinkt auf meinen Schoß, und Bradys Mopp von Haarschopf breitet sich auf meiner Decke aus, seine Augen sind geschlossen.

»Gott sei Dank«, stöhnt Jasper. »Ich liebe ihn, aber verdammt, er hat

Energie für Tage.« Er rückt von mir ab, steht auf und nimmt Brady hoch, als wöge er nichts. Bradys kleiner Körper hängt schlaff in seinen Armen, eine seiner Socken hängt ihm von den Zehen.

»Ich bin gleich wieder da«, sagt Jasper und geht den Flur entlang.

Ich bin eine Gefangene von Brady, seit ich angekommen bin. Das einzige Mal, wo ich einen Moment für mich hatte, war auf der Toilette. Selbst da stand er davor und wartete auf mich, als ich wieder herauskam. Anhänglich ist eine Untertreibung. Aber es nervt mich nicht, im Gegenteil: Der Grund für sein Verhalten lässt mir das Herz aufgehen.

Seit ich Jasper als Dad beobachten kann, bin ich noch verliebter in ihn – das habe ich nicht kommen sehen. Aber er ist so liebevoll und geduldig mit seinem kleinen Jungen. Und gleichzeitig ist er streng und unverblümt, wenn es sein muss. Ich hatte keine Ahnung, dass Singleväter so heiß sein können, aber verdammt, sie haben was.

Ich stehe auf und recke mich, dann mache ich den Fernseher leiser. Durch die offene Jalousie schaue ich auf die Straßen von San Francisco hinab und wieder quält mich die Frage: Wie bin ich hierher geraten? Und schlimmer: Gehöre ich hierher?

Von hinten schlingen sich zwei Arme um mich, und Jasper legt mir das Kinn auf die Schulter. Ich habe ihn vermisst. Ich weiß, das ist so eine mädchenhafte, lächerliche Aussage. Ich war den ganzen Abend mit ihm zusammen, aber nicht richtig. Ich schließe die Augen, atme seinen Duft nach Moschus und Mann ein.

»Ich dachte, ich würde dich nie mehr allein für mich haben«, flüstert er und legt die Lippen an meinen Hals.

Ich drehe mich in seinen Armen, sodass seine Lippen einen Kreis an meinem Hals beschreiben. »Er ist toll«, sage ich.

Ein stolzes Lächeln erscheint auf seinen Lippen. »Ich weiß.« Dann küsst er mich auf die Nasenspitze. »Ich bin froh, dass du das auch findest.«

Er zieht mich enger an sich und mein Kopf sinkt an seine Brust. Ich schiebe ihm die Hände unters T-Shirt und er atmet tief ein.

Er hält mit beiden Händen meinen Kopf, beugt sich herab und seine

Lippen finden meine. Es ist sein süßer Kuss und ich liebe ihn, aber ich vermisse die animalischen. Die, nach denen sich meine Lippen wund anfühlen. Besonders vermisse ich den einen, wenn er die ganze Zeit direkt davor ist, bis sich sein Schwanz in mich senkt und ihm ein lustvolles Stöhnen entschlüpft. Wir hatten drei Wochen davon, und diese Woche war bis auf einen Quickie im Hinterzimmer meines Studios, als er mich dort besucht hat, nichts.

Er verlangsamt den Kuss, offensichtlich will er nicht weiter gehen. Eltern vögeln doch bestimmt auch? Ich meine, über so etwas habe ich nie wirklich nachgedacht, denn die einzigen Eltern in meinem Leben sind meine eigenen, und wer will schon darüber nachdenken? Aber ich folge Jaspers Vorgaben im körperlichen Teil unserer Beziehung und dass er unseren Kuss beendet, sagt mir, dass er noch nicht bereit ist für Übernachtungen.

»Ich sollte vielleicht mal gehen«, murmle ich und er schaut mir in die Augen und nickt.

»Wie wäre es, wenn ich mir für dieses Wochenende einen Babysitter besorge?«, fragt er, als ich zur Garderobe gehe, an der meine Tasche hängt. Ich hänge sie mir quer um und schiebe die Hände in die Hosentaschen.

»Klar.«

Er nimmt mich wieder in die Arme, kräftiger als vorher, und ich kneife die Schenkel zusammen, um das Pulsieren zu minimieren.

»Danke fürs Abendessen«, sagt er mir leise ins Ohr.

»Gern geschehen«, flüstere ich.

Nach einem letzten Gutenachtkuss gehe ich den Flur von Jaspers Apartmenthaus entlang und fühle mich sehr allein und sehr geil. In solchen Momenten sollte ich wohl dankbar sein, dass ich Sexspielzeug entwerfe. Als ich unten aus der Haustür trete und auf meinen Van zugehe, ist mir der Grund für meine Melancholie klar: Ich vermisse ihn.

»Scheiße!«, platze ich heraus, ein bisschen zu laut. Ein paar Paare und Familien auf dem Gehweg schauen mich an und ich senke den Kopf. »Ich bin dem Scheißkerl ganz und gar verfallen«, murmle ich.

Kapitel 22

»Okay, also bist du dir sicher? Ein Kind?«, fragt Whitney und trinkt von ihrem Kaffee.

»Das heißt, ein kleiner Mensch?«, hakt Tahlia nach und ich nicke wieder.

»Das heißt, ein sechsjähriger Junge. Ja«, sage ich. Ich trinke von meinem Kaffee, während die beiden einen Blick tauschen. Ich kenne den Blick. Es ist der, der sich stumm mit meinem Unterbewussten einig ist, dass ich mich übernommen habe. Aber es sind jetzt schon zwei Wochen, und Brady und ich kommen miteinander aus wie beste Freunde. Jasper und ich sind es, die irgendwie einen Rückschritt in eine platonische Beziehung gemacht haben. Abgesehen von Quickies in seinem Büro oder bei mir in der Mittagspause sind wir im Mittelstufen-Händchenhalt-Modus. Ich würde wahrscheinlich mehr Action bekommen, wenn ich ihn zum Flaschendrehen oder zu Sieben Minuten im Himmel auffordern würde.

»Ich weiß nicht, was ich sagen soll.« Man weiß, es ist richtig schlimm, wenn die Schnelldenkerin Whitney, die Reporterin, sprachlos ist.

»Ist er nett? Oder hat Jasper eines von diesen hyperaktiven Alptraumkindern?« Tahlias Gesichtsausdruck wird angewidert. Was irgendwie nicht passt, denn ich bin mir ziemlich sicher, dass sie von uns allen die beste Mutter wäre. Nichts gegen Whitney. Oder mich.

»Er ist toll. Anhänglich.« Ich lege den Kopf schief. »Aber toll. Er mag mich wirklich. Manchmal mache ich mir Sorgen, dass er zu sehr an mir hängt.«

Beiden treten die Augen aus den Höhlen.

»Euch ist schon klar, dass ich ein liebenswerter Mensch bin?«, frage ich und sie tauschen schon wieder diesen blöden Blick. Gleich schütte ich ihnen meinen Kaffee ins Gesicht.

Tahlia tätschelt mir die Hand. »Natürlich«, trällert sie; eindeutig eine Lüge.

Von mir aus. Ich weiß, dass ich liebenswert bin.

»Wahrscheinlich benehmt ihr euch ähnlich«, fügt Whitney hinzu, als wäre das keine Beleidigung.

»Ähm, Leute. Jasper sucht für Brady keinen Freund zum Spielen. Er sucht nach einer Mutter«, sage ich. Auch wenn Jasper das genaue Gegenteil gesagt hat, weshalb ich mich frage, was wir dann tun. Jedes Mal, wenn wir zusammen sind, habe ich unwillkürlich das Gefühl, ich muss mich ihm beweisen.

»Hat er das gesagt?« Tahlia bleibt der Mund offen stehen.

»Nein. Er sagt, es sei nicht so, aber ich bin so scheißverwirrt. Ich meine, wie soll das sonst gehen? Er hat ein Kind und eine Beziehung mit mir. Er muss Erwartungen haben. Ich meine, wir gehen jetzt nicht einfach ewig miteinander aus. Da müssen Erwartungen an Monogamie im Spiel sein. Ein heimliches ›Und sie lebten glücklich bis an ihr Lebensende‹.«

»Na ja, du bist noch jung«, versucht Tahlia mir einen Ausweg zu zeigen, glaube ich.

»Du kapierst es nicht.« Ich schüttle frustriert den Kopf, weil keiner kapiert, was ich meine.

Sie schauen einander an und zucken die Achseln. Sie verstehen mich wirklich nicht.

»Ich habe nie über meine Hochzeit nachgedacht. Ich habe nie geglaubt, dass ich mal heirate. Kinder? Nur, wenn ich die letzte Frau auf Erden wäre und Chris Hemsworth und ich die Erde neu bevölkern müssten«, komme ich vom Hundertsten ins Tausendste. Mein Blutdruck steigt, je mehr ich an all die Dinge denke, über die ich vorher noch nie nachgedacht habe. »Ich meine, ich gründe gerade eine Sexspielzeugfirma. Wie soll das am Karrieretag aussehen? Könnt ihr euch vorstellen, wie ich in einem Trägershirt mit voll sichtbaren Tattoos hereinspaziere und einen Dildo herausziehe?«

Ich lasse die Stirn auf den Tisch sinken und Tahlia streicht mir über die Haare. Seht ihr, was habe ich euch gesagt? Sie ist mütterlich.

»Du könntest den Sexualkundeunterricht übernehmen«, sagt Whitney lachend und Tahlia stimmt ein.

Ich hebe den Kopf und werfe ihnen einen Blick aus zusammengekniffenen Augen zu, bevor ich wieder auf den Tisch starre.

»Du denkst zu weit in die Zukunft, Len. Beruhige dich«, sagt Whitney. Denselben Ratschlag wiederhole ich mir selbst ungefähr stündlich.

»Wenn alle diese Gedanken auftauchen, glaubst du ... Ich meine ...« Tahlia zögert. »Liebst du ihn vielleicht?«

Ich hebe langsam den Kopf und starre ihr direkt in die Augen. »Nein. Ich sage nur, wenn ein Kind im Spiel ist, gibt es mehr Erwartungen.«

»Eigentlich nicht«, sagt Whitney leise. Ich schaue zu ihr hinüber und sie macht einen Rückzieher. »Ich meine, eine Zukunft ist eine Zukunft, Lennon, und wenn du nicht glaubst, dass du dich später einmal binden kannst, solltest du keine Beziehung haben und erst recht nicht mit einem Mann, der ein Kind hat.«

Ich lehne mich auf meinem Stuhl zurück und konzentriere mich auf die Welt da draußen vor dem Fenster. Ich kann mich nicht aufregen, denn Whitney hat nicht unrecht. Jasper und ich haben uns an dem Tag in der Hütte etwas vorgemacht. Es gibt kein »Wir versuchen es mal«. Es gibt nur ein »Alles auf eine Karte setzen und beten, dass die Entscheidung richtig war«. Auf dieser Grenze schwanke ich die letzten zwei Wochen, und es wird Zeit, dass ich sie überschreite und alles annehme, was diese Entscheidung mit sich bringt, wenn ich das will.

Die beiden verziehen langsam die Münder zu einem Lächeln, denn sie wissen es. Sie wussten es vor mir.

»Ich liebe ihn nicht«, presse ich heraus und sie lächeln sich kopfschüttelnd an.

»Das kannst nur du wissen.« Tahlia hebt und senkt herablassend die Schultern.

»Und es ist nicht so.«

Whitney hebt ihre Tasse an die Lippen. »Eindeutig nicht«, murmelt sie.

Ich stehe auf und schaue auf das Gekritzel auf meinem Kaffeebecher. »Annie Reed? Echt jetzt?«

Tahlia und ihre verdammten Liebesfilme. Sie lachen beide und ich verdrehe die Augen.

»Du weißt genau, dass das lustig ist.« Whitney spuckt vor Lachen fast ihren Kaffee aus.

»Ich bin nicht Annie, Jasper ist nicht Sam und Brady ist nicht Jonah. Wir sind hier nicht in *Schlaflos in Seattle*, das ist mein Leben!« Mein Frust erreicht den Siedepunkt, das hört man meiner Stimme deutlich an.

Ihr Gelächter hört abrupt auf, wie wenn ein Auto mit quietschenden Reifen an der Kante einer Klippe hält. »Lennon.« Whitney setzt sich mit Mitleid im Blick aufrechter hin.

»Wir wollten nicht …«, beginnt Tahlia, aber ich hebe die Hand.

Wie kann ich an ihnen herumkritteln, wenn ich an ihrer Stelle genau dasselbe getan hätte? »Ist schon okay. Ich muss aber los.« Die beiden stehen auf, deshalb bedeute ich ihnen, sitzen zu bleiben. »Ehrlich, ist schon okay. Ich muss das nur echt klären.« Ich werfe meinen Kaffeebecher in den Mülleimer und gehe, als mich Whitneys Stimme zurückruft.

»Es ist okay, Lennon. Das weißt du doch, oder?«

Ich drehe mich um. Keine Ahnung, was sie mir sagen will.

Sie kaut auf ihrer Wange. »Ich meine … du darfst mehr wollen. Es ist okay, wenn man mehr will.«

Ich nicke, stoße die Tür auf und gehe in die warme Sommernacht hinaus. Ich weiß, dass es theoretisch okay ist, mehr zu wollen – aber bin ich die Frau, die mit mehr umgehen kann?

Kapitel 23

Ich steige aus dem Aufzug von Jaspers Bürogebäude, das Herz schlägt mir bis zum Hals, mein Magen ist im Aufruhr. »Hallo Brittany, ich würde gern Drew sprechen.«

Sie nickt. »Mr Banks, Lennon Hart ist hier.« Sie ist nett und höflich, aber sie ist eine Idiotin, denn sie hat den Falschen angerufen.

»Ich möchte zu Drew Ashland«, stelle ich klar und sie lächelt.

»Mr Banks hat mich informiert, dass er angerufen werden soll, sobald Sie ins Büro kommen.«

Ich starre sie ausdruckslos an, meine Gedanken wirbeln. Ich habe keine Chance, noch etwas zu sagen, denn Jasper kommt um die Ecke, ein breites Lächeln im Gesicht, die Arme schon ausgestreckt.

»Möchtest du Mittag essen?«, fragt er und küsst mich auf die Wange.

»Ich habe einen Termin bei Drew.« In meiner Stimme ist nichts von dem üblichen Leichtsinn, wenn ich in Jaspers Armen liege.

»Oh.« Er löst sich von mir. »Das wusste ich nicht.« Seine Mundwinkel zeigen nach unten.

Er weiß es nicht, weil wir in letzter Zeit mehr einzeln als zusammen sind, und das heißt nicht, dass ich ihm oder Brady die Schuld gebe. Ich merke nur langsam, dass Jasper mich vielleicht nicht völlig an sich herangelassen hat. Dass er vielleicht immer noch an uns zweifelt.

»Es war sehr kurzfristig. Ich glaube, er will ein paar Sachen zum Thema Markenbildung mit mir besprechen.«

Da steigt Drew aus dem Aufzug. »Mist, Lennon. Gib mir eine Sekunde, ich bin gleich so weit.« Heute trägt er einen braunen Anzug und hat einen Hut auf. Man könnte meinen, er käme direkt aus den Vierzigern, und in meinem Kopf fängt ein Swing-Song an zu spielen.

»Flotter Hut«, sagt Jasper, und sein Ton macht deutlich, dass das nicht als Kompliment gemeint ist.

Drew zieht ihn leicht ins Gesicht und deutet eine Verbeugung an. »Danke, Sir.« Dann knallt er die Hacken zusammen und streckt die Arme nach mir aus. »Jetzt werde ich dir deine Dame entführen.«

Ich kichere und nehme den dargebotenen Arm.

»Sie ist mein Mittagessen!«, ruft uns Jasper nach.

»Das ist keine angemessene Ausdrucksweise fürs Büro«, gibt Drew zurück und führt mich weiter.

Ich schaue über die Schulter und Jasper zwinkert, das unartige Grinsen ist wieder da. Sowohl mein Magen als auch mein Herz flattern.

Als Drew näherkommt, steht Sue mit einem Stapel Papiere auf.

»Guten Tag, Sue«, sagt er und ich frage mich, ob er heute zum ersten Mal hereinkommt.

»Mr Ashland. Miss Hart.« Sie schaut mich skeptisch an, aber sie folgt uns ins Büro.

»Möchtest du etwas trinken?«, fragt mich Drew und bedeutet mir, mich zu setzen.

»Nein, danke«, sage ich. Sue nickt und konzentriert sich auf Drew.

»Für mich auch nichts. Danke, Sue. Schließen Sie die Tür, wenn Sie gehen.«

Sie geht und die Tür schnappt ins Schloss.

Wir sprechen eine halbe Stunde über die Marke, und er findet meine Ideen überraschenderweise gut. Mit Drew zu arbeiten macht wirklich Spaß. Er war von Anfang an gewissenhaft bei der Sache und hat seinen Patentanwalt schon die Papiere fertigmachen lassen. Ich habe Glück, ihn an meiner Seite zu haben.

Ich sammle gerade meine Sachen zusammen, als er sich grinsend zurücklehnt, und ich kann nicht widerstehen.

»Was ist?«, frage ich.

Drew und ich haben in letzter Zeit eine lockere Freundschaft entwickelt, denn er macht genauso gern Scherze wie ich.

»Also, was hältst du von Brady?«, fragt er und ich starre ihn verständnislos an, denn wir sehen uns nicht zum ersten Mal, seit ich von Brady erfahren habe. »Jasper hat mir erzählt, dass ihr euch gut versteht.«

»Er ist ein toller Junge«, sage ich.

»Ist er. Und er sucht nach einer Mom.« Er zieht fragend die Augenbraue hoch.

»Jasper nicht«, sage ich, immer noch nicht sicher, ob ich es glaube.

»Da bin ich mir nicht so sicher.« Er richtet sich auf, verschränkt die Hände auf dem Tisch und starrt mich unangenehm lange an. »Er mag dich.«

»Und ich mag ihn, warum reden wir jetzt darüber?«

»Sie hat ihn kaputtgemacht«, sagt er leise, als lauschte Jasper mit einem Glas an der Tür. »Ich kenne Jasper seit dem ersten Jahr in Harvard.«

»Und?«

»Und ich habe ihn mit vielen Frauen gesehen. Sie kamen und gingen und er rief nicht zurück oder er wich ihnen auf Partys aus, nachdem er sie abgeschleppt hatte. Nur zwei Frauen hatten eine bleibende Wirkung auf ihn. Du und sie.« Die Verachtung in seiner Stimme, als er sie erwähnt, ist nicht zu überhören.

»Ich glaube nicht, dass dich meine Beziehung mit Jasper etwas angeht.« Ich verschränke die Arme vor der Brust.

»Sie hat ihn nicht kaputtgemacht, weil er sie liebte. Sie hat ihn kaputtgemacht, weil sie nichts mit seinem Sohn zu tun haben wollte.« Wieder zieht er die Augenbrauen hoch und mein Magen verknotet sich.

»Na ja, Brady war ihr Sohn. Natürlich hat ihm das etwas ausgemacht.« Drew lehnt sich auf seinem Stuhl zurück. »Siehst du es so? Brady gehört zu Jasper, aber nicht zu dir? Aber wer wird verletzt, wenn ihr beide es nicht hinbekommt?«

»Brady«, flüstere ich. Ich weiß es, Jasper weiß es, aber aus irgendeinem Grund setzen wir die Gefühle eines Kindes aufs Spiel.

»Ich sage das nicht, damit ihr Schluss macht. Du hast ihn kennengelernt – der Junge sucht dringender nach einer Mom, als er Iron Man kennenlernen will. Er ist in dem Alter, wo alle Kinder über ihre Familien reden, und er merkt, dass er nicht das hat, was die meisten haben.«

»Solltest du nicht eher mit Jasper darüber reden?« Ich recke den Rücken und kneife die Augen zusammen. »Das ist nicht nur meine Sache.«

Er nickt. »Doch. Und ich glaube, das wissen wir beide.« Er klopft mit den Fingerknöcheln auf den Schreibtisch vor sich und steht auf.

»Drew, bei allem Respekt, denn ich weiß zu schätzen, was du für meine Firma tust, aber auf zwischenmenschlicher Ebene: Fick dich.« Ich stehe ebenfalls auf. »Glaubst du, ich denke nicht die ganze Zeit an den Jungen? Die sorglose Lennon ist verschwunden, weil ich solche Angst habe, das Falsche zu tun oder zu sagen, und ich habe Panik, dass ich ein unschuldiges Kind verkorkse, falls das mit Jasper und mir nichts wird.«

»Erstens mal: Sprich leiser, wenn du nicht willst, dass Jasper hereingerannt kommt.« Er kommt um den Tisch herum zu mir. »Ich will dich nicht ärgern. Ich wollte nur sichergehen, dass du weißt, was auf dem Spiel steht. Sie sind meine Familie und wenn Gefühle ins Spiel kommen, sind es manchmal die Außenstehenden, die die Katastrophe kommen sehen.«

Ich schnaube spöttisch. »Du hältst uns also für eine Katastrophe?« Ich schiebe die Hüfte raus.

Drew senkt das Kinn und blickt mich unter den Augenbrauen hervor an. »Ich glaube, ihr beide seid in eurer eigenen Blase, und ich weiß nicht so genau, ob einer von euch wirklich weiß, was ihr tun werdet, wenn jemand sie zum Platzen bringt.«

»Tja, und ich glaube, du bist ein Arschloch«, blaffe ich.

»Werd nicht sauer, Lennon. Ich mag dich. Ich glaube, du bist wirklich gut für Jasper, aber ich glaube auch, ihr beide habt keine Ahnung, wie ihr diese Beziehung steuern sollt.«

»Wie kommst du darauf, dass du mich so gut kennst?«

»Mal sehen ... Du bist ein Partygirl, du magst deine Freiheit, du hast es wahrscheinlich nicht eilig, sesshaft zu werden, du bist es gewohnt zu tun, was du willst und wann du es willst.« Er zählt die einzelnen Punkte an den Fingern ab.

»Was macht dich zu so einem Psychologen?«, frage ich und packe meine Sachen, kurz davor, zur Tür hinauszurennen.

»Ich beschütze nur meinen Freund. Das hat er für mich in der Vergangenheit auch schon gemacht, und ich werde es für ihn tun.« Mit gleichgültigem Blick setzt er sich wieder auf seinen Schreibtischstuhl. »Ich mag dich, Lennon.«

Ich stehe an seiner Schreibtischkante, starre auf ihn hinab, und in meinen Adern kocht die Wut. »Tu mir einen Gefallen: Belassen wir es beim Geschäftlichen.« Ich wirble auf dem Absatz herum und stolziere zur Tür.

»Mir gefällt dein Feuer. Ich nehme das als Zeichen, dass du ihn wirklich liebst«, sagt er, vor sich hin lachend.

Ich verdrehe die Augen, reiße die Tür auf und laufe direkt gegen Jaspers Brust. Sosehr ich versuche, die Tränen zurückzudrängen – ich blinzle, und sie fangen an, mir in einem stetigen Strom übers Gesicht zu laufen.

Kapitel 24

»Wow, Moment mal.« Jasper streicht mir über die Haare, drückt mich an seine Brust. Er will rückwärts mit mir in Drews Büro zurück, aber ich halte mich außen am Türrahmen fest.

»Sue, wenn Sie uns bitte entschuldigen wollen«, sagt er. Sein lieber, netter Tonfall ist verschwunden.

»Ja, Mr Banks.« Ich höre ihren Stuhl rutschen und Jasper schiebt mich an den Schultern von sich, um mir ins Gesicht zu schauen.

Ich wische mir die blöden Tränen weg und blicke überallhin, nur nicht in sein Gesicht.

»Lennon, was ist passiert?«, fragt er und starrt Drew über meine Schulter hinweg an. »Drew?«

»Gar nichts. Ich muss gehen.« Ich versuche, an ihm vorbeizuschlüpfen, aber er macht einen Schritt zur Seite und fasst mich an den Schultern.

Er zeigt auf Drew im Büro. »Um dich kümmere ich mich später.« Seine Stimme ist herrisch und fordernd. Er zieht mich an seine Seite und wir gehen den Flur entlang zu seinem Büro. Dort schiebt er mich hinein und schließt die Tür hinter uns ab.

Ich kann nicht fassen, was hier passiert. Ich bin Lennon Hart, ich habe alles im Griff. Ich bin kein emotionales, weinerliches Mädchen.

»Was ist los?«, fragt er. Ich setze mich auf die Couch und er setzt sich zu mir und legt mir den Arm um die Schultern. Ich werfe ihm einen Blick zu. Er hat einen stilvollen schwarzen Anzug mit ganz feinen Nadelstreifen an. Klassisch und elegant wie immer.

»Warum darf ich nicht über Nacht bleiben?«, stelle ich die Frage, die mir schon die ganze Zeit unterbewusst zu schaffen macht.

Jasper atmet lange aus, neigt den Kopf nach hinten und starrt zur Decke hinauf. »Ich ... Ich bin einfach ...« Zum ersten Mal ist Jasper sprachlos.

»Was?« Ich wende mich ihm zu und er beugt sich vor, die Ellbogen auf den Knien.

»Ich hab dir gesagt, für mich ist das Neuland, okay? Ich will Brady nicht wehtun, ich will nicht das Gefühl haben, dass ich ihn dir aufzwinge.«

»Ich mag ihn. Du zwingst mich nicht.«

Wieder atmet er hörbar aus, steht auf und fängt an, auf und ab zu tigern. »Wenn du über Nacht bleibst, springt Brady am Morgen in unser Bett. Ich gehe kalt duschen, statt mich in dir zu vergraben und meine Morgenlatte auszunutzen. Wir frühstücken und können uns kaum unterhalten, weil er da ist und deine Aufmerksamkeit fordert.« Er lehnt sich rückwärts an seinen Schreibtisch und überkreuzt die Fußknöchel. »Ich gebe zu, ich bin mir nicht sicher, ob du bereit dafür bist.«

»Glaubst du, ich habe keine Angst? Ich hatte nie eine Beziehung, ganz zu schweigen von einer, bei der ein unschuldiger Junge verletzt wird, wenn sie nicht funktioniert.« Ich atme tief aus, als die Wahrheit aus mir herausbricht.

»Was glaubst du, wie es mir geht? Er ist mein Sohn. Brady weiß eigentlich nicht, was ihm fehlt, wenn er keine Mom hat. Er hört nur die Geschichten und sieht seine Freunde. Ich dachte immer, meine Mom würde diese Rolle für ihn ausfüllen, aber er sucht trotzdem danach. Vor zwei Jahren hat er in der Schule einen Anstecker gebastelt. Es war ein Muttertagsprojekt und die Lehrer gingen davon aus, dass er ihn meiner Mom schenkt. Willst du wissen, wo dieser Anstecker ist?«

Ich schlucke trocken, denn in meinem Hals bildet sich ein Kloß. »Wo?«

»In seiner oberen Kommodenschublade. Er wartet, bis er ihn jemandem schenken kann – seiner Mom. Ich möchte ihm alles geben, aber ich bin mir nicht einmal sicher, ob ich ihm das geben kann. Es ist schwierig, eine Frau so nahe an ihn herankommen zu lassen, dass es ihn verletzen könnte, wenn sie beschließen würde, uns zu verlassen.« Er stößt sich vom Tisch ab und geht wieder auf und ab.

»Ich will ihm nicht wehtun. Und ich will dir nicht wehtun«, flüstere ich. Wieder fällt mir eine Träne aus dem Auge und ich wische sie mir schnell weg.

Jasper bleibt stehen und starrt mit den Händen an den Hüften auf seine Füße. »Ich weiß noch, wie mich Brady zum ersten Mal fragte, warum er keine Mom hat.« Seine Stimme bricht, und ich spüre, wie sich dieser Riss durch mein Herz zieht. »Ich dachte, ich hätte mich vorbereitet, aber ich war davon ausgegangen, es würde passieren, wenn er acht oder neun ist. Er war drei. Wir waren im Park und ein kleines Mädchen fiel von der Schaukel. Sie lief weinend zu ihrer Mom und Brady schaute zu mir auf und fragte, wer das sei. Ich erzählte ihm lässig, das sei ihre Mommy. Ich tätschelte ihm den Kopf und sagte, er solle noch mal rutschen gehen. Auf dem Heimweg fragte er mich, wo seine Mommy sei.«

»Jasper«, seufze ich mit den Händen vor der Brust; die Tränen fließen wieder.

»Ich erzähle dir das nicht, um es schwerer zu machen, Lennon. Ich erzähle es dir, weil er es sich so sehr und schon so lange wünscht. Ich sehe, wie er dich ansieht, und mache mir Sorgen, dass du irgendwann fliehst. Er hatte schon eine Mutter, die ihn nicht wollte. Ich weiß nicht, was passieren würde, wenn noch jemand, den er als eine Mom sieht, ihn verlassen würde.« Er kommt zur Couch zurück, setzt sich aber auf die Kante.

»Ich kann dir nichts versprechen«, flüstere ich und er nickt.

»Ich weiß.«

»Du auch nicht«, erinnere ich ihn und er nickt wieder; seine Mundwinkel gehen nach unten.

»Ich weiß.«

»Ich weiß nicht, was ich tun soll.«

Er dreht sich zu mir und legt mir die Hand an die Wange, wischt mir mit dem Daumen die Tränen weg. »Ich will dich nicht verlieren«, sagt er. »Manchmal denke ich, ich habe mehr Angst davor, dass ich verletzt werde, als Brady«, sagt er leise und mein Herz flattert.

»Was, wenn du beschließt, dass ich nicht gut genug bin?«, frage ich ihn und er rückt näher, legt die andere Hand an meine andere Wange.

»Sag das nie«, sagt er. »Ich würde das nie denken.« Er schüttelt energisch den Kopf.

»Du wärst nicht der Einzige.« Ich lasse den Kopf hängen und er hebt ihn wieder an.

»Wenn du irgendetwas aus diesem Gespräch mitnimmst, dann das: Wenn ich nicht glauben würde, dass du es kannst, wären wir nicht hier.«

Die Entschlossenheit in seinem Blick und die Liebkosung seiner Hände besiegeln es für mich.

»Ich bin dabei, Jasper«, sage ich, und langsam breitet sich ein Lächeln über seine Lippen.

»Ich auch«, flüstert er und gibt mir noch einen süßen Kuss.

Nein, streicht das, er gibt mir einen liebevollen Kuss, und der bringt jeden einzelnen Knochen in meinem Körper zum Schmelzen.

Kapitel 25

Jasper nahm sich den Rest des Tages frei und wir holten Brady vom Kindergarten ab und gingen mit ihm in den Zoo. Na ja, das alles taten wir, nachdem Jasper in Drews Büro gestürmt und einen Mordskrach geschlagen hatte. Drews Reaktion: Er lachte und sagte, er sei froh, dass es funktioniert habe.

»Was ist dein Lieblingstier?«, frage ich Brady, während ich Hand in Hand mit ihm den Zoo betrete.

»ROAR!«

»Dann nehme ich an, du magst die Löwen?«

»Yep«. Er lässt meine Hand los und hüpft ein paar Schritte voraus.

»Dann gehen wir zuerst zu den Löwen?«, frage ich.

Jasper zieht den Lageplan aus der hinteren Hosentasche, findet den Bereich und sagt uns, in welche Richtung wir müssen. Eine Weile später kommen wir bei dem Gebäude an – nachdem wir uns von Gänsen und Imbisswagen haben ablenken lassen. Brady hüpft auf den Zehenspitzen, um besser sehen zu können, und irgendwann nimmt Jasper ihn hoch.

Alle Tiere liegen nur da, und ich muss unwillkürlich daran denken, wie einsam sie wohl sein müssen. »Es ist irgendwie traurig«, sage ich.

»Warum?«, fragt Brady.

Ich zucke die Achseln. »Ich weiß nicht, ich meine, ich wäre kein besonders gutes Käfigtier.« Ich zucke wieder die Achseln. Jasper lacht, er weiß, dass ich recht habe. »Ich würde jedenfalls nicht nur so herumliegen.«

»Ich auch nicht«, pflichtet mir Brady bei und ich denke, das stimmt. Brady und ich sind schon ziemlich cool.

»Auf die Verrückten, Brady.« Ich halte ihm die Faust hin und er boxt dagegen.

»Verrückt!«, schreit er und Jasper ermahnt ihn, nicht so laut zu sein.

Nachdem wir die Löwen gesehen haben, merke ich, dass Brady aufgeregt ist – er spricht so schnell, dass ich ihn kaum verstehen kann, während er springt und rennt. Jasper sagt ihm ständig, er solle langsamer machen, ruhiger sein, sich beruhigen, und ich muss unwillkürlich lächeln, denn das alles habe ich, als ich klein war, auch so oft gehört.

Wir gehen in Richtung Spielplatz, denn Jasper findet, Brady muss ein bisschen Energie abbauen, und wir beide setzen uns an den Picknicktisch und schauen ihm dabei zu, wie er herumrennt und Spaß hat.

»Bist du immer so streng?«, frage ich ihn, während ich an meinem Slush-Eis nuckle. Ich habe ein rotes genommen, Brady ein blaues, Jasper ein Wasser. Langweilig.

»Was meinst du?« Er schaut mich an, als wäre ich verrückt.

»Du bist so herrisch.«

Er beugt sich vor. »Ich dachte, du magst mich herrisch?«, fragt er in einem verführerischen Tonfall, bei dem ich die Schenkel zusammenkneifen muss. Es ist so lange her.

»Ich mag dich schon herrisch, aber ich wette, Brady nicht«, sage ich, während ich das fragliche Kind dabei beobachte, wie es die Rutsche hinaufklettert und herunterrutscht.

»Ihm fällt es schwer, Regeln zu befolgen. Außerdem hat man ganz schön viel mit ihm zu tun, wenn ich ihn nicht ständig im Zaum halte.« Ich sehe die Fragen in seinem Kopf – wie gern er mir vermutlich am liebsten sagen möchte, ich solle mich raushalten, dass Brady sein Sohn sei –, aber er sagt nichts.

Ich tätschle seine Hand. »Ich will dir nicht erklären, wie du ihn erziehen sollst.«

»Nicht?«, fragte er skeptisch.

Ohne seine Hand loszulassen, stehe ich auf. »Nein. Ich weiß nur, wie es ist, ein Brady zu sein. Meine ganze Familie hat versucht, mich im Zaum zu halten und meine Persönlichkeit zu zähmen, und je mehr sie versuchten, mich in eine Schublade zu stecken, desto mehr wehrte ich mich, bis ich wieder frei war. Du willst doch kein Kind großziehen, das Tattoos am ganzen Körper hat, Sexspielzeuge erfindet und Schwierigkeiten hat, sich zu binden, oder?« Ich ziehe die Augenbrauen hoch, tätschle ihm noch einmal die Hand und gehe dann auf den Spielplatz, um mit Brady zu spielen.

Der Park ist ziemlich voll, also versuche ich, ihn ständig im Blick zu haben, aber der kleine Mann kann sich gut verstecken. Ich suche das Gelände nach ihm ab und folge dazu Jaspers Blick, denn natürlich hat er ein Auge auf seinen Sohn. Als ich einen riesigen Felsbrocken auf der anderen Seite sehe, lächle ich.

Ich schleiche hinüber, spähe über den Rand und finde Brady.

»Hab dich!«, rufe ich und er schreit auf und will weglaufen, aber er stolpert über seinen Schnürsenkel und fällt auf den Betonboden.

»Autsch«, sagt er, und schon folgt ein lautes Geheul. Er krümmt sich vor Schmerzen.

»Brady!«, brüllt Jasper und ich kauere mich neben ihn und streiche ihm über den Arm.

»Alles okay?«, frage ich.

Jasper erreicht uns und kniet sich hin, möchte ihn hochnehmen, aber Brady richtet sich auf, und dann wirft er sich weinend in meine Arme.

Jasper lässt sich auf den Hintern fallen und ich starre ihn mit großen Augen an. Er lächelt, und ich weiß, er denkt an diesen Tag im Park vor drei Jahren. Obwohl mein Herz im Rekordtempo schlägt, fühlt sich Bradys kleiner Körper an meinem irgendwie normal an.

Ich streiche ihm über den Rücken. »Alles klar, Mann? Komm, wir schauen uns das mal an«, sage ich. Er rückt ein Stück von mir ab und lässt uns sehen, dass er einen Kratzer auf der Stirn hat.

»Ach, Mensch.« Jasper steht auf und geht zum Picknicktisch hinüber.

»Komm, wir machen das sauber«, sage ich und Brady steht auf und geht mit mir zum Tisch, beide Hände um meine Taille geschlungen, das Gesicht an meine Seite gedrückt.

Jasper holt beim Churro-Verkäufer eine Serviette und gießt Wasser aus seiner Flasche darauf. Ich schätze, er denkt voraus, denn ich hätte nur rotes Slush-Eis gehabt, um ihn sauberzumachen. Er tätschelt Brady den Kopf und sagt ihm, dass es nicht schlimm ist, nur ein kleiner Kratzer.

»Wie fühlt es sich an?«, fragt er ihn.

Brady lächelt und nickt. »Besser.«

Ich lege ihm den Arm um die Schultern und reiche ihm sein blaues Slush-Eis. »Die beste Therapie«, sage ich und er lächelt und schlürft es sofort durch den Strohhalm.

Wir drei setzen uns mit unseren Getränken ein paar Minuten hin und schauen den anderen Kindern beim Spielen zu.

»Wo möchtest du jetzt hin?«, frage ich Brady. »Wir könnten mit der kleinen Bimmelbahn fahren, mit dem Karussell ...«

»Ich möchte die Kängurus sehen!« Er springt auf und sein blaues Slush-Eis fällt ihm aus den Händen und klatscht auf den Boden.

Ich lache und Brady zuckt zusammen und schaut zu Jasper, der die Augen verdreht und nicht allzu erfreut aussieht.

»Na, dann wollen wir das mal aufräumen.« Ich beuge mich hinunter, schaufle den blauen Eisschlamm in den Becher und wische ihn mit den übrigen Servietten auf. Brady hilft mir und wirft die Servietten und den Becher weg. »Danke, Brady«, sage ich und er lächelt, stolz, dass er geholfen hat.

Ich schaue mich nach etwas um, mit dem ich das klebrige Zeug vollends wegmachen kann und entdecke das Wasser. Jasper reicht es mir herüber und ich gieße es über die Schweinerei und es wird in den Mulch geschwemmt. Wer hätte gedacht, dass eine Flasche Wasser mal so nützlich sein könnte? Ich dachte immer, das gelte nur für Tequila-Flaschen.

Auf dem australischen Buschwanderpfad hüpft Brady über Zäune und rennt von einem Ausstellungsstück zum nächsten. Mir fällt auf, dass Jasper nichts zu ihm sagt.

Ich hake mich bei ihm unter. »Ich glaube, ich habe mich geirrt«, flüstere ich ihm zu und er blickt auf mich herab. »Ich finde, du machst das toll mit Brady. Ich hätte dir keine Ratschläge geben sollen. Ich meine, wer bin ich, dass ich etwas sage? Du warst wie MacGyver mit deiner Wasserflasche gegen den Durst, um Verletzungen zu säubern und Verschüttetes wegzuspülen.«

Er gluckst. »Du bist Lennon und du hattest recht. Ich hatte Angst, dass er dich mit seiner Hyperaktivität abschreckt, deshalb war ich ein bisschen hart zu ihm. Aber auf dem Spielplatz wurde mir klar, dass ihr beide euch wahrscheinlich einfach gegenseitig beschäftigen könnt.« Er lacht und ich schubse ihn mit der Hüfte.

»Ich habe mich gerade entschuldigt.«

Er schaut mich mit seinem Du-liebst-mich-Lächeln an. »Musst du nicht. Du hattest recht.« Er senkt den Kopf und ich mache mich bereit für einen Kuss, als Brady auf Kopfhöhe hochspringt.

»Ich hab Hunger!«, schreit er.

Vom Schmerz in meinem Ohr schließt sich kurz mein eines Auge. Wir lächeln uns an und Jasper hält ihn am Oberarm auf dem Boden fest, dann küsst er mich. Es war kurz und süß, aber es bedeutete diesmal ein bisschen mehr, denn Brady war da.

»Komm«, sage ich zu Brady, als ich einen Brezelstand sehe.

»Lasst uns richtig zu Mittag essen«, bietet Jasper an und ich tausche einen Blick mit Brady.

Dann drehe ich mich um und gehe rückwärts. »Im Zoo gibt es so etwas wie ausgewogene Ernährung nicht. Komm, MacGyver, ich kaufe dir ein Wasser.« Ich zwinkere und er lacht, dann jagt er uns, bis wir schreien und er uns umkreist.

Ich glaube, mein Mann kommt mit uns Verrückten klar.

Kapitel 26

Ein ungeduldiges Klopfen erschüttert meine Wohnungstür. Ich eile halb angezogen hin, um aufzumachen, denn wir sind schon spät dran. Ich habe das Tattoostudio mit Verspätung verlassen und Brady war aufgebracht, weil sein Dad gehen wollte, um den Abend mit mir zu verbringen. Er möchte wirklich jeden wachen Moment bei uns sein. Auf seine Art ist das schon sehr süß.

Ich öffne die Tür, und bevor ich eine Chance habe, Jaspers Gesicht zu sehen, werde ich schon rückwärts in die Wohnung gedrängt. Die Tür knallt zu und das Shirt, das ich mir gerade angezogen habe, wird mir über den Kopf gezogen und auf den Boden geworfen. Mein BH wird geöffnet, während ich zwei Schuhe auf den Boden donnern höre. Seine Lippen landen auf meinen, meine Hände streichen ihm durch die Haare. Ich knöpfe ihm die Hose auf und er schwingt die Hüften hin und her, um sie zu Boden fallen zu lassen.

»Ich brauche dich einmal, bevor wir losgehen, und hinterher noch fünfmal.« Mit seinem Körpergewicht drängt er mich zurück, bis ich aufs Bett falle. Er landet mit seinem ganzen Gewicht auf mir.

»Klingt gut«, sage ich und stöhne, als seine Erektion zwischen meinen Beinen reibt.

»Dreh dich um!«, befiehlt er.

Ich mag den herrischen Jasper. Warum zum Teufel habe ich seine herrische Art je infrage gestellt? »Fühlen wir uns heute ein bisschen alpha?«, scherze ich und er klatscht mir auf den Hintern, mit dem ich vor seinem Gesicht wedle.

»Bei dir fühle ich mich immer alpha«, sagt er mit Anspannung in der Stimme, während seine Hand über meine Wirbelsäule gleitet. »Kein Höschen heute Abend.« Er reißt es mir herunter und sein Shirt landet auf dem Bett. Seine Hand gleitet zwischen meine Beine, seine Finger bewegen sich von vorn nach hinten und verteilen meine Erregung über meine Muschi.

»Beeil dich«, sage ich, als sich mein Inneres zusammenzieht.

»Du bist auf jeden Fall feucht genug«, sagt er und meine Nippel werden hart.

»Wie sehr muss ich betteln?«, stöhne ich.

»Sag mir, wie sehr du mich willst!«, befiehlt er über mich gebeugt und zieht meine Nachttischschublade auf. Die Spannung in mir wird schon größer, bevor ich das Gleitgel und den Analplug sehe, die er aus der Schublade gezogen hat.

Ich weiß nicht so genau, wann seine Boxershorts seinen Körper verlassen haben, aber sein Schwanz drückt an meinen Schlitz und ich versuche, mich rückwärts gegen ihn zu pressen. Er packt mich an den Hüften und bestimmt die Bewegung selbst. Kontrollfreak.

»Ich sehne mich danach.«

Seine Spitze neckt mich, aber er antwortet nicht. Stattdessen träufelt er Gel an meiner Poritze entlang. Ich strecke den Hals, um hinter mich zu schauen. Er beobachtet fasziniert, wie er die Flüssigkeit auf meinem zusammengezogenen Loch verteilt.

»Ich bin schon den ganzen Tag feucht, weil ich auf dich warte.« Als er die Spitze des Analplugs hineinsteckt, stöhne ich, dann lasse ich die Stirn auf die Matratze sinken.

»Magst du das? Soll ich ihn ganz reinstecken?«, fragt er heiser.

Ich bin zu ungeduldig, um etwas zu sagen, deshalb dränge ich mich nur rückwärts an ihn. Seine Eichel reizt meine Spalte und der Analplug schiebt sich ein bisschen tiefer herein.

»Jasper, ich brauche dich«, bettle ich. Ich kann nicht mehr. Ich muss mich bewegen. Er muss mich ausfüllen. Ich *muss* kommen.

»Du wirst auf mir kommen. Mach dir keine Sorgen.« Er schiebt das

Spielzeug vollends in mich und ich keuche vor Lust. Ich muss mich unbedingt bewegen und wackle mit dem Hintern hin und her.

»Mehr. Ich will, dass du mich fickst.«

»Alles zu seiner Zeit«, sagt er. Seine Stimme ist ein leises Grollen. Er schiebt seinen Schwanz ein paar Zentimeter in mich und zieht ihn wieder heraus.

»Ich habe seit zwei Tagen nicht masturbiert, weil ich auf dich gewartet habe«, sage ich in der Hoffnung, dass ich ihn dann ganz bekomme.

Noch ein paar Zentimeter mehr rein und raus.

»Je schneller wir dort sind, desto schneller sind wir wieder daheim und ich kann deinen Schwanz in den Mund nehmen, bis du in meinem Mund kommst.«

Er rammt in mich. Ich wusste, dass das funktionieren würde. Ich bin voll. So voll, dass ich Sterne sehe. Er zieht sich aus mir heraus, und sofort sehne ich mich verzweifelt wieder nach diesem Gefühl der Fülle.

Er packt mich an den Haaren und zieht mich ein bisschen hoch, damit er mit der anderen Hand meinen Nippel greifen kann. Er leckt meinen Hals und ich habe nie einen Mann so gewollt wie Jasper. Während er sich in mir bewegt, gleitet meine Hand an meine Klitoris.

»Berühr dich weiter selbst«, flüstert er mir ins Ohr, und mein Kopf sinkt rückwärts an seine Schulter, meine Lippen suchen seine. Er küsst mich tief, unsere Münder sind unersättlich.

»Härter«, keuche ich und er stößt hart und tief zu, seine Eier treffen mich genau da, wo ich es brauche. Jedes Mal, wenn er in mich stößt, bin ich reizüberflutet. Die Lust schießt tief aus meiner Muschi und meinem Hintern, bis ich nur noch zucke und keuche.

»So?«, fragt er, und seine Hand streicht um meine Hüfte, hält mich fest, während er immer und immer wieder zustößt.

Schneller als je zuvor führt er mich auf die Achterbahn, und ich habe nicht einmal Zeit, nach Luft zu schnappen, bevor er mich zum Höhepunkt treibt. Meine Hand fällt von meiner Klitoris, mein Körper wird schwach, aber seine Arme halten mich aufrecht. Mitten im Orgasmus zieht er mir den Analplug aus dem Hintern und ich schreie vor Lust auf – keine Ahnung, was.

Jetzt zittere ich nur noch, und Jasper muss es bemerken, denn er lässt mich auf alle viere fallen, seine Hände an meinen Hüften, und zieht mich immer wieder an sich.

»O Gott, du fühlt dich so verdammt gut an«, ruft er und ich stöhne; ein zweiter Orgasmus kommt angerast. Scheinbar hat diese Achterbahn mehr als einen Gipfel. Er stößt in mich, zieht meine Hüften fester an sich, und ein paar Minuten später liegen wir beide verschwitzt und erschöpft auf dem Bett. Er zieht ihn heraus und ich bleibe liegen, saue meine Bettwäsche ein, aber es ist mir egal.

»Lass uns hierbleiben«, sagt er. »Gib mir fünf Minuten, dann kann ich wieder.« Er lächelt und ich schüttle den Kopf und setze mich auf.

Mit dem Handtuch vom Duschen mache ich mich sauber. »Wir haben es versprochen. Außerdem wollen meine Freunde dich kennenlernen.«

Ich gehe ins Bad, um einen nassen Waschlappen zu benutzen. Er folgt mir und wäscht sich am Waschbecken.

»Du kannst duschen«, biete ich ihm an, aber er schüttelt den Kopf.

»Auf keinen Fall. Ich will den ganzen Abend nach dir riechen«, sagt er, hält sich die Hand vor die Nase und atmet tief ein.

Und schon bin ich wieder feucht und bereit. Ich trete an ihn heran, stelle mich auf die Zehenspitzen und drücke ihm einen Kuss auf die Lippen. »Gott, ich habe unser lautes Vögeln vermisst.«

»Ich auch. Ich habe ganz vergessen, wie du leise wimmerst, wenn du gekommen bist.«

»Bringen wir den Abend hinter uns.« Ich senke mich wieder auf die Fersen und gehe mich anziehen.

• • •

Als wir ankommen, warten Cole, Whitney, Lucas und Tahlia schon auf uns. Den zehn Nachrichten, die ich bekommen habe, kann ich entnehmen, dass sie genervt sind, aber dieser Orgasmus war es wert.

»Hey, Leute«, sage ich, als ich in die Lobby des Gebäudes platze, in dem wir verabredet sind. Jasper folgt mir, wie immer. Sein Gang ist selbstbewusst. »Das ist also Jasper.« Ich breite die Hände aus, als stellte ich Brad Pitt vor. Na ja, er ist mein Brad Pitt.

Sie lächeln ihn an und stellen sich ebenfalls vor. Als Lucas vortritt, legt Jasper den Kopf schief. »Lucas?«

Ihr Händedruck gerät ein wenig fester. »Wie geht es dir, Jasper?«, fragt Lucas.

»Ihr kennt euch?«, fragt Cole, und Whitney und Tahlia tauschen einen Blick. Ich erinnere mich, dass Lucas mir damals gesagt hat, Jasper sei ein Arschloch, und es könnte sein, dass ich absichtlich verschwiegen habe, dass Jasper heute Abend jemanden kennen würde, für den Fall, dass er dann nicht hätte kommen wollen.

»Wir waren zusammen in Harvard«, sagt Jasper mit einem aufrichtigen Lächeln.

»Ja«, murmelt Lucas, dem im Moment seine gelassene Art, für die er bekannt ist, fehlt.

»Okay, Leute, ich weiß, es gibt da ein bisschen böses Blut oder so, aber wir sind jetzt alle erwachsen. Also küsst euch und vertragt euch«, sage ich.

Tahlia lacht, auch wenn es ein unbehagliches Lachen ist. Whit starrt zwischen den beiden Jungs hin und her und Cole sieht ehrlich verwirrt aus.

»Böses Blut?«, fragt Jasper; anscheinend hatte er keine Ahnung, dass Lucas ihn nicht mag. »Davon weiß ich nichts. Ich war damals ein Arschloch, stimmt, und ich hatte echt Komplexe wegen dieses Bonzenkinds hier.« Er macht eine Geste zu Lucas hin. »Es tut mir leid, wenn ich dich beleidigt habe, Mann, aber ich bin nicht mehr so.«

Lucas lächelt. »Ist dein bester Freund immer noch Drew Ashland?«

Jasper nickt.

»Es gibt kein schlimmeres Bonzenkind als Drew.« Lucas lacht und Jasper stimmt ein.

»Das ist wahr.«

Schaut euch meinen Mann an, wie reif und versöhnlich er ist. Ist er nicht der Süßeste?

Lucas steckt die Hände in die Hosentaschen und wippt auf den Fersen; jetzt ist er wieder der sorglose Kerl, den ich kenne.

»Okay.« Ich klatsche in die Hände und alle schauen mich an. »Dann ist das ja geklärt. Also, gehen wir ein paar Zombies angreifen!« Ich hebe die Hände und gehe zur Kasse.

Ja, wir machen ein Escape-Room-Spiel, denn wie sollen Freunde sonst eine Verbindung aufbauen, wenn nicht beim Diskutieren? Da wir drei Alphatiere unter uns haben, dürfte das eine großartige Bindungserfahrung für sie werden. Wir unterschreiben alle Verzichtserklärungen und schauen das Video an. Wir haben eine Stunde, um einen Regierungsspion zu befreien, bevor er umgebracht wird. Viel Spaß.

Nachdem uns die Angestellte in unserem Raum eingesperrt und die Uhr gestartet hat, verteilen wir uns alle in verschiedene Bereiche, um zu suchen.

»Nicht vergessen, ich bin die investigative Reporterin.« Whitney bläst die Brust auf und zeigt mit dem Daumen auf sich.

»Ich sage es dir nur ungern, aber hier gibt es keine Google-Suche«, scherzt Cole. Whitney kneift die Augen zusammen und versucht, sich aus seiner Umarmung zu winden, aber er hält sie fest.

»Keine Albernheiten, wir müssen den Schlüssel finden«, sage ich und mache mich an ein Bücherregal.

Jasper geht zum Schreibtisch, Lucas und Tahlia in eine Ecke. Cole und Whitney fangen an, alle Bücher durchzugehen.

»Warum suchst du nicht?«, frage ich Lucas und er lacht.

»Ich habe hier mal einen Adventure-Dating-Abend organisiert.« Er zuckt die Achseln, und jetzt verstehe ich, warum Tahlia ihn nicht herumkommandiert und ihm sagt, was er tun soll.

»Habt ihr beide euch so kennengelernt?« Jasper unterbricht seine Suche kurz.

»Wir können beim Essen noch plaudern. Such!« Ich wedle mit der Hand und er schüttelt den Kopf.

»Ich glaube, ich kann auch reden, während ich suche.« Jasper spricht mit mir wie ein Fünfzehnjähriger, der seiner Mom widerspricht.

»Zwing mich nicht, dich übers Knie zu legen, Jasper«, sage ich lachend.

»Zwing du mich nicht, dich über meins zu legen«, gibt er zurück und alle sagen: »Oohhh.«

Er kommt zu mir herüber und ich verdrehe entnervt die Augen, obwohl ich alles andere bin als das. »Geh weg.« Ich zapple, als er versucht, mich in die Arme zu nehmen, und nach einer Stelle sucht, die er küssen kann.

»O mein Gott, ich hätte nie gedacht, dass ich das mal erleben würde. Lennon ist verliebt«, sagt Whitney mit den Händen in den Hüften und starrt mich staunend an.

»Ich bin nicht verliebt.« Ich lasse zu, dass mir Jasper die Arme um die Taille legt und mich küsst.

»Aber so was von«, gibt sie zurück und lacht.

»Von mir aus.« Ich küsse Jasper noch einmal, bevor ich ihm auf den Hintern klapse. »An die Arbeit!« Er lacht, und obwohl ich weiß, dass er nichts lieber tun würde, als mir auch auf den Hintern zu hauen, geht er zum Schreibtisch und durchsucht die Schubladen.

Cole findet den Schlüssel und wir rennen alle zur nächsten Tür.

»Hinweise«, sagt Tahlia.

»Rätsel«, korrigiert Lucas.

»Okay, Leute, ich bin super bei Hinweisen«, sagt Tahlia und schubst uns praktisch aus dem Weg, um irgendein riesiges Rätsel zu finden, das nur sie lösen kann.

»Es sind Rätsel«, korrigiert Lucas sie wieder.

»Und wir sind hier nicht bei *Survivor*. Wir müssen einen ganzen Haufen Rätsel lösen«, sagt Cole.

Jasper bleibt während des ganzen Austauschs still, was mich glücklich macht, denn dann muss ich mir keine Sorgen machen, dass jemandem der Kopf abgerissen wird. Ich liebe Whit und Tahl, aber Cole und Lucas sind auch ziemlich neu in unserer Gruppe, und wir haben Lucas' und Jaspers Beziehung gerade wieder geflickt.

Vier von uns gehen von Rätsel zu Rätsel, lösen und jubeln. Nur zwei von uns setzen sich und plaudern über die gute alte Zeit – Jasper und Lucas.

Nicht, dass ich groß darauf achten würde, aber ich höre sie abwechselnd Namen nennen und über dies und das lachen. Dann fragt Lucas, während Cole und Whitney streiten, wie eines der Rätsel zu lösen ist, und Tahlia zu klären versucht, ob wir alles richtig gemacht haben: »Was ist eigentlich aus Gina Freemont geworden?«

Mein ganzer Körper erstarrt. Ich bezweifle, dass es zwei Ginas gab. Ja, ich weiß, das ist kein außergewöhnlicher Name, aber etwas tief in mir sagt mir, dass sie es ist. Bradys Mom.

Jasper zögert keine Sekunde. »Als ich das letzte Mal von ihr gehört habe, war sie unten in Miami«, sagt er, und einen Augenblick lang denke ich, ich habe mich vielleicht geirrt. Es ist eine andere Gina. »Du hast sicher gehört, dass wir ein Kind bekommen haben.« Er sagt das einfach so.

Ich versuche, so zu tun, als würde ich mich mehr auf das Rätsel vor mir konzentrieren als auf ihr Gespräch, und senke den Kopf noch weiter.

»Ja, ich habe, kurz bevor ich gegangen bin, noch so was gehört, aber ich hatte es bis jetzt vergessen.«

Ich drehe mich um und werfe Lucas einen verärgerten Blick zu. Er ertappt mich und beißt sich auf die Lippe. Er hat es bis jetzt vergessen, von wegen. Bevor Jasper sich umdrehen kann, wende ich mich wieder Cole, Whitney und Tahlia zu.

»Na ja, sie ist sowieso aus dem Rennen. Es gibt nur mich und Brady – und jetzt Lennon.«

Ich glaube, mein Herz ist gerade aus meinem Körper und direkt in

Jaspers Hände geschwebt. Ich drehe mich um, und Lucas hat ein kitschiges Lächeln im Gesicht, das Jasper dazu bringt, sich umzudrehen. Er sieht mich und sein Lächeln wird breiter. Dann streckt er die Arme aus und ich trete direkt hinein.

Es fühlt sich wie zu Hause an, so an seine muskulöse Brust geschmiegt. Zu Hause war früher das Bett eines Fremden, eine Flasche Alkohol und ein Kater am nächsten Tag. Dieses Zuhause ist *so* viel besser.

Ich schlinge ihm die Arme um die Taille und er küsst mich auf den Scheitel. Woraufhin ich den Kopf hebe, denn ich muss seine Lippen auf meinen spüren. Unser Kuss ist nicht ganz jugendfrei.

»Ja, ich glaube, ich helfe mal den anderen.« Lucas steht auf und lässt uns allein.

Jasper geht rückwärts mit mir in eine Ecke und wir machen rum wie zwei Teenager, die sich zum ersten Mal verliebt haben.

Kapitel 27

Ich sitze auf Jaspers Küchenarbeitsplatte und er steht zwischen meinen Beinen, die Hände unter den Boxershorts, die ich gestern Nacht von ihm geliehen habe, an meinem Hintern. Meine Lippen liegen auf seinen, unsere Zungen gleiten umeinander, während sich meine Hand nach unten wagt, um die harte Erektion zu streicheln, die seine Pyjama-Hose zum Zelt macht.

Im Flur ist eine Tür zu hören und kleine Füße trappeln auf uns zu. Ich schrecke hoch und Jasper dreht sich um und ordnet sich.

»Brady!«, rufe ich aus und hüpfe von der Arbeitsplatte. »Du bist wach!«, sage ich, als wäre das nicht offensichtlich.

»Yep.« Er klettert auf den Hocker an der Frühstücksbar. »Morgen, Dad.«

»Morgen, Kumpel.« Jasper dreht ihm weiterhin den Rücken zu und rührt Eier. Ich kichere innerlich, denn ich bin mir sicher, dass es ihm lieber wäre, ich würde etwas mit seinen Eiern anstellen.

Ich setze mich neben Brady. »Was möchtest du zum Frühstück?«

»Pfannkuchen mit Schokostückchen.« Er nickt nachdrücklich, die endgültige Entscheidung des Sechsjährigen.

»Alles klar.« Ich gehe um den Tresen herum, und nachdem Jasper endlich seinen Mandelkitzler zur Ordnung gerufen hat, dreht auch er sich um.

»Ich mache Rührei«, sagt er, als müssten wir eine Entscheidung treffen.

»Wir essen beides«, sage ich mit einem breiten Lächeln, um ihn zu besänftigen. Dann gehe ich zu ihm hinüber und gebe ihm einen Kuss auf die Wange.

»Nicht zu dicht, sonst stehe ich gleich wieder in Habachtstellung«, murmelt er und ich werfe einen Blick zu Brady hinüber, der mit seinem McDonald's-Spielzeug von gestern Abend spielt. Was glaubt ihr, wer ihm das gekauft hat? Nicht Mr Verantwortungsvoll, das kann ich euch sagen.

Ich schaue in seine Speisekammer und finde dort die Pancake-Fertigmischung, und da ich weiß, dass es im Gegensatz zu meinem Haushalt hier Eier und Milch gibt, nehme ich an, jetzt brauche ich nur noch Schokostückchen.

»Na so was aber auch«, sage ich und ziehe eine Tüte Schokosplitter hervor.

»Daddy macht die besten«, sagt Brady.

»Die besten was?«, frage ich, als ich alles auf den Tresen stelle.

»Kekse.« Brady lächelt und Jasper wirft mir einen verstohlenen Blick zu, während er die Eier in die Pfanne gießt.

»Dein Dad backt?«, frage ich in ungläubigem Tonfall und Jasper lacht, während Brady bis hinter beide Ohren grinsend nachdrücklich nickt.

»Dad, mach welche!«, bittet Brady, aber Jasper schüttelt schon den Kopf.

»Wie wäre es mit heute Abend? Wir schauen uns einen Film an, und dazu gibt es Kekse und Milch?«, bietet er an, dreht sich herum und stupst Brady mit dem Pfannenwender auf die Nase.

»Eine Burg. Wir müssen für Lennon eine Burg bauen.« Brady hopst von seinem Hocker, er ist schon beim nächsten Gedanken. »Ich gehe die Decken holen.« Seine nackten Füße patschen wieder den Flur entlang.

Ich messe die Zutaten für die Pfannkuchen ab und verrühre sie; ich weiß schon, wo alles ist, denn in der letzten Woche war ich öfter hier als bei mir zu Hause. Ich nenne das einen Fortschritt, meine Damen und Herren.

»Hmmm ... darf ich sagen, es überrascht mich, dass du so begabt in der Küche bist?« Jasper kommt hinter mir heran und schiebt die Hände langsam vorn in meine Boxershorts. »Immer noch feucht«, flüstert er.

Ich schaue den Flur entlang, wo Decken aus dem Wandschrank geworfen werden.

»Tja, das bist vermutlich noch du«, sage ich trocken.

Seine Hand verteilt die Feuchtigkeit um meine Klitoris und lässt sie anschwellen, bevor dieses süße Ziehen einsetzt. Wie sich herausgestellt hat, kann man Sex haben, wenn Kinder im Haus sind. Man muss nur besonders früh aufstehen. Und damit meine ich, ich habe den Wecker auf eine Stunde vor Bradys Aufstehzeit gestellt. Anscheinend ist ein Orgasmus am Morgen genauso effektiv wie Koffein. Na ja, fast.

»Irgendwie ist es sexy zu wissen, dass ein Teil von mir noch in dir herumschwimmt.«

»Hoffen wir, dass da kein Ei ist, in das es schwimmen kann«, scherze ich und er küsst mich auf den Hals.

»Wäre das so schlimm?«, fragt er, und ich drehe mich nicht sofort um, aber mein Schneebesen dreht sich ein bisschen schneller.

»Was?«, frage ich mit Quiekstimme.

»Egal«, sagt er und tritt zurück.

Ich lege den Schneebesen auf den Tresen und wende mich um, damit ich ihm in die Augen schauen kann. Dann stelle ich die Frage noch einmal. »Was hast du damit gemeint?«

Er zuckt die Achseln. »Ich werde nicht lügen, Lennon. Das Bild von dir schwanger ist mir schon durch den Kopf gegangen.« Er zuckt wieder die Achseln und ich sehe, dass er keine große Sache daraus machen will.

»Aber dehnt das nicht meine Tattoos?«, jammere ich und er starrt mich weiter an, ohne zu lächeln. Ich versetze ihm einen Klaps an die Schulter. »Das war ein Witz. Ich weiß, ich bin kein traditionelles Mädchen, aber du musst mich zuerst heiraten. Und natürlich meinen Dad fragen«, sage ich und hoffe, das schreckt ihn für die nahe Zukunft ab. Ich müsste lügen, wenn ich behaupten würde, ich hätte mir uns drei nicht schon als eine große glückliche Familie vorgestellt und wie es wohl in Zukunft wäre, aber es ist noch zu früh, um über Kinder zu reden. Zumindest für mich.

»Apropos Familie, dein Bruder hat mich gestern angerufen.«

O-oh. Der Schneebesen sinkt in den Teig, als die aufflammende Panik alle meine Muskeln anspannt. »Jacob?«, frage ich nach.

»Ja, er hat wegen eines Kunden angerufen, den er mit mir zusammenbringen möchte. Lustig, aber er hat gar nichts davon erwähnt, dass ich mit seiner Schwester zusammen bin.« Er dreht sich mit einem Teller voller Rührei zu mir um.

Ich tausche den Platz mit ihm, um die Pfannkuchen zu backen, und ich möchte gern das Thema wechseln. Ich habe meinem Bruder noch nicht erzählt, dass ich mit Jasper zusammen bin, und ich habe auch Jasper noch nicht erzählt, dass ich wusste, wer er war, bevor ich ihn traf. Jetzt ist ihm das bestimmt nicht mehr wichtig.

»Ähm, mein Dad hat in ein paar Wochen eine Ruhestandsparty. Wie wäre es, wenn ihr mitkommt?« Ich hätte sie schon vor Wochen einladen sollen.

Er stellt sich neben mich und senkt den Kopf vor mein Gesicht. »Du hast deinem Bruder doch von uns erzählt?«, fragt er, obwohl sein Tonfall mir sagt, dass er schon weiß, dass es nicht so ist.

»Das werde ich. Versprochen. Vor der Party.« Ich hebe die Finger zum Pfadfinderschwur wie damals, als ich fünf war.

»Das will ich hoffen. Ich habe ihm gegenüber nichts erwähnt, weil du es ihm sagen wolltest, aber ich fühle mich nicht wohl dabei, es vor ihm geheim zu halten.«

Ich lasse die Hand sinken. »Ich weiß. Es tut mir leid.«

»Ich weiß nicht, warum du so ein Geheimnis daraus machst. Wenn du willst, kann ich es ihm auch sagen.« Er schüttet die Schokosplitter auf die Pfannkuchen.

»Schon gut. Ich tu's. Ich bin mir sicher, er wird kein Problem damit haben«, sage ich, aber ich glaube mir selbst nicht. »Ich komme mir vor, als würdest du mich verstecken«, drehe ich den Spieß um, um von mir abzulenken.

»Was meinst du damit?«

»Deine Eltern. Ich habe sie immer noch nicht kennengelernt.« Ich stecke mir einen Schokosplitter aus der Tüte in den Mund.

Als hätte ich mit der Nase gewackelt wie Samantha aus *Verliebt in eine Hexe*, höre ich, wie ein Schlüssel ins Schloss gesteckt wird, und erstarre. Jasper bewegt sich, aber bevor ich etwas tun kann, kommt ein älteres Paar herein und mustert Jasper und mich.

»Mom«, sagt Jasper mit warnendem Unterton.

»Oma!«, schreit Brady und kommt mit einem Stapel Decken hereingerannt. »Wir bauen heute Abend für Lennon eine Burg.« Er legt die Decken auf die Couch.

»Mir scheint, sie hat hier schon die Nacht verbracht.« Ihr Blick tastet meinen Körper langsamer ab als ein CT, bleibt an jedem Tattoo hängen, an Jaspers Boxershorts und meinem engen Trägershirt.

»Dad.« Jasper schüttelt seinem Dad die Hand und kommt dann wieder zu mir zurück. »Mom und Dad, das ist Lennon. Lennon, das sind meine Eltern, Natalie und John.« Er legt mir die Hand an den unteren Rücken wie bei einer förmlichen Vorstellung. John lächelt und ich kann erkennen, woher Jasper dieses Lächeln hat, das ich so liebe. Natalie ist nicht so freundlich, aber ich muss ihr zugestehen, dass sie zumindest versucht, ihren missbilligenden Blick zu verbergen.

»Hallo.« Ich trete vor und strecke die Hand aus.

John schüttelt sie, wie ein Mann einer Frau die Hand schütteln sollte, ein bisschen lose, aber genug, dass seine Kraft noch erkennbar ist. Natalie dagegen berührt meine Hand kaum.

Endlich kommt Brady zu uns und unterbricht die peinliche Situation. »Warum seid ihr hier?«, fragt er und Natalie tut, als wäre sie beleidigt.

»Wir wollten euch sehen. In letzter Zeit kommt ihr überhaupt nicht mehr zu uns zu Besuch«, sagt sie und ihr Blick schwenkt zu mir herüber.

»Ich habe dir doch gesagt, wir hatten in letzter Zeit viel um die Ohren.« Jaspers bitterer Tonfall ist nicht zu überhören, aber niemand sagt etwas.

»Ich glaube, ich sollte mich mal umziehen«, sage ich leise zu Jasper, der zustimmend nickt.

»Unseretwegen müssen Sie sich nicht umziehen. Wir haben uns schon immer gern Kunst angeschaut.« Sie lächelt und ich schaffe es, den Mund zu halten, aber diese Dame wird eine Herausforderung.

Ich lächle sparsam und gehe um die Frühstücksbar herum und den Flur entlang. Ich weiß nicht so genau, ob ich atme, bis ich Jaspers Schlafzimmertür hinter mir geschlossen habe.

Dann drehe ich das Wasser in der Dusche auf, denn wenn ihr kritischer Blick auf mich gerichtet ist, werde ich blitzsauber sein. Als ich gerade mein Shirt ausziehe, kommt Jasper herein.

Seine Pyjamahose fängt an, ein Zelt zu bilden.

»Nein. Nein. Nein. Deine Eltern sind da draußen«, flüstere ich panisch und zeige zur Tür.

Er lacht und hört auf mich, wie es vermutlich auch ein Hundewelpe tun würde. »Tut mir leid«, sagt er, tritt vor mich hin und legt mir die Hand an die Wange.

Ich blicke zu ihm auf. Sein Gesicht ist ernst, das übliche Strahlen ist aus seinen Haselnussaugen verschwunden.

»Du musst dich für nichts entschuldigen«, sage ich. »Deine Mutter scheint mir sehr ... konservativ zu sein.« Ich lächle auf eine Art, die sagen soll: *Siehst du? Ich kann nett sein.*

»Sie ist die Frau eines Bauern. Sie ist in einer Kleinstadt aufgewachsen und verurteilt alle, die anders sind.« Mann, kennt der Mann seine Mutter gut.

»Tja, ich bin auf jeden Fall anders.«

Als ich das sage, ziehen sich seine Mundwinkel nach unten. Ich ignoriere seine Reaktion und winde mich aus meinen Shorts. Er kommt näher, seine Hände finden meinen Hintern, bevor er mich an die Glaswand der Dusche drückt und seine Erektion an meiner Muschi pulsiert.

Ich kann nicht leugnen, dass ich ihn in mir spüren will. Ich will wissen, dass ihm egal ist, dass ich nicht irgendeine Bauerntochter bin, die jeden Sonntag zur Kirche geht, und dass ich keine Jungfrau war, bis ich ihn getroffen habe. Ich sehne mich verzweifelt nach der Verehrung, die er mir mit seinen Blicken und mit seinem Körper gewährt. Ich will den Blick, der sagt, dass er mich liebt, auch wenn er es selbst nicht sagt. Den Typ, der mir gesagt hat, er würde mich nie verstecken.

Also überlege ich es mir anders. Ich schlinge ihm die Beine um den Oberkörper und schiebe mit den Hacken seine Pyjamahose herunter, bis sie auf den Boden fällt. Er steigt heraus und sein Schwanz schiebt sich meine Öffnung entlang. Während er mich an der Wand festhält, hilft er mit einer Hand nach und gleitet in mich.

»Oh«, stöhne ich und er hält mir den Mund zu, obwohl die Dusche unsere Geräusche eigentlich übertönen müsste.

Er taucht kurz und schnell in mich ein und wieder heraus, und ich bin überrascht, dass ich immer noch so feucht bin, vor allem nach der Abkühlung durch seine Mutter. Ich hänge an seinem Hals, meine Brüste an seine Brust gequetscht, während er in mich stößt. Schneller und schneller.

»Du bist so verdammt eng. Es ist der Wahnsinn, wie du meinen Schwanz zusammendrückst«, sagt er, und das Kribbeln zwischen meinen Beinen brennt heißer.

Er fickt mich, als könnte er nie genug bekommen, als wäre es nie ganz genug, auch wenn ich ihn komplett befriedige. Die Art, wie er mich nimmt, gibt mir das Gefühl, dass ich alles für ihn bin.

»Jasper«, seufze ich, während sich die Lust weiter aufbaut. »O Gott, fick mich«, flüstere ich und das Glas klappert hinter mir.

Er macht weiter, und ohne irgendein Vorspiel – kein Nippelzwicken und kein Mund an meiner Klitoris – und obwohl da draußen die Eiskönigin steht, explodiere ich zum zweiten Mal heute Morgen.

Kurz darauf kommt er auch, und meine Beine sind noch nicht wieder auf dem Boden, als ich seine Mom sehe, die uns von der offenen Badezimmertür aus anstarrt.

»O mein Gott.« Ich klammere mich an den sehr nackten Jasper.

Er schaut mich an, mit diesem vernebelten Nach-Orgasmus-Glänzen in den Augen, bis mein schockierter Blick in seinem Verstand ankommt. Er dreht den Kopf und sieht seine Mom.

»Mom!«, brüllt er. »Raus!«

»Es tut mir so leid. Wir haben Glas krachen gehört und wussten nicht –. Die Tür war nicht abgeschlossen und …«

John späht herein und hält seiner Frau dann schnell die Augen zu. »Nathalie, was tust du denn?« Dann dreht er selbst den Kopf und sagt: »Sohn, es gibt für alles eine Zeit und einen Ort.«

»RAUS jetzt!«, schreit Jasper und die beiden gehen.

Ich rühre mich nicht, bis ich die Tür höre. »Das war's dann wohl«, murmle ich und wir lassen einander los. Ich öffne die Duschtür und trete ein.

Natürlich folgt er mir. Jasper hält nichts von Abstand. »Hey«, sagt er und streicht mir die Haare unter dem Wasserstrahl nach hinten. »Ist schon gut. Ich habe einen Sohn. Ist ja nicht so, als hätten sie nicht gewusst, dass ich schon mal Sex hatte.« Er lacht. Anscheinend hält er es nicht für todespeinlich, dass seine Mutter mich an eine Glaswand gedrückt und mit dem Schwanz ihres Sohnes in mir vorgefunden hat.

»Sie hasst mich«, sage ich, während ich zulasse, dass er sich Shampoo auf die Hand gibt und mir die Haare einseift. Ich nehme ihm die Flasche ab und mache dasselbe mit ihm.

»Nein, sie kann sich nur nicht so gut an Veränderungen gewöhnen.« Er tritt näher und schiebt mich unter den Duschkopf. Der Schaum strömt an unseren Körpern herunter.

»Vielleicht bin ich eine zu große Veränderung für sie«, kommentiere ich, während ich die Flasche mit dem Conditioner in die Hand nehme, aber Jasper nimmt sie mir ab und trägt ihn auf, wie ich es ihm beim letzten Mal, als wir zusammen geduscht haben, beigebracht habe.

»Sag das nicht. Du bist die beste Veränderung. Ich weiß, dass ich glücklicher bin, als ich es je war, und so sehr es mich fertigmacht, das zu sagen: Brady auch.« Dabei wäscht er mir den Conditioner aus den Haaren. Er nimmt Seife und meinen Luffaschwamm, aber meine Hände landen auf seinen.

»Jasper, es könnte sein, dass sie dich zwingt ... Ich meine, es könnte sein, dass sie nie mit mir warm wird.«

Wie könnte ich ihr das vorwerfen? An manchen Tagen bin ich mir nicht einmal sicher, dass meine eigene Mom mich besonders mag. Wie kann ich es dann von einer anderen erwarten?

Er nimmt meine Hände in seine und schaut mir in die Augen.

»Du bist das Zweitwichtigste in meinem Leben«, sagt er. Ich lächle, denn ich weiß, den ersten Platz würde ich auch nie einnehmen wollen.

»Du bist auch das Zweitwichtigste für mich. Nach meinem Vibrator, natürlich«, scherze ich und er lacht.

»Ich kann dich nicht anlügen. Brady wird immer an erster Stelle stehen, aber er ist der Einzige, der je vor dir sein wird.«

Ich schaue in seine entschlossenen und ernsthaften Augen hinauf und hoffe bei Gott, dass seine Mom und ich nur einen schlechten Start hatten. Denn das Gefühl zu haben, in meine Familie nicht hineinzupassen, reicht mir, ich weiß nicht, ob ich das bei zweien aushalte. In dem Fall könnte es sein, dass nicht Jasper das mit uns beendet. Womöglich ergreife *ich* dann die Flucht.

Kapitel 28

Nachdem Jasper und ich uns angezogen haben, verlassen wir sein Schlafzimmer. Meine Haare sind immer noch ein bisschen nass, aber ich habe mein Make-up konservativer aufgetragen als sonst. Seht ihr? Ich bin flexibel.

Bradys Stimme hallt von sämtlichen Wänden wider, aber als er uns sieht, kommt er angerannt.

»Oma und Opa gehen mit mir zu *Dave and Buster's*.« Er springt auf und ab.

Ich schaue Jasper an, der seine Eltern anschaut. »Wir haben heute Abend vor, eine Burg zu bauen«, sagt er, dann geht er in die Küche.

Ich frage mich, ob meine Gesichtsfarbe Bradys Spiderman-Decke noch ähnlicher werden könnte, während ich versuche, Jasper zu folgen, ohne direkten Augenkontakt mit einem seiner Elternteile herzustellen.

Seine Mom kommt zu uns, während John mit Brady spielt. »Na ja, wir dachten uns einfach, ihr beide möchtet vielleicht allein sein.« Weder Jasper noch mir entgeht ihre Andeutung.

Jasper dreht sich um und füllt einen Teller für Brady. »Brady, komm essen.« Seine Stimme klingt knapp und schroff.

Ich möchte am liebsten sagen: *Lass es nicht an Brady aus*, aber ich trinke meinen Kaffee, immer noch ohne sie anzusehen.

»Mom, wir brauchen keine Zeit für uns allein«, sagt Jasper. »Wir kommen prima zurecht.«

»Ich wollte nur nett sein, Jay«, sagt sie und nimmt Messer und Gabel, um Brady die Pfannkuchen zu schneiden.

Er wirbelt herum und sieht Brady an, der immer noch bei seinem Dad ist. Dann beugt er sich angespannt vor. »Ihr habt uns überfallen, und das wisst ihr auch.« Er wirft mir einen Blick zu, und Junge, was wünschte ich, Alice im Wunderland zu sein, damit ich zehn Größen kleiner werden und mich hinter meiner Kaffeetasse verstecken könnte. »Ihr habt uns absichtlich überrascht, indem ihr heute hergekommen seid, damit ihr euch Lennon anschauen könnt.« Jetzt ist mir klar, dass er vor Wut schäumt.

»Was hätten wir denn tun sollen? Ihr beide habt eine Beziehung und Brady hat mir auf FaceTime erzählt, dass sie die Nacht hier verbringt.«

Klatsch.

Jaspers offene Hand knallt auf die Arbeitsplatte. Ich weiß nicht recht, ob ich bleiben oder gehen soll, also verstecke ich den Kopf im Kühlschrank, als würde ich etwas suchen. *Ruhig, Lennon.*

»Ihr hättet warten können, bis wir uns melden und ein Treffen ausmachen. Ich wollte euch diese Woche anrufen, um ein Abendessen zu verabreden, aber ihr musstet euch ja durchsetzen.«

»Jay, sei doch nicht so!«, jammert sie und ich denke, mit dieser Stimme bekommt sie immer ihren Willen.

»Wie soll ich denn sein? Du bringst die Frau, die ich liebe, in eine unangenehme Lage«, sagt er rau flüsternd.

Ich lächle das eingelegte Gemüse an, denn er hat mir bis jetzt noch nicht richtig gesagt, dass er mich liebt.

»Also, das war nicht meine Absicht«, feuert seine Mom zurück.

Mir ist klar, dass ich den Kopf nicht ewig im Kühlschrank lassen kann, also trete ich zurück, schließe die Tür und tue so, als würde ich mir noch mehr Milch in den Kaffee schütten.

»Lass es gut sein«, warnt Jasper, so ähnlich, wie er es bei Brady tut. Mir wird bewusst, dass seine Mom und meine sich ziemlich ähnlich sein könnten.

Sie setzt sich auf einen Hocker an der Frühstücksbar. »Du hast recht. Ich hätte warten sollen.«

Bis auf das. Ich bin mir ziemlich sicher, dass mir meine Mom nie gesagt hat, ich hätte recht.

»Es tut mir leid, Lennon«, sagt sie und ich blicke zum ersten Mal auf.

»Sie müssen sich nicht entschuldigen.« Ich bin höflich und meine es ernst. Wer sagt, dass ich nicht eines Tages dasselbe mit meinem eigenen Sohn tun werde? Ich bin auch nicht gerade für meinen Respekt für Grenzen berühmt.

Wir lächeln einander gezwungen an und Jasper nimmt eine Tasse und füllt sie mit Orangensaft. »Brady!«, ruft er. Es gibt bei Jasper einen bestimmten Tonfall, der Brady sagt, dass er die Grenze nicht weiter ausreizen soll, und er erkennt ihn, also kommt er angerannt und klettert auf einen Hocker.

»Möchten Sie vielleicht einen Kaffee?«, frage ich Natalie.

»Das wäre lieb, Lennon.« Sie verschränkt die Hände vor sich auf dem Tresen und ich sehe John herüberkommen. Ich gehe zum Schrank und hole zwei Tassen heraus. »Sie sind bestimmt oft hier, so gut, wie Sie sich in der Küche auskennen«, kommentiert sie. Ich halte nicht in meiner Bewegung inne, denn ich bin mir ziemlich sicher, dass Jasper ihr gerade einen bösen Blick zuwirft.

Den restlichen Morgen geht unser Gespräch auf diese Art weiter. Sie versucht, mehr darüber zu erfahren, wie oft ich hier bin, wo wir uns kennengelernt haben, was wir schon alles zusammen gemacht haben, aber ich glaube, eigentlich will sie herausfinden, wie nahe ich Brady stehe. Sie fragt nichts darüber, wie ich mein Geld verdiene, über meine Familie oder meine Ausbildung. Irgendwann sitzen wir alle auf dem Sofa und ich werfe einen Blick auf die Uhr und sehe, dass es fast Mittag ist.

»Wir sollten mal los«, sagt John und schlägt sich mit den Händen auf die Knie.

Jasper steht sofort auf, um sie zur Tür zu bringen. Ich glaube, er ist so ungeduldig wie ich.

Natalie streckt die Arme nach Brady aus und er lehnt sich an sie und bietet ihr den Kopf an. Sie küsst ihn auf den Scheitel.

»Also haben wir nächste Woche ein bisschen gemeinsame Zeit«, sagt sie und mir dreht sich der Magen um. Jasper hat ihr nicht erzählt, dass er mich gebeten hat, nächste Woche auf Brady aufzupassen, während er eine Nacht nicht in der Stadt ist.

»Ach ja, das, Mom. Ich lasse Lennon auf ihn aufpassen.« Er öffnet die Tür so lässig, wie es nur geht, und ihr Blick schießt zu mir herüber.

Selbst Johns Rücken wird steif; sein Blick schwankt zwischen Jasper, Natalie und mir hin und her.

»Okay«, sagt sie ohne Begeisterung in der Stimme. »Dann lass ihr meine Nummer da, falls sie Fragen hat«, fügt sie mit einem schmalen Lächeln hinzu.

»Es hat mich gefreut, Sie kennenzulernen, Lennon. Tut mir leid, dass ... Na ja, Entschuldigung.« John streckt mir die Hand hin, sein Gesicht hat einen ähnlichen Rotton angenommen wie meines.

»Schön, Sie kennenzulernen.« Meine Stimme ist leiser als sonst.

Natalie schlängelt sich zur Tür durch. »Tschüss, Lennon. Wir müssen uns irgendwann offiziell zum Abendessen verabreden.«

Ich hebe die Hand, um zu winken, aber sie ist schon zur Tür hinaus. Jasper schließt die Tür, geht zur Couch hinüber und lässt sich fallen. Er tätschelt das Kissen neben sich und ich folge ihm. Dann schlingt er den Arm um mich, zieht meinen Kopf an sich und küsst mich auf die Stirn.

»Tut mir leid«, murmelt er ehrlich entschuldigend.

»Ich hole meinen Schlafsack.« Brady rennt den Flur entlang, offensichtlich hat er rein gar nichts von der unangenehmen Stimmung der letzten Stunden mitbekommen. Seine Gedanken sind zu hundert Prozent beim Burgenbau.

Ich richte mich auf und schaue Jasper an. In seinen Augen liegt die pure Qual. »Lass sie einfach auf ihn aufpassen«, sage ich, denn dass seine Mutter sich herabgesetzt fühlt, ist es einfach nicht wert. Ich denke, das würde mir nur auf die Füße fallen.

»Nein.« Er runzelt die Stirn. »Sie muss sich daran gewöhnen, dass sie nicht die einzige Frau in seinem Leben ist.«

Sein Tonfall sagt mir, ich solle das Thema fallen lassen. Aber wir kennen mich ja inzwischen besser, oder? »Tu es einfach, das macht sie glücklich.«

»Ende der Diskussion, Lennon. Du passt auf Brady auf. Es sei denn, du willst nicht?«, fragt er.

Ich lege ihm das Kinn auf die Brust und schaue zu ihm auf. »Ich habe schon Pläne für uns gemacht.«

Jetzt sieht er kurz besorgt aus. »Hoffentlich nichts Illegales?«, scherzt er.

»Nö, aber glaubst du, er ist zu jung für ein Tattoo? Er hat mich um einen Superman gebeten.« Ich lache, und plötzlich liege ich auf dem Rücken und er kitzelt mich.

»Was hast du geplant?«, fragt er.

»Das ist unsere Sache. Wir müssen uns aneinander gewöhnen, deshalb ist es ein Geheimnis.«

Er kitzelt mich weiter, es macht ihm nichts aus, dass ich ihm nicht sage, was ich mit seinem Sohn vorhabe. Brady kommt hereingerannt, bleibt stehen und starrt uns an. Wir wenden ihm beide die Gesichter zu.

»Kitzelalarm!«, schreit er und stürzt sich auf uns. Er hilft Jasper, mich zu kitzeln, und wir lachen alle gemeinsam.

Ich weiß nicht so genau, wie ich hierhergekommen bin, aber ich möchte nie wieder weg.

Kapitel 29

»Das ist das Beste!«, schreit Brady und rennt mit Zuckerwatte in der einen und einem Churro in der anderen Hand den Pier entlang.

Ich bin mir ziemlich sicher, dass ich die beste Babysitterin, aber die schlechteste Mom in Ausbildung bin. Ja, ich habe beschlossen, mich in Gedanken als Mom in Ausbildung zu bezeichnen. Das kommt mir passend vor.

Er bleibt stehen und bewundert das Riesenrad. »Können wir, Lennon?«, fragt er.

»Als würde ich Nein sagen.« Ich führe ihn zu einer Bank hinüber. »Aber erst musst du deine Süßigkeiten aufessen.«

»Okay.« Er beißt herzhaft in die blaue Zuckerwatte, die einen klebrigen blauen Zuckerrand um seine Lippen hinterlässt. Nachdem er sie in den Mülleimer geworfen hat, nimmt er einen riesigen Bissen Churro und wirft ihn ebenfalls weg. »Fertig«, nuschelt er mit vollem Mund.

»Ähm, nein, du bist nicht fertig.«

Ich habe von Jasper gelernt und mir ein Wasser gekauft. Also gehe ich zum Stand mit den Krapfen hinüber. Mann, riechen die gut.

»Ich will eins davon.« Brady deutet mit großen Augen auf einen mit einer Kugel Eis, Erdbeeren und einem Haufen Schlagsahne darauf.

»Vielleicht später.«

»Du hast gesagt, du sagst nie Nein.« Er zieht die Mundwinkel herunter.

»Vielleicht heißt nicht nein«, korrigiere ich ihn.

»Wenn Daddy vielleicht sagt, heißt das eigentlich nein.« Er starrt durch das Fenster und ich könnte schwören, ihm tropft ein Speichelfaden aus dem Mund.

»Tja, ich bin nicht Daddy.« Ich gieße Wasser auf die Serviette und wische ihm den Mund ab. »So gut wie neu!« Ich stupse ihm mit dem Finger auf die Nase und er lächelt und sieht mich mit Augen voller Liebe an. Junge, ich hoffe, er verknallt sich nicht in mich.

»Los, gehen wir!« Der kleine Mann schaltet wirklich schnell um, er packt meine Hand und zieht mich zum Riesenrad. Während wir in der Schlange warten, starrt Brady die ganze Zeit an dem Riesenrad hinauf, das anhält und weiterfährt und Leute ein- und aussteigen lässt.

»Das ist hoch«, sagt er mit flacher Stimme.

»Brady, wir müssen nicht mitfahren.« Ich lege ihm die Hand auf die Schulter, aber er schüttelt den Kopf, ohne mich anzusehen.

Er sagt nichts, was merkwürdig ist. Brady ist wie ich, es gibt immer etwas zu sagen. Uns gehen selten die Worte aus.

Ich kauere mich nieder und mein Blick fällt auf die Mittelschulkids hinter mir. »Komm, Brady, wir fahren etwas anderes«, biete ich an und er schaut mich kurz an, nur zu bereit, den Köder anzunehmen.

»Ja, das ist was für Ältere«, mischt sich einer der Jugendlichen in unser Gespräch ein.

Brady wird rot und senkt den Blick auf den Betonboden voller Kaugummi und Müll.

»Kümmere du dich mal besser um deine eigenen Angelegenheiten.« Ich stehe auf und sehe den kleinen Mistkerl aus schmalen Augen an.

»Von mir aus, Lady«, sagt der Scheißer, und ich spüre, wie mir langsam das Blut in den Adern kocht. Dieser Junge mit den hochgestellten roten Haaren und der Schweinenase muss seine Lektion lernen.

Als die Erwachsene, die ich vorgebe zu sein, wende ich mich wieder Brady zu. »Komm.« Ich nehme ihn am Ärmel seines T-Shirts und ziehe ein bisschen, aber er bleibt wie angewachsen stehen.

Er schüttelt den Kopf. »Nein.« Dann macht er einen Schritt in der Schlange nach vorn und ich höre die Teenies hinter uns schnauben und kichern.

»Okay.« Ich atme aus. Wenn er mitfahren will, wer bin ich, ihm beizubringen, sich nicht seinen Ängsten zu stellen?

Ein paar Minuten später sind wir dran. Der Karuselltyp hält die Barriere für Brady hoch und der wird ein bisschen blass.

»Okay, spring rein«, sagt der Typ.

Ich lasse Brady vorgehen, aber er steigt nicht ein.

»Komm schon«, ächzt der kleine Idiot hinter uns.

Mir liegen sehr explizite Worte auf der Zunge, aber Brady wirft einen Blick an mir vorbei auf ihn und ich weiß, ich muss meinen Erwachsenenstatus erhalten.

»Lady?« Der Junge will mir unbedingt weiter auf die Nerven gehen, und ich bin ungefähr eine Millisekunde davor, die Geduld zu verlieren.

Ich drehe mich um, mein Blick ähnelt vermutlich dem dunklen Himmel direkt vor einem bösartigen Sturm. »Ich schaffe das schon. Ich verstehe schon, dass du später ein heißes Date mit deiner rechten Hand hast, aber entspann dich.«

Alle seine Freunde lachen und ich bedaure meine Worte sofort, als sich sein Gesicht vor Scham rot färbt. Brady wirkt kurz verwirrt, dann schaut er wieder angstvoll an dem Riesenrad hinauf.

Der Betreiber kichert selbst in sich hinein, schaut mich aber mit hochgezogenen Augenbrauen an und fragt mich wortlos, ob Brady mitfahren will oder nicht.

»Ja oder nein, Brady?«, frage ich.

Er schaut mich lange an, und ich will gerade mit ihm zur Seite treten, als er mich überrascht und die Gondel betritt. Sie wackelt und er schluckt schwer.

»Alles klar?«, frage ich, bevor ich einsteige.

Er nickt ein paarmal und ich fühle mich jetzt wie die schlechteste Mom in Ausbildung aller Zeiten.

»Na endlich«, ätzt der Teenie.

Ich ignoriere ihn, wünsche mir immer noch, ich hätte nichts gesagt. Dieses Mom-in-Ausbildung-Ding ist harte Arbeit.

Der Mann senkt die Barriere und Brady zieht die Beine so eng an den Sitz, wie er kann.

»Ist schon gut.« Ich halte seine Hand fest in meiner. Er nickt, sagt aber nichts. Der starke Schweigertyp.

Das Fahrgeschäft setzt sich in Bewegung und die Idiotenkinder hinter uns johlen und schaukeln mit ihren Sitzen.

»Halt dich gut an deiner Mama fest, Baby«, hänselt uns der Junge weiter.

Unser Sitz steigt ein Stück in die Höhe und Bradys ganzer Körper versteift sich. Ich denke mir, das Händchenhalten genügt nicht, also lege ich ihm den Arm um die Schultern und ziehe ihn an mich. Sein Körper entspannt sich ein bisschen, aber meine Idee funktioniert nicht so wirklich.

»Lennon«, sagt er, und als ich den Kopf senke, sehe ich, dass er weint.

»Oh, Brady.« Ich streiche ihm über die Arme. »Es ist okay«, versuche ich ihn zu trösten, aber wir bewegen uns inzwischen auf den höheren Stufen der Mutterausbildung und ich stecke noch in der Orientierungsphase fest.

»Ich will runter. Mir geht's nicht gut.«

Genau in diesem Moment fährt das Riesenrad los und wir haben keine Möglichkeit zum Aussteigen mehr, bis es vorbei ist. Wir schwingen an dem Betreiber vorbei und ich hebe die Hand, um seine Aufmerksamkeit auf mich zu lenken, aber er ist zu sehr damit beschäftigt, mit einer blonden Tussi zu flirten. Mein übliches Pech.

»Lehn einfach den Kopf an mich. Es ist gleich vorbei.«

Wir kommen wieder unten vorbei und ich hebe die Hand, aber der Typ schaut immer noch nicht her.

»Scheiße«, murmle ich.

»Was?«, fragt Brady.

Super, ich habe vor dem Kind geflucht.

»Ich hab dir doch gesagt, das ist nichts für Babys«, sagt der Junge, als wären wir gerade am Scheitelpunkt einer der abgefahrensten Achterbahnen angekommen, die man immer auf Facebook sieht und unter denen steht: *Würdest du dich das trauen?*

Ich beuge mich hinüber, um den kleinen Scheißer endlich zum Schweigen zu bringen, und unsere Gondel neigt sich ein bisschen nach hinten. »Hör mal, rechte Hand ...«

»Lennon«, stöhnt Brady, der mit mir über die Rückenlehne schaut. Eine Sekunde später bricht ein Schwall Erbrochenes aus Brady heraus, dem Rothaarigen direkt auf den Kopf.

Ich kneife die Lippen zusammen, um nicht zu lachen. *Gut gemacht, Kleiner.*

»Was soll der Scheiß? Ich bring dich um, du Zwerg!« Er zeigt auf Brady, der immer noch würgt.

Geschieht ihm recht.

»Du fasst ihn nicht an!«, warne ich und Brady blickt zu mir auf und zum ersten Mal seit dem Krapfen huscht ein Lächeln über sein Gesicht.

Brady dreht sich wieder nach vorn, und endlich hält der Typ nach der ganzen Aufregung das Riesenrad an.

»Tut mir leid«, sage ich zu dem Typ und er schaut auf den Wagen und den Jungen hinter ihm und kichert wieder.

»Unbezahlbar«, sagt er.

Ich wühle in meiner Handtasche und gebe ihm einen Zwanziger.

»Nicht nötig.« Er gibt ihn mir zurück.

Stattdessen krame ich meine Visitenkarte heraus. »Hier, kostenloses Tattoo, geht auf mich.« Ich werfe einen Blick auf seine Haut und das reizt ihn doch.

»Danke«, sagt er, während sich Brady wieder vorbeugt.

Ich hole ihn aus der Gondel und auf festen Boden und scheuche ihn zu einem Mülleimer, wo er sich noch einmal übergibt.

»Komm, wir schaffen dich nach Hause, Kumpel.«

Wir gehen zum Auto und als wir sicher im Van sitzen, schaut er zu mir herüber. »Danke, Lennon.« Er lehnt den Kopf nach hinten ans Polster und die Augen fallen ihm zu. »Ich mag keine Einhörner«, murmelt er.

Ich lache vor mich hin und fahre los. Unterwegs werfe ich ihm immer wieder heimliche Blicke zu. Es ist wahrscheinlich seltsam, aber jetzt fühle ich mich zum ersten Mal wie eine *echte* Mom.

Kapitel 30

Wir parken auf Jaspers Parkplatz, obwohl er mir gesagt hat, dass er nicht gerade begeistert ist, wenn ich das tue, denn an mir möchte er zwar nichts ändern, aber an meinem Auto schon. Ein kleines bisschen kann ich ihn verstehen. Vielleicht waren die Einhörner ein bisschen drastisch. Brady wird es vermutlich auch nicht gefallen, wenn ich ihn mit regenbogenkackenden Einhörnern auf dem Auto vor seiner Schule absetzen muss.

Ich steige aus und gehe zur Beifahrerseite, um Brady herauszuholen. Er schläft schon fest. Ich stupse ihn an und er dreht den Kopf und bläst mir eine Wolke Kotzatem direkt ins Gesicht.

Mir steigt der Mageninhalt in die Kehle und ich bin kurz davor, zu riechen wie er, bis ich es wieder runterschlucken kann. »Brady«, gurre ich und stupse ihn noch mal an der Schulter an.

Er setzt sich auf und schaut sich verloren um, bis sein Blick mich findet. Ich lächle und er lässt die Schultern hängen. »Komm, wir nehmen ein Bad und gehen ins Bett«, sage ich.

Er streckt mir die Arme entgegen und ich stehe da. Soll ich ihn hochnehmen? Klar. Ich meine, das ist okay, oder?

»Meine Beine tun weh«, jammert er, also hänge ich mir die Handtasche über die Schultern und hebe ihn hoch. Er wickelt sich um mich wie ein Koalabär und ich kämpfe mich in Richtung Aufzug.

Meine gelegentlichen Yogakurse haben mich nicht direkt darauf vorbereitet, so einen kleinen Kerl zu tragen, wie viel auch immer er wiegt, und als wir beim Aufzug ankommen, tun mir die Arme weh. Als ich auf den Knopf drücke, klingelt mein Handy. Ich kann auf keinen Fall rangehen, also lasse ich es klingeln. Ich kann nachschauen, wer es ist, wenn ich drin bin.

Die Aufzugtüren öffnen sich, und nachdem ich mich mit dem Schlüssel abgemüht habe, öffnet sich die Tür zu einer dunklen Wohnung. Mit dem Knie schiebe ich Brady ein bisschen höher. Kindertragen ist wirklich eine Aufgabe für Dads. Tut mir leid, Feministinnen.

»Okay, wir sind zu Hause«, sage ich zu Brady und arbeite mich blind zur Couch vor.

Wieder geht mein Handy los, aber statt ranzugehen, gehe ich ins Bad und lasse Badewasser einlaufen.

»Möchtest du Schaum?«, brülle ich nach draußen, höre aber keine Antwort.

Als ich nach draußen komme, finde ich Brady mit einer Decke über sich auf der Couch zusammengerollt, einen Zipfel der Decke noch in den Händen.

Auf meinem Handy piepst eine Textnachricht, und da jemand anscheinend nicht aufgeben will, gehe ich zu meiner Handtasche neben Brady und wühle darin. Ich ziehe mein Telefon heraus und setze mich damit auf den Sessel, sehe zwei unbeantwortete Anrufe von Jasper und eine SMS, in der er fragt, wo wir sind. Gerade schwebt mein Finger über dem Bildschirm, um ihm zu antworten, da klingelt es wieder und sein Name leuchtet auf.

»Uns geht's gut«, melde ich mich trocken.

»Wo wart ihr? Ich habe versucht, dich zu erreichen.« Seine Stimme ist angespannt und ängstlich.

»Entschuldige, Brady ist auf dem Heimweg eingeschlafen und ich habe ihn nach oben getragen.«

»Wo wart ihr heute?« Er klingt schon wieder entspannter.

»Am Pier. Erinnere mich daran, dass ich dir erzähle, wie dein Sohn einem älteren Jungen, der sich über ihn lustig gemacht hat, einen Denkzettel verpasst hat.« Ich muss lachen, als mir wieder das Gesicht von diesem rothaarigen Blödmann einfällt, den Brady vollgekotzt hat.

»Ich weiß nicht, ob ich es wissen will«, sagt er und ich höre ein Lächeln in seiner Stimme.

»Ich stecke ihn in die Badewanne, wenn ich ihn wieder wachbekomme.« Ich lege die Hand auf ihn.

»Okay, ruf mich an, wenn er im Bett ist. Ich bin geil und hoffe, du kannst mir beibringen, wie ich meinen Schwanz streicheln muss. In allen Einzelheiten.«

Zwischen meinen Beinen beginnt es zu kribbeln, und Mann, ich wünschte, er wäre hier. »Na ja, ich bin die Beste«, sage ich mit Singsang-Stimme.

»Die Einzige, die mich antörnt.«

»Vergiss das nicht da in Los Angeles«, bricht sich meine Unsicherheit Bahn.

Er gluckst. »Keine Sorge an der Front.«

»Gut.«

»Wir sprechen uns gleich.«

Ich lege auf und Brady weigert sich immer noch, sich zu drehen. Ich habe keine Wahl, also ziehe ich ihm Schuhe und Socken aus und denke mir, er wird sich schon rühren, wenn ihm unbequem wird.

Als ich bei seinen Boxershorts angekommen bin, bleibt er lange genug wach, dass ich ihn aus seinen Kleidern schälen kann. Seine Stirn sinkt auf meinen Arm, sie ist heiß.

Ich setze ihn auf und lege ihm die Hand an die Stirn. Ich muss mich geirrt haben, denn vor einer Stunde ging es ihm noch gut, aber nein, er ist wirklich heiß.

»Brady?«, frage ich und ihm fallen die Augen wieder zu.

Ich lehne seinen Kopf wieder an die Couch und renne den Flur entlang, durchforste das Badezimmer nach einem Thermometer. Ich sollte Jasper anrufen. *Und ihm was sagen? Dass sein Kind krank ist und du in Panik?* Ich höre auf den Teufel auf meiner Schulter.

Endlich finde ich im Medizinschrank ein Thermometer, neben Medikamentenflaschen, auf denen überall »Kinder« steht. Ich habe das so was von im Griff. Ich schaue mir die Flaschen an, schnappe mir das Paracetamol und das Thermometer.

Wenigstens weiß ich, wie man ein Ohrthermometer benutzt. *Danke, Thalia, dass du vor Monaten die Grippe hattest.* Ich stecke es ihm ins Ohr, und die Sekunde, die es dauert, bis die Temperatur aufleuchtet, kommt mir wie eine Ewigkeit vor. Er hat sich keinen Zentimeter gerührt.

»39,4!«, kreische ich, setze es zurück und halte es ihm ins andere Ohr. Als würde da etwas anderes herauskommen. Eine Sekunde später piepst es. »39,2. Dieselbe Scheiße.«

Ich lese die Rückseite der Flasche. Okay, anscheinend gibt man Kindern die Dosis nach Gewicht. Als wüsste ich, wie viel er wiegt.

Jasper weiß es.

Wiege ihn!, drängt mich der Teufel auf meiner Schulter.

Also laufe ich in Jaspers Bad, denn dort gibt es eine Waage. Ich wiege mich selbst und renne dann wieder hinaus, um Brady zu holen. Ich nehme ihn hoch, als wäre ich sein Mamabär, und trage ihn ins Bad.

Wir steigen auf die Waage, und ich habe Mühe, das Gleichgewicht zu halten. Bingo. Also, achtundsechzig Komma neun minus sechsundfünfzig Komma sieben, Scheiße, ich hasse Mathe. Neun minus sieben ergibt zwei. Acht minus sechs macht auch zwei. Sechs minus fünf gleich eins. Zwölf Komma zwei Kilo.

»Das kann nicht stimmen. Zwölf Kilo kann ich stemmen.« Ich lege Brady auf Jaspers Bett und wiege mich noch mal.

Nö, sechsundfünfzig Komma zwei. Vielleicht habe ich bei der ganzen Rennerei abgenommen.

Ich hebe den stöhnenden und ächzenden Brady wieder hoch und setze die Waage auf Null zurück.

Siebenundsiebzig Komma sechs Kilo. Und wieder rechnen. Sechs minus zwei sind vier. Sieben minus sechs ergibt eins. Sieben minus fünf macht zwei. Einundzwanzig Komma vier Kilo. Das klingt logisch.

Ich trage Brady zurück ins Wohnzimmer und setze ihn auf die Couch. »Wir müssen Medizin nehmen, Brady«, schmeichle ich, nachdem ich die richtige Menge in ein kleines Schnapsglas gegossen habe.

Er schüttelt den Kopf.

»Komm schon, Brady, nur ein bisschen.«

Er schüttelt wieder den Kopf.

»Hier kommt der Zug, tut-tut!« Ich lasse das Glas auf seinen Mund zuruckeln.

Hey, nicht umkippen, ich bin verzweifelt.

Er schüttelt den Kopf.

»Bitte«, bettle ich und er öffnet den Mund. »Danke.« Ich schütte ihm den Inhalt in den Mund und er legt sich wieder auf die Couch. Ich breite die Decke über ihn und setze mich auf den Sessel, um Jasper anzurufen.

Während ich seine Nummer wähle, frage ich mich, ob ich für mich behalten soll, dass Brady krank ist.

»Ich bin nackt und habe deinen Lieblingskerl in der Hand«, meldet er sich und ich lache und wünsche mir, dass mir nicht alle Energie aus sämtlichen Gliedmaßen geflossen wäre.

»Den liebe ich wirklich«, sage ich.

»Erzähl mir mehr davon, Baby«, sagt er heiser.

»Merk dir den Gedanken kurz.«

»Was ist los?« Seine Stimme klingt wieder panisch.

»Brady hat Fieber.«

»Wie hoch?« Die Anspannung steigt.

»39,4 im einen Ohr und 39,2 im anderen.«

»Okay, im Bad ist Paracetamol. Er bekommt einen Teelöffel.« Mich sollte nicht überraschen, dass Jasper die genaue Menge kennt. Er ist nicht in Ausbildung, er ist der echte Dad.

»Ja, ich habe ihn gewogen und das auch ausgerechnet.«

Er lacht. »Ihn gewogen? Ich bin überrascht. Wenn Brady Fieber hat, ist es normalerweise, als müsste man einen Elefanten an der Leine herumschleppen.«

»Ich habe mich selbst gewogen und ihn dann auf den Arm genommen und uns gemeinsam gewogen.«

Ein Lachen platzt aus ihm heraus und ich bin mir sicher, hätte er gerade etwas getrunken, er hätte es quer durch den Raum gespuckt. »Ernsthaft?«, fragt er, als er sich ein bisschen beruhigt hat.

»Ja, ernsthaft. Ich wusste nicht, was ich tun soll.«

»Du hättest mich anrufen können«, sagt er.

»Damit du glaubst, ich schaffe das nicht?« Ich lehne mich auf dem Sessel zurück, mein Blick ruht auf Brady.

»Baby, ich hätte dich nicht mit ihm allein gelassen, wenn ich nicht darauf vertrauen würde, dass du das schaffst.«

Das beruhigt mich, aber ich weiß, tief drin ist er immer noch wachsam. »Macht es dir etwas aus, wenn wir warten, bis du morgen wieder zu Hause bist, und ich zeige dir dann, wie das mit dem Streicheln geht?«

»Du klingst müde«, sagt er, und genau in dem Moment muss ich gähnen.

»Ja.«

»So ist das mit dem Elternsein. Ich bin mir sicher, ich finde hier jemanden, der mich streicheln kann.« Die Frotzelei in seiner Stimme ist eindeutig.

»Versuch das, und du hast nichts mehr zum Streicheln«, warne ich ihn und er kichert.

»Mann, das war beängstigend. Jetzt hat er den Kopf eingezogen.«

»Gute Nacht, Jasper«, sage ich.

»Nacht, Baby. Wir sehen uns morgen«, flüstert er und wir legen auf.

Ich schalte den Fernseher ein und lasse irgendetwas laufen, damit es in der Wohnung nicht so still ist. Ich muss eingedöst sein, denn als ich ein paar Stunden später aufwache, läuft der Fernseher und Brady schläft immer noch. Ich messe ihm noch mal die Temperatur, um sicherzugehen, dass sie gesunken ist, aber als meine Hand seine Stirn berührt, fühlt sie sich immer noch heiß an.

»40 Grad«, sage ich und mein Herz schlägt schneller. Ich setze das Thermometer zurück und messe das andere Ohr. »40,1.«

Nein, nein, nein.

Ein Blick auf die Rückseite der Flasche, und natürlich steht da, er darf nicht noch eine Dosis nehmen.

Ich nehme mein Handy und rufe die einzige Person an, von der ich weiß, dass sie helfen kann. Das Telefon klingelt und ich werfe einen Blick auf die Kabelbox und sehe, es ist nach zehn, was heißt, sie schläft.

»Hallo«, meldet sich ihre benommene Stimme.

»Mom!«, sage ich.

»Was ist los?« Schnell ist ihre Stimme klar.

»Ähm …« Mir fällt ein, dass ich meiner Mom nichts von Jasper gesagt habe. Ich habe noch nicht einmal mit Jacob über Jasper gesprochen. Scheiße. »Ich passe auf jemandes Sohn auf und er hat über vierzig Grad Fieber. Ich habe ihm vor ein paar Stunden Paracetamol gegeben, aber das Fieber ist nicht gesunken.«

»Du machst Babysitting«, präzisiert sie.

»Irgendwie, ja.«

»Okay, hol einen kalten Waschlappen und leg ihn auf seine Stirn.«

Ich eile ins Bad, halte einen Waschlappen unters kalte Wasser, komme zurück und lege ihn Brady auf die Stirn. »Was noch?«

»Du musst die Eltern anrufen«, sagt sie. »Sie müssen nach Hause kommen und sich um ihr Kind kümmern.«

Mir rutscht das Herz in die Hose.

»Ähm. Das geht nicht.«

»Lennon?« Sie spricht im selben Ton mit mir, wie sie es mein ganzes Leben getan hat. Der Ton, der mir sagt, sie weiß, dass ich mich übernommen habe. Der mir sagt: *Was hast du jetzt wieder angestellt?*

»Er ist der Sohn von meinem Freund, und der ist verreist«, platzt es aus mir heraus.

»Freund?«

Natürlich hat sie hauptsächlich dieses eine Wort gehört. »Ja, und er ist in L. A., er kann also nicht nach Hause kommen.« Ich werfe einen Blick auf Brady, meine Sorge wird nur noch größer. »Mom, mein Bauch sagt mir, das ist nicht gut.«

»Wie lange ist es her, dass du ihm die Medizin gegeben hast?«

Wir fangen von vorn an und ich erzähle ihr sogar, dass ich ihm erlaubt habe, sich den ganzen Abend mit Süßigkeiten vollzustopfen, wofür ich das enttäuschte Seufzen ernte, das ich so gut kenne.

»Ich sage dir, was du tun sollst, aber keine Panik, okay?«, sagt sie, was mich, dreimal dürft ihr raten … in Panik versetzt. »Fahr in die Notaufnahme.«

»Notaufnahme? Das kann man doch bestimmt auch zu Hause behandeln.«

Sie seufzt. »Es ist hohes Fieber und ich bin aus der Übung, Schatz. Du könntest den Kinderarzt anrufen, wenn dein Freund dir die Nummer dagelassen hat, aber wenn die Medizin nicht wirkt, glaube ich nicht, dass du eine andere Wahl hast.«

»Okay. Okay.« Ich strecke den Rücken durch, als wäre meine innere Mom in Ausbildung einsatzbereit. »Ich gehe.«

»Lennon«, sagt sie, bevor ich Zeit habe, sie wegzudrücken. »Ich komme ins Memorial Hospital, wir treffen uns dort. Und ruf seinen Dad an.« Den letzten Satz sagt sie, weil sie mich gut kennt.

»Okay, wir sehen uns im Memorial«, sage ich, und während ich auflege, höre ich, wie sie wiederholt: »Ruf den Dad an …«

Kapitel 31

Ich hänge mir die Handtasche quer um, nehme Brady auf den Arm und trage ihn aus der Wohnung, den Aufzug hinunter und in meinen Van. Ich werde in meinem Leben nie wieder meinen Bizeps trainieren müssen. Wahrscheinlich ist mein Adrenalin auf dem Höchststand, denn Brady fühlt sich jetzt fast gar nicht mehr schwer an. Ich habe das Gefühl, ich könnte mich für den Titel der stärksten Frau der Welt bewerben.

Ich tippe Jaspers Nummer auf meinem Handy ein und stelle es auf Lautsprecher, während ich in Richtung Krankenhaus losfahre.

»Hast du deinen toten Punkt überwunden?«, fragt er, als er rangeht, und ich wünsche mir so sehr, ich könnte jetzt in seinem Bett sein und ihn mit ein bisschen Dirty Talk verführen.

»Jasper.« Die Panik in meiner Stimme ist nicht zu überhören. Tränen brennen mir in den Augen, denn ich bin eine furchtbar schlechte Mom in Ausbildung.

»Was ist los?« Er klingt jetzt wie ich.

»Bradys Fieber ist nicht runtergegangen. Ich bringe ihn ins Memorial.« Ich trete aufs Gas.

»Wie hoch?«

»40 und 40,1 Grad.«

»Vor wie vielen Stunden hast du ihm das Paracetamol gegeben?«

»Vor ungefähr zwei Stunden, vielleicht ein bisschen weniger.«

Er schweigt eine Weile.

»Jasper?«

»Ja, ich denke nur nach. Tu das. Ich schaue, ob ich noch einen Flug bekomme. Wenn nötig, miete ich ein Auto.«

»Ich schaffe das.« Auch wenn ich mich jetzt nicht danach fühle. Ich höre ein langes Ausatmen. Jetzt kommt es drauf an. Vertraut er mir genug? Verdammt, sollte er?

»So schwer das ist, ruf mich an, wenn du etwas erfährst. Ich rufe seinen Kinderarzt an. Ich hoffe, es ist nur ein Virus.«

Virus? Ich zermartere mir das Gehirn nach allen medizinischen Ausdrücken, die ich kenne. Ich glaube, es gibt Viren und Bakterien. Blöde Whitney, die hat mich in Biologie immer abgelenkt. Na ja, eigentlich war es umgekehrt.

»Ich rufe dich an, sobald ich mit ihm dort bin.«

»Okay«, sagt er und ich kann hören, dass er in Gedanken ist.

Wir legen auf und ich halte vor der Notaufnahme, gehe ums Auto herum, hole Brady heraus und trage ihn durch die Schiebetür.

»Ma'am«, ruft jemand, aber ich ignoriere es.

Auf dem Weg zum Schwesternzimmer sehe ich, dass das Wartezimmer gestopft voll ist. Tja, wenn sie Brady nicht so schnell wie möglich aufnehmen, werde ich sie mit allen Kosenamen schmücken, die mir einfallen.

»Hallo«, sagt die erschöpfte Krankenschwester zu mir. Das schließe ich aus den Ringen unter ihren Augen und dem üblen Geruch nach Ärger und Ungeduld, der von ihr ausgeht.

»Er hat 40 Fieber«, sage ich und setze ihn so auf den Schalter, dass er sich an meine Brust lehnen kann.

»Füllen Sie die Papiere aus.« Sie lässt ein Klemmbrett neben uns auf den Schalter fallen.

Ich werfe einen Blick auf den Papierkram und schiebe ihn zur Seite. »Ich glaube, Sie hören mir nicht zu. Er ist sechs und hat hohes Fieber. Ich habe ihm Medizin gegeben …«

»Lady, schauen Sie sich das Wartezimmer an.« Sie deutet hinüber. »Die Leute sind auch alle krank.«

Ich knirsche mit den Zähnen. »Die sind mir egal. Für mich zählt nur dieser Junge.«

»Lennon.« Meine Mom taucht neben mir auf, Überraschung im Blick, als sie sieht, wie ich Brady an die Brust drücke.

»Füllen Sie die Formulare aus, dann nehmen wir ihn auf.«

Meine Mom schnappt sich das Klemmbrett. »Wie heißt er?«

Ich sage es ihr und wir gehen alle Informationen durch, die ich kenne. Ich weiß nichts über seine Krankenversicherung oder auch nur den Namen des Kinderarztes.

»Ich bin eine furchtbare Mom in Ausbildung«, sage ich und Tränen kullern mir über die Wangen, während Bradys Kopf an meiner Schulter ruht.

»Mom in Ausbildung?«, fragt meine Mom.

»Ja. Ich meine, er sollte mir sein Kind nicht anvertrauen. Ich war mit ihm am Pier und habe ihn die ganzen ungesunden Sachen essen lassen, er hat sich übergeben und jetzt hat er meinetwegen wahrscheinlich irgendeinen Virus. Ich habe seinen Sohn kaputt gemacht. Er wird mich hassen.« Ich schluchze und meine Mom legt mir den Arm um die Schultern.

»Ihr habt euch gemeinsam amüsiert. Entspann dich. Das eine hat überhaupt nichts mit dem anderen zu tun.« Meine Mom bringt Schwester Jackie das Klemmbrett zurück und setzt sich dann wieder neben mich.

»Mrs Banks«, ruft die Lady und ich schaue mich um, wer hier noch Banks heißt.

»Ich glaube, sie hält dich für die Mutter.« Meine Mom stößt mich mit dem Ellbogen an.

»Nicht, wenn der kleine Kerl hier Glück hat.« Ich stehe auf, meine Mom folgt mir. Die Schwester bringt uns nach hinten in einen Raum, wo ihm noch jemand die Temperatur misst. Sie nicken und bald werden wir in den nächsten Raum gebracht. Ich lege Brady auf das Bett. Er sieht so klein und hilflos aus.

»Hi, ich bin Marie. Ich bin Ihre Krankenschwester.« Sie schaut Brady an. »Was ist los, kleiner Mann?«, fragt sie und Brady starrt zu ihr auf. Das helle Licht hat ihn ein bisschen munterer gemacht, als ich ihn hingelegt habe. Sie bittet mich, ihr zu erzählen, was passiert ist, und ich tue es. Ich setze mich neben Brady aufs Bett, halte seine Hand und tröste ihn. Sie nimmt noch einmal dieselben Vitalzeichen auf wie der andere Mensch eben und bestätigt, in der Tat, das Fieber sei hoch.

Er schaut mich an, nachdem sie mit den Worten, die Ärztin käme gleich, gegangen ist. »Ich bin müde«, sagt er und ich streiche ihm über die Haare.

»Ich weiß, aber dir wird es bald besser gehen.« Dann entdecke ich, dass meine Mom uns beide anstarrt. Ich war so mit Brady beschäftigt, dass ich sie fast vergessen hätte. »Ich möchte dir jemanden vorstellen«, sage ich zu Brady und er schaut sich um. Meine Mom steht auf und tritt an die Bettkante. »Das ist meine Mom, Mrs Hart«, sage ich. »Mom, das ist Brady.«

»Hallo, Brady. Ich freue mich, dich kennenzulernen. Mach dir keine Sorgen, dir geht es ganz schnell wieder besser«, versichert ihm meine Mom. Brady nickt, und meine Unsicherheit will mir einreden, er glaubt ihr fast mehr als mir.

Ein paar Minuten später kommt die Schwester wieder und ich sehe die Besorgnis in ihrem Blick. »Der Arzt hat mich gebeten, Brady eine Infusion zu legen und ihm fiebersenkende Medikamente zu geben.« Sie lächelt mir kurz zu und wir wissen beide, das wird kein Spaziergang.

»Was ist eine Infusion?«, fragt er und mein Blick schießt zu meiner Mom hinüber, die schmerzlich das Gesicht verzieht.

»Davon geht es dir besser«, rede ich mich heraus.

Die Schwester wäscht sich die Hände, zieht sich Handschuhe an und setzt sich auf die Bettkante. »Brady, möchtest du etwas im Fernsehen sehen? Deine Mom kann ihn für dich einschalten.«

Brady schaut mich an und ich warte darauf, dass er ihr erklärt, ich sei nicht seine Mom. Aber er nickt nur.

Ich schalte den Fernseher ein und zappe durch die Kanäle, bis ich eine Disney-Sendung finde, die mir angemessen erscheint.

»Mom, wie wäre es, wenn Sie herkommen und ihn im Arm halten?«, bietet die Schwester an, und wieder werfe ich meiner Mom einen Blick zu, tue aber, was die Schwester sagt.

Ich klettere aufs Bett und Brady hat kein Problem damit, sich an mich zu kuscheln. Tatsächlich scheint ihn meine Nähe zu trösten. Sie nimmt seinen Arm und er schaut auf die Nadel und fängt an zu weinen.

»Nein, nein, nein!«, sagt er und versucht, den Arm zurückzuziehen, aber die Krankenschwester ist zu stark, was ihm noch mehr Angst macht.

»Ist schon in Ordnung, Brady«, wiederhole ich immer wieder, während seine Tränen mein T-Shirt durchnässen.

»Fertig«, sagt die Schwester eine quälende Minute später. Brady schaut verwirrt auf seinen Arm und dann zu mir herauf.

»Weißt du, wie du deine Medizin normalerweise aus einem Becher trinkst?«, frage ich. Er nickt. »Sie gibt sie dir durch das da.« Er nickt, bevor sein Blick wieder den Fernseher findet.

»Der Doktor kommt gleich, um ihn sich anzuschauen«, sagt die Schwester, von der ich schwören würde, dass sie jünger ist als ich.

»Danke.«

Brady schaut fern und meine Mom sitzt schweigend da, während ihr sicher tausend Fragen durch den Kopf schwirren. Es dauert nicht lange, bis sie sich mir zuwendet.

»Und wer ist sein Vater?«, flüstert sie.

Ich werfe einen Blick auf Brady hinab, der völlig in seiner Fernsehsendung versunken ist. Das habe ich auf jeden Fall gelernt ... Fernseher plus Kinder gleich Tunnelblick. »Wenn ich es dir sage, muss das im Moment aber noch unter uns bleiben.«

Sie zieht den Kopf zurück und kneift die Augen zusammen, als wollte sie sagen: *O nein, Lennon. Nicht schon wieder.* »Na gut«, sagt sie mit einer Stimme, die mir deutlich macht, dass sie nicht sicher ist, ob sie das versprechen kann.

»Jasper«, antworte ich.

Sie lächelt strahlend. »Jacobs Jasper?«

Mein Jasper. »Ja, Jacobs Mentor Jasper«, stelle ich richtig und sie lächelt noch strahlender.

»Ach, du meine Güte. Er ist der kleine Junge.« Ein überraschter Ausdruck geht über ihr Gesicht.

»Wie oft war Jasper bei euch zum Abendessen?«, frage ich, neugierig, wie gut sie ihn kennt, und auch aufgebracht, weil mich nie jemand angerufen und eingeladen hat.

»Schon eine ganze Weile nicht mehr. Hauptsächlich, als Jacob noch für ihn gearbeitet hat. Es war nur ein paarmal, und ich glaube, damals war Brady vielleicht zwei oder so.« Sie lächelt, als wäre das eine schöne Erinnerung.

»Wie kommt es, dass ich nie eingeladen war?« Ich bin aufgebracht, weil ich die ganze Zeit als Singlefrau in San Francisco herumgehüpft bin, dabei hätte ich Jasper schon früher kennenlernen können.

»Tja, Lennon, du warst immer so beschäftigt.« Sie zuckt die Achseln und verdreht die Augen. Ich nicke; ich will kein Theater machen. »Und wenn er dir Brady anvertraut, nehme ich an, ihr steht euch nahe?«, stochert sie nach mehr Details.

Ich beäuge sie und dann Brady. »Ja«, antworte ich, ohne mehr zu verraten.

»Monogam?«, bohrt sie weiter.

»Ja.« Ich bemerke, dass Brady langsam die Augen zufallen. »Ich glaube sogar, ich l… «

Sie reißt die Augen auf und ihre Mundwinkel wandern nach oben.

»So, bitte schön.« Die Krankenschwester von eben betritt den Raum, und hinter ihr kommt niemand anderes herein als Natalie Banks.

»Danke.« Sie nickt der Schwester zu und eilt an Bradys Seite. Sie befühlt seine Stirn, nimmt seine Hände und zieht dann die Decke weg, um seinen Körper zu untersuchen.

»Natalie«, sage ich, stehe auf und stelle mich auf die gegenüberliegende Seite des Bettes.

Sie blickt auf. »Was haben Sie getan?« Ihre Stimme ist Gift, und ich weiche fast zurück vor Überraschung.

»Nichts.«

Meine Mom spürt, dass etwas nicht stimmt, und kommt zu mir herüber.

»Ich wusste, dass er ihn Ihnen nicht anvertrauen sollte«, sagt Natalie. Ich werfe einen Blick auf Brady, dankbar, dass er die Augen immer noch geschlossen hat. »Sie bringen nur Ärger. Das wusste ich im ersten Moment, als ich Sie gesehen habe. Sie wollen nur Spaß und haben keinen Funken Verantwortung im Leib.«

Ich will nicht lügen, ihre Stiche treffen ihr Ziel und der Schmerz tritt auf der Stelle ein. »Warum sind Sie hier?«, frage ich.

»Was glauben Sie? Jasper hat mich angerufen, weil er weiß, dass Sie das nicht schaffen. Sie mögen ein nettes Spielzeug sein, mit dem er gern schläft, aber glauben Sie bloß nicht, Sie werden je mehr für ihn sein.«

Ich blinzle ein paarmal und die Hand meiner Mom landet auf meiner und umgreift sie fest. »Ich nehme an, Sie sind Jaspers Mutter?«, fragt sie, während ich versuche, das Schwindelgefühl abzuschütteln, das die psychischen Hiebe dieser Frau bei mir auslösen.

»Ja. Und Sie sind ...?« Ihre Stimme ist nichts als gemein und gehässig.

»Ich bin Eva, Lennons Mutter. Ich verstehe ja, dass Sie aufgebracht sind, weil Ihr Enkel krank ist, aber wie Sie mit meiner Tochter reden ist nicht nett und ich werde das nicht dulden.«

Ich schaue meine Mom an. Das ist mal eine Überraschung.

»Sie haben sie großgezogen?«, fragt Natalie mit einem Blick auf meine tätowierte Haut.

Meine Mom reckt den Rücken und fasst meine Hand noch fester. »Ihr Vater und ich, ja.«

»Sie stehen da und sehen aus, als wären Sie stolz auf sie. Schauen Sie sie doch an.« Sie rümpft angewidert die Nase.

»Für wen halten Sie sich?« Ich bereite mich auf einen Kampf vor, aber meine Mutter drückt meine Hand.

»Stolz auf sie? Wussten Sie, dass sie ein Kunststipendium in Berkeley hatte? Sie hat das Hauptfach gewechselt, weil sie den Mumm hatte, herauszufinden, was sie gern tut. Nachdem sie ihr Stipendium verloren hatte, hat sie ihr Studium finanziert, indem sie ihre Freunde tätowierte. Überlegen Sie sich mit Ihrem engen Horizont mal, wie viele Stunden das waren. Jetzt gründet sie gerade ganz allein ein eigenes Unternehmen. Und das ist nur ihre berufliche Laufbahn. Wollen Sie über ihr Privatleben sprechen? Wussten Sie, dass sie immer wieder ehrenamtlich arbeitet oder ihre Zeit einsetzt, um kostenlos die Narben von Kriegsveteranen überzutätowieren? Oder dass sie jedem Obdachlosen, an dem sie vorbeikommt, Geld, Essen oder etwas zu trinken gibt? Vielleicht sollten wir auch darüber sprechen, dass sie niemanden verurteilt, weil er anders ist oder missverstanden wird. Sie haben Glück, dass Ihr Sohn sie liebt.«

Natalie verdreht die Augen und stößt einen langen Seufzer aus.

»Aber lassen Sie sich von einer Mom von drei Söhnen, von denen zwei schon verheiratet sind, ein Geheimnis verraten.« Natalie sieht aus, als hätte sie nicht das geringste Interesse. Meine Mom beugt sich übers Bett, um nachzuschauen, ob Brady auch wirklich schläft. »Sie können nicht kontrollieren, wen Ihr Sohn liebt. Und ich persönlich denke, wenn er Lennon wählt, ist er ein glücklicher Mann. Aber egal, ob es Lennon ist oder nicht, Sie sollten besser nett sein, denn diese Frau wird den Ton angeben. Und wenn Sie eine Beziehung zu Ihrem Sohn haben wollen, sollten Sie sie ganz sicher nicht behandeln, wie Sie es gerade mit meiner Tochter tun. Andernfalls können Sie sich von Ihrem Sohn und von Ihrem Enkel verabschieden.« Meine Mom richtet sich wieder neben mir auf und legt mir den Arm um die Schulter.

Natalie beäugt mich. »Es tut mir leid, Sie sind einfach nicht verantwortungsbewusst genug, um sich um meinen Enkelsohn zu kümmern. Ein Abend, und schon sind wir im Krankenhaus.«

Bevor ich reagieren kann, klopft es an der Tür. »Greg«, gurrt Natalie und geht hinüber, um ihm die Hand zu schütteln.

»Natalie.« Er schüttelt ihr die Hand und legt die freie Hand auf ihre Schulter. »Jasper hat angerufen.« Greg ist ungefähr in Jaspers Alter, vielleicht ein paar Jahre älter, hat dunkelbraune Haare und einen schmalen Läuferkörper. Er trägt eine Stoffhose, ein Hemd und seinen Arztkittel.

Meine Mom und ich stehen da, und ich fühle mich unwillkürlich wie das fünfte Rad am Wagen.

»Sie müssen Lennon Hart sein?«, fragt er mich und streckt die Hand aus. »Ich bin Dr. Bierdman, Bradys Kinderarzt. Ich helfe hier gerade zufällig für eine Schicht aus. Jasper hat mich anpiepsen lassen.«

»Ja. Freut mich, Sie kennenzulernen.« Ich löse mich aus der Umarmung meiner Mom und schüttle ihm die Hand. Er lächelt mich mit strahlend weißen Zähnen an. »Das ist meine Mom, Eva Hart.« Ich lege meiner Mom die Hand an den Rücken.

Er reicht ihr die Hand. »Freut mich.«

»Jetzt, wo die Vorstellungsrunde vorbei ist, was glauben Sie, was ist mit Brady los?« Natalie setzt sich und nimmt Bradys Hand.

Greg holt das Thermometer vom Tisch und misst Bradys Temperatur. »Seine Temperatur ist gesunken. Jasper sagt, Sie haben ihm Paracetamol gegeben?«, fragt er in meine Richtung.

»Ja.«

»Okay, ich glaube nicht, dass es etwas Ernstes ist, aber ich schaue mir seine Augen an und mache ein paar Tests.«

Ich trete vom Bett zurück, meine Mom auch, aber Natalie bleibt, wo sie ist. Greg redet Brady gut zu, um ihn zu wecken, und Bradys Blick wandert durch den Raum.

»Ich bin hier, Schatz«, sagt Natalie.

»Wo ist Lennon?« Er klingt durcheinander, deshalb trete ich ans Fußende des Bettes.

»Ich bin hier, Kleiner.« Ich umfasse seinen Fuß und schüttle ihn ein bisschen.

Er lächelt und Natalie dreht den Kopf und wirft mir einen tödlichen Blick zu.

Dr. Bierdman macht seine Untersuchung. Er kann wirklich gut mit ihm umgehen, denn als er fertig ist, lutscht Brady an einem Lolli und lacht. »Er sieht gut aus. Ich glaube, wir müssen uns nur um das Fieber kümmern. Also, wem soll ich die Anweisungen geben?«, fragt er und blickt von mir zu Natalie.

Natalie starrt mich nieder, fordert mich beinahe heraus, mich vorzuwagen. Ich schaue Brady an und mir wird klar, die Entscheidung liegt nicht bei uns. Ich will, dass er dort ist, wo er sich am wohlsten fühlt. »Brady, willst du mit Oma oder mit mir nach Hause gehen? Daddy kommt erst morgen Nachmittag wieder«, erkläre ich ihm, und in seinen Augen blitzt sein verschmitztes Funkeln auf.

»Kann Oma nicht mit uns nach Hause kommen, Lennon?«, fragt er.

Verdammt. Mom-in-Ausbildung-Regel Nummer eins: Nie das Kind mitbestimmen lassen.

Kapitel 32

Brady schläft in seinem Bett. Natalie lässt ihn nicht aus seinem Zimmer, obwohl er schon wieder raufen wollte, nachdem das Fieber gesunken war. Sie hat seine Bettwäsche gewaschen, genauso wie die von Jasper. Hat den Kühlschrank geputzt, sämtliche Wäsche gewaschen, getrocknet und zusammengelegt. Alle Lichtschalter, Türklinken und Schubladengriffe desinfiziert. Man könnte meinen, das würde reichen, oder? Nö. Sie hat sogar abgestaubt und gesaugt – den Boden und die Möbel, möchte ich hinzufügen. Ich meine, wer saugt die Küchenstühle ab?

Was ich gemacht habe, fragt ihr?

Nichts.

Ich habe keine Lust mehr, mich zu beweisen. Wichtig sind mir Jasper und Brady.

Also sitze ich auf der frisch gesaugten Couch und zappe mich durch Netflix.

»Haben Sie nicht ein Tattoostudio, um das Sie sich kümmern müssten?«, schnaubt sie.

Ich starre direkt auf den Fernseher und drücke Knöpfe auf der Fernbedienung. »Brady hat gesagt, er will mich hier haben, also bin ich hier.«

Sie schnauft wie eine Dreizehnjährige, der man die neue Jacke verweigert hat, die alle anderen haben, und stapft den Flur hinunter. Das Geräusch von Sprühflaschen hallt zu mir ins Wohnzimmer herüber. Ich lache vor mich hin, denn ich bin so fertig mit dieser Frau, auch wenn sie Jaspers Mom ist.

Eine halbe Stunde und zwei geputzte Badezimmer für Natalie später geht eine Tür auf und kleine Füße trippeln den Flur entlang. Brady kommt um die Ecke und lächelt, als er mich sieht. Er nimmt sich die Decke, die über dem Sofa hängt, schmiegt sich an mich und ich ziehe die Decke über seinen Beinen glatt.

»Hast du gut geschlafen?«, frage ich und befühle seine Stirn. Lauwarm und ein bisschen klamm.

Er nickt und ich stelle den Kinderfilm ein, den ich beim Durchzappen gefunden habe.

»Brady.« Natalie kommt herein und lässt die Schultern hängen, bevor sie herbeieilt und sich unterwegs das Thermometer schnappt. »Setz dich hin!«, befiehlt sie. Brady folgt und sie misst seine Temperatur. In beiden Ohren, wie ich hinzufügen möchte. »Oh, gut. Dein Fieber ist gesunken.« Besänftigt geht sie in die Küche. »Ich mache dir Suppe«, sagt sie.

»Ich will aber Chicken Nuggets«, quengelt er.

»Nein, du brauchst Suppe.«

»Sollten wir nicht einfach dafür sorgen, dass er etwas isst?«, melde ich mich zu Wort und sie beäugt mich mit schmalen Augen von hinter der Frühstückstheke.

»Lassen Sie mich das machen, Lennon«, sagt sie, also drehe ich mich zu Brady um und zucke die Schultern.

»Ich würde dich Chicken Nuggets essen lassen«, flüstere ich.

War das richtig? Wahrscheinlich nicht. Aber seit wann tue ich je das Richtige?

»Oma.« Er kniet sich auf die Couch und späht über die Lehne. »Ich will Chicken Nuggets und Pommes!« Jasper würde vermutlich einen Anfall bekommen, wenn er hören würde, wie Brady einem Erwachsenen gegenüber laut wird. Ich zucke innerlich zusammen und denke, ich hätte nicht so mit ihr reden sollen. Respekt und der ganze Scheiß.

»Brady, Chicken Nuggets und Pommes sind im Moment nicht das Richtige für dich.«

Er lässt sich auf die Couch zurückplumpsen und starrt mit verschränkten Armen auf den Fernseher. »Ich hätte sagen sollen, nur du sollst mitkommen«, sagt er wütend.

Diesmal bleibe ich ruhig, ich will nicht noch mehr Aufruhr anzetteln.

Etwas später wird eine Schale auf den Tresen gestellt und ein Löffel aus der Schublade gezogen. »Brady«, sagt sie. »Komm essen.«

Brady verdreht die Augen, schleudert die Decke von sich und stampft zum Tresen. Er starrt in die Suppenschale. »Eklig«, murmelt er.

»Ach, hör auf. Du hast das schon tausendmal gegessen.« Natalie beschäftigt sich am Spülbecken.

Ich gehe hinüber und setze mich neben Brady. So ungern ich Natalie ein Kompliment machen möchte: Die Suppe sieht gut aus. Und riecht toll. Der Ofen piepst, und sie zieht einen frischen Brotlaib heraus. Mir läuft das Wasser im Mund zusammen und ich tue, als würde es mich nicht interessieren, als sie ihn auf den Tresen legt, perfekt geformt, ein Duft, der jede Ecke der Wohnung erfüllt.

»Möchten Sie einen Teller, Lennon?«, fragt sie mich, die Stimme der Inbegriff der Freundlichkeit mit einem Hauch *Versuch es und ich werfe einen großen Sack Gift hinein.*

»Ist schon okay«, sage ich mit einem Blick zur Tür und wünsche mir, Jasper würde hereinkommen.

»Komm schon, Lennon!«, quengelt Brady, während er mit dem Löffel in der Brühe herumrührt, ohne etwas davon herauszulöffeln.

Ich schaue auf den kleinen Kerl hinab, streiche ihm durch den dichten Haarschopf, der genauso ist wie der seines Vaters. »Für dich ... klar.«

Er lächelt und ich denke ernsthaft darüber nach, ob Natalie wirklich meine Suppe vergiften würde.

Natalie will eine Suppenschale nehmen, aber ich eile hin, nehme mir selbst eine und schöpfe Suppe hinein. Sie lächelt, denn sie merkt, dass Brady uns beobachtet. Dann setze ich mich wieder neben Brady, während Natalie wie üblich putzt. Ich tauche den Löffel ein und probiere. Okay, die Frau kann echt was in der Küche. Mist. Damit ist Jasper aufgewachsen. Ich bin geliefert.

»Probier mal, Brady. Deine Oma macht gute Suppe.« Ich stupse seinen Arm an und er verdreht die Augen, wie ich es mehr als ein paarmal bei seinem Dad gesehen habe, aber er taucht den Löffel ein und hebt ihn an die Lippen.

Natalie späht heimlich über ihre Schulter und ich würde ihr so gern sagen, dass ich ihre Suppe wegen des Jungen gelobt habe und nicht ihretwegen, aber ich übe mich in Selbstkontrolle. Ich schlage die Beine übereinander, sodass ich Brady zugewandt sitze, während ich mich über meine Schüssel beuge und kleine Löffel Suppe esse, für den Fall, dass ich die ganze Schüssel essen muss, um von Natalies Gift wirklich umzukippen. Ich scherze. Glaube ich.

Da geschieht eine schöne Überraschung. Ich höre einen Schlüssel von außen im Schloss. Mein Blick schießt zur Uhr an der Mikrowelle. Es ist erst drei. Jasper sollte eigentlich nicht vor acht hier sein. Brady hat dasselbe gehört, er spitzt die Ohren; wir sind wie zwei Hunde, die mit wild wedelnden Schwänzen an der Tür auf ihr Herrchen warten.

Ich bin mir nicht sicher, ob ich Jasper je lieber sehen wollte – na ja, bis auf das erste Mal, als wir uns trafen. Ach, wem will ich etwas vormachen? Ich würde Brady umwerfen und über ihn hinwegtrampeln, wenn ich so ein Mädchen wäre. Zum Glück bin ich es nicht.

Jasper kommt herein, die Anzugjacke offen, die Krawatte schon lange abgelegt, einen Koffer hinter sich herziehend. Augenblicklich ist Brady von seinem Hocker herunter, rennt zu seinem Dad und wirft sich ihm in die Arme. Jasper hebt ihn hoch, um ihn an die Brust zu drücken. Seine große Hand spreizt sich über dem Hinterkopf seines Sohnes, als könne er ihn nicht nahe genug haben.

Das Bild ist so liebevoll und fürsorglich, dass ich gegen die Tränen ankämpfen muss, die mir in die Augen steigen. Ich wusste immer, dass Brady und Jasper einander lieben, aber diesen Grad an grenzenloser Liebe habe ich bis jetzt noch nicht gesehen.

Brady neigt sich nach hinten und Jasper schaut ihn noch einmal von oben bis unten an, bevor er ihn wieder fest umarmt.

»Ich war im Krankenhaus«, sagt Brady, als wäre das ein Grund, stolz zu sein, und nicht einer der schlimmsten Momente meines Lebens gewesen.

Jasper nickt und murmelt etwas, das ich nicht hören kann. Als ich zu Natalie hinüberschaue, die ich beim Geschirrspülen vermute, ist ihr Blick auf mich gerichtet. Sie zieht die ergrauenden Augenbrauen hoch und ich wende den Blick ab.

Als sie fertig sind, hängt Brady seinem Dad am Hals, während er zu mir herüberkommt. »Hey«, sagt er und gibt mir einen Kuss auf die Stirn. »Danke, dass du dich um ihn gekümmert hast.«

Ich nicke.

»Sie hat es nicht allein gemacht«, versucht Natalie zu scherzen, nehme ich an, aber wir verstehen alle, was sie wirklich meint.

»Ja, deine Mom hat geputzt«, sage ich trocken.

Jaspers Blick geht von seiner Mom zu mir. Ich hätte versuchen sollen, meinen Ärger besser zu verstecken.

»Und Lennon hat ferngesehen«, sagt Natalie mit einem herablassenden Lächeln.

»Danke euch beiden«, sagt er und gibt mir noch einen Kuss. Diesmal auf den Mund. Ein bisschen Zunge wäre großartig gewesen, aber da Brady nur Millimeter entfernt ist, wahrscheinlich keine gute Idee. Seht ihr, ich kapiere schon, wie das mit einem Kind ist.

Brady rutscht an Jasper herunter auf den Hocker.

Jasper geht wieder zur Tür, öffnet seine Laptoptasche und zieht eine braune Papiertüte heraus. Jeder kann sehen, dass sie von MacDonalds ist, und Brady lächelt noch strahlender als vorhin, als Jasper nach Hause kam. Jasper stellt die Tüte auf den Tresen und schiebt seine Suppenschale zur Seite.

»Danke, Dad. Ich habe gefragt, aber Oma hat Nein gesagt.« Er wirft ihr einen vorwurfsvollen Blick zu, und auch wenn wir nicht lachen sollten, tun wir es. Er reißt die Tüte auf und zieht die Schachtel mit den Chicken Nuggets und den Pommes heraus.

»Jasper.« Seine Mom seufzt.

»Das bekommt er immer, wenn er krank ist. Das ist unser Ritual«, bringt Jasper sie zum Schweigen und sie hört auf ihn und geht zum Herd.

»Okay, aber dann wundere dich nicht, wenn er wieder krank wird.« Kopfschüttelnd wischt sie die Arbeitsplatte ab.

»So, Mom, wir kommen jetzt zurecht. Geh nach Hause zu Dad.« Jasper geht zu ihr hinüber und angelt sich über ihre Schulter hinweg eine Scheibe Brot. Okay, wenn Jasper überlebt, gehört dieser Brotlaib mir.

»Ist schon gut, Schatz. Ich kann eine Weile bleiben.« Sie tätschelt seine Schulter.

Jasper wirft mir einen schnellen Blick zu und ich heuchle Gleichgültigkeit, obwohl ich am liebsten mit ihm ins Schlafzimmer schleichen möchte, um wenigstens einen richtigen Kuss zu bekommen.

»Ich bestehe darauf, Mom. Danke, dass du dich im Krankenhaus um die Versicherungssache gekümmert hast. Du hättest nicht mit hierherkommen müssen.«

Sie schaut mich an und dann Brady und dann wieder Jasper. »Kann ich dich kurz sprechen?«

Sein Kopf sinkt hinab, dann streift er den Mantel ab und hängt ihn über eine Küchenstuhllehne. »Wie wäre es morgen? Ich rufe dich an«, schlägt er vor und taucht sein Brot in meine Suppe. Suppe, die jetzt kalt geworden ist. Wie mein Herz für diese Frau.

»Es geht ganz schnell. Im Flur.« Sie nimmt ihre Handtasche und die kleine Reisetasche, die sie ins Krankenhaus mitgebracht hat. Offensichtlich lässt sie kein Nein gelten.

»Na gut.«

»Tschüss, Brady.« Sie kommt herüber und küsst ihn auf den Scheitel.

»Tschüss, Oma.« Er spielt weiter mit dem Spielzeug aus seinem Happy Meal.

»Lennon«, sagt sie in ihrem üblichen knappen Ton.

»Tschüss, Natalie. Gute Heimreise.« *In die Hölle auf deinem Besen*, füge ich nicht hinzu.

»Ich bin gleich wieder da.« Jasper zieht mit einem angespannten

Lächeln die Augenbrauen hoch, offensichtlich freut er sich nicht auf die Predigt seiner Mutter.

»Und, was hast du bekommen?«, frage ich Brady und versuche, nicht darüber nachzudenken, was Natalie gleich nebenan hinter einer verschlossenen Tür zu Jasper sagt.

Brady spielt mit seinem Spielzeug und mein Blick bleibt an der Tür kleben, bis sich die Klinke bewegt. Dann konzentriere ich mich allein auf meine Suppe, als wäre mir völlig egal, was seine Mutter zu sagen hatte.

»Brady«, ruft Jasper und schließt die Tür hinter sich. »Lennon und ich sind gleich wieder da.« Brady antwortet kaum, in Gedanken immer noch bei seinem Essen und dem Spielzeug.

Ich klettere vom Hocker und folge Jasper langsam in sein Schlafzimmer. Er tritt ein, lässt seinen Koffer an der Haustür, dann schließt er die Tür und dreht den Schlüssel im Schloss.

»Was hat ...«

Seine Lippen treffen auf meine, mit dem Körper drängt er mich an die Tür. Meine Hand landet in seinem Nacken, ich wölbe den Rücken, ich muss seine Hände spüren. Gänsehaut überkommt mich, als sich seine Hände unter mein Shirt schieben, meinen Rücken hinauf, bis er meinen BH öffnet. Als er offen ist, gleiten seine Hände nach vorn und drücken meine beiden Brüste gleichzeitig. Ein leises Stöhnen entschlüpft mir und ich schlinge ihm ein Bein um den muskulösen Oberschenkel.

Er reißt seine Lippen von meinen los. »Du hast keine Ahnung, wie heiß es mich macht, dass du dich um Brady gekümmert hast. Ich hatte einen tierischen Harten, seit ich durch die Tür gekommen bin und euch zwei in meinem Haus an meinem Küchentresen gesehen habe.«

Ich ziehe seinen Mund wieder an meinen, und seine Zunge verliert keine Zeit und dringt in meinen Mund ein. Seine Lippen gleiten ab, wandern über mein Kinn zum Hals, während er mich hochhebt, und ich schlinge ihm die Beine um die Taille. Er trägt mich zum Bett und lässt mich auf die Matratze fallen.

»Quickie?«, frage ich und er nickt, öffnet den Gürtel und die Stoffhose und lässt sie auf den Boden fallen. Ich winde mich aus meiner Hose und Unterhose und spreize die Beine für ihn. Er starrt auf meine Muschi herab und seine Brust hebt und senkt sich unter seinen schnellen Atemzügen.

»Heute Nacht lasse ich mir Zeit«, verspricht er und dann reißt er sich die Boxershorts herunter, steigt heraus und ist innerhalb von drei Minuten nach Schließen der Tür in mir.

Kapitel 33

Montage sind scheiße.

Als ich mit meinen drei Kaffees auf einem Tablett ins Büro komme, werfe ich einen Blick auf die Namen auf den Bechern und lache vor mich hin.

Brittany lackiert sich gerade die Nägel, als ich die Kaffees auf den Empfangstresen stelle. Sie blickt auf und nimmt, ohne etwas zu sagen, den Hörer in die Hand. »Mr Banks«, sagt sie. »Miss Hart ist hier für Dre... Mr Ashland.« Sie fängt sich gerade noch rechtzeitig.

Irgendwann werde ich hoffentlich einfach an ihr vorbei in Jaspers Büro gehen können, damit ich mir den Ärger mit ihr sparen kann.

»Er sagte, Sie sollen reinkommen, wollte aber klarstellen, dass Sie in sein Büro kommen sollen.« Sie zieht die Augenbrauen hoch, eindeutig, um anzudeuten, dass mich Jasper über seinen Schreibtisch legen wird.

Tja, ich werde es ihr zeigen – sie hat ja keine Ahnung, dass in Jaspers Büro immer ich auf den Knien bin.

»Danke, Brittany.« Ich gehe den Flur entlang und erwische Jasper am Telefon, als ich in sein Büro komme. Er winkt mich herein, und da seine Assistentin nicht da ist, gehe ich durch seine Tür. Er hebt die Hand, also stelle ich seinen Kaffee vor ihn und nehme meinen dann mit auf die Couch. Er dreht den Becher und lacht, als er die Aufschrift entdeckt.

»Ja, ich verstehe. Okay, ich habe gesagt, ich kümmere mich darum.« Er klingt ungefähr so genervt wie ich bei seiner Mom.

»Mom«, seufzt er. Oh. Die Wirkung hat sie wohl auf alle. »Ja, wenn du den Abend auf ihn aufpassen könntest. Es ist die Ruhestandsparty von Lennons Dad.« Er verdreht die Augen und lässt entnervt den Kopf nach hinten sinken. »Ich bringe ihn vorbei. Er kann die Nacht bei euch bleiben.« Und fast eine Ewigkeit später: »Tschüss.« Er beendet das Gespräch, steht mit seinem Kaffee auf und kommt um den Tisch herum. Dann schließt er die Tür, dreht den Schlüssel und ich werde feucht zwischen den Beinen.

»Ich bin mit Drew verabredet, oder wie er laut seinem Becher jetzt heißt: Sugardaddy«, erinnere ich ihn, aber er reagiert nicht. Nicht einmal eine hochgezogene Augenbraue.

»Er wird es verstehen, wenn du zu spät kommst. Ich hatte einen harten Tag.« Er setzt sich und fährt sich mit der Hand durch die Haare.

Unter normalen Umständen wäre ich wahrscheinlich auf die Knie gegangen und hätte mir alle Mühe gegeben, ihn seinen Ärger vergessen zu machen. Aber ich muss Drew sprechen und das muss heute Vorrang haben. »Warum war dein Tag so schlimm?«, frage ich und habe Angst vor der Antwort.

Er schaut mich an und schüttelt den Kopf. »Nichts. Was besprecht ihr heute, du und Drew?«, fragt er im Versuch, das Gespräch in andere Bahnen zu lenken.

»Jasper?« Mein Tonfall macht deutlich, dass ich eine Antwort will.

Er schüttelt den Kopf. »Nichts, womit ich nicht umgehen könnte.«

»Was will sie jetzt wieder? Mich auf einem Scheiterhaufen, damit sie ihn anzünden kann?«

Er kichert, bis er mein ernstes Gesicht sieht. »Sie hasst dich nicht.«

Ich verschränke die Arme, ähnlich wie Brady, wenn er seinen Willen nicht bekommt. »Ehrlich?«

Ich habe Jasper nicht erzählt, was seine Mom im Krankenhaus zu mir gesagt hat. Noch habe ich ihm erzählt, wie meine Mom darauf reagiert hat. Ich will nicht, dass er zwischen die Fronten gerät. Ich bin ein großes Mädchen und fechte meine Kämpfe selbst aus.

»Sie macht sich nur Sorgen.«

Ich schnaube. »Sorgen? Sie hält mich für Abschaum und für komplett unfähig.«

Er starrt aus dem Fenster und nippt an seinem Kaffee. »Ich musste mir gerade schon von ihr Vorwürfe anhören. Kann ich von dir bitte nicht auch noch welche bekommen?«, fragt er mit Ärger in der tiefen Stimme.

»Klar. Ich muss sowieso zu Drew.« Ich stehe auf und nehme Drews Kaffee vom Tablett.

»Nicht.« Er tritt von hinten an mich heran, seine Lippen finden die magische Stelle in der Mitte zwischen meinem Nacken und meinem Ohr. »Ich brauche dich«, flüstert er. »Ich möchte jetzt am liebsten tief in dir sein.«

»Ich will auch vieles, was ich nicht haben kann«, höhne ich und er kichert, weil er glaubt, ich mache Witze.

Tu es nicht, Lennon. Tu es nicht.

»Du weißt schon, dass du dich eines Tages entscheiden musst?«

Du Idiotin, du hast es getan.

Seine Hände lassen meinen Bauch los, seine Lippen lösen sich von meiner Haut. »Was?«

Sag, vergiss es, und geh zu Drew ins Büro.

»Glaubst du, ich lasse mich ewig von ihr wie Scheiße behandeln?«

Er legt den Kopf schief und ich nehme an, er fragt sich, was jetzt los ist.

Entschuldige dich und sag, dass du den Verstand verloren hast.

»Ich verstehe, dass sie nicht so wahnsinnig nett war, aber irgendwann wird sie sich schon daran gewöhnen.«

»Wann? Sie tut so, als würde ich Brady Heroin spritzen lassen und ihn in den Stripclub mitnehmen, wenn ich auf ihn aufpasse. Sie untergräbt vor ihm absichtlich meine Autorität. Und du sitzt einfach da in deinem Märchenland.«

Okay, streich den letzten Satz. Sag ihm, er soll den letzten Satz streichen.

»Märchenland?«, fragt er. Seine Stimme ist so kalt und glatt wie eine Flasche Wodka im Tiefkühlfach. »Es ist nicht ihre Entscheidung, mit wem ich zusammen bin, Lennon. Es ist meine.«

Ich schüttle den Kopf. »Das glaubst du. Sie stellt mich ständig als Sündenbock hin und mäkelt an allem herum, was ich tue, und du fängst langsam an, es zu glauben. Es ist unvermeidlich, Jasper. Eines Tages wirst du dich zwischen uns entscheiden müssen.«

Er knallt die Hand so hart auf den Schreibtisch, dass sein Visitenkartenhalter herunterfällt. »Gottverdammt! Tu das nicht. Mach es nicht zu einem Problem, bevor es eines ist.« Er hat die Stimme erhoben und ich schwöre, ich hätte nie gedacht, dieses Gespräch würde so eine Reaktion hervorrufen.

Was soll ich tun? Was ich am besten kann. Auch wütend werden. »Wenn du gehört hättest, was sie über mich gesagt hat ...« Ich schüttle den Kopf und hebe die Hand. »Ist egal. Ich muss gehen.«

Ich drehe mich um und gehe. Meine Hand liegt auf der Türklinke, Drews Kaffee habe ich in der anderen, als sich seine Arme um meine Taille legen, als hätten sie ihr Zuhause gefunden.

»Nicht«, flüstert er mir ins Ohr und ich bekomme Gänsehaut.

»Ich bin schon spät dran.« Aber ich rühre mich nicht. Stattdessen bleibe ich stehen und er hält mich fester.

»Wir bekommen das hin. Es tut mir leid, dass ich sauer geworden bin«, sagt er und klingt ein bisschen verzweifelt. Ich habe diese Seite von Jasper noch nie gesehen. Fast, als hätte er Angst, dass ich ihn verlasse.

Ich drehe mich in seinen Armen und stelle Drews Kaffee auf den Beistelltisch neben der Tür. »Es dauert aber bestimmt nicht mehr lange, bis ich den Mund aufmache, und ihr wird nicht gefallen, was herauskommt«, warne ich.

Sein Blick ist verstört, aber er schüttelt den Kopf. »Ich verspreche, dazu wird es nie kommen.« Er zieht mich an sich, die Arme so eng, dass ich kurz keine Luft bekomme. »Gib mir einfach ein bisschen Zeit«, sagt er leise.

Das werde ich, aber nach dem Krankenhaus und seiner Wohnung bin ich mir nicht sicher, ob seine Mutter und ich je nebeneinander existieren können. Ich finde den Gedanken, dass Jasper und Brady zwischen die Fronten geraten könnten, fast genauso schrecklich wie den, mich für immer mit Natalies Scheiß herumschlagen zu müssen.

Kapitel 34

»*Was* hat seine Mutter gesagt?« Whitneys Mund bleibt offen stehen.

»›Nettes Spielzeug‹ waren ihre genauen Worte.«

»Tja, sie selbst klingt nicht gerade nett.«

»Sorry, Mädels!« Tahlia kommt mit zehn Tüten an den Armen angerannt. Sie lässt sie auf den Nachbartisch fallen und setzt sich vor den Kaffee, den wir schon für sie bestellt haben. »Wovon redet ihr?«

»Jaspers Mom ist ein Monster«, informiert sie Whitney.

»O mein Gott, habt ihr mal den Film *Das Schwiegermonster* gesehen?«, fragt Tahlia.

»Natürlich hast du einen Film parat, mit dem du es vergleichen kannst.« Ich verdrehe die Augen.

Whitney lacht. Ich weiß nicht, ob es eine romantische Komödie gibt, die Tahlia nicht kennt.

»Die Schwiegermutter war so eine Zicke. Wusstest du, dass Mary Fiore darin mitspielt?«, fragt uns Tahlia.

»Du meinst J-Lo?«, korrigiere ich sie.

»Ich sehe sie nur als Mary Fiore«, trällert sie.

Für die von euch, die es nicht wissen: Mary Fiore war die Hauptfigur in dem Film *Wedding Planner*, und da Tahlia schon immer Hochzeitsplanerin werden wollte, ist sie wohl ein bisschen verliebt in J-Lo. Ich? Ich würde jederzeit J-Law nehmen. Sie ist viel mehr mein Ding – eine Frau von der Sorte »Sag, was du denkst, und nimm nichts zu ernst«.

»Dir ist schon klar, dass deine Besessenheit von Mary Fiore nicht gesund ist, oder?« Ich nippe an meinem Kaffee.

»Hallo? Du hast früher zu dieser Kat aufgeschaut, die ihre eigene Tattoo-Firma hat und mit Jesse James zusammen war, schon vergessen?«

»Ähm, Tahlia …« Whitney verzieht das Gesicht.

»Kat ist ein echter Mensch, der im wirklichen Leben Leute tätowiert hat. Jennifer Lopez hat eine Hochzeitsplanerin gespielt, außerdem eine Tänzerin, eine missbrauchte Ehefrau und Selena.«

Tahlia schüttelt den Kopf, als würde ich lügen. Ich werde ihre Traumwelt heute nicht komplett platzen lassen. Vor allem, weil ich das Gefühl habe, dass meine eigene Traumwelt immer mehr in sich zusammenfällt, je mehr sich Mrs Banks zwischen Jasper und mich drängt.

»Vergiss das alles«, sagt Whitney und wedelt mit der Hand vor Tahl herum. »Was sagt Jasper dazu?«

Ich zucke die Achseln. »Er sagt, es wird Zeit brauchen. Dass er sicher ist, dass sie sich daran gewöhnen wird.« Ich verdrehe die Augen, denn ich würde wetten, vorher friert die Hölle zu.

»Hmmm«, murmelt Whitney. Sie ist ganz meiner Meinung.

»Das könnte passieren. Sie wird sehen, wie großartig du mit Brady umgehst. Sie macht sich wahrscheinlich nur Sorgen«, bietet Tahlia ihren Das-Glas-ist-halb-voll-Rat an.

»Nein.« Ich schüttle den Kopf. »Diese Frau will mich loswerden. Ich bezweifle, dass irgendwer gut genug für ihren Sohn wäre, aber ich bin ihr schlimmster Alptraum.«

Whitney zieht einen Mundwinkel hoch, um ihre Unterstützung zu zeigen. »Na ja, ich bin mir sicher, Jasper wird sich für dich entscheiden.«

Ich trinke von meinem Kaffee und stelle ihn auf den Tisch. »Das ist das Ding. Ich will nicht, dass er wählt. Ich meine, Brady liebt seine Großeltern. Selbst wenn Jasper mich wählen würde, würde er mich am Ende hassen.« Ich sage meinen Freundinnen die Wahrheit.

»Gott, bin ich froh, dass ich mich damit nicht herumschlagen muss. Tut mir leid.« Tahlia tätschelt mir die Hand.

»Cole mag seine Familie genauso wenig wie ich, deshalb war das bis jetzt kein Problem zwischen uns.« Whitney legt die Hand auf die von

Tahlia und ich überlege, ob wir gleich sagen werden: »Los, Team!«, und uns auf dem Spielfeld verteilen.

»Du wirst es ihr beweisen«, sagt Tahlia und sie nehmen beide die Hände von meiner.

»Das ist das Problem, ich will ihr nichts beweisen. Um genau zu sein: Je mehr sie von mir verlangt, dass ich ihr den Hintern küsse, desto weniger habe ich Lust dazu. Ihr wisst, wie ich bin.«

Sie lachen beide.

»Ja, wir wissen es, aber du darfst nicht vergessen ... du hattest noch nie so viel zu verlieren.« Whitney zieht die Augenbrauen hoch.

Verlieren. Ja, mein Herz schmerzt beim Gedanken daran, Jasper und Brady zu verlieren. Wann verdammt noch mal hat das angefangen? »Tja, wer mich nicht mögen kann, wie ich bin, ist meine Zeit nicht wert.«

»Typisch Lennon.« Tahlia tauscht einen Blick mit Whitney.

»Was?«, frage ich.

Die beiden wechseln noch einen Blick, dann schaut mir Tahlia in die Augen, während Whitney ihren Kaffee trinkt.

»Je wichtiger es dir ist, desto mehr bist du mit einem Fuß draußen. Das Problem ist diesmal, dass es nicht nur um einen Flirt mit irgendeinem Typ geht, der irgendwann weiterzieht. Wir reden von einem Kind ... das eine Mom sucht.«

»Vielleicht bin das nicht ich«, sage ich und sie schütteln beide die Köpfe, als wäre ich ein hoffnungsloser Fall.

»Ich glaube, wir wissen alle drei, dass du es bist, Lennon«, sagt Whitney. »Es könnte sein, dass du zum ersten Mal in deinem Leben diesen Verteidigungsmechanismus der Gleichgültigkeit fallen lassen musst. Ich glaube, du hast nur Angst, wenn du dich jemandem ganz hingibst, könnte derjenige dich nicht auch wollen.«

Ich schiebe das Gefühl von mir, dass ich nicht gut genug bin, nicht konservativ genug, nicht zahm genug. Dieses Gefühl trage ich schon mein ganzes Leben wie eine zweite Haut mit mir herum, und wenn ich ehrlich zu mir bin, ist vielleicht etwas dran an dem, was Whitney sagt.

Aber ich will nicht ehrlich zu mir sein. Im Moment habe ich ganz andere Probleme.

»Ich gehe mal besser. Ich bin mit meinem Bruder in seinem Büro verabredet, um ihm von Jasper zu erzählen«, wechsle ich schnell das Thema und stehe auf.

Sie schnauben wieder tadelnd.

»Lennon, wir reden gerade«, sagt Tahlia.

»Im Moment habe ich nicht vor, die Frau so schnell wiederzusehen«, sage ich und schnappe mir meine Tasche.

»Warum weiß dein Bruder das mit dir und Jasper nicht?«, fragt Whitney, womit meine Unsicherheiten als Thema erst einmal erledigt sind. Dafür bin ich ihr dankbar.

Ich rücke meinen Stuhl an den Tisch und nehme meinen Kaffeebecher in die Hand. »Wisst ihr noch, dass er sich geweigert hat, mich ihm vorzustellen, und dass ich das dann selbst in die Hand genommen habe?«

»Er weiß *immer* noch nichts von euch beiden?«, fragt Tahlia.

»Nö. Also sollte ich das besser vor der Ruhestandsparty mal klären. Ich will Jacob ja nicht damit überraschen.« Ich versuche zu lachen, verziehe aber stattdessen das Gesicht, als ich daran denke, wie sauer er gleich auf mich sein wird.

»Na dann, viel Glück.« Tahlia lehnt sich mit besorgt gerunzelter Stirn zurück.

»Entweder er akzeptiert es oder er lässt es.« Ich zucke die Achseln, als wäre es mir egal, und ehrlich gesagt ist es Jacobs Problem, wenn er es nicht akzeptieren kann, dass ich glücklich mit Jasper bin. »Tschüss, Mädels. Wir sehen uns am Wochenende dort, oder?«, frage ich und sie nicken beide.

»Yep. Wir treffen uns dort.« Whitney nickt. »Und, Lennon?« Ich drehe mich noch einmal um. »Lass nicht zu, dass die Probleme mit seiner Mutter zwischen dir und Jasper stehen«, sagt Whitney und lehnt sich lächelnd zurück.

»Danke, Mom.« Ich verdrehe die Augen und tue dann, was ich am besten kann – abhauen.

Kapitel 35

»Jacob? Wo zum Geier bist du? Ruf mich an!« Ich klicke den Anruf weg und lasse das Handy aufs Bett fallen.

Ich war am verabredeten Tag in seinem Büro. Er war nicht da. Wahrscheinlich Megan vögeln. Seitdem habe ich ihn täglich nicht weniger als fünfmal angerufen, genauso oft geschrieben und … nichts. Was soll das?

Jasper kommt ins Schlafzimmer. Er pfeift leise, und als ich hinter mich schaue, sehe ich ihn an der Wand lehnen, die Knöchel lässig gekreuzt, und sein Blick wandert langsam an meinem Körper auf und ab.

»Hast du vor, mich nur anzustarren?«, frage ich, während ich den anderen Ohrring anlege.

Er stößt sich von der Wand ab und ich höre das Klappern seiner Anzugschuhe auf dem Parkett, bis sich seine warmen Hände um meine nackten Schultern legen. Wie immer finden seine Lippen diesen idealen Punkt zwischen meiner Schulter und dem Hals.

»Ich würde dich gern auffressen, aber wir kommen zu spät«, flüstert er, während er die Hände bis zu den Hüften an mir herabgleiten lässt. »Heute Nacht habe ich aber vor, diesen Reißverschluss herunterzuziehen. Sag mir nicht, was drunter ist. Ich will überrascht werden.«

»Wie kommst du darauf, dass etwas drunter ist?«, frage ich. Er gluckst. »Ich freue mich schon darauf, meine Stimmbänder zu benutzen«, sage ich.

Er reibt seine hart werdende Erektion an meinem Hintern und ich schließe stöhnend die Augen.

»Ich habe vor, dich bis morgen heiser zu machen.« Er küsst noch mal die Stelle und streicht dann mit den Lippen an meiner Schulter entlang bis zum Spaghettiträger meines Kleides.

»Und ich freue mich darauf.« Ich lege den Kopf rückwärts an seine Brust und seine Hände streichen an meinem Oberkörper herauf, bis seine Handflächen meine Brüste massieren. »Wir sollten uns wirklich öfter einen Babysitter besorgen.« Meine eigenen Hände gleiten zwischen uns und reiben seine Erektion. »Wie geht es deinen Eltern überhaupt?«

Er tritt von mir zurück und ich schwanke, bis ich das Gleichgewicht wiedergefunden habe. »Sie hat nichts gesagt«, sagt er, geht zur Kommode und legt seine Uhr an.

»Ich wollte nicht ...«

»Wolltest du nicht?«, feuert er zurück, bevor ich meinen Satz beenden kann.

Seiner Reaktion entnehme ich, dass sie sehr wohl etwas gesagt hat. Hexe. »Ich habe nur überlegt, ob sie sich wohl freuen, dass Brady bei ihnen übernachtet«, lüge ich nach Strich und Faden, denn ehrlich gesagt will ich jedes Mal wissen, was sie über mich sagt, wenn er mit ihr redet.

»Lennon.« Er sagt meinen Namen in einem entnervten Ton, den ich von mir selbst kenne, wenn ein Junggesellinnenabschied ins Studio kommt. Er dreht sich um und schiebt die Hände in die Hosentaschen. »Ich will heute Abend nicht über meine Mutter reden.«

»Also gut.« Ich schnappe mir meine Clutch, glätte mein Kleid und verlasse den Raum.

»Bitte nicht«, sagt Jasper einen Schritt hinter mir. »Wir haben heute kinderfrei und ich treffe deine Familie zum ersten Mal als dein Freund.«

Ich bleibe an der Frühstücksbar stehen und nehme einen Schluck aus Jaspers offenem Stella Artois. »Gut, aber es stört mich einfach so, weil sie mich nicht einmal kennt.«

Er greift um mich herum links und rechts an die Frühstücksbar und hält mich so fest, dann blickt er seufzend auf mich herab. Ich erwidere seinen Blick. Ihn erschöpft das Thema genauso wie mich. Wir starren einander an, bis wir beide anfangen zu grinsen. »Dann wird bis morgen früh nicht mehr über sie geredet.« Er hält mir die Hand hin.

Ich schüttle sie halbherzig. »Kann ich deinem Handschlag wirklich vertrauen?« Ich klimpere mit den Wimpern.

Er lächelt, eines dieser seltenen strahlenden Lächeln, die auch in seinen Augen ankommen. Er neigt den Kopf und küsst mich mit so viel Verlangen, dass ich wacklig in den Knien und außer Atem bin, als er fertig ist.

»Abgemacht«, sage ich schwach und er lacht, nimmt seine Schlüssel und geht zur Tür. Meine Absätze klappern auf dem Boden und ich klatsche ihm auf dem Weg in den Flur hinaus auf den Hintern. Er schließt die Tür ab und wir warten bei den Aufzügen.

Kurz nachdem wir eingestiegen sind, wendet er sich mir zu. »Hey, ist dein Bruder wieder da?«, fragt er und ich blicke mit gerunzelter Stirn zu ihm auf. »Er war in Europa. London, glaube ich, geschäftlich.«

»Ich hatte keine Ahnung.« Ich starre auf meine Füße hinunter, in meinem Magen grollt es, denn ich muss mich beeilen und Jacob abfangen, sobald ich auf der Party ankomme.

»Ich musste mit seinem Büro telefonieren, das ist der einzige Grund, warum ich es wusste.« Seine Hand landet auf meinem unteren Rücken, was normalerweise Gänsehaut bei mir auslöst, aber mein Blut rauscht im Moment so, dass meine Haut gefühllos ist. »Du hast es ihm doch gesagt, oder?« Er späht zu mir herüber.

Ping. Der Aufzug rettet mich.

»Oh, wir sind so spät dran!« Ich zeige auf die Uhr im Eingangsbereich, aber bevor ich ganz entkomme, hält er mich am Arm fest.

»Lennon?«, fragt er mich, und seine Augen sagen mir, dass er die Wahrheit schon kennt.

»Ich hab's versucht, aber anscheinend war er in Europa. Woher sollte ich das wissen?«

Man könnte meinen, ich wäre eine Fünfjährige, die sich herausredet, weil sie ihren Bruder geschlagen hat. Das kann ich mir leicht vorstellen, denn ich habe Jacob damals oft verprügelt. Hey, lasst mich in Ruhe. Drei Brüder? Ich musste ihnen zeigen, dass man sich nicht mit mir anlegen sollte.

»Du hattest mehr als nur diese Woche Zeit, um es ihm zu sagen.« Er macht das Ding mit dem geneigten Kopf, das er auch immer bei Brady macht, wenn er ihm sagt, es sei vielleicht keine gute Idee, mit dem Arm im Gips von den Möbeln zu springen.

»Sobald wir da sind, fange ich ihn ab. Das wird schon.«

Solange Jacob den Mund hält, bis ich Jasper erzählen kann, wie genau ich in dieser Bar gelandet bin. Nein, ich sollte es ihm heute Abend sagen. Ich wollte es morgen früh tun, aber vielleicht ist es besser, es vorzuziehen.

Ich schaue hinauf in seine Augen voller Liebe. Jetzt. Ich sollte es jetzt tun. »Jasp…«

Mein Handy klingelt, und als ich es aus meiner Tasche gewühlt habe, sehe ich den Namen meiner Mom auf dem Bildschirm. Jasper legt die Hand auf meine mit dem Handy, er will es ignorieren, aber niemand ignoriert meine Mutter.

Ich hebe den Finger. »Ganz kurz.«

Er tritt zurück und angelt seinen Schlüsselbund aus der Tasche. Ich nicke ihm zu, dass wir nach draußen gehen können, und er stößt einen Seufzer aus, bevor er sich endlich in Bewegung setzt.

»Ich komme«, melde ich mich.

»Lennon. Du bist spät dran, und wenn du zu spät kommst, wird dein Vater gehen. Du kennst ihn.« Ich höre das Plappern von vielen Leuten im Hintergrund.

»Wir holen ihn gerade ab.«

»Du und Jasper?«, fragt sie entzückt. Sie ist wahrscheinlich immer davon ausgegangen, dass ich mit einem hungernden Künstler zusammenkommen würde oder mit einem Schmarotzer. Ich weiß nicht einmal selbst, ob ich einen Mann wie Jasper als Möglichkeit gesehen habe.

»Ja«, sage ich.

»Und Brady?«, fragt sie.

»Nein, der ist bei der bösen Hexe.« Das kann ich sagen, weil ich in Jaspers Auto sitze und er vor dem Wagen auf eine Lücke im Verkehr wartet, um zur Fahrerseite zu kommen. »Hey, Mom, sag Jacob nichts von Jasper.«

»Lennon«, warnt sie.

»Entspann dich. Was interessiert es ihn überhaupt?« Ich verschränke die Beine und lache über Jaspers eilige Bewegungen, die mich an das Videospiel Frogger erinnern, als er dem Verkehr ausweicht.

»Lennon, du hättest es ihm sagen müssen.«

Jasper springt ins Auto und stößt ein langes Seufzen aus. »Pass auf die Seerosen auf«, sage ich gedämpft.

»Ich habe mir mehr Sorgen um die Alligatoren gemacht.« Er lächelt und dreht den Schlüssel in der Zündung.

Er versteht mich so gut.

»Ich muss los, Mom. Wir sehen uns gleich.« Ich lege auf, obwohl ich sie noch meinen Namen rufen höre.

»Deine Mom?«, fragt Jasper.

»Ja. Tritt aufs Gas, denn mein Dad verlässt wahrscheinlich in fünf Minuten das Revier.« Das Letzte, was ich will, ist meinem Dad die Überraschung zu versauen. Die Liste meiner Verfehlungen ist schon lang genug.

Kapitel 36

Eine Viertelstunde später parken wir vor dem Polizeirevier, in dem mein Dad arbeitet. Er steht draußen und lacht mit ein paar von seinen Freunden. Das ist das Problem bei solchen Jobs: Einige seiner engsten Kollegen können nicht zur Party kommen, weil sie San Francisco dienen und beschützen müssen.

Ich steige aus und gehe auf meinen Dad zu. »Hallo, Dad«, sage ich und beuge mich vor, um ihn auf die Wange zu küssen.

Seine Hand landet auf meinem unteren Rücken und er beugt sich vor und lässt sich von mir küssen. »Lenny«, nennt er mich bei meinem Spitznamen. »Erinnerst du dich noch an Cal und Nikki?« Er eröffnet das Gespräch für einen Mann und eine Frau, die wahrscheinlich Partner sind.

»Hi«, sage ich. Ich erinnere mich zwar nicht an sie, aber das müssen sie nicht wissen.

Der Blick meines Dads gleitet kurz zu Jaspers Range Rover hinüber. »Wer sitzt da in der Angeberkarre?« Mein Dad zieht die Augenbraue hoch.

»Das ist mein Freund, Dad. Sei nett.«

Mein Dad schaut ein bisschen zu lange hinüber. Jasper ist wahrscheinlich sauer, weil ich ihn in zweiter Reihe habe halten lassen, sodass er keine Wahl hat, als im Auto zu bleiben. Gerade als ich meinen Dad wegziehen will, fährt ein Auto, das vor einer Parkuhr parkt, weg, und Jasper schlüpft in die Lücke.

Nikki beobachtet, wie Jasper aus seinem Truck steigt, Geld in die

Parkuhr wirft und zu uns herüberschlendert. »Das ist dein Freund?«, fragt Nikki, den Blick immer noch fest auf ihn gerichtet.

Ich kann es ihr nicht verdenken. Er ist auf jeden Fall ein hübscher Anblick. Aber er gehört mir.

»Mr Hart«, sagt Jasper und streckt meinem Dad die Hand hin.

Mein Dad schaut mit großen Augen auf seine Hand und dann zu mir. Schließlich schüttelt er den Kopf. »Dein Freund ist Jasper?«, fragt mein Dad, und ich bin schockiert, dass meine Mom das geheim gehalten hat.

»Schön, Sie wiederzusehen.« Jasper macht das ganze nervöse Eltern-kennenlernen-Ding perfekt. Dann wendet er sich den anderen Officers zu. »Jasper Banks.« Cal schüttelt ihm die Hand, aber ich glaube, Nikki hat aufgehört zu atmen. Cal schlägt sie auf den Rücken und sie gibt sich einen Ruck und blinzelt endlich.

»Freut mich«, sagt sie.

»Also, bringen wir es hinter uns«, sagt mein Dad und schüttelt Cal und Nikki die Hände.

Nachdem er in Richtung von Jaspers Wagen losgegangen ist, hole ich ihn ein, während Jasper Cal und Nikki versichert, wie nett es war, sie kennenzulernen. Arschkriecher.

»Dad?«, frage ich und er bleibt an der Beifahrerseite von Jaspers Auto stehen. Der Platz, der eigentlich meiner sein sollte, aber für meinen Dad setze ich mich nach hinten.

»Die Party?«, fragt er trocken. Jeder weiß, dass mein Dad Partys hasst.

»Ja«, antworte ich und er schüttelt den Kopf.

»Wie viele Leute?«

»Einhundert, glaube ich.«

»Super.« Er könnte nicht weniger begeistert klingen.

Die Verriegelung des Autos geht auf und Jasper kommt mit dem Schlüssel in der Hand herüber.

»Netter Kerl.« Er nickt zu Jasper hinüber und ein Lächeln huscht über mein Gesicht.

Jasper öffnet mir die Tür. Er ist wirklich ein netter Kerl. Als ich neben Bradys Kindersitz auf dem Rücksitz sitze, geht Jasper nach vorn und startet den Motor.

»Also, Jasper, wie ist es dir ergangen?«, fragt mein Dad und Jasper lacht.

»Mir geht's gut, Ben. Sind Sie bereit für die Party?«, fragt er.

»Nein, aber was Eva will, das bekommt sie auch. Und sie will wohl eine Party«, antwortet mein Dad.

Jasper fährt los.

»Du hast es also deinem Bruder nicht gesagt, was?«, sagt mein Dad und Jasper wirft mir über den Rückspiegel einen missbilligenden Blick zu.

»Du kennst mich, ich überrasche die Leute gern.« Ich trällere es fröhlich, als würde sich mein Inneres vor Sorge über Jacobs Reaktion nicht überschlagen wie ein Trockner voller Wäsche.

»Als wüssten wir das nicht alle«, sagt mein Dad trocken.

Herzlichen Glückwunsch.

Kapitel 37

So viel zum Thema Überraschungsparty. Wir kommen am Restaurant an und Jasper findet kaum einen Parkplatz.

»Wie wäre es, wenn ich euch einfach rausspringen lasse?«, bietet Jasper an und ich bin voll dafür. Dann habe ich Zeit, um Jacob wegzuschleppen und mit ihm zu reden. »Ich schleiche dann rein und finde dich schon.« Sein Blick sucht meinen und mein Magen schnurrt, bevor sich ein Knoten darin bildet.

Ich muss zuerst Jacob finden und dann können wir glücklich und zufrieden leben bis an unser Lebensende. »Perfekt«, sage ich.

Jasper bleibt vor der Tür stehen.

»Dann mal los. Drei Stunden, die ich nie wiederbekomme«, beschwert sich mein Dad und steigt aus.

»Wir sehen uns drin«, sage ich und beuge mich vor, um Jasper auf die Wange zu küssen. »Danke, dass du immer so viel Verständnis hast.«

Er könnte einen Anfall bekommen, weil ich ihn in eine blöde Lage bringe, aber er versteht, dass ich einfach so ticke. Ich warte bis zum letzten Moment, bevor ich tue, was getan werden muss. Ich hoffe nur, er ist heute Nacht genauso entgegenkommend, wenn ich ihm erzähle, wie ich zu dem Speeddating gekommen bin, bei dem wir uns kennengelernt haben.

Als wir ausgestiegen sind und Jasper wegfährt, hake ich mich bei meinem Dad unter und wir gehen auf die Restauranttüren zu.

»Er ist wirklich ein guter Kerl«, sagt mein Dad und ich lächle, denn ich weiß, mein Dad nimmt kein Blatt vor den Mund. Also findet er Jasper wirklich toll.

Ich auch. »Endlich sind wir uns mal einig«, scherze ich und lehne mich lachend an meinen Dad.

»Hat ja nur sechsundzwanzig Jahre gedauert.« Lächelnd hält er mir die Tür auf.

»Also, ich muss einen Anruf entgegennehmen. Du gehst als Erstes rein.« Ich verdrehe die Augen und er stößt ein übertriebenes Seufzen aus.

»Ja, schönes Telefonat wünsche ich.«

Wir wissen beide, was los ist, und er geht zum Hinterzimmer seines Lieblingsrestaurants durch und wird mit einem gewaltigen »For He's a Jolly Good Fellow« empfangen.

Meine Mom kommt angerannt und er lächelt und lacht und zieht sie eng an sich. Er liebt sie so sehr, dass er ein paar Stunden Hölle auf sich nimmt, um sie glücklich zu machen, und so tut, als wäre er überrascht. Mein Dad ist ein ziemlich großartiger Typ.

Ich folge ihm und meine Mom umarmt mich. Ich widerstehe dem Drang zu sagen: *Ha, ich hab's geschafft. Ich hab ihn hergebracht und ihr dachtet alle, ich könnte das nicht.*

»Du siehst wunderschön aus«, sagt meine Mom. Ich werfe einen Blick auf ihr schönes rotes Kleid und denke, viele Leute würden nicht glauben, dass sie meine Mutter ist, so jung wirkt sie. Dann entdecke ich Jacob im Gespräch mit ein paar Freunden.

»Du auch, Mom.« Ich lächle auf sie hinab.

»Wo ist Jasper?«, fragt sie.

»Er kommt gleich«, antworte ich. »Ich muss vorher aber Jacob abfangen.« Ich warte nicht auf ihre Reaktion. Stattdessen laufe ich zu Jacob hinüber. Unterwegs weiche ich Familie und Freunden aus, die mich aufhalten und mit mir reden wollen. Später, später, später.

»Jacob«, flüstere ich, um ihn zu unterbrechen, aber er ignoriert mich.

Typisch.

Ein paar Sekunden warte ich noch geduldig, während Jimmy Twendle aus der Schule irgendwas von Baseball faselt. Wen interessiert das, mal ehrlich? Du bist also ein Super-Ballspieler. Von mir aus. Es gibt Leute mit dringenderen Problemen.

»Entschuldigung.« Ich hebe die Hand.

»Lennon, Mann, siehst du heiß aus«, flirtet Jimmy und ich schaue zu Jacob hinüber und verdrehe die Augen.

»Schade, du nicht«, gebe ich zurück und sie lachen alle, weil sie glauben, ich mache Witze.

In Wahrheit war ich in der Highschool in Jimmy verknallt. Genau wie Whitney und Tahlia. Eines Abends, nachdem mein Bruder ins Bett gegangen war, kam Jimmy Twendle zu mir auf die Couch. Er küsste mich und wurde dann ein bisschen handgreiflich. Bis ich ihm in die Eier trat und ihm die Nase brach.

»Oh, Lennon, witzig wie immer«, sagt er und mustert mich von oben bis unten.

»Wie geht's deiner Nase?«, frage ich und er wird puterrot und interessiert sich plötzlich sehr für sein Bier. Jacobs Blick geht verwirrt zwischen uns hin und her, denn ich habe ihm nie erzählt, was passiert ist, und ich habe jetzt auch keine Zeit, mir darüber Gedanken zu machen. »Ich muss mit dir reden«, sage ich zu ihm und zerre ihn am Arm weg.

»Was soll das?«, beschwert er sich.

»Warum wusste ich nicht, dass du im Ausland warst?«, frage ich.

»Was?« Er verzieht das Gesicht, als wäre ich eine Fliege, die um sein Essen schwirrt.

»Egal.« Ich wedle mit der Hand zwischen uns. »Ich muss dir etwas sagen, versuch, erwachsen damit umzugehen.«

Er starrt gelangweilt auf mich herab. »Ich bin der erwachsene Zwilling«, sagt er trocken.

Stimmt.

»Ich habe heute Abend jemanden dabei.« Gehen wir es vorsichtig an.

Er schaut mir über die Schulter. »Was macht denn Jasper hier? Hat

Mom ihn eingeladen?« Er berührt mich an der Schulter, um mich aus dem Weg zu schieben, als würden wir nicht gerade miteinander reden. »Ich geh ihm mal Hallo sagen.«

Ich versperre ihm den Weg, die Hand an seiner Brust. »Ähm, Jacob.«

Er blickt herab und dann wieder hoch, ich nehme an, zu Jasper. »Was denn?«

»Er ist mit mir hier«, sage ich und klinge dabei überhaupt nicht so selbstbewusst wie sonst.

»Was!«, brüllt er und ich schiebe ihn rückwärts in die Ecke, weg von den neugierigen Familienmitgliedern, die jetzt herübersehen. »Lennon, ich habe dir gesagt, du sollst dich von ihm fernhalten!«

Ich hebe die Hände. »Es hat nichts damit zu tun. Wir haben uns kennengelernt und ... Ich weiß nicht, irgendwie ist der Funke übergesprungen.« Ich lächle, als ich daran denke, wie glücklich ich mit ihm bin.

»Der Funke? Bei dir? Hör auf, Lennon.« Er packt mich am Arm und zieht mich in eine kleine Nische, von der die Kellner die Getränke holen. »Ich kann nicht fassen, dass du so etwas machst. Er ist keiner von deinen üblichen Spielzeugen.« In seiner Stimme liegt so viel Wut, das Gift könnte durch seine zusammengebissenen Zähne fließen und mich verätzen.

Ich befreie meinen Arm aus seinem Griff. »Ich mag ihn, Jacob.«

»Du magst ihn?« Er lacht hohl auf.

»Ja.«

»Du magst sein Geld. Du magst seine Connections. Du magst, was er für dich tun kann«, bezichtigt mich Jacob.

»Ich mag ihn. Alles an ihm. Das hat nichts mit seinem Geld oder seinen Connections zu tun.« Während ich mich wehre, werfe ich einen Blick in den Raum und sehe, dass meine Mom ihn Leuten vorstellt.

»Gott, Lennon, das ist sogar für dich ein Tiefpunkt. Ich habe dir gesagt, du sollst dich von ihm fernhalten, und jetzt sagst du, du magst ihn. Du bringst ihn zu Dads Ruhestandsparty mit. Wusstest du überhaupt, dass er einen Sohn hat?« Jacobs Stimme wird lauter und sein Gesicht röter.

»Ja, natürlich habe ich Brady kennengelernt und ich liebe ihn.«

Er verdreht die Augen. »Du bist echt krank. Du bist doch gar nicht in der Lage, jemanden außer dir selbst zu lieben.«

»Hör zu, ich bin vielleicht zu Jasper gegangen, damit er in meine Firma investiert, aber alles hat sich geändert.«

»Du gibst also zu, dass das der einzige Grund war, ihn kennenzulernen? Damit er in deine Firma investiert?«, stellt Jacob klar.

»Ja, aber wenn du uns einfach vorgestellt ...«

»Schieb das nicht auf mich. Du bist an ihn herangetreten.«

Jacob hat recht. Ich weiß es, aber wir sind Zwillinge. Ich werde das nicht so einfach zugeben. Ich atme lange aus. »Ja, ich habe auf deinem Handy gesehen, dass er in einer Bar sein würde, also bin ich an dem Abend hingegangen, um ihn dazu zu kriegen, dass er in meine Firma investiert.«

»Was?«, fragt Jasper hinter mir und mein ganzer Körper erstarrt.

Ich wirble herum und sehe sein blasses Gesicht ohne das übliche Funkeln in den Augen.

»Nein, es ist nicht so, wie du denkst«, sage ich.

»Typisch Lennon. Du hast ihm nie erzählt, dass ihr euch nicht zufällig getroffen habt, sondern dass es von dir geplant war.« Jacob schüttelt den Kopf und schlüpft an mir vorbei. Er legt Jasper die Hand auf die Schulter. »Es tut mir leid, Mann. Ich wünschte, ich könnte dir sagen, dass es mich überrascht.«

Jasper ignoriert ihn, sein Blick weicht nicht von mir. »Du wusstest die ganze Zeit, wer ich bin? Das Ganze war eine Scharade, damit ich in dich investiere?« Er streicht sich fahrig durch die Haare.

»Nein.« Warum fällt mir jetzt nichts zu sagen ein? Tränen steigen mir in die Augen, weil er so wütend auf mich ist.

»Und ich bin auf alles reingefallen. Ich habe dich mit Drew bekannt gemacht. Wolltest du nur bei mir bleiben, bis deine Firma Erfolg hat, und Brady und mich dann vor die Tür setzen?«, fragt er und wendet sich zum Gehen, aber ich ziehe ihn am Ärmel.

»Nein, Jasper. Geh nicht!«

Er schüttelt mich ab und dreht sich um, starrt auf mich herab, die Hände in den Hosentaschen.

»Du hast getan, als wärst du so überrascht wie ich, dass wir beide Jacob kennen. Sag mir, dass du nicht mit deiner Freundin ausgemacht hast, dass sie wegen des Sexspielzeugs anruft, während wir zusammen waren, weil du wusstest, dass ich anbeißen würde. Sag mir, dass du nicht vor dem Speeddating in dem Starbucks aufgetaucht bist, um einen Vorsprung zu haben.«

»Nein, bin ich nicht.«

»Also bilde ich mir das alles nur ein, oder habe ich irgendwas zwischendurch falsch verstanden?«, fragt er. Sein Ton und sein Körper sind ruhig und gefasst, während mein Verstand herumschwirrt wie ein Luftballon, aus dem die Luft entweicht.

»Ja und nein. Ich wusste, du würdest an dem Abend in der Bar sein, aber Starbucks war nicht geplant, und als ich merkte, dass da etwas zwischen uns ist, habe ich dich absichtlich nicht nach dem Geschäft gefragt«, verteidige ich mich, als ich endlich die Worte wiederfinde.

Er beugt sich herunter und senkt die Stimme. »Am Ende hast du bekommen, was du wolltest: einen Investor für deine Firma. Vielleicht hättest du die ganze Zeit Drew vögeln sollen und nicht mich.« Er schüttelt den Kopf und sieht mich verächtlich an. »Ich hoffe, deine Dildos halten dich nachts warm und ficken dich so gut wie ich, denn ich bin raus.« Er dreht sich um und ich klammere mich an sein Sakko, kurz davor, auf die Knie zu gehen, aber er schüttelt mich ab und lässt mich tränenüberströmt zurück.

Ich warte, dass er wiederkommt. Denn wenn er mich so liebt wie ich ihn, wie kann er mich dann einfach verlassen?

Er kommt nicht wieder.

Kapitel 38

Es ist jetzt zwei Wochen her. Zwei Wochen ohne ein Wort. Er hat sich nicht gemeldet und ich habe mich auch nicht bei ihm gemeldet.

Ich sitze auf einer Parkbank und schaue Brady auf der anderen Straßenseite vor der Schule beim Spielen zu. Er ist zum Tagescamp hier und ich frage mich, was er glaubt, wo ich bin. Hat Jasper ihm gesagt, ich sei geschäftlich weg? Oder hat er ihm das Herz gebrochen und gesagt, ich hätte gehen wollen? Der Gedanke, dass Brady glauben könnte, es hätte etwas mit ihm zu tun, hat mich mehr als ein paarmal weinend zusammenbrechen lassen. Er rennt herum und spielt mit ein paar Kindern Fangen. Er ist voller Leben, rennt und lacht, was heißt, er weiß vielleicht gar nichts.

»Was tun Sie hier?«

Ich glaube, ich könnte Natalies Stimme sogar über die Bay Bridge noch ausmachen. Als ich mich umdrehe, sehe ich sie mit der Hand an der Hüfte dastehen und mich anstarren. Junge, bin ich froh, dass ich heute mein »Friday Is My Second Favorite F-Word«-Shirt trage. Nicht.

»Ich kam nur gerade vorbei«, lüge ich. Ich bin absichtlich hier, ich musste Brady sehen. Um zu sehen, ob Jasper ihm erzählt hat, dass ich nicht mehr zu ihrem Leben gehöre. Ich dachte mir, ich könnte es an seinem Gesicht ablesen. Oder vielleicht war das Wunschdenken. Vielleicht hat er mich genauso einfach weggeworfen wie sein Vater.

»Noch eine Lüge? Schockierend«, sagt sie. »Haben Sie nicht schon genug angerichtet?«

Sie muss es wissen. Jasper hat es ihr erzählt.

»Ich musste Brady sehen. Ich gehe jetzt.« Ich stehe auf, drehe mich auf den Ballerinas um und gehe los.

»Halten Sie sich fern! Sie sind nicht gut für sie«, ruft sie und ich werfe einen Blick zum Spielplatz, wo Brady immer noch mit seinen Freunden spielt.

Ich drehe mich noch einmal nach ihr um und fixiere sie. »Sie wissen gar nichts über mich. Ich liebe sie beide.« Ich dränge die Tränen zurück, die schon den ganzen Nachmittag zu fließen drohen. »Ich kann mir vorstellen, dass Sie glauben, weil ich so aussehe, wie ich aussehe, und weil ich nicht die typische Hausfrau bin, sei ich nicht gut genug für Ihren perfekten Sohn und Ihren Enkel. Sie werden wahrscheinlich jede Frau vertreiben, die je in ihr Leben will, und wenn Sie gewinnen, Glückwunsch, aber damit machen Sie sie auf lange Sicht nur unglücklich. Ich liebe Ihren Sohn und Ihren Enkel. Ich hätte sie glücklich gemacht.«

»Aber Sie haben es vermasselt, oder?«, fragt sie.

Mein Kopf sinkt zwischen die Schultern und ich versuche verlegen, mir die Tränen unter den Augen wegzuwischen. Er hat es ihr nicht erzählt. »Ja.«

Mit diesem Geständnis wende ich mich ab, um die Banks ein für alle Mal zu verlassen.

»Brady bekommt heute Nachmittag den Gips abgenommen. Jasper ist nicht in der Stadt. Möchten Sie gern Hallo sagen?«, ruft sie mir nach und ich bleibe stehen.

»Ehrlich?«, frage ich, unsicher, ob ich Brady sehen sollte. Vielleicht macht das Jasper nur noch saurer.

Sie lächelt. Es sieht ganz ungewohnt an ihr aus. »Brady und ich hatten am Abend der Ruhestandsparty Ihres Vaters ein langes Gespräch.«

Ich gehe zu ihr zurück; ich weiß nicht recht, ob ich ihr wirklich vertrauen soll. Ich meine, ich habe die Frau eben zum ersten Mal überhaupt lächeln sehen.

»Ja?«, frage ich und sie nickt.

»Er hat mich gefragt, warum ich Sie hasse.« Sie lässt den Kopf hängen und schüttelt ihn, während sie in Richtung Schulgebäude zurückgeht. »Ich habe Jasper die Hölle heißgemacht, weil er mit Ihnen zusammen war, und nie daran gedacht, dass Brady das mitbekommen würde. Sie müssen verstehen, wie sehr es mir das Herz gebrochen hat zu sehen, wie Bradys Mutter ihn einfach aufgegeben hat, als würde er ihr überhaupt nichts bedeuten. Ihr eigenes Kind.«

Sie zögert und presst die Lippen zusammen, sammelt sich, nehme ich an. Dieses eine Mal weiß ich, wann ich zu schweigen habe.

»Ich mag seine Mutter sein, aber ich weiß, wie Jasper auf Singlefrauen wirken muss. Er ist gut aussehend, erfolgreich, er hat mehr als genug Geld und er ist ein guter Mensch. Ich hatte immer Angst, dass irgendeine geldgierige Frau versuchen würde, sich ihn zu angeln, sich zu nehmen, was sie kriegen kann, und die beiden dann zurückzulassen. Ich wollte nicht, dass sie so etwas noch mal durchmachen.«

Ich nicke. Ich kann verstehen, warum sie so dachte, aber es entschuldigt trotzdem nicht, wie sie mich behandelt hat.

Ihre Hand landet auf meinem Unterarm und ich blicke zu ihr auf. »Ich möchte, dass die beiden glücklich sind, und Sie schienen sie glücklich zu machen. Ich weiß nicht, was zwischen Ihnen beiden passiert ist, abgesehen davon, dass Jasper mir erzählte, Sie hätten ihn belogen. Aber ich glaube Ihnen, wenn Sie sagen, dass Sie sie ehrlich lieben.«

Nach diesen Worten von ihr habe ich mich immer gesehnt, aber sie kommen zu spät. »Sie haben recht. Ich habe alles kaputtgemacht.« Wieder steigen mir Tränen in die Augen und ich blinzle ein paarmal, damit es aufhört.

»Eines kann ich über meinen Sohn sagen: Er kann vergeben.« Sie tätschelt mir den Arm und wir betreten die Schule.

»Da bin ich mir nicht so sicher.«

Sie schüttelt den Kopf. »Dann kennen Sie ihn nicht.« Sie unterschreibt das Formular vom Büro, um Brady abzuholen, und ein paar Minuten später kommt er mit hüpfendem Rucksack auf dem Rücken herausgerannt.

Seine Turnschuhe quietschen und er bleibt abrupt stehen, als er mich sieht. »Lennon«, sagt er so leise und ungläubig, dass mein Herz zerspringt. »Lennon!« Seine Stimme wird lauter und er läuft in meine Arme und klebt mein zersplittertes Herz wieder zusammen.

Ich drücke ihn fest an mich und hebe ihn hoch. Gott, er fühlt sich so gut an in meinen Armen. »Ich hab dich vermisst«, sage ich leise, und dann höre ich sein leises Schluchzen und einen Schluckauf.

»Du bist weggegangen«, flüstert er und ich schüttle den Kopf.

»Es tut mir leid, Brady«, sage ich und setze ihn wieder auf dem Boden ab.

»Hi Oma«, murmelt er mit abgewandtem Blick.

»Bist du überrascht, Lennon zu sehen?«, fragt sie.

Er nickt, dann lächelt er und die Tränen versiegen. Ich wische mir die eigenen nassen Wangen ab und er nimmt meine Hand. »Kommst du mit, meinen Arm anschauen?«, fragt er und ich lache.

»Ich habe gehört, dein Gips kommt ab.« Ich schaue auf ihn hinab. »Ich habe deinen ganzen Arm ja noch nie gesehen.« Ich schubse ihn mit der Hüfte und er lacht.

»Also kommst du mit?«, fragt er.

»Nein.« Ich schaue zu Natalie hinüber. »Ich wollte nur Hallo sagen.«

»Komm mit!«, quengelt er und hält meinen Arm jetzt mit beiden Händen fest. Ich hätte es vorhersehen müssen.

Natalie schaut mit zusammengekniffenen Lippen aus der Ferne zu.

»Ich kann nicht, Kleiner. Ich wünschte ...«

»Hat Daddy gesagt, du darfst nicht mit?«, fragt er und meine Schultern sacken herab. Ich kauere mich neben ihn und nehme seine beiden Hände.

»Nein. Hat er nicht. Ich bin nur ...« Ich verstumme, weiß nicht, was ich sagen soll. Ich könnte mich in den Hintern treten, weil ich hergekommen bin. Ich mache es ihm nur schwerer.

»Dann komm mit. Ich will dich dabeihaben«, quengelt er und ich schaue zu Natalie, die nickt.

Ich starre an die Decke. Ich könnte zuschauen, wie der Gips abgenommen wird, und mich dann sofort verabschieden. Viellicht brauchen wir eine Art Abschluss.

»Okay, ich komme mit«, sage ich. Er jubelt und springt auf und ab. »Aber« – ich hebe die Hand – »ich muss direkt danach gehen.«

Er nickt. »Okay, okay.« Dann läuft er zu Natalie. »Hast du gehört? Lennon kommt mit!« Er nimmt uns an den Händen, überbrückt den Graben zwischen mir und einer Frau, von der ich nie gedacht hätte, dass ich einmal einen freundlichen Gedanken für sie übrighaben würde. Aber es muss Vollmond sein, denn ich habe das Gefühl, ich verstehe Natalie jetzt ein bisschen besser. Wenn alles anders gelaufen wäre, hätten wir vielleicht doch eine herzliche Beziehung haben können.

Jetzt werde ich es nie erfahren.

Kapitel 39

Eine Dreiviertelstunde später sitzen wir alle im Behandlungszimmer und warten auf seinen Arzt. Brady wirkt supernervös und Natalie und ich haben beide versucht, ihn zu beruhigen. Aber er ist still, und aus der kurzen Zeit, die ich Brady jetzt kenne, weiß ich, wenn er still ist, ist er ängstlich.

»Alles wird gut, Kleiner, versprochen.« Ich lächle, aber er sitzt auf dem Tisch und sieht nicht aus, als würde er mir wirklich glauben.

Die Krankenschwester klopft und kommt mit dem Arzt herein. »Es ist so weit, Brady, bist du aufgeregt?« Der knapp über fünfzigjährige Arzt, der sich trendiger anzieht als Drew, kommt mit einem Lächeln auf uns zu. Er erklärt kurz, dass Dr. Bierdman zu einem Notfall gerufen worden sei und ihn gebeten habe, zu übernehmen.

Brady starrt ihn an.

»Er ist ein bisschen nervös«, sagt Natalie.

»Ach, das ist ganz einfach. Du spürst nichts.« Der Doktor loggt sich in den Computer ein, fängt an zu tippen und scrollt durch Bradys Akte.

Wieder geht die Tür auf und ich nehme an, es ist noch eine Krankenschwester, deshalb blicke ich erst auf, als Brady »Daddy!« schreit, und sehe Jasper in der Tür stehen. Sein zerknitterter Anzug hängt an ihm herunter und er hat die Hand noch an der Klinke. Wahrscheinlich überlegt er, ob er den richtigen Raum erwischt hat. Die Augen, die mich früher mit so viel Liebe angesehen haben, sind hasserfüllt.

»Glaubst du, ich würde das verpassen?«, sagt er zu seinem Sohn.

Ich rutsche vom Bett und mache ihm Platz, damit er Hallo sagen kann. Er geht zur anderen Seite, nimmt Bradys Hände und küsst seinen Sohn auf den Scheitel.

»Okay, bist du bereit?«, fragt der Arzt und zieht eine riesige Schere heraus.

Brady versteift sich und der Arzt schaut zwischen uns hin und her. »Vielleicht können Mom und Dad je eine Seite nehmen.« Er meint Jasper und mich.

»Sie ist nicht seine Mutter«, sagt Jasper kühl.

Bradys Blick ist auf die Schere gerichtet, er merkt kaum, was um ihn herum vor sich geht. Natalie schweigt.

»Also dann: Dad, halt ihn fest«, sagt der Doktor und schiebt die Metallschere unter Bradys Gips.

Jasper tut, was man ihm sagt, und während ich dasitze und zuschaue, wie Jasper seinen Sohn beruhigt und ihm sagt, dass alles gut wird, und ihm davon vorschwärmt, was er alles tun kann, jetzt, wo der Gips ab ist, wird mir klar: Das ist nicht mein Platz. Nicht mehr.

»Fertig«, sagt der Arzt, und die Schwester schenkt Brady einen Lolli.

»Mein Arm ist so dünn.« Brady starrt auf seinen runzligen Arm hinunter.

»Und er stinkt«, sagt Natalie und wuschelt ihrem Enkel durch die Haare.

»Dein Dad muss ihn heute Abend gut waschen«, fügt die Krankenschwester hinzu, nimmt feuchte Tücher und wischt ihm den Arm damit ab.

Brady ist jetzt wieder ruhig und er blickt zu mir auf. »Jetzt hast du alles von mir gesehen, Lennon.« Er strahlt und mich trifft ein Stich des Bedauerns, dass dies wahrscheinlich das letzte Mal ist, dass ich diesen Ausdruck auf seinem Gesicht sehe.

»Yep. Ich freue mich sehr für dich, aber jetzt gehe ich besser«, sage ich. Jasper rutscht auf dem Bett zur Seite, als könnte er sich die Grippe einfangen, wenn er mir zu nahe kommt. Ich beuge mich hinunter und küsse Brady auf die Stirn. »Tschüss, Brady.« Meine Stimme bricht und ich kämpfe gegen das Kribbeln in meiner Nase und die Nässe, die sich in meinen Augen sammelt.

»Warte«, sagt Brady, bevor ich zur Tür hinausgehen kann.

Mit einem gezwungenen Lächeln drehe ich mich um. Jasper schaut zu mir herüber, konzentriert sich dann aber auf sein Handy.

»Oma, kannst du mir meinen Rucksack geben?«, fragt Brady und Natalie reicht ihn ihm lächelnd.

»Bitte schön.« Sie öffnet die Tasche, die er ihr nennt, und sein gesunder Arm taucht in den Reißverschluss und zieht etwas heraus.

Der Anstecker. Ein herzförmiger Anstecker mit aufgeklebten Plastikperlen und Strasssteinen. »Das ist für dich«, sagt er und legt ihn mir lächelnd in die Handfläche.

Jasper blickt mit offenem Mund von seinem Handy auf, sein Blick irrt von mir zu Natalie, zu Brady und wieder zu mir.

»Der ist schön.« Lächelnd stecke ich ihn mir an. »Ich finde ihn toll.« Ich beuge mich noch einmal vor und drücke seinen kleinen Körper an mich. Meine Tränen sind jetzt nicht mehr aufzuhalten und kullern mir frei über die Wangen. »Vielen, vielen Dank«, sage ich. »Das ist das beste Geschenk, das ich je bekommen habe.«

»Nicht weinen. Ich wollte nicht, dass du weinst«, sagt er und ich schüttle den Kopf.

Natalie lacht.

»Ich weine, weil ich den Anstecker so schön finde. Das sind Freudentränen.« Okay, ich mag ihn gerade halb angelogen haben, aber ich habe in letzter Zeit auch die Mommy-Trainingskurse verpasst. »Wir sehen uns bald«, sage ich. Noch eine Lüge. Dann renne ich aus dem Raum, so schnell ich kann, fühle mich schlecht, weil ich nicht bei Brady bleibe, aber ich kann auf keinen Fall mit Jasper in diesem Raum bleiben. In der Vorhalle bleibe ich kurz stehen, um mich zu sammeln.

»Lennon«, ruft mir Jasper hinterher und ich blicke auf; die Tränen, die gerade nachgelassen haben, fließen wieder. Ich drehe mich um, und da steht er, mit den Händen in den Taschen.

»Es tut mir leid.« Ich löse Bradys Geschenk von meinem Shirt. »Heb ihn auf, bis du seine richtige Mom triffst.«

Ich halte ihm den Anstecker hin, aber er nimmt ihn nicht.

»Nimm ihn einfach, Jasper.« Ich recke ihn ihm mit mehr Nachdruck entgegen. Als er ihn immer noch nicht nimmt, sondern nur schweigt, stecke ich ihn ihm in die Hemdtasche.

»Lennon. Hör auf.« Seine Stimme ist kalt und gar nicht wie die, die ich gewohnt bin.

»Nur damit du es weißt, ich habe dich geliebt. Ich weiß, ich habe gelogen und dich enttäuscht, aber meine Gefühle für dich und Brady sind echt. Also zweifle bitte nie daran.« Ich trete vor und drücke ihm die Lippen auf die Wange.

Seine Hände bleiben in den Hosentaschen und ich sinke auf die Hacken zurück.

»Wie kann ich dir je vertrauen?«, fragt er heiser.

Ich schüttle den Kopf. »Das kannst du wohl nicht.«

Ich drehe mich um und renne aus der Praxis, und erst als ich im Aufzug bin, kann ich das Schluchzen herauslassen, das ich in meiner Brust zurückgehalten habe.

Kapitel 40

»Du bist verrückt! Tu das nicht!«, sagt Whitney durchs Telefon.

»Ich kann dieses Angebot nicht im guten Glauben annehmen.«

Ich bin auf dem Weg zu Jaspers Büro, weil Drew irgendeinen riesigen Deal für mich hat. Es sieht aus, als würde eines meiner Patente angenommen werden und einer der landesweit größten Zwischenhändler für Erwachsenenprodukte das Produkt lizensieren wollen.

»Doch, kannst du. Wen interessiert's? Wenn der Arsch nicht damit klarkommt, dass du ihn liebst, und deine Entschuldigung annimmt, dann scheiß auf ihn.« Whitney hat eine boshafte Seite, die nicht viele kennen. Aber wenn sie entschiedene Ansichten zu etwas hat, kann man sie schwer davon abbringen.

»Mir geht's gut. Wirklich. Es ist am besten so. Ich finde schon was anderes.«

Vielleicht werde ich für immer tätowieren, aber was macht das schon? Wenigstens habe ich Jasper dann bewiesen, dass ich nicht wegen seiner Connections mit ihm zusammen war. Das ändert nichts am Ausgang, aber mir verschafft es eine gewisse Genugtuung zu wissen, dass er mich nicht als geldgeile Opportunistin sieht, wenn er an mich denkt. Falls er überhaupt an mich denkt.

»Ach, Lennon.« Sie sagt es, als ginge ich zu einer Beerdigung.

»Whit, ist schon okay. Das wird das letzte Mal, dass ich ihm vielleicht über den Weg laufe. Und dann kann ich versuchen, drüber hinwegzukommen.« Mein Unterbewusstsein stupst mich an, es weiß, das wird nie passieren, aber man wird ja wohl träumen dürfen.

»Ruf mich an, wenn du fertig bist«, sagt sie mit Resignation in der Stimme.

»Mach ich.« Ich lege auf und schiebe das Handy in die Handtasche. In meinem Magen bildet sich ein Knoten und ich atme lange aus, während der Aufzug nach oben fährt. Dort steige ich aus und öffne die Doppeltür zum Büro. Brittany lächelt und nimmt den Hörer in die Hand.

»Ich rate Ihnen, Drew anzurufen.« Ich zeige mit dem Finger auf sie und gehe schneller.

»Mr Banks.« Sie wirft mir ein schmales Lächeln zu, aber ich greife über den Empfangstresen und drücke den Knopf, um den Anruf abzuwürgen.

»Nein. Kein Mr Banks. Ich muss nur Mr Ashland sprechen«, sage ich, so freundlich ich kann, und sie zieht die Augenbrauen zusammen und nickt dann.

»Das erklärt Miss Schmidt.«

Miss Schmidt? Jasper trifft sich schon mit einer anderen? Ich ignoriere das Rumoren in meinen Eingeweiden.

Sie nimmt wieder den Hörer auf. »Hi Sue, Miss Hart ist hier für Mr Ashland.« Sie hört kurz zu. »Okay, ich schicke sie einfach nach hinten.«

Sie legt gerade auf, als Jasper in den Empfangsbereich herauskommt.

»Brittany, warum haben Sie …« Als er mich sieht, bleibt er wie angewurzelt stehen.

Brittanys Blick geht zwischen uns hin und her. »Wie peinlich«, sagt sie mit zusammengebissenen Zähnen, aber ohne den Blick abzuwenden, denn sie erwartet offensichtlich eine Show.

»Sorry, es ist nicht Miss Schmidt.« Ich gehe an ihm vorbei, der Duft seines Parfums überwältigt meine Sinne und ich komme kurz aus dem Tritt, fange mich aber sofort wieder.

»Was?«

Ich ignoriere ihn und gehe weiter zu Drews Büro. Sue lächelt, als ich näherkomme. »Er ist so weit«, sagt sie und legt die Hand an die Tür.

»Danke, Sue.« Ich lächle zurück und ergreife die Klinke.

»Kommen Sie mit dazu, Mr Banks?«, fragt sie und ich werfe einen Blick über die Schulter und sehe ihn im Flur stehen und mich mit zusammengekniffenen Augen anstarren.

Er schüttelt den Kopf. »Nein.«

Ich öffne die Tür. Ich kann ihn nicht länger ansehen, das tut mir nur weh, und ich habe so die Schnauze voll von diesen Schmerzen.

Drew sieht mich hereinkommen und lächelt, bevor er um die Ecke kommt, mir die Arme um die Taille leg und mich im Kreis dreht. »Gratuliere!«, sagt er so laut, dass ich mir wünsche, er wäre leiser.

Eine Sekunde später klopft es an der Tür und Jasper kommt hereingeplatzt und findet mich in Drews Armen.

Er schnaubt. »Ich sehe, du verlierst keine Zeit«, höhnt er und knallt die Tür wieder zu.

Drew setzt mich wieder ab. »Wovon redet er?« Stirnrunzelnd kratzt er sich seitlich am Kopf.

»Ich nehme den Deal nicht an, Drew.« Ich stapfe aus Drews Büro, den Flur entlang und in das von Jasper. Die Tür knalle ich hinter mir zu. Er wartet schon auf mich, lehnt sich auf seinem Schreibtischstuhl zurück, den Blick aufmerksam auf mich gerichtet. Er wusste, ich würde ihm folgen, und scheiße noch mal, ich habe den Köder geschluckt.

»Was ist dein Problem?«, frage ich, die Hände in die Hüften gestemmt.

»Ich finde es nur praktisch, dass wir Schluss machen und du jetzt Drew in den Armen liegst. Du bist ganz schön schnell.«

Mein Blut kocht. Ich liebe diesen Mann, aber ich bin nicht sein Sandsack. Jetzt reicht's. »Fick dich, Jasper!«

Er steht auf, die Hände vor sich auf den Tisch gestemmt. »Hab ich. Kenn ich. Erst hast du mit mir gefickt, dann hast du mich gefickt.« Die Wut und Verletzung in seiner Stimme erschüttern mich bis ins Mark.

»Wie oft kann ich sagen, dass es mir leidtut? Ich habe nicht damit gerechnet, dass ich etwas für dich fühlen würde, wenn ich dich kennenlerne.«

»Aber du hast dich mit mir verabredet, damit ich in deine Firma investiere?«, fragt er, immer noch auf die Schreibtischkante gelehnt, und ich will verdammt sein, wenn ich nicht bemerke, wie tadellos er in seinem Anzug aussieht.

»Ja, aber als ich zugestimmt habe, habe ich beschlossen, dass ich das Geschäft außen vor lassen würde.«

»Du hättest von Anfang an ehrlich zu mir sein können.«

Ich lasse die Schultern hängen. »Ich kann mein Verhalten nicht entschuldigen. Ich habe gesagt, es tut mir leid, aber ich habe keine Zeitmaschine, um zurückzureisen und zu ändern, was passiert ist.«

»Was glaubst du, wann du erwachsen wirst?« Er zieht die Augenbrauen hoch.

Ich hebe die Hände. »Vergiss es. Ich bin raus. Viel Spaß mit Miss Schmidt.«

Ich gehe zur Tür und höre, wie er mit der Faust auf den Tisch haut. »Verdammt noch mal, Lennon!«

»Was?« Ich drehe mich um und schaue ihm in die wütenden Augen. »Sonst kann ich nichts mehr sagen oder tun.«

Er atmet aus und kommt auf mich zu. »Lauf nicht immer weg.«

Ich sinke auf die Knie und falte die Hände zum Gebet. »Willst du das, Jasper? Bitte vergib mir. Es war falsch von mir, ich verspreche, es nie wieder zu tun.«

Er packt mich unter den Achseln und zieht mich hoch. »Mach keine Witze damit.«

»Tu ich nicht.« Wieder rollen mir die Tränen über die Wangen. Gott, wann hört das endlich mal auf? »Ich weiß nicht, was du von mir willst. Es tut mir leid, ich wünsche mir *nicht*, ich könnte zu diesem ersten Abend zurückgehen und dir genau sagen, wie ich dort hingekommen bin, denn was wäre, wenn du mich einfach stehen gelassen hättest? Ich kann nicht ehrlich sagen, dass ich das gern würde, denn was wir haben …« Ich lasse den Kopf hängen. »Hatten.« Als ich mich in der Vergangenheitsform sprechen höre, atme ich tief ein. »Auch wenn es noch so wehtut: Die Zeit, die wir zusammen verbracht haben, war großartig und ich würde niemals etwas ändern wollen und das Risiko eingehen, dass es nie passiert wäre.« Ich wische mir die Tränen von den Wangen. »Ich habe mich so wahnsinnig in dich und Brady verliebt ... Ich kann nichts bereuen, was das möglich gemacht hat.« Er wendet den Blick ab und ich nehme das als Hinweis, dass ich gehen soll. »Es tut mir leid, dass ich dich verletzt habe. Du hast dich einfach in mein Herz geschlichen und ich hatte zu viel Angst, euch beide zu verlieren.«

Ich umfasse die Türklinke. »Nimm den Deal an, Lennon«, flüstert er.

Ich schüttle den Kopf, drehe mich um, Tränen vernebeln mir die Sicht. »Er ist nicht mehr wichtig.« Ich öffne die Tür, komme an Drew und Sue vorbei, die aussehen, als hätten sie da draußen unseren Streit belauscht.

Drew holt mich am Aufzug ein. »Du musst den Deal annehmen, Lennon. Wir werden beide viel Geld verdienen.«

Ich drücke den Aufzugknopf und schenke ihm ein trauriges Lächeln. »Es tut mir leid, Drew. Ich weiß sehr zu schätzen, was du für mich getan hast.«

Ich betrete den Aufzug und lasse alle Hoffnungen, die ich für meine Zukunft hatte, hinter den Stahltüren zurück.

Kapitel 41

Ich sitze in dem durch einen Vorhang abgetrennten Raum hinten in meinem Tätowierstudio und esse eine Quesadilla, als Michelle den Kopf hereinstreckt. Ich erschrecke und ein Tropfen Salsa landet auf meinem »I Hope You Step On A Lego«-Shirt.

»Mist«, sage ich. Mit einer Serviette versuche ich, die Soße abzuwischen. Ich mag dieses Shirt wirklich. Ich hatte es schon vor einer Weile gesehen, aber erst als ich tatsächlich auf einen von Bradys Legosteinen getreten bin, habe ich es wirklich verstanden. Nach diesem desaströsen Schmerz durch ein kleines Plastikspielzeug ging ich am nächsten Tag hin und kaufte es.

»Lennon«, sagt Michelle. »Dein Termin ist früher dran.«

Ich lege mein Essen in die Verpackung zurück und schiebe es unter den Tresen, dann fange ich an, mir die Hände zu waschen. »Schick ihn rein.«

»Okay.«

Sie verschwindet und jemand kommt hinter mir herein. Ich trockne mir mit Papiertüchern die Hände ab.

»Hi, ich bin Lennon.« Ich drehe mich um und finde *ihn* auf dem Tisch. Ihr wisst, welchen *ihn* ich meine.

Jasper Banks.

»Ich habe einen Termin«, erkläre ich ihm und verschränke die Arme vor der Brust.

»Mich.«

»Dich?«

Auf seinen Lippen erscheint sein spielerisches Lächeln. »Ja, mich. Ich dachte mir, ich könnte herkommen und um Gnade winseln. Ich könnte auf die Knie gehen und dich anflehen, mich zurückzunehmen. Ich könnte mich dafür entschuldigen, dass ich hinausgestürmt bin oder dir nach Bradys Termin beim Arzt nicht hinterhergerannt bin.«

Ich schlucke trocken und versuche so zu tun, als wäre das, was er da gerade sagt, nicht genau das, was ich hören wollte, seit wir Schluss gemacht haben.

»Vor allem könnte ich dir sagen, wie tief mich deine Worte getroffen haben. Dass es mir gezeigt hat, wie sehr du mich liebst, als du den Deal nicht angenommen hast. Und wie ich mich schäme, dass ich diese Versicherung brauchte, um zu wissen, dass du mich liebst, denn wenn ich mit dir zusammen bin ... dann *fühle* ich es. Ich hatte mich schon lange in dich verliebt, bevor du dich entschlossen hast, zuzugeben, dass du mich liebst, aber es war mir ein Trost zu wissen, dass du mich auch liebst. Als ich dachte, es sei alles nur vorgetäuscht gewesen ... da war ich verletzt und angepisst von mir selbst, weil ich Brady wieder in eine Lage gebracht hatte, jemanden verlieren zu müssen.«

»Und jetzt? Du hast gesagt, du könntest mir nie wieder vertrauen.«

Er springt vom Tisch, tritt nah an mich heran und legt mir die Hand an die Wange. Instinktiv lehne ich mich an ihn. Irgendwie brauche ich das immer noch.

»Ich gebe mich dir.«

»Ach, Süßer, das hast du doch schon.« Meine Worte triefen vor Sarkasmus.

Er lässt die Hände sinken und weicht zurück. Mit einem schalkhaften Funkeln in den Augen legt er sich auf meinen Tisch. »Ich gehöre dir.«

»Du bist gekommen, um dich zu entschuldigen und mich anzuflehen, dich zurückzunehmen, indem du mich Sex mit dir haben lässt?«, frage ich.

Er dreht sich auf die Seite und stützt den Kopf auf die Hand. Wie direkt einer Werbesendung entsprungen. »Nein, meinen Körper.« Er schüttelt den Kopf. »Du tätowierst mich. Egal, was es ist.«

Ich starre ihn kurz an. »Egal?«

»Egal.« Er zuckt nicht mit der Wimper.

»Vielleicht verziere ich dich mit einem Einhornschwanz«, sage ich, während ich mich auf meinen Stuhl setze.

Er winkt mich mit dem Finger zu sich. »Ich weiß nicht, was das ist, noch bin ich sicher, ob ich es wissen will.« Er grinst. »Komm her«, sagt er und ich rolle mit meinem Stuhl zu ihm hinüber. »Ich vertraue dir. So zeige ich dir, dass ich dir vertraue. Dass ich bereit bin, es hinter uns zu lassen und weiterzugehen.«

»Du überlässt mir die ganze Kontrolle?«, frage ich, immer noch unsicher, worauf er genau hinauswill.

Er nickt. »Manche würden mich für verrückt erklären, aber ich möchte gern glauben, dass ich nur verrückt nach dir bin.« Er gluckst.

»Okay.« Ich hebe die Hand. »Wo hast du Jasper Banks gelassen?«

»Ich bin hier.« Er lacht, als redete ich Unsinn.

»Wenn ich dir einen Einhornschwanz tätowiere, klebt das kein Pflaster auf das Problem.«

Er setzt sich auf und tätschelt den Platz neben sich.

»Jasper.« Ich seufze.

»Komm her.«

Ich klettere auf den Tisch, meine Beine baumeln. »Ich muss dir die ganze Geschichte erzählen«, sage ich zaghaft.

Er rückt näher, seine Hand landet auf meinem Knie. »Wie wäre es, wenn du sie mir erzählst, während du mich tätowierst?«

»Ich kann dich nicht tätowieren, Jasper«, sage ich.

»Doch, kannst du.« Ich schaue ihn an und seine Hand legt sich fester um meinen Schenkel. »Komm schon.«

Ich schaue ihm in die Augen. Er meint es ernst. Wenn er glaubt, damit haben wir alles hinter uns, bin ich dabei. »Gib mir kurz Zeit zum Zeichnen.«

»Ich bleibe einfach hier liegen.« Nachdem ich heruntergehüpft bin, legt er sich wieder auf meine Liege und ich rolle mit meinem Stuhl zum Tisch. »Und bewundere dich.«

Ich werfe einen Blick über die Schulter, und von seinem Grinsen macht mein Magen einen Satz. Er ist wirklich der umwerfendste Mann, den ich je gesehen habe.

»Wie geht's Brady?«, frage ich, während ich auf meinem Handy genau die richtige Vorlage für das Tattoo suche.

»Er vermisst dich. Er hat seit dem Termin beim Arzt nicht viel gesagt. Das habe ich echt ziemlich versaut.«

Beim Gedanken an Brady, ein unschuldiges Opfer bei alledem, zieht sich mir der Magen zusammen.

»Er wird froh sein, dich wiederzuhaben«, sagt er voller Überzeugung.

»Jasper.« Erneut seufze ich, denn er kennt noch nicht die ganze Geschichte. Weiß nicht, wie vorsätzlich meine Aktionen waren. Es könnte sein, dass er darüber nicht hinwegsehen kann, und ich möchte mir keine zu großen Hoffnungen machen.

»Bist du bald fertig? Ich möchte das hinter uns bringen.«

»Du bist gnadenlos.« Ich stehe auf, um mein Bild nach vorn zu bringen und das Stencil zu machen.

»Deshalb hast du dich in mich verliebt.« Er zwinkert mir zu und mein Gesicht wird heiß.

»Ich bin gleich wieder da.« Ich gehe an Sebastian vorbei, meinem Nachbarn, der gerade einem Mädchen die Zunge pierct. Zwischen den Tischen im vorderen Bereich schlängle ich mich zu Michelle durch, um die Vorlage auszudrucken. Die Maschine scannt und ich schaue, während ich warte, aus dem Fenster. Können wir das alles wirklich hinter uns lassen?

»Er ist heiß.« Michelle tippt sich mit dem Stift an die Lippen.

Ich starre blind vor mich hin; ich werde ihr bestimmt nicht den Klatsch bieten, den sie gerne hätte. Ich habe Jasper bis auf einmal abends nach einem Kaffee nicht hierher mitgebracht. Damals war

Michelle nicht da, und dafür gibt es einen Grund. Sie neigt dazu, mit allem zu flirten, was Kronjuwelen zwischen den Beinen hat.

»Ist das deiner?«, fragt sie, die Stifthülle klappert an ihre Zähne.

»Nö.«

»Hmm«, murmelt sie. »Er wirkte nicht interessiert, als ich vorhin versucht habe, mit ihm zu flirten.«

»Also dachtest du, er sei mit mir zusammen?«, frage ich.

Sie lächelt. »Das und die Tatsache, dass er diesen Ausdruck in den Augen hatte, als er nach dir fragte.«

»Was für einen Ausdruck?« Ich verdrehe die Augen und wünsche mir, die antiquierte Maschine würde schneller drucken.

»Ich weiß nicht, wie ich es erklären soll. Er hat mir in die Augen geschaut.« Sie schürzt die Lippen, und ihr Kopf neigt sich zum Dekolleté, das aus ihrem Ausschnitt quillt. Anscheinend ist sie verwirrt, weil es bei Jasper nicht funktioniert hat.

Das Gerät ist endlich fertig und ich tätschle ihr die Schulter. »Denk nicht zu scharf nach, sonst verlierst du noch Hirnzellen.«

Sie sagt nichts, überlegt immer noch, warum ihre Geheimwaffe nicht gewirkt hat.

Ich gehe durch den Vorhang zurück und finde Jasper jetzt ohne Hemd vor, auf dem Rücken liegend, das Handy hält er sich über den Kopf. Ernsthaft, dieser Mann ist die personifizierte Versuchung.

»Machst du's dir schon mal gemütlich?«, frage ich.

Er späht zwischen seinen Armen hindurch zu mir herüber und legt das Handy neben sich. »Ich bin davon ausgegangen, dass du mir die Brust oder den Rücken tätowierst.«

»Da hast du falsch gedacht, und das macht dich zu einem Arsch. Also zieh die Hose aus und beug dich vor.« Ich beschäftige mich mit meinem Zubehör.

»Was?«

»Ich bezweifle, dass du einen riesigen Hahn mit einem Horn auf dem Kopf auf dem Brustmuskel haben willst. Ich komme dir entgegen, du bekommst ihn auf den Hintern.«

Ich spreche ausdruckslos, was bei seinem Gesichtsausdruck schwierig ist. Wieder wende ich mich meinen Utensilien zu und höre hinter mir ein dumpfes Geräusch. Ein Blick über die Schulter zeigt mir seine Jeans als Haufen zu seinen Füßen, und eine Seite seiner Boxershorts entblößt eine Hinterbacke.

»Kannst du die rechte machen? Denn ich will mich heute Nacht an dich kuscheln.« Er zwinkert, und wäre ich nicht so sprachlos beim Anblick seines perfekten Hinterns, würde mir auch eine Retourkutsche einfallen.

»Zieh sie wieder hoch, hüpf auf den Tisch und gib mir die Innenseite deines Bizeps.«

Ich wasche mir die Hände und ziehe die Handschuhe an, während er tut, was ich gesagt habe. Ich setze mich, rolle zu der Liege hinüber und desinfiziere die Stelle. »Bist du sicher?«, frage ich und er nickt ohne die geringste Sorge.

Das Stencil passt perfekt und als ich darauf hinunterschaue, bin ich wieder fast so aufgeregt wie in meinen Anfangszeiten. Damals, bevor Hirschgeweihe und Tribal-Armbänder in Mode waren. Als Kunden den Künstlern noch erlaubten zu zeichnen und ihre Talente zu nutzen. Diese Kunden sind seltener, als man denkt.

Ich bereite meine Maschine vor und lasse sie kurz surren. »Bereit?«, frage ich.

»Los«, sagt er.

Ich halte die Nadel über die Haut und er wartet geduldig, dass ich anfange. Er war immer geduldig mit mir.

»Ich kannte dich, bevor ich dich kannte«, sage ich ihm, während ich die Nadel in seine Haut drücke.

»Schön zu hören, dass ich berüchtigt bin.« Er lacht, aber ich schaue ihn an und er hört auf.

»Jacob hat mir von dir erzählt, sich aber geweigert, uns miteinander bekanntzumachen. Ihm war peinlich, dass es bei meiner Firma um Sexspielzeug ging, und er dachte, du wärst viel zu spaßbefreit, um an so etwas Interesse zu haben. Er hatte ja keine Ahnung, was du alles mit einer Analkette anstellen kannst.« Ich lächle ihn an, während ich an die erste Nacht denke, als er sie bei mir benutzt hat. Er erwidert mein Lächeln und verstärkt es noch ein bisschen.

»Jedenfalls war ich in seinem Büro und verzweifelt, weil das Erbe meiner Oma schrumpfte und die Firma keine Chance hatte. Er lehnte wieder ab, und dann hast du ihm zufällig eine SMS geschrieben. Er war zu beschäftigt, um es zu bemerken, und ich habe gesehen, wann du in der Bar sein würdest.«

»Und du hast dafür gesorgt, dass wir uns dort begegnen.«

Ich nicke. »Aber ich wusste nicht, dass du es warst. Alle meine Google-Recherchen hatten nichts ergeben. Kein einziges Foto oder irgendeine persönliche Info über dein Leben.«

Er atmet aus und ich weiß nicht, ob wegen der Nadel oder wegen etwas anderem. »Ich bezahle jemanden dafür, dass er das Internet checkt und alle persönlichen Informationen über mich entfernt. Du wolltest unbedingt Kontakt mit mir, was?«

»Ja.«

»So geht es auch vielen anderen verzweifelten Leuten, deren Träume platzen. Ich kann nicht jeden übernehmen, und es gibt Leute da draußen, die sind sehr unzufrieden. Das Letzte, was ich will, ist, dass sie herausfinden, wo ich wohne oder dass Brady existiert. Noch will ich, dass seine Mutter plötzlich beschließt, unangemeldet in sein Leben zu platzen.«

»Deshalb hast du keine Fotos von ihm in deinem Büro.« Ich schwöre, jemand hat gerade den Lichtschalter in meinem Hirn umgelegt.

»Ja. Niemand muss etwas über mein Leben wissen.«

Ich nicke. Das alles macht ihn zu einem wundervollen Vater.

»Die Sache bei Starbucks war ein Zufall. Damals hatte ich keine Ahnung, wer du warst. Nicht, dass du damals groß Interesse gezeigt hättest.« Ich ziehe die Augenbrauen hoch und wische die Tinte von seiner Haut.

Er lacht. »Glaub mir, ich habe dich bemerkt und ich wollte in dieser Nacht nichts lieber, als dir das Gehirn rauszuvögeln. Aber Brady war gerade ins Camp abgefahren und ich hatte beschlossen, dass ich mehr brauchte als nur One-Night-Stands. Dass ich nach etwas Ernsterem suchen sollte. Daher das Speeddating. Und wie ich die Nacht verbracht habe und an wen ich dabei dachte, weißt du.« Er macht eine eindeutige Handbewegung.

Ich schüttle den Kopf, Hitze breitet sich auf meinen Wangen und zwischen meinen Beinen aus. »Danke für die Erinnerung.«

Er zwinkert und mein Magen macht einen Satz.

»Ich habe beide Male, als wir uns begegnet sind, etwas gefühlt, und nach dem Speeddating-Abend wollte ich nicht, dass du glaubst, ich wäre nur wegen der Firma mit dir zusammen. Ich glaube immer noch, wenn ich dir an diesem ersten Abend die Wahrheit gesagt hätte, hättest du gestoppt, was da zwischen uns war.«

Er nickt und ich tätowiere weiter. »Wahrscheinlich.«

»Je länger wir zusammen waren, desto weniger konnte ich riskieren, dich zu verlieren. Ich hatte Angst, euch beide zu verlieren, dich und Brady.« Ich bin mit dem Tattoo fertig und lehne mich zurück, sodass er mich sehen kann. »Dass Whit wegen des Vibrators anrief, war nicht geplant. Ich wollte nie mit dir über die Firma sprechen, nachdem wir miteinander geschlafen hatten. Ich schwöre es.« Ich hebe die Finger zum Pfadfinderinnenschwur und er macht eine Bewegung auf mich zu. »Noch nicht.« Ich wische ihn noch einmal ab. »Geh in den Spiegel schauen.«

Er steht auf und ich auch, warte auf seine Reaktion. Das ist immer der nervenzerfetzendste Moment für Tätowierer, wenn wir darauf warten, ob es dem Kunden gefällt.

Er starrt lange darauf und dann sucht er mich im Spiegel. »Was heißt das?«

»Das ist der keltische Lebensbaum. Bäume symbolisieren Kraft und Langlebigkeit. Die Blätter stellen die Wiedergeburt dar und die Wurzeln und Äste sind stark und widerstandsfähig. So sehe ich dich.« Eine Träne rollt mir über die Wange und Jasper dreht sich um; seine Hand umschließt meine Wange komplett.

Die nächste Träne kann nicht fallen, denn er fängt sie mit dem Daumen ab. »Ich liebe dich, Lennon Hart«, sagt er.

Ich blicke in diese Augen auf, in denen nichts als noch mehr Liebe für mich steht. »Ich liebe dich. Und Brady.«

»Kannst du mir einen Gefallen tun?«, fragt er und ich nicke. »Kann der Baum ein buntes Blatt bekommen? Eines für jedes Mitglied meiner Familie?«

Ich lächle. »Das ist eine super Idee. Leg dich wieder hin.«

Er legt sich wieder in dieselbe Position und ich nehme den Behälter mit dem Hellgrün von meinem Regal. Es braucht nur ein paar Minuten, um die beiden Blätter hinzuzufügen. Ein großes für Jasper und ein kleineres für Brady. Ich wische das Blut und die überschüssige Tinte weg und lehne mich zurück, um mein Werk zu bewundern.

»Jetzt sieht es perfekt aus«, sage ich.

»Nein, tut es nicht«, sagt Jasper kopfschüttelnd.

»Gefällt dir etwas daran nicht?«, frage ich, während ich es noch einmal begutachte, um zu sehen, ob ich etwas übersehen habe.

»Du hast noch ein grünes Blatt vergessen.«

Ich runzle die Stirn. »Nein, habe ich nicht. Hier bist du und da ist Brady.« Ich deute auf die beiden Stellen und Jasper nimmt meine Hand.

»Wenn wir das wirklich hinter uns lassen wollen, brauchen wir auch noch ein Blatt für dich, Lennon.«

Mein Herz geht vor Freude auf und ich glaube, es läuft Gefahr, mir aus der Brust zu platzen.

»Also, können wir das alles hinter uns lassen?«

Ich schaue ihm in die Augen und weiß, dass ich bei all der Liebe und Zuneigung, die ich dort sehe, nie wieder das Gefühl haben werde, nicht genug zu sein. Ich nicke langsam und mache mich daran, mich selbst in dem Leben der zwei Jungs, die ich am meisten liebe, zu verewigen.

Epilog

Das ist zwei Monate her und Jaspers Tattoo ist gut verheilt. Brady redet wieder mit ihm – seit ich eingezogen bin.

Ja, ich bin raus aus meinem Loch von einem Apartment und wohne in Jaspers Eigentumswohnung. Zuerst war es beängstigend, denn was, wenn wir es nicht schaffen? Ich meine, viele Paare schaffen es nicht, man kennt ja die Statistiken. Aber ich möchte gern glauben, dass zwischen uns etwas Besonderes ist. Und Brady kommt an erster Stelle, vor uns, das ist unsere Übereinkunft.

Apropos, Bradys Hand schiebt sich in meine, als wir den Gehweg entlanggehen, alle drei erschöpft von einem Tag im Zoo. Er blickt zu mir auf, zu dem Anstecker auf meinem Shirt, und geht dann weiter neben mir her. Es war ein Fehler, dass ich Jasper den Anstecker zurückgegeben habe, und ich werde Brady nie wieder so wehtun. Jasper hatte ihn ihm damals zurückgegeben und erklärt, warum ich das Bedürfnis hatte, ihn zurückzugeben. Am ersten Abend nach unserer Versöhnung brachte ich Brady ins Bett, bevor Jasper kam, um ihm eine Geschichte vorzulesen, und ich sagte ihm, wie viel es mir bedeutete, dass er mir den Anstecker geschenkt hat und dass es mir leidtäte, dass ich ihn nicht behalten hatte.

Wie die meisten Sechsjährigen konnte er mir leicht verzeihen, ohne gekränkt zu sein, aber er schaut immer mal wieder nach und will wissen, wo er ist.

»Kaffee«, jammere ich, als wir uns einem Starbucks nähern.

»Dort gibt es nichts für mich«, sagt Brady.

»Wie wäre es mit einem Cookie?«, besteche ich ihn und er lächelt.

»Ein Cookie? Zusätzlich zu dem Popcorn, der Brezel und den Nachos im Zoo?« Jasper ist wieder zurück in seinem Spielverderbermodus, aber er ist mein Spielverderber. »Du wischst die Kotze auf«, sagt er, als ich die Tür zu meinem Nirwana öffne und das Aroma von Kaffeebohnen in meine Adern lasse.

»Das hab ich schon mal gemacht, ich glaube, das schaffe ich auch noch mal«, sage ich mit einem Selbstvertrauen, das ich auch wirklich fühle.

»Das ist wirklich krank, wie du auf diese Läden stehst«, sagt Jasper, während er mich überholt. »Setzt euch, ich hole die Kaffees.«

Brady und ich widersprechen nicht und suchen uns einen Tisch am Fenster. Wir reden über die Elefanten, die Löwen und wie genau die Kängurumama das Baby bekommt, das sie in ihrem Beutel hat.

»Ähm, ich weiß nicht so genau«, lüge ich, denn ich bin sicher nicht diejenige, die dieses Gespräch mit ihm führen sollte.

»Ist es eines Tages einfach plötzlich da?«, fragt Brady und ich schaue zu Jasper hinüber, der an der Kasse zahlt.

»Na ja, die Mommy und der Daddy …«, fange ich an und merke, dass das eine schlechte Abzweigung ist. Ich hebe den Blick zur Decke.

»Also werdet du und Daddy eines Tages ein Baby haben, das einfach plötzlich da ist?«

»Okay …« Mist. Wo ist das *Elternschaft für Dummies*-Buch?

»Die Leute sagen, man ist halb seine Mom und halb sein Dad. Was heißt das?«, fragt er weiter.

Ich tätschle seine Hand, kurz davor, Jasper den Cookie aus den Händen zu reißen, während er mit der Barista plaudert und auf dies und das in dem Glaskasten deutet. Ernsthaft?

»Lennon, bist du meine Mommy?«, fragt er und mein Blick schießt zu ihm hinüber.

In den Monaten, die ich mit seinem Vater zusammen bin, hat er es immer wieder angedeutet, aber nie explizit gefragt.

»Denn Sara aus der Schule hat gefragt, ob ich zwei Dads habe, als ich ihr erzählt habe, dass ich keine Mommy habe.« Er lächelt stolz. »Ich habe ihr gesagt, ich habe einen Daddy und eine Lennon.«

Ich lächle ihn an, meine Augen werden feucht. »Ich werde immer *deine* Lennon sein.«

»Aber nicht meine Mommy?« Seine Lippen ziehen sich leicht nach unten, aber er ist nicht im totalen Schmollmodus.

Ich schaue zu Jasper hinüber, der auf den Kaffee wartet. »Jasper!«, rufe ich und er lächelt und hebt den Finger. Mir ist klar, dass er im Moment nutzlos ist, also schaue ich Brady lange an. »Um genau zu sein, dem Gesetz nach bin ich nicht deine Mom. Ich kann erst deine Mom sein, wenn dein Daddy und ich heiraten. Na ja, falls wir heiraten.« *Behandle das Kind wie einen Erwachsenen*, sage ich mir. *Nicht dieser »Mumu«- und »Pullermann«-Mist. Nenn sie beim Namen, eine Vagina und ein Penis.*

»Also, wenn ihr heiratet, dann bist du meine Mommy«, stellt er klar, und eines muss ich dem Kleinen lassen: Er ist wissbegierig.

»Ja.«

»Willst du meinen Dad heiraten?«, fragt er, und natürlich kommt genau *jetzt* Jasper endlich mit dem Cookie herüber.

Er ist fast da und ich lächle, ungeduldig darauf wartend, dass Brady seinen Cookie bekommt, damit ich aus dem Scheinwerferlicht heraus bin.

»Mr Banks«, ruft die Barista und er bleibt stehen.

Nein! Ich brauche den Cookie!

Er dreht sich wieder um, holt seinen Kaffee und geht zur Station, dann winkt er mich herüber, weil er mit der ganzen Kollektion von Gebäck überladen ist.

Es ist ein Ausweg, und ich nehme ihn an. »Ich bin gleich wieder da. Du bleibst hier«, sage ich zu Brady, dankbar für wenigstens ein bisschen Zeit zum Nachdenken.

Jasper macht seinen Kaffee fertig und rührt den Zucker um, während er sich auf Brady hinter mir konzentriert.

»Du beschwerst dich über einen Cookie, und dann kaufst du das alles«, kommentiere ich, während ich mir das Gebäck auflade.

»Lass die da, hol einfach nur deinen Kaffee, wenn sie deinen Namen ruft.«

»Apropos, ich bin sehr enttäuscht von deiner Namenswahl. Sag mir, dass uns nicht jetzt schon der Funke abhandengekommen ist«, scherze ich, die Hüfte an die Kaffeestation gelehnt.

»Sei nicht so streng mit mir, es war ein langer Tag. Nächstes Mal haue ich dich aus den Socken, versprochen.« Er beugt sich herunter und küsst mich auf den Mund.

»Du bist nur für heute vom Haken. Aber du musst mich immer noch umwerben«, rufe ich ihm nach, als er an mir vorbeigeht und ich auf meinen Kaffee warte.

Nicht nur, dass er das Ding mit den Namen nicht macht – er holt auch seinen Kaffee als Erstes. Wenn so Beziehungen sind, dann verstehe ich, warum sich die Leute darüber beschweren.

Eine Ewigkeit später – okay, keine Ewigkeit, aber es fühlt sich so an – kommt die Barista zum Tresen und ich trete vor, denn ich weiß, der Kaffee ist für mich.

»Mrs Banks«, ruft sie und stellt ihn auf den Tresen.

O mein Gott, ist Natalie hier? Wir kommen in letzter Zeit besser miteinander aus, aber sie ist nicht die Art von Überraschung, die ich zu schätzen weiß. Ich schaue mich in dem kleinen Café um, aber niemand steht auf und ich sehe auch Natalie nirgends. Mit einem Blick über die Schulter erkenne ich, dass unser Tisch leer ist. Nur ein Haufen Gebäck und ein einsamer Kaffee. Brady musste wohl mal.

Also warte ich und betrachte den Kaffeebecher.

»Nimmst du deinen Kaffee nun oder nicht?«, fragt Jasper hinter mir, seine Stimme ist weich und liebevoll.

Als ich mich umdrehe, sehe ich ihn und Brady jeweils mit einem gebeugten Knie auf dem Boden.

»Was?«, frage ich und schaue an meinen abgeschnittenen Shorts und dem Tanktop herab, auf dem steht »Jesus Loves This Hot Mess«. Nicht direkt bereit für einen Heiratsantrag.

»Lennon, wir lieben dich.«

»Ja«, fügt Brady hinzu.

»Wir möchten, dass du den Rest deines Lebens mit uns verbringst.«

»Ja«, sagt Brady.

»Wir versprechen, den Toilettensitz runterzuklappen und nicht direkt aus der Packung zu trinken.«

»Ja«, sagt Brady und neigt sich leicht zur Seite, langsam müde vom Knien.

»Wir versprechen, dich zu ehren. Dich zu lieben. Dich zu beschützen.«

»Ja.« Brady nickt und verliert das Gleichgewicht.

»Möchtest du uns heiraten?«, fragt Jasper und die paar Leute im Café machen alle »Oooh«.

»Ich muss euch beide nehmen?«, scherze ich und schaue zwischen ihnen hin und her.

»Leider ja. Pauschalangebot.« Jasper lächelt.

»Was, wenn ich nur den Kleinen will?«

Jasper blickt auf den lächelnden Brady hinab und zuckt die Achseln. »Dann bricht mir das Herz.« Er hält sich die Hand aufs Herz.

»Was sagst du dazu? Lassen wir ihn bei uns wohnen?«, frage ich Brady. »Kann ich deine Mommy und seine Frau sein?«, drehe ich den Spieß um, und Brady kommt zu mir gerannt und ich gehe in die Hocke, um ihn zu fangen. Er schlingt die Arme so fest um meinen Hals, dass ich fast Angst habe, keine Luft mehr zu bekommen.

»Du bist als Erstes meine Mommy«, sagt Brady leise.

Jasper kommt herüber und legt die Arme um uns. »Diesmal nehme ich den zweiten Platz.« Er küsst mich auf die Schläfe und dann findet er meine Lippen und gibt mir einen lieben, kurzen Kuss, der trotzdem von Kopf bis Fuß kribbelt.

Nach einer Weile stehen wir auf und Jasper nimmt den Kaffee. »Ich habe keinen Ring. Ich hatte das nicht geplant, bis ich zu der Barista ging. Ich habe dich und Brady gesehen und irgendwie wusste ich es. Du bist unser fehlendes Puzzlestück.« Er hält mir den Becher hin. »Also nehmen Sie Ihren Kaffee an, Mrs Banks?«

»Jeden Morgen für den Rest meines Lebens.«

Brady lässt mich endlich los und ich lasse ihn herunter. Er rennt zu dem Tisch mit den Süßigkeiten hinüber.

»Du suchst das Datum aus, und in der Zwischenzeit sorge ich dafür, dass du einen riesigen Klunker am linken Finger bekommst«, sagt Jasper, eindeutig selbst überrascht von seinem improvisierten Antrag. Ich hätte es nicht anders gewollt.

»Warum nicht jetzt?«, frage ich. »Ich meine, warum warten? Mehr als dich und Brady brauche ich nicht. Wir können einen Empfang oder so was für Freunde und Familie ein andermal machen.«

Jasper schaut auf mich herab, unsicher, ob ich es ernst meine.

»Ich meine es ernst, Jasper. Lass uns einfach durchbrennen. Wir können zu dritt irgendwo hingehen.«

Er strahlt mich mit seinem Lächeln voller Leben an. »Gehen wir, Mrs Banks.« Er hält mir die Hand hin.

Ich nehme sie und er umschließt sie mit seiner viel größeren und ich weiß, ich werde nie wieder loslassen. Er hat mich für alle Ewigkeit am Hals.

»Gehen Sie voraus, Mr Banks.«

An unsere Leser …

Wir müssen zugeben, dass wir ein bisschen traurig sind, dass diese Reihe zu Ende geht. Die Geschichte über diese Gang zu schreiben hat so einen Spaß gemacht, und wir hoffen, ihr fandet es genauso schön, die weichere Seite von Lennon zu sehen, wie wir es schön fanden, sie zu schreiben. Aber wenn ihr zu unserer nächsten Reihe übergeht (*The Single Dad's Club*), werdet ihr ein paar Cameo-Auftritte eurer Lieblingspärchen erleben. Ups! Hätten wir das geheim halten sollen? Ach, schon passiert.

Wenn ihr es so weit in der Serie geschafft habt, lehnen wir uns mal aus dem Fenster und sagen: »Ihr mögt uns! Ihr mögt uns wirklich!« Erinnert sich wer an Sally Fields Oscar-Rede? Nein? Jedenfalls hat es uns umgehauen, wie offen die Leser für die Neuen (aber eigentlich nicht Neuen) in der Buchszene waren. Wir hatten nicht mit dem Enthusiasmus gerechnet, den ihr uns entgegengebracht habt, und zu sagen, dass wir dankbar sind, wäre eine Untertreibung. Es ist ein richtig harter Markt und es ist fast unmöglich, bemerkt zu werden, und dass ihr uns überall so begeistert empfohlen habt, hat uns so wahnsinnig geholfen! Ihr seid alle einzeln ganz besondere Einhörner für uns. *werfen Einhornglitzer auf euch alle*

Wir haben dem Team hinter *The Banker* zu danken:
Djordje Grbic, unser Coverdesigner
RJ Locksley, unsere Lektorin
Behind the Writer, unsere Korrekturleserin
Linda Russell, unsere PR-Expertin von Sassy Savvy Fabulous

Give Me Books, unsere Werbefirma
Blogs, die sich die Zeit genommen haben, Werbung für uns zu machen und/oder das Buch gelesen und Rezensionen geschrieben haben
IndieSage PR – unsere Webdesigner
Michelle New – unsere unvergleichliche Grafikfee
Type A Formatting – die das Taschenbuch formatiert haben
Unsere Erstleserinnen – Heather und Angela
Und, natürlich ... danken wir einander. Denn zwei sind besser als eine. (Eben ist Lennon hereingekommen und will unbedingt einen Doppelpenetrationswitz machen, aber wir widerstehen.)
Danke noch mal! Wir können es kaum erwarten, euch unsere Single-Dads vorzustellen – Marcus, Dane und Garrett!

Xoxo
Piper & Rayne

Über Piper Rayne

Piper Rayne oder Piper und Rayne, wie auch immer es euch lieber ist, denn wir sind nicht eine Autorin, sondern zwei. Ja, ihr bekommt zwei USA *Today*-Bestsellerautorinnen zum Preis von einer. Vielleicht fragt ihr euch, ob ihr uns kennt? Vielleicht lest ihr unsere Bücher und merkt es selbst. Vielleicht auch nicht. Ist das wirklich von Bedeutung?

Wir versuchen nicht, uns einen Top-Secret-Stempel zu verpassen. Wir wollten nur schreiben, ohne uns rechtfertigen zu müssen. Wir wollten nicht in eine Schublade für eine bestimmte Art von Geschichten gesteckt werden. Jeder hat seine Lieblingsautoren, oder? Und wenn ihr deren Bücher in die Hand nehmt, erwartet ihr etwas Bestimmtes von ihnen. Ob es nun ein Alphamann ist, ein Thriller oder was fürs Herz, es gibt etwas, das ihr auf jeden Fall von diesem Buch erwartet. Schon klar, wir sind auch Leserinnen, wir verstehen das!

Was sollen wir euch über uns erzählen? Wir haben beide Reader voller mit einem Klick gekaufter Bücher. Wir sind beide mit Männern verheiratet, die uns zum Trinken treiben. Wir sind beide Chauffeurinnen für unsere Kinder. Und vor allem lieben wir sexy Helden, unkonventionelle Heldinnen, die uns zum Lachen bringen, und viel heiße Action. Wir hoffen, euch geht es auch so!

Wir fänden es toll, wenn ihr uns stalkt:
Facebook: facebook.com/PiperRayne
Lesergruppe: facebook.com/groups/PiperRaynesUnicorns

Instagram: www.instagram.com/authorpiperrayne
Twitter: @piperraynerocks